KB163220

레 미제라블 3

Les Misérables

세계문학전집 303

레 미제라블 3

Les Misérables

빅토르 위고

정기수 옮김

민음사

차례

3부 마리우스 7

3부
마리우스

1
파리의 미분자(微分子)

1. 꼬마

파리에는 어린아이가 하나 있고, 숲에는 새가 한 마리 있다. 이 새는 참새라 불리고, 이 어린아이는 건달이라 불린다.

파리와 소년, 하나는 온통 도가니요 또 하나는 온통 새벽인 이 두 개의 관념을 결합하고, 이 두 개의 불꽃을 부딪쳐 보라. 그러면 거기서 하나의 작은 인간이 솟아오른다. "오문치오(소인小人)"라고 플라우투스는 말하리라.

이 작은 인간은 쾌활하다. 그는 날마다 먹지는 않고 마음이 내키면 저녁마다 연극을 보러 간다. 몸에는 셔츠도 없고, 발에는 신도 없고, 머리 위에는 지붕도 없다. 그는 그런 것이라고는 아무것도 없는, 하늘을 나는 파리들 같다. 그는 일곱 살에서 열세 살까지고, 떼를 지어 살고, 거리를 쏘다니고, 한데서 자고, 발꿈치 아래까지 내려오는 아버지의 헌 바지를 입고, 귀 밑까지 내려오는 남의 아버지의 헌 벙거지를 뒤집어쓰고, 가 장자리가 노래진 멜빵을 한쪽만 메고, 뛰어다니고, 동정을 살 피고, 구걸을 하고, 시간을 낭비하고, 파이프 담배를 피우고, 거칠게 상말을 뇌까리고, 술집에 드나들고, 도둑놈들을 알고 있고, 계집애들과 친하게 사귀고, 곁말을 쓰고, 음란한 노래를 부르고, 그러면서도 가슴속에는 아무런 악의도 없다. 그것은 마음속에 한 알의 진주가, 즉 순진무구함이 있기 때문인데, 진 주는 진창 속에서도 녹지 않는다. 사람이 어린아이인 동안 신 은 그가 순진하기를 원한다.

만약에 거대한 도시에 "저게 무엇이냐?"고 묻는다면, 도시 는 대답하리라. "그건 내 꼬마다."라고.

2. 그의 특색 몇 가지

파리의 건달, 그것은 거녀(巨女)의 난쟁이다.

조금도 과장하지는 말자. 이 개골창의 귀여운 어린아이는 이따금 셔츠를 입고 있으나, 그런 경우에도 한 벌밖에 없고, 이따금 구두를 신고 있으나, 그런 경우에도 전혀 구두창이 없 고, 이따금 숙소가 있고 그것을 사랑한다. 거기에 어머니가 있 기 때문에. 그러나 그는 거리를 더 좋아한다. 거리에는 자유 가 있기 때문에. 그에게는 그 자신의 놀이들이 있고, 중산계급 에 대한 증오가 근본을 이루는 그 자신의 짓궂은 장난들이 있고, 그 자신의 비유들이 있는데, 죽는 것을 '민들레 뿌리를 먹는다.'라고 말하고, 그 자신의 직업들이 있는데, 합승 마차들을 끌어다 주고, 마차들의 발판을 내려 주고, 폭우가 쏟아질 때면 거리의 이쪽에서 저쪽으로 사람을 건네주는 이른바 '다리 장수' 노릇을 하고, 프랑스 국민을 위해 당국에서 발표한 담화를 외치고 다니고, 포석들 사이를 후벼파는 것이다. 그에게는 그 자신의 화폐가 있는데, 그것은 공도(公道)에서 주울 수 있는 모든 가공된 자잘한 구리쇠 조각들로 이루어져 있다. 이 이상한 화폐는 '누더기'라는 이름을 가지고 있는데, 이 자유분방하게 사는 소년들 사이에서 변함없이 유통되고 결제도 썩 잘된다.

마지막으로 그에게는 그 자신의 동물군(群)이 있는데, 그는 그것을 구석구석에서 열심히 관찰한다. 무당벌레, 진디, 장님거미, 두 개의 뿔이 달린 꽁지를 뒤틀면서 사람을 위협하는 '귀신'이라는 검은 곤충. 그에게는 그의 전설적인 괴물이 있는데 배 아래에 비늘이 있지만 도마뱀이 아니고, 등에 오톨도톨한 것이 있지만 두꺼비가 아니고, 낡은 석회 가마 구멍과 말라붙은 하수구 속에 살고 있고, 새카맣고, 털이 있고, 끈적끈적하고, 때로는 느리고 때로는 빠르게 기어 다니고, 울지는 않지만 물끄러미 바라다보고, 하도 끔찍스러워서 아무도 일찍이 그것을 보지 못했을 만큼 끔찍스럽게 생겨 먹은 것으로서, 그는 이 괴물을 '도롱뇽'이라 부른다. 돌들 속에서 도롱뇽들을 찾는 것은 무시무시한 즐거움이다. 또 하나의 즐거움은 느닷없이 포석 하나를 들어올려 지느러미들을 보는 일이다. 파리는 지역마다 거기서 뜻밖에 발견되는 재미나는 것들로 인해 이름이 나 있다. 위르쉴린의 작업장에는 집게벌레들이 있고, 팡테옹에는 노래기들이 있고, 마르스 광장의 도랑에는 올챙이들이 있다.

말하기에서는 이 어린아이는 탈레랑*을 방불케 한다. 그는 그에 못지않게 냉소적이지만 더 정직하다. 그는 기상천외한 쾌변에 능하고, 그의 너털웃음에는 상점의 판매원도 어리둥절해한다. 그의 말투는 고상한 연극에서 익살극까지 쾌활하게 뛰어 다닌다.

장례식 행렬이 지나간다. 죽은 사람을 따라가는 사람들 중에 의사가 하나 있다. 한 건달이 외친다. "저런, 언제부터 의사들이 저렇게 자기들의 작품을 운반했담?"

또 하나의 건달이 군중 속에 있다. 안경을 쓰고 시곗줄을 늘어뜨린 한 어엿한 사나이가 성이 나서 돌아본다. "요 몹쓸 녀석, 네가 내 아내 것을 훔쳤지."

"내가요, 아저씨! 날 뒤져 보세요."

3. 그는 유쾌하다

저녁이면 언제나 용케 손에 넣는 몇 푼의 돈을 들고 이 '꼬마'는 극장에 들어간다. 일단 그 매혹적인 극장 문을 통과하면

---

* 탈레랑(Charles-Maurice de Talleyrand, 1754~1838). 재기 발랄한 웅변으로 유명했던 당대의 프랑스 정치가.

그의 모습은 바뀌어 버린다. 건달이었던 그는 장난꾸러기가 된다. 극장들은 뒤집어 놓은 배들 같은 것으로, 배 바닥이 위에 있다. 장난꾸러기가 모여드는 곳은 그 배 바닥이다. 이 장난꾸러기와 건달의 관계는 나방과 애벌레의 관계와 같다. 같은 것이 날개가 돋쳐서 공중을 날아다니는 것이다. 극장의 그 좁고, 고약한 냄새가 나고, 어두컴컴하고, 더럽고, 비위생적이고, 추악하고, 고약한 배 바닥이 천국처럼 되기 위해서는, 그가 거기에 있는 것만으로 족하다. 그의 빛나는 행복, 그의 강렬한 흥취와 희열, 퍼덕거리는 날개 소리와 같은 그의 박수 소리와 함께.

한 인간에게 무용한 것을 주고 그에게서 필요한 것을 빼앗아라. 그러면 그대는 건달을 갖으리라.

건달에게 어떤 문학적 직감력이 없는 것은 아니다. 그의 성향은 좀 섭섭한 말이기는 하지만, 결코 고전적인 취미는 아니다. 그는 타고나기를 그다지 학구적이지 못하다. 그래서 한 예를 들어 본다면, 이 떠들썩한 아이들의 작은 사회에서 마르스 양*의 인기에는 약간의 빈정거림이 가미되어 있었다. 건달은 그녀를 '만능 양'이라 불렀다.

이 인간은 떠들고, 야유하고, 조롱하고, 빈정대고, 싸우고, 거지 새끼처럼 누더기를 걸치고, 철학자처럼 남루한 옷을 입고, 시궁창에서 낚시를 하고, 쓰레기장에서 사냥을 하고, 쓰레

---

* 마르스 양은 코메디 프랑세즈의 배우로서, 몰리에르의 고전극 「미장트로프」의 셀리멘 역은 훌륭히 소화했으나, 위고의 솔 역은 서툴렀다.

기 속에서 쾌활함을 끌어내고, 네거리에서 멋진 재치를 마구 쏟아 내고, 비웃고, 비꼬고, 휘파람을 불고, 노래를 하고, 갈채를 하고, 욕설을 퍼붓고,「알렐루이아」와「마탕튀를뤼레트」*를 아울러 부르고,「데 프로푼디스」에서「시앵리」**에 이르기까지 온갖 노랫가락을 흥얼거리고, 찾지 않고 찾아내고, 모르는 것을 알고, 소매치기를 하기까지 용맹스럽고, 지혜롭기까지 어리석고, 불결하기까지 서정적이고, 올림푸스 산의 신들 위에라도 쭈그리고 앉을 것이고, 두엄 속에서 뒹굴다가 별들을 뒤집어 쓰고 나온다. 파리의 건달은 꼬마 라블레***다.

그는 반바지에 회중시계를 넣는 호주머니가 없으면 만족하지 않는다.

그는 별로 놀라지도 않고, 무서워하지는 더욱 않고, 풍자 가요로 미신을 비꼬고, 과장을 축소하고, 신비를 비웃고, 혀를 내밀어 유령을 비꼬고, 허식을 타파하고, 허장성세를 만화화한다. 그것은 그가 산문적이기 때문에 그런 것이 전혀 아니고, 도리어 그는 장엄한 영상을 익살맞은 환영으로 바꾸어 놓는다. 만일 아다마스토르****가 그의 앞에 나타난다면, 그는 말하리라. "이런! 이 도깨비 좀 봐!"

---

* 차례로 주를 찬송하는 노래와 저주하는 노래.
** 사육제 때 가면을 향하여 지르는 고함 소리.
*** 라블레(François Rabelais, 1483~1553). 프랑스의 쾌활한 풍자 작가.
**** 아다마스토르(Adamastor). 길을 막기 위해 바스코 다가마 앞에 쑥 일어섰다는, 희망봉을 지키는 거인.

4. 그의 유용성

파리는 거리의 구경거리를 찾아 빈둥빈둥 돌아다니는 사람에서 시작되고 건달에서 끝난다. 이는 다른 어떤 도시도 가질 수 없는 두 인간. 보는 것으로 만족하는 소극적인 수용, 그리고 무궁무진한 창의. '프뤼돔'과 '푸이유'*. 오직 파리만이 이 두 인간을 그의 박물지에 가지고 있다. 모든 왕정은 이 빈둥거리는 사람 속에 있다. 모든 무정부는 이 건달 속에 있다.

파리 문밖의 이 창백한 어린아이는 고통 속에서, 사회적 현실과 인간사 앞에서, 생각에 잠긴 목격자로서, 생활하고 발전하고, 맺어지고 풀린다. 그는 자기 자신이 무사태평하다고 생각하지만 그렇지 않다. 그는 바라보고 웃으려 하나, 또한 다른 짓도 하려 한다. 그대가 누구이든 간에 그대가 '편견', '남용', '파렴치', '압제', '부정', '독재', '불법', '광신', '포학' 등의 이름이 붙은 자라면, 이 입을 떡 벌리고 있는 건달을 주의하라.

이 꼬마는 커질 것이다.

그는 무슨 찰흙으로 만들어져 있는가? 아무 데나 있는 진흙으로. 한 줌의 진흙, 한 줄기의 숨결, 그것은 아담이다. 하나의 신이 지나가는 것만으로 족하다. 하나의 신이 항상 이 건달 위에 지나갔다. 운명이 이 작은 인간에게 작용한다. 이 운명이라는 말을 우리는 다소 우연이라는 뜻으로 사용한다. 보통의 거친 흙 속에서 직접 반죽된, 무지하고, 무식하고, 멍청하고,

---

* 하나는 무능과 평범의 전형, 또 하나는 장난과 발명의 전형.

비속하고, 비천한 이 난쟁이는, 장차 이오니아 인*이 될 것인가 아니면 보이오티아 인**이 될 것인가? 좀 기다려라. 세상은 '윤회'다. 파리의 정신은, 우연으로 어린아이들을 만들어 내고 운명으로 성인들을 만들어 내는 이 악마는 라틴의 도기 제조공과는 반대로 새 항아리로 고대의 항아리를 만든다.

5. 그의 경계(境界)

건달은 그의 속에 지혜를 가지고 있으므로, 도시를 사랑하고, 쓸쓸한 곳도 역시 사랑한다. 푸스쿠스처럼 도회의 애호가요, 플라쿠스처럼 전원의 애호가다.

생각하면서 배회하는 것은, 다시 말해서 소요하는 것은 철학자에게는 좋은 시간 소비다. 특히 다소 절충적이고, 꽤 보기 흉하고, 그러나 기이하고, 두 가지의 풍물로 이루어진 그런 종류의 전원에서는, 어떤 대도시들을, 특히 파리를 둘러싸고 있는 전원에서는 더욱 그렇다. 교외를 관찰하는 것, 그것은 수륙양서류를 관찰하는 것이다. 수목들의 끝, 지붕들의 시작, 잡초의 끝, 포도의 시작, 논밭들의 끝, 가게들의 시작, 바큇자국들의 끝, 정열의 시작, 신의 속삭임의 끝, 인간의 소음의 시작. 그래서 비상한 흥미가 있다.

---

* 철인(哲人).
** 바보.

그래서, 그다지 매력도 없고, 영원히 행인으로부터 '쓸쓸하다'는 형용사를 받고 있는 이러한 곳에서, 몽상가는 겉보기로는 아무런 목적도 없이 산책을 한다.

이 글을 쓰고 있는 사람도 옛날에 오랫동안 파리 교외의 산책자였는데, 그것은 그에게 깊은 추억의 원천이다. 풀이 짧은 잔디밭, 그 돌투성이의 오솔길, 그 석회, 그 이회토(泥灰土), 그 석고, 그 황무지와 휴한지(休閑地)의 우툴두툴한 단조로움, 그 골짜기에서 갑자기 눈에 띄는 채소 재배지의 만물 야채, 그 야생적인 것과 저속한 것의 혼합, 병영의 북소리, 요란스럽게 울려 싸움터의 소음을 방불케 하는 그 쓸쓸하고 외딴 허허벌판, 그 주간의 적막, 야간의 범죄, 바람에 돌아가는 건들거리는 풍차, 채석장의 채굴용 차바퀴, 묘지 한쪽 구석의 술집, 햇빛이 넘쳐흐르고 나비들이 가득 찬 광활한 황무지를 네모지게 끊은 커다란 검은 벽들의 신비로운 매력, 이 모든 것이 이 사람의 마음을 끌고 있었다.

이 세상에 거의 아무도 아래와 같은 신기한 곳을 알지 못한다. 글라시에르, 퀴네트, 총탄으로 얼룩진 그르넬의 보기 흉한 벽, 몽 파르나스, 포스 오 루, 마른 둑 위의 오비에, 몽수리, 통브 이수아르, 그리고 피에르 플라트 드 샤티용. 여기에는 폐쇄된 낡은 채석장 하나가 있는데, 지금은 버섯만 자라나고 있을 뿐, 썩은 판자 뚜껑으로 땅바닥의 굴을 막아 놓고 있다. 로마의 전원은 하나의 관념을 나타내고, 파리의 교외는 또 다른 관념을 나타낸다. 지평선이 우리에게 제공하는 것에서 들판, 가옥 또는 나무들밖에 보지 않는 것, 그것은 표면에 머무르는 것이고, 사물들의 모든 양상은 조물주의 생각들이다. 평야와 도시가 인접해 있는 곳에는 언제나 뭔지 알 수 없는, 가슴을 파고드는 우울이 깃들어 있다. 자연과 인류가 거기서는 동시에 우리에게 말을 한다. 거기에는 지방의 독창성이 나타나 있다.

파리의 변두리라고 부를 수 있는 우리의 성밖 지구에 인접해 있는 그 적막한 곳들을 나처럼 배회한 사람이라면 누구나 여기저기 가장 쓸쓸한 곳에, 불시에, 성긴 울타리 뒤나 음산한 담 모퉁이에서 얼굴이 해쓱하고 흙과 먼지투성이의 남루한 더벅머리 소년들이 떠들썩하니 모여서 수레국화 꽃을 머리에 꽂고 돈치기하는 것을 보았으리라. 그들은 모두 가난한 집에서 뛰어나온 소년들이다. 외곽의 가로수 길은 그들이 숨을 쉴 수 있는 곳이다. 교외는 그들의 것이다. 그들은 늘 거기서 진을 치고 논다. 그들은 거기서 천진난만하게 난잡한 노래를 부른다. 그들은 거기서 모두의 눈에서 멀리 떨어져, 오뉴월의 부드러운 햇빛 속에서, 땅속에 판 구멍 주위에 둘러앉아 엄지손가락으로 구슬 치기를 하고, 한 푼 두 푼을 놓고 다투고, 아무런 책임도 없이 활달하고, 방종하고, 행복스럽게 거기에 있다. 아니, 그보다는 거기서 생존한다고 말하는 게 더 낫겠다. 그러다가 사람을 보면, 그들은 할 일이 있다는 것을 생각하고 먹을 것을 벌어야겠다는 생각이 나서, 풍뎅이들이 가득 들어 있는 헌 털양말을 사라고 내밀거나 리라 꽃다발을 내민다. 이러한 이상한 아이들을 만나는 것은 즐거운 동시에 가슴 아픈 파리 근교의 매력의 하나다.

이따금 이 사내아이들의 무리 속에 계집아이들이 있는데, 이들은 그들의 누이일까? 거의 처녀인 그녀들은, 수척하고, 들떠 있고, 햇볕에 그을렸고, 주근깨가 다닥다닥 났고, 호밀 이삭이나 개양귀비를 머리에 꽂고 있고, 쾌활하고, 격렬하고, 맨발이다. 그중에는 밀밭에서 버찌를 먹고 있는 아이들도 보인다. 저녁에는 그 아이들이 웃는 소리도 들린다. 정오의 뜨거운 햇볕을 잔뜩 받고 있거나 또는 황혼녘에 희미하게 보이는 이 무리들은 몽상에 잠긴 산책자의 머릿속을 오래오래 차지하여, 그 환상이 꿈결에도 섞여든다.

파리는 중심, 교외는 주변. 이것만이 그 아이들에게는 온 세계다. 결코 그들은 그 밖으로 나오려 하지 않는다. 마치 고기가 물에서 나올 수 없듯이 그들은 파리의 분위기에서 나올 수 없다. 그들에게는 성문에서 20리만 떨어지면 더 이상 아무것도 없다. 이브리, 장티이, 아르쾨유, 벨빌, 오베르빌리에, 메닐몽탕, 슈아지 르 루아, 빌랑쿠르, 뫼동, 이시, 방브, 세브르, 퓌토, 뇌이, 젠느빌리에, 콜롱브, 로맹빌, 샤투, 아니에르, 부지발, 낭테르, 앙기앵, 누아지 르 세크, 노장, 구르네, 드랑시, 고네스, 거기서 세계는 끝난다.

6. 약간의 역사

이 책의 이야기가 진행되고 있는 시대에는, 하기야 거의 현대인 셈이지만, 오늘날처럼 거리의 모퉁이마다 순경이 서 있지 않았고(지금은 그 친절에 관해서 논할 때가 아니다.), 방황하는 아이들이 파리에 시글시글했다. 울타리 없는 토지와 건축 중인 가옥들에서, 그리고 교호(橋弧)들 아래에서 순찰하는 경찰들이 당시 연행한 집 없는 아이들의 수는 통계에 의하면 해마다 평균 이백육십 명이나 되었다. 그러한 소굴들 중 여전히 유명한 소굴 하나는 '아르콜레 다리*의 떠돌이들'을 낳았다. 그런데 이것이야말로 사회 증상 중 가장 불행한 것이다. 인간의 모든 범죄는 어린아이의 방황에서 시작된다.

그렇지만 파리는 제외하자. 웬만한 정도에서는, 그리고 앞서 떠올린 우리들의 회상에도 불구하고, 이 예외는 정당하다. 다른 모든 대도시에서 방랑하는 어린아이는 타락한 인간인 반면, 거의 어디서나, 제멋대로 내버려 둔 어린아이는 사회악에 필연적으로 빠져 들어가는 대로(이로 인해 그의 마음속에서 정직성과 양심은 모조리 소멸된다.) 말하자면 내맡겨지고 내던져져 있는 반면, 파리의 건달은, 이 점을 강조해 두거니와, 표면상 아무리 세련되지 못하고 아무리 평이 나빠도 내부적으로는 거의 나무랄 데가 없다. 프랑스 민중 혁명의 찬란한 성실성 속에 빛나는, 우리가 인정해야 할 매우 훌륭한 사실은 어떤 비부패성이 마치 바닷물 속에 있는 소금처럼 파리의 공기 속에 있는 관념에서 생겨난다는 것이다. 파리를 호흡하는 것, 그것은 얼을 간직하는 것이다.

---

* 이탈리아의 베로네에 있는 아르콜레 다리는 나폴레옹이 몸소 위험을 무릅쓰고 진두에 서서 오스트리아군을 무찌른 곳으로 유명하다.

우리가 여기서 말하는 것은 깨어진 가정의 실가닥이 나불거리는 것 같은 그러한 어린아이 하나를 만날 때마다 느끼는 비통한 감정을 조금도 덜어 주지 않는다. 아직도 불완전하기 짝이 없는 오늘날의 문명에서는, 이 뿔뿔이 흩어진 가족들이 암흑 속에 소멸되고, 제 아이들이 어찌 되었는지 더 이상 알지도 못하고, 제 창자를 한길에 떨어뜨려 버리는 것은 전혀 이상한 일이 아니다. 거기서 암흑의 운명이 빚어진다. 이 서글픈 일은 성구를 만들어 냈으니, 일컬어 '파리의 길거리에 내던져진다.*'고 한다.

　　말이 났으니 말이지만, 이러한 어린이들의 유기는 옛날의 왕정에 의해서도 전혀 저지되지 못했다. 일부 이집트와 보헤미아의 하층사회는 상류층을 만족시켰고, 권력층의 제물이되었다. 하층민의 자녀 교육에 대한 혐오가 정론(定論)이었다. '반거들충이'가 무슨 쓸모가 있겠는가? 이러한 것이 표어였다. 그런데 방랑하는 어린아이는 무식한 어린아이의 필연적인 귀결이다.

　　다른 한편으로, 왕정은 때때로 어린아이들이 필요했는데, 그런 때에는 거리에서 긁어모았다.

　　더 옛날의 이야기는 그만두고, 루이 14세 때, 왕은 지당한 일이지만 함대 하나를 만들려고 했다. 그 생각은 좋았다. 그러나 그 방법을 보자. 바람 부는 대로 가는 돛단배 외에, 그리고 필요할 때 그것을 끌기 위해 노나 증기로 가고 싶은 대로 가는

* 집도 절도 없고, 또는 직업도 없는 신세가 된다는 뜻.

배를 가지고 있지 않으면 함대는 없다. 당시 해군에서는 갤리선(船)*들이 오늘날의 증기선들 같은 것이었다. 그러므로 갤리선들이 필요했으나, 갤리선은 노예나 죄수에 의해서밖에 움직여지지 않았다. 그러므로 배를 젓는 죄수들이 필요했다. 그래서 당시의 재상 콜베르는 지방 장관들과 고등 법원들에 명하여 될 수 있는 대로 많은 죄수들을 만들게 했다. 관리들은 그 일에 많은 배려를 해 주었다. 한 사나이가 종교 행렬 앞에서 머리에 모자를 쓰고 있으면, 신교도적 태도라 해서 그를 갤리선에 보냈다. 거리에서 어린아이를 만나면, 그 애가 열다섯 살이고 집도 절도 없기만 하면 그를 갤리선에 보냈다. 이것이 위대한 성대(聖代)요, 위대한 시대였던 것이다.

루이 15세 치하에 어린아이들이 파리에서 사라졌는데, 뭔지 알 수 없는 수수께끼 같은 용도를 위해 경찰이 어린아이들을 납치해 갔다. 사람들은 왕의 붉은 피 목욕에 관한 끔찍스러운 추측을 벌벌 떨면서 소곤거렸다. 바르비에는 그러한 사실들을 충실하게 이야기하고 있다. 때로는 어린아이가 모자라서 헌병들이 아버지 있는 어린아이들을 잡아가는 일이 있었다. 아버지들은 절망하여 경찰들에게 대들었다. 그러한 경우에는 고등법원이 개입하여 교수형에 처했는데, 누구를? 경찰들을? 아니다. 아버지들을.

---

* 옛적에 노예나 죄수 들에게 젓게 하던 범선.

7. 건달 부류 내에서의 위치

파리의 건달은 거의 하나의 특권 계급이다. 원한다고 해서 아무나 들어갈 수 있는 것이 아니라고 말할 수 있을 것이다.

이 '가맹'*이라는 말은 1834년에 비로소 인쇄 매체에 나타나, 속어에서 문학 용어로 들어왔다. 이 말이 나타난 것은, 『클로드 괴』**라는 제목의 소책자 속에서였다. 논의가 분분했으나, 이 말은 통용되게 되었다.

건달들이 그들 사이에서 존경받는 요소들은 다양하다. 내가 알고 자주 만난 건달 하나는 노트르담의 탑 위에서 사람이 떨어지는 것을 보았다는 이유로 대단한 존경과 대단한 감탄을 받고 있었다. 또 하나는 앵발리드의 둥근 지붕에 세워 놓는 조상(彫像)들을 일시적으로 놓아 둔 뒷마당에 잠입하는 데 성공하여 그것들에서 납을 좀 '훔쳤다'는 이유로, 세 번째 아이는 역마차가 전복되는 것을 보았다는 이유로, 또 하나의 다른 아이는 시민의 눈알을 도려내려다 실패한 병사와 '안면이 있다'고 해서 그러했다.

파리의 한 건달이 지른 이 탄성이, 속인은 이해하지도 못하고 웃어 버리는 이 의미심장한 탄성이 그것을 잘 설명해 준다. "젠장맞을! 난 참 불행하구나! 아직도 6층에서 떨어지는 놈 하나 못 봤다니!"(이러한 말을 그는 독특한 투로 발음했다.)

---

* 가맹(gamin). 건달이라는 뜻이다.
** 이것도 위고의 작품이다.

확실히, 이런 말은 시골 사람의 아름다운 말이다. "아무개 아저씨, 댁의 아주머니는 아파서 죽었는데, 왜 의사를 부르지 않았소?" "무슨 말씀. 우리 가난뱅이들은 '우리 스스로 죽는다오'." 그런데 이 말 속에 시골 사람의 소극적인 조롱이 담겨 있다면, 다음 같은 말 속에는 확실히 문밖 꼬마의 무신론적 무정부주의가 담겨 있다. 한 사형수가 수레 안에서 부속 사제의 말에 귀를 기울이고 있다. 파리의 어린아이가 외친다. "저 작자기 신부에게 말하고 있네. 에이! 비겁한 놈 같으니!"

종교에 관한 어떤 대담성은 건달의 가치를 높여 준다. 자유사상가라는 것은 중요하다.

사형 집행을 구경하는 것은 의무가 되었다. 그들은 서로 단두대를 가리키고 웃는다. 그들은 그것을 온갖 별명으로 부른다. '식사의 종말', '찡그린 상판대기', '천국의 어머니', '마지막 입가심' 등등. 그 일을 무엇 하나 놓치지 않으려고 담을 뛰어넘고, 발코니에 기어오르고, 나무에 올라가고, 철문에 매달리고, 굴뚝에 달라붙는다. 건달은 타고난 뱃사람이듯이 타고난 지붕 이는 일꾼이다. 그는 돛대도 두렵지 않고 지붕도 두렵지 않다. 그레브의 형장(刑場)처럼 재미나는 잔치는 아무 데도 없다. 상송과 몽테스 신부는 참으로 널리 알려진 이름이다. 그들은 수형자를 격려하기 위해 함성을 지른다. 때로는 그를 찬미한다. 건달 라스네르는 무시무시한 도탱이 씩씩하게 죽어가는 것을 보고 장래를 예상케 하는 이런 말을 했다. "저 사람이 부러웠다." 건달들 사이에 볼테르는 알려져 있지 않으나, 파파부안은 알려져 있다. 그들은 '정치가들'과 살인자들을 똑같은 전설 속에 섞어 버린다. 그들은 모두가 최후에 입고 있던 복장을 이야기로 전하고 있다. 그들은 알고 있다. 톨르롱은 화부(火夫)의 모자를, 아브릴은 수달피 모자를, 루벨은 둥근 모자를 쓰고 있었고, 들라포르트 영감은 대머리에 맨머리였고, 가스탱은 새빨간 아름다운 얼굴을 하고 있었고, 보리는 로맨틱한 수염을 달고 있었고, 장 마르탱은 바지 멜빵을 걸어맨 채 있었고, 르쿠페와 그의 어머니는 서로 싸우고 있었다. "글쎄, 자업자득을 탓하면 무엇해!" 하고 건달 하나가 그들에게 소리쳤다. 또 한 건달은 드바케르가 지나가는 것을 보기 위해, 너무 키가 작은지라 군중 속에서 강둑의 가로등 기둥을 보고 거기에 기어 올라간다.* 거기에 서 있는 헌병 하나가 눈살을 찌푸린다. "날 올라가게 둬요, 헌병 나리." 하고 건달은 말한다. 그리고 관헌을 안심시키려고 덧붙인다. "떨어지지는 않을게요." "떨어지든 말든 난 상관없다." 하고 헌병은 대답한다.

건달들 사이에서 기념할 만한 사건은 굉장히 중요시된다. 그들이 매우 깊이, '뼈까지' 부러진다면 그들은 존경의 절정에 이른다.

주먹은 존경을 받는 시시한 요소가 아니다. 건달이 가장 즐겨 말하는 것 중 한 가지는 "나는 굉장히 세단 말이야, 응!"이라는 말이다. 왼손잡이는 대단한 선망의 대상이다. 사팔뜨기도 존경을 받는다.

---

* 위에 나오는 여러 인물들은 모두 살인죄로 사형된 사람들이다.

8. 선왕(先王)의 멋진 말

여름에 건달은 개구리로 변신한다. 그리하여 저녁에, 해가 질 무렵에, 아우스터리츠 다리와 예나 다리 앞에서, 석탄 운반선과 빨래꾼들의 배 위에서 그는 센 강 속으로 곤두박질치고, 풍기 단속법과 경찰법에 저촉되는 갖은 짓을 다 한다. 그러는 동안 경찰관들이 감시를 하고, 그 결과 굉장히 극적인 상황이 벌어지는데, 한 번은 잊을 수 없는 우애 어린 고함 소리가 터져 나왔다. 1830년경에 유명했던 그 고함 소리는 건달들끼리의 전략적 경고인데, 호메로스의 시처럼 박자가 맞고, 판아테나이아* 때의 엘레우지아 시(市)의 노래에도 견줄 만한 말할 수 없는 억양이 깃들어 있고, 고대의 에보에**가 거기에 부활해 있다. 그것은 다음과 같은 것이다. "어이, 꼬마! 어어이! 나리가 왔다! 사냥개가 왔다! 조심해! 도망쳐, 수채로!"

때로는 이 각다귀는(그는 자기 자신을 그렇게 부른다.) 글씨를 읽을 줄 알고, 때로는 글씨를 쓸 줄도 알고, 항상 낙서할 줄을 안다. 무슨 비밀의 상호 교육에 의해서인지는 몰라도, 그는 공적인 일에 유익할 수 있는 온갖 재주를 서슴지 않고 다 발휘하고 있는데, 1815년에서 1830년까지는 칠면조의 울음소리를 흉내 냈고, 1830년에서 1848년까지는 벽에 배[梨] 하나를 아무렇게나 그려 놓고 다녔다.*** 어느 여름날 저녁 루이 필리프

---

* 아테네에서 행해졌던 미네르바 여신을 위한 축제.
** 바쿠스 신을 찬미하기 위하여 무녀(巫女)들이 지르던 소리.
*** 칠면조는 루이 18세의 문장(紋章), 배는 루이 필리프의 문장이다.

는 걸어서 돌아오다가 어리디어린 건달 하나가 뇌이 궁전의 쇠 문설주에 엄청 큰 배 하나를 숯으로 그리려고 발돋움하며 땀을 흘리고 있는 것을 보고, 왕은 앙리 4세로부터 이어받은 착한 마음씨를 가지고 그 건달을 도와 배를 다 그리고 나서, 그 아이에게 루이 금화 한 닢을 주면서 말했다. "이 위에도 배가 있구나." 건달은 법석을 좋아한다. 어떤 격렬한 상태는 그를 즐겁게 한다. 그는 '신부 나부랭이들'을 증오한다. 어느 날 위니베르시테 거리에서 조무래기 하나가 69번지의 집 정문을 향하여 조롱을 하고 있었다. "그 문에 왜 그런 짓을 하느냐?" 하고 행인 하나가 물었다. 어린아이는 "여기에 신부가 있어요."라고 대답했다. 거기에는 정말 로마 교황 대사가 살고 있다. 그렇지만 건달의 볼테르주의*가 무엇이든 간에, 만약 성가대의 어린아이가 되는 기회가 생기면 그는 그것을 받아들일 수도 있는데, 그런 경우에는 얌전하게 미사에 참례한다.

그에게는 탄탈로스처럼 늘 갈망하면서도 결코 이루지 못하는 두 가지 것이 있다. 즉 정부를 전복하는 것과 바지를 다시 꿰매 입는 것.

완전한 상태의 건달은 파리 시의 모든 순경들을 잘 알고 있어서, 그가 그들 중 한 명을 만나면 그는 언제나 당장에 그 이름을 댈 줄을 안다. 그는 그들을 속속들이 연구하고 있다. 그는 그들의 소행을 조사하여 개개인에 관한 특수한 기록을 만들어 가지고 있다. 그는 경찰들의 마음속을 샅샅이 들여다보

---

* 반(反)교회주의.

고 있다. 그는 거침없이 술술 말할 수 있으리라. "아무개는 '배신자'다. 아무개는 '매우 심술궂다.' 아무개는 '기특한 놈'이다. 아무개는 '우스운 놈'이다."(배신자, 심술궂다, 기특한 놈, 우스운 놈 등 이 모든 말은 그가 말할 적에는 특수한 뜻을 갖는다.) "이 작자는 퐁 뇌프 다리를 제 것이라고 생각하고, 난간 밖의 코니스 위를 '세상 사람들'이 걸어다니지 못하게 하거든. 저기 저 작자는 '사람들'의 귀때기를 잡아당기는 버릇이 있단 말이야." 등등.

9. 골의 옛 얼

파리 중앙 시장의 아들인 포클랭 속에는 그러한 소년의 기질이 있었다. 보마르셰 속에도 그러한 소년의 기질이 있었다. 건달 기질은 골* 정신의 한 특색이다. 그것이 양식(良識)에 섞이면 때로는 양식에 힘을 보태 준다. 포도주의 알코올처럼. 때로 그것은 결점이다. 호메로스는 중언부언하는데, 좋다. 볼테르는 건달 기질이 있다고 말할 수 있으리라. 카미유 데물랭**은 문밖의 사람이었다. 기적들을 사납게 다루던 샹피오네***는

---

* 골(Gaule)은 프랑스의 옛 이름.
** 데물랭(Camille Desmoulins, 1760~1794). 프랑스의 변호사 겸 저널리스트. 국민의회 의원이었으나 당통과 더불어 단두대의 이슬로 사라졌다.
*** 샹피오네(Jean Etienne Vachier Championnet, 1762~1800). 나폴리 공화국을 조직한 용감한 장군.

파리의 포도(鋪道)에서 나왔는데, 아주 어렸을 때 생 장 드 보베 성당과 생 테티엔 뒤 몽 성당의 '회랑에 침입'했고, 성 야누아리우스의 병*에 명령을 내릴 수 있을 정도로 성 주느비에브의 유물함을 함부로 다루었다.

파리의 건달은 정중하면서도 빈정거리고 건방지다. 그는 제대로 먹지 못하고 배가 고프기 때문에 이가 못생겼고, 재치가 있기 때문에 눈이 아름답다. 여호와가 앞에 있더라도, 그는 천국의 계단을 앙감질로 뛰어 올라가리라. 그는 발차기 경기에 강하다. 그는 모든 면에서 발전의 여지가 있다. 그는 개골창에서 놀다가 폭동이 나면 쑥 일어서고, 그의 뻔뻔스러움은 산탄 앞에서도 꿈쩍하지 않으며, 그는 악동이었다가 영웅이 되고, 테베의 소년처럼 사자의 가죽을 잡아 흔든다. 고수(鼓手) 바라**는 파리의 건달이었다. 마치 성서의 말[馬]이 "바!"라고 말하듯이 그는 "전진!" 하고 외치고, 순식간에 꼬마에서 거인이 된다.

이 진창의 어린아이는 또한 이상의 어린아이다. 몰리에르에서 바라에 이르는 이 큰 폭을 헤아려 보라.

요컨대, 한마디로 모두 요약한다면, 건달은 불행하기 때문

* 성 야누아리우스는 나폴리의 수호신. 나폴리에는 성 야누아리우스의 굳은 피가 담긴 병 하나가 보존되어 있는데, 전설에 의하면 이 성자의 축일이나 이 도시에 중대한 일이 있을 때에는 그 피가 녹는다고 한다.
** 바라(Joseph Bara, 1779~1793). 공화국의 경기병으로 종군하였다가 복병에 걸렸을 때 "국왕 폐하 만세!"를 외치도록 강요당했으나, 반대로 "공화국 만세!"를 외치고 칼에 맞아 용감하게 쓰러졌다. 국민의회는 이 영웅적인 소년의 흉상을 팡테옹에 세워 놓고, 그의 애국심을 나타내는 판화를 모든 초등학교에 보내 걸어 놓게 했다.

에 재미있게 노는 인간이다.

10. 여기에 파리 있고, 여기에 사람 있다

다시 한 번 모두 요약한다면, 오늘날 파리의 건달은 옛날 로마의 그리스 인처럼 이마에 낡은 세계의 주름살을 가지고 있는 서민적인 어린아이다.

건달은 국민에게 매력이고, 동시에 질병이다. 고치지 않으면 안 될 질병. 어떻게 고칠 것인가? 빛(지식)에 의해서.

빛은 건전하게 한다.

빛은 환하게 한다.

모든 사회적인 고귀한 빛의 발산은 과학, 문학, 예술, 교육에서 나온다. 인간들을 만들어라. 인간들을 만들어라. 그들이 그대를 따습게 해 주도록 그들에게 빛을 줘라. 조만간에 의무 교육이라는 찬란한 문제가 절대적 진리의 불가항력적인 권위를 가지고 제기될 것인데, 그때에는 프랑스 정신의 감시 아래 정치하는 사람들은 다음과 같은 선택을 하지 않으면 안 되리라. 즉 프랑스의 어린아이들이냐, 아니면 파리의 건달들이냐. 빛 속에 타오르는 불꽃이냐, 아니면 암흑 속에 반짝이는 도깨비불이냐.

건달은 파리를 나타내고, 파리는 세계를 나타낸다.

왜냐하면 파리는 전체이기 때문이다. 파리는 인류의 천장이다. 이 놀라운 도시 전체는 죽은 풍습과 살아 있는 풍습의

축도다. 파리를 보는 자는 그때그때 여기저기에 하늘과 별들을 가진 전 역사의 밑바닥을 보는 것 같은 느낌이 든다. 파리는 하나의 카피톨리노*, 즉 시청이 있고, 하나의 파르테논**, 즉 노트르담 성당이 있고, 하나의 아벤티노 산***, 즉 생 탕투안 문 밖이 있고, 하나의 아시나리움, 즉 소르본 대학이 있고, 하나의 판테온 신전****, 즉 팡테옹 전당*****이 있고, 하나의 비아 사크라******, 즉 이탈리아인 가로수 길이 있고, 하나의 아테네의 '바람 탑', 즉 여론이 있다. 그리고 파리는 제모니아*******를 조롱으로 대체한다. 스페인 한량을 멋쟁이라 부르고, 테베레 강 우안 사람을 문밖 사람이라 부르고, 인도의 가마꾼을 시장 인부라 부르고, 나폴리의 천민을 도둑이라 부르고, 런던 토박이를 멋쟁이라 부른다. 다른 데 있는 것은 모두 파리에 있다. 뒤마르세가 그린 생선 파는 여인은 에우리피데스의 허브 파는 여인과 짝을 이루고, 원반던지기 선수 베자누스는 줄 타는 광대 포리오소 속에 되살아나고, 테라폰티고누스 밀레스는 척탄병 바드봉쾨르와 팔을 끼고 다닐 것이고, 골동품 상인 다마

---

* 고대 로마의 가장 신성한 언덕. 원래는 언덕 위에 있던 유피테르 신전을 가리킨다.
** 아테네의 미네르바 신전.
*** 로마의 테베레 강 근처의 작은 산으로, 귀족에 대한 평민 봉기 때 평민이 농성한 곳.
**** 로마의 제신(諸神)을 모시던 사당.
***** 프랑스의 위인들을 모시는 사당.
****** 팔라티누스 언덕에서 카피톨리노 언덕에 이르는 고대 로마의 개선 도로.
******* '신음의 계단'. 옛 로마에서 죄인들을 교수형에 처한 뒤 그들의 시체를 테베레 강에 던지기 전에 공사한 계단.

시포스는 파리의 골동품 가게에 들어 앉으면 잘 어울릴 것이고, 아고라*가 디드로를 감옥에 가둘 수도 있는 것과 똑같이 뱅센 요새**는 소크라테스를 잡아 둘 수도 있을 것이고, 쿠르틸루스가 고슴도치의 불고기를 발명했듯이 그리모 드 라 레니에르는 비계 불고기를 발견했고, 플라우투스의 작품에 있는 그네는 에투알 개선문의 기구(氣球) 아래에 다시 나타나는 것을 우리는 보고 있고, 아풀레이우스***가 만났다는 포에킬의 검(劍)을 먹는 요술쟁이는 퐁 네프 다리 위의 칼을 삼키는 마술사고, 라모의 조카****는 식객 쿠르쿨리옹과 좋은 한 쌍을 이루고 있고, 에르가질은 에그르푀유에 의해 캉바세레스 댁에 소개될 것이고, 로마의 네 한량인 알세지마르쿠스와 포에드로무스, 디아볼루스, 그리고 아르지리프는 쿠르티유에서 라바튀의 역마차 안에서 내리고, 아울루스 겔리우스*****는 샤를노디에가 폴리치넬라****** 앞에서 그랬던 것보다 더 오래 콩그리오 앞에서 머물러 있지 않았고, 마르통은 호랑이가 아니지만, 파리 달리스카도 결코 용이 아니었고, 익살광대 판톨라부스는 영국

---

* 그리스 옛 도시들의 시민 광장, 잡화장. 아테네에서 아고라는 공적, 정치적 생활의 중심이었다.

** 디드로는 파리의 이 요새에 갇혀 있었다.

*** 아풀레이우스(Lucius Apuleius, 124?~170?). 고대 로마의 시인·철학자·수사학자.

**** 라모(Jean Philippe Rameau, 1683~1764)는 18세기 프랑스의 유명한 작곡가다. 그리고 그 조카는 괴상한 방랑가인데, '그 모습이『라모의 조카』라는 디드로의 소설 속에서 생생하게 그려져 있다.

***** 겔리우스(Aulus Gellius, 123?~165?). 고대 문법학자. 비평가.

****** 이탈리아 소극(笑劇)의 어릿광대.

카페에서 난봉꾼 노멘타누스를 조롱하고, 헤르모게네스*는 샹
젤리제의 테너 가수고, 그의 주위에서 거지 트라지우스가 보
베슈** 식의 옷을 입고 의연금을 모으고, 튈르리 공원에는 사람
들 옷의 단추를 붙잡고 그들을 못 가게 하는 훼방꾼이 2000년
후에도 사람들로 하여금 테스프리온의 호통을 되풀이하게 한
다. "망토를 잡아당기는 게 누구냐? 난 바쁘다." 쉬렌의 포도
주는 알바의 포도주를 방불케 하고, 데조지에의 테두리가 새
빨간 술잔은 발라트론의 큰 술잔과 비등하고, 페르 라셰즈 묘
지는 밤비 속에 에스퀼리노 언덕과 같은 빛을 발산하고, 오 년
간의 계약으로 산 빈민의 무덤 구덩이는 옛날 노예의 입대차
관과 같은 가치가 있다.

파리에 없는 것이 뭐가 있는지 찾아보라. 트로포니오스***의
큰 통 속에 있는 것은 모두 메스머****의 나무통 속에도 있고, 에
르가필라스는 칼리오스트로***** 속에 되살아나고, 바라문 승려
바사는 생 제르맹 백작****** 속에 강생하고, 성 메다르 묘지는

---

* 헤르모게네스(Hermogène, 11세기). 그리스의 수사학자.
** 보베슈(Bobèche, 1791~? 1840 후). 제정 시대와 왕정복고 시대에 유명했
던 어릿광대.
*** 트로포니오스(Trophonios). 그리스신화에 나오는 델포이 신전의 건축자.
그의 무덤은 신탁을 내리며 그의 신탁을 들은 자는 일평생 침울해진다고 한다.
**** 메스머(Friedrich Anton Mesemer, 1734~1815). 독일의 의사로서 자기설
(磁氣說)이라는 일종의 최면술의 창시자. 한때 파리에서 개업했다.
***** 칼리오스트로(Alessandro di Cagliostro, 1743~1795). 이탈리아의 마
술사. 루이 16세의 궁정과 파리 사회에서 무척 인기가 좋았다.
****** 생 제르맹 백작(Comte de Saint Germain, 1700?~1784?). 루이 16세
시대의 육군 대신.

다마스쿠스의 회교 사원 우무미에에 결코 못지않은 기적을 행한다.

파리는 메이외*라는 하나의 이솝이 있고, 르노르망 양**이라는 하나의 카니디아가 있다. 파리는 델포이처럼 환상의 번쩍거리는 현실에 놀란다. 도두나***가 무당의 삼각 의자를 회전시켰듯이, 파리는 탁자를 회전시킨다. 로마가 창부를 용상에 앉혀 놓은 것처럼 파리는 바람난 여공(女工)을 용상에 앉혀 놓는다. 그리고 요컨대 비록 루이 15세는 클라우디우스 황제보다 나쁠지라도, 뒤바리 부인****은 메살리나*****보다 낫다. 파리는 존속하였고 우리가 접촉한 놀라운 유형 속에 그리스의 적나라함과 히브리의 궤양, 가스코뉴의 야유가 결합되어 있다. 파리는 디오게네스와 욥, 팔리아치******를 뒤섞고,《콩스티튀시오넬》의 헌 신문지로 유령에게 옷을 입혀 코드뤼크뒤클로를 만든다.

"폭군은 별로 늙지 않는다."라고 플루타르코스는 말했음에

---

* 메이외(Mayeux). 심한 곱추였으나 국민병이었다. 1830년 7월 혁명 당시 부르주아의 풍자화에서 전형적인 인물로 그려졌다.
** 르노르망 양(Mademoiselle Lenormand, 1772~1843). 유명한 트럼프 점쟁이.
*** 이 도시에는 떡갈나무 숲 옆에 유피테르의 신전이 있어서 신탁을 내리고 있었다.
**** 뒤바리 부인(Du Barry, 1743~1793). 루이 15세의 총희. 공포 시대에 단두대의 이슬로 사라졌다.
***** 메살리나(Valerius Messalina, 22~48), 클라우디우스 황제의 세 번째 아내. 음란하기로 유명하며 역시 피살되었다.
****** 팔리아치(Pagliacci). 고대 나폴리 극의 익살광대. 줏대 없는 사람에 비유된다.

도 불구하고 로마는 도미티아누스 황제 아래서처럼 술라 아래서도 체념하고 기꺼이 그의 술에 물을 탔다. 바루스 비비스쿠스가 테베레 강에 관해서 한 다음과 같은 약간 태를 부린 칭찬을 믿어야 한다면 테베레 강은 레테 강*이었다. "우리는 그라쿠스 형제에 대하여 테베레 강을 가지고 있다. 테베레 강물을 마심은 곧 반란을 잊음이다." 파리는 하루에 100만 리터의 물을 마시지만, 그래도 역시 경우에 따라서는 비상 나팔도 불고 경종도 울린다.

그 점을 제외하고는 파리는 호인이다. 그는 의젓하게 모든 것을 받아들이고, 비너스에 관해서도 까다롭지 않고, 그의 미인관은 호텐토트 식이고, 그가 웃기만 하면 용서하고, 추악은 그를 즐겁게 하고, 기형은 그를 유쾌하게 하고, 악덕은 그의 기분을 전환시키고, 우스꽝스럽게 굴면 그대는 기인으로 통할 것이고, 위선마저도, 이 최고의 파렴치마저도 그에게 반감을 일으키지 않고, 그는 대견한 문학자이므로 바질** 앞에서도 코를 막지 않고, 호라티우스가 프리아포스의 '딸꾹질'에 놀라지 않은 것처럼 그는 타르튀프***의 기도에 눈살을 찌푸리지 않는다. 이 세상의 어떠한 얼굴의 특색도 파리의 프로필엔 없는 것이 없다. 마비유의 무도회는 자니콜로**** 산 위의 폴림니아*****

* 지옥에 있는 망각의 강.
** 바질(Basile). 보마르셰의 「세비야의 이발사」에 나오는 위선자의 전형.
*** 타르튀프(Taruffe). 몰리에르의 동명 희극의 주인공으로서 위선자의 전형.
**** 로마의 산의 하나.
***** 폴림니아(Polymnia). 서정시의 뮤즈.

의 춤이 아니지만, 매음을 알선하는 계집이 거기서 매춘부를 지그시 바라다보고 있는 모습은 마치 매음 소개부 스타필라가 숫처녀인 플라네지움의 동정을 살펴보고 있던 것과 꼭 같다. 콩바의 성문은 콜로세움 같은 곳은 아니지만, 마치 카이사르가 거기서 구경하고 있는 것처럼 사람들은 거기서 잔인한 얼굴을 하고 있다. 시리아의 안주인은 사게 아주머니보다 더 매력이 있지만, 베르길리우스가 로마의 술집에 드나들고 있었다면, 다비드 당제와 발자크, 샤를레는 파리의 싸구려 음식점 식탁에 앉았다. 파리는 세력을 떨친다. 천재들은 거기서 불타오르고, 붉은 리본의 익살광대들은 거기서 번영한다. 아도나이*는 천둥 벽력의 열두 바퀴 수레를 타고 거기를 지나가고, 실레노스**는 나귀를 타고 거기로 들어온다. 실레노스는 거기서 랑포노 영감이라 한다.

파리는 코스모스(우주)와 동의어다. 파리는 아테네요, 로마요, 시바리스***요, 예루살렘이요, 팡탱****이다. 모든 문명이 거기에 개괄돼 있고, 모든 야만 또한 그렇다. 파리는 단두대 하나만 없더라도 무척 섭섭하게 여길 것이다.

약간의 그레브 형장이 있다는 것은 좋은 일이다. 그러한 양념이 없다면 이 모든 영원한 축제는 어찌 될 것인가? 우리들의 법률은 거기에 현명하게 갖추어져 있고, 그 법률 덕택으로

---

* 주(主), 군주의 뜻. 유대인은 신을 이렇게 불렀다.
** 디오니소스 신의 양부로서 그리스신화의 익살광대.
*** 이탈리아의 옛 도시.
**** 프랑스 센 지방의 조그만 도시.

이 단두대의 칼날에서 카니발의 마지막 날에 피가 한 방울씩 떨어진다.

11. 조소하며 군림하다

파리에는 한계가 전혀 없다. 어떤 도시도 제가 제압하는 자들을 가끔 우롱하는 그런 위력을 갖지는 못했다. 알렉산드로스는 "기뻐하라, 아테네 사람들이여!" 하고 외쳤다. 파리는 법률 이상의 것을 만든다. 유행을 만드는 것이다. 파리는 유행 이상의 것을 만든다. 관례를 만드는 것이다. 파리는 만약 마음만 내키면 바보가 될 수 있고, 때로는 그러한 사치도 하는데, 그럴 때면 세계도 파리와 더불어 바보가 된다. 그런 뒤에 파리는 잠을 깨어 눈을 비비며, "정말 나는 어리석어!" 하고 말하고 인류의 면전에서 너털웃음을 웃는다. 이러한 도시는 얼마나 희한한 것인가! 이상한 일은, 이 위대성과 이 해학성은 사이 좋게 이웃하고 있고, 이 모든 위엄은 그 모든 익살맞은 말로 조금도 흔들리지 않고, 그 똑같은 입이 오늘은 최후 심판의 나팔을 부는가 하면 내일은 갈대 피리를 불 수 있다는 것이다! 파리에는 비상한 쾌활함이 있다. 그의 쾌활함은 벼락을 머금고 있고, 그의 익살은 제왕(帝王)의 홀(笏)을 가지고 있다. 그의 태풍이 때로는 찌푸린 얼굴에서 터져 나온다. 그의 폭발, 그의 역사적인 날, 그의 걸작, 그의 기적, 그의 서사시는 세계의 끝까지 전해 가고, 그의 해학 역시 그렇다. 그의 웃음은 온 지구에 용암을

튀게 하는 화산의 분화구다. 그의 조소는 불꽃이다. 그는 국민들에게 그의 풍자와 이상을 받아들이게 하고, 인류 문명의 최고 작품들은 그의 풍자를 받아들이고, 그의 장난에 그들의 불멸성을 준다. 그는 찬란하다. 그는 세계를 해방하는 놀라운 7월 14일이 있고, 모든 국민들에게 죄드폼의 선서*를 하게 하고, 그의 8월 4일** 밤은 천 년의 봉건제도를 세 시간 동안에 해결하고, 그의 논리로 만장일치의 의지의 힘줄을 만들고, 숭고의 모든 형대 아래서 발전해 가고, 제 빛으로 가득 채운다. 워싱턴을, 코시우스코***를, 볼리바르****를, 보차리스*****를, 리에고******를, 뱀을, 마닌*******을, 로페스를, 존 브라운********을, 가리발디*********를. 그는 미래가 빛나는 곳에는 어디에고

* 1789년 6월 20일, 베르사유 궁에 모인 제3 계급 의원들이 프랑스에 헌법을 주기 전에는 해산하지 않겠다고 약속한 선서.
** 1789년 8월 4일에 프랑스 국회는 인권 선언과 헌법 제정을 선포하고 법 앞에서 만인의 평등을 확립했다.
*** 코시우스코(Kosciusko, 1746~1817, 정확히는 Kościuszko). 러시아에 반란을 일으킨 폴란드의 장군.
**** 볼리바르(Simon Bolivar, 1783~1830). 스페인의 지배를 물리치고 콜롬비아 공화국을 세운 남아메리카의 독립 운동 지도자.
***** 보차리스(Markos Botzaris, 1788~1823). 그리스 독립 전쟁의 영웅.
****** 리에고(Rafael del Riego, 1784~1823). 스페인의 장군·애국자.
******* 마닌(Daniele Manin, 1804~1857). 이탈리아의 애국자. 오스트리아의 지배에 강력히 저항했다.
******** 존 브라운(John Brown, 1800~1859). 미국의 노예 폐지론자. 그의 교수형은 남북전쟁을 촉발시켰다.
********* 가리발디(Giuseppe Garibaldi, 1807~1882). 이탈리아의 애국자. 이탈리아의 통일을 위하여 오스트리아와 나폴리 왕국 등에 대하여 투쟁했다.

있다. 1820년에는 레옹 섬에, 1848년에는 페스트에, 1860년에는 팔레르모에. 하퍼스 페리의 나룻배에 모인 미국 노예 폐지론자들의 귀에, 그리고 고치 여관 앞 바닷가의 아르키에 숨어서 모인 안코나의 애국자들의 귀에 대고 그는 '자유'라는 강력한 슬로건을 소곤거리고, 카나리스를 만들어 내고, 쿠이로가*를 만들어 내고, 피자카네를 만들어 내고, 위대한 것을 세상에 전파한다. 바이런이 메솔롱기온에서 죽고 마체트가 바르셀로나에서 죽은 것은 그의 입김이 그들을 몰아가는 곳으로 가서 그리 된 것이다. 그는 미라보의 발 아래서는 연단이 되고, 로베스피에르의 발 아래서는 분화구가 되고, 그의 책과 연극, 예술, 과학, 문학, 철학은 인류의 개론이다. 그는 모든 순간에 파스칼, 레니에, 코르네유, 데카르트, 장 자크 루소, 볼테르를 가지고 있고, 모든 시대에 몰리에르를 가지고 있으며, 자국어를 온 세계 사람들의 입으로 말하게 하니, 이 말은 '말씀'이 된다.** 그는 모든 사람들의 정신 속에 진보의 관념을 조성해 주고, 그가 만들어 내는 해방의 교리는 모든 세대들을 위해 머리맡 칼이 되어, 1789년 이래 모든 나라 사람들의 모든 영웅이 만들어지는 것은 그의 사상가와 시인들의 얼을 가지고서인데, 그래도 역시 그는 건달 기질을 부린다. 그리고 파리라고 불리는 이 거대한 천재는 그의 빛으로

---

* 쿠이로가(Antonio Quiroga, 1784~1841). 스페인의 장군.
** 태초에 말씀이 계시니라. 이 말씀이 하느님과 함께 계셨으니 이 말씀은 곧 하느님이시니라.(「요한복음」 제1장)

세계를 변모시키면서도 테세우스*의 신전 벽에 부지니에의 코를 숯으로 그리고 피라미드들 위에 "도둑놈 크레드빌"이라고 낙서를 한다.

파리는 항상 이를 드러내 놓고 있는데, 그가 중얼거리지 않을 적에는 웃고 있다.

이 파리는 이렇다. 그의 지붕들에서 올라오는 연기는 전 세계의 사상이다. 그가 진흙과 돌멩이의 더미라고 해도 좋지만, 그는 무엇보다도 정신적인 존재다. 그는 위대하기보다도 더하다. 그것은 무한하다. 왜? 그가 감행하기 때문에.

감행하는 것. 진보는 그 대가로 이루어진다.

모든 고귀한 정복들은 많든 적든 대담성의 대가다. 혁명이 있기 위해서는 몽테스키외가 그것을 예감하고, 디드로가 그것을 권장하고, 보마르셰가 그것을 예고하고, 콩도르세가 그것을 계획하고, 아루에**가 그것을 준비하고, 루소가 그것을 예상하는 것만으로는 충분치 않다. 당통이 그것을 감행하지 않으면 안 된다.

'과감하라!'라는 외침은 '빛 있어라.'이다.*** 인류의 전진을 위해서는 항상 산꼭대기에 용기라는 고매한 교훈이 있지 않으면 안 된다. 호담함은 역사를 눈부시게 하는, 인간의 가장 큰 빛의 하나다. 서광이 떠오를 때 감행한다. 시도하고, 도전하고, 고집하고, 인내하고, 자신에게 충실하고, 운명과 맞붙

---

* 테세우스(Theseus). 그리스신화에 나오는 아테네의 영웅.
** 아루에(Arouet). 볼테르의 성. 그의 성명은 François Marie Arouet.
*** 하느님이 빛 있어라! 하시니 빛이 있었느니라.(「창세기」)

어 싸우고, 파탄에 공포를 느끼지 않음으로써 파탄을 놀라게 하고, 어떤 때는 옳지 않은 권력에 대항하고, 또 어떤 때는 도취한 승리를 모욕하고, 꿋꿋이 항거하고, 완강히 저항하는 것, 이런 것이야말로 국민들에게 필요한 모범이고 그들을 분발케 하는 빛이다. 이와 같은 무서운 빛이 프로메테우스의 횃불에서 캉브론의 파이프로 가는 것이다.

12. 민중 속에 잠재하는 미래

파리의 민중은 심지어 성인이 돼서까지도 여전히 건달이다. 이 어린아이를 그리는 것, 그것은 이 도시를 그리는 것인데, 내가 이 독수리를 그 순수한 참새 속에서 연구한 것은 바로 그 때문이다.

파리의 족속이 나타나는 것은 특히 문밖에서라는 점을 강조해 둔다. 거기에 순수한 피가 있고, 거기에 참다운 모습이 있고, 거기서 이 민중은 일하며 고생하고 있는데, 고통과 노동은 인간의 두 모습이다. 거기에는 이름 모를 다수의 인간들이 있는데 그 속에는 라페의 인부로부터 몽포콩*의 백정에 이르기까지 아주 괴상한 유형의 인간들이 시글시글하다. 키케로는 도시의 '쓰레기통'이라고 외치고, 분개한 버크**는 '하층민'

---

* 파리 문밖 한 구역의 이름.
** 버크(Edmund Burke, 1729~1797). 영국의 웅변가.

이라고 덧붙이는데, 천민이요, 군중이요, 평민이다. 이러한 말들은 불쑥 나온 말들이다. 하지만 좋다. 아무려면 어떠냐? 그들이 맨발로 다닌들 내게 무슨 상관이냐? 그들은 글을 읽을 줄 모른다. 딱한 일이다. 그렇다고 해서 그들을 버릴 것인가? 그들에게 그들의 궁핍을 욕설거리로 삼을 것인가? 빛이 이 대중을 꿰뚫을 수 없을까? 다시 이 부르짖음으로 돌아가자. "빛을!" 그리고 끝끝내 그것을 고집하자! 빛을! 빛을! 이 어둠이 투명해지지 않을지 누가 알겠는가? 혁명은 변모가 아닌가? 자, 철학자들이여, 가르쳐라, 비추어라, 불을 켜라, 생각하는 바를 분명히 밝혀라, 큰 소리로 말하라, 밝은 햇빛으로 즐거이 달려가라, 광장과 친하게 지내라, 좋은 소식을 알려라, 초보 독본을 아낌 없이 줘라, 권리를 선언하라, 「마르세예즈」를 불러라, 감격의 씨를 뿌려라, 떡갈나무들에서 푸른 가지들을 쳐 버려라. 사상으로 선풍을 만들어라. 이 군중은 승화시킬 수 있다. 때에 따라 반짝이고 폭발하고 진동하는 이 주의(主義)와 도의 들의 거대한 불길을 이용할 줄 알자. 그 벌거벗은 발, 그 벌거벗은 팔, 그 누더기, 그 무지, 그 천함, 그 암흑, 이러한 것들은 이상의 쟁취에 사용될 수 있다. 민중을 통하여 바라보라. 그러면 그대들은 진리를 깨달으리라. 그대들이 발밑에 짓밟고, 용광로 속에 던져 넣어 녹이고 끓이는 이 천한 모래는 찬란한 결정체가 될 것이고, 이 모래 덕분에 갈릴레오와 뉴턴이 천체를 발견할 것이다.

13. 소년 가브로슈

이 소설의 2부에서 이야기한 사건으로부터 팔구 년이 지난 후, 탕플의 가로수 길 위와 샤토 도 지역에서 열한두 살가량의 한 소년이 사람들의 눈에 띄었는데, 입술에 그의 나이에 어울리는 웃음을 띠고 있는 이 소년이 만약에 그야말로 음울하고 공허한 마음을 가지고 있지 않았다면 위에서 대충 그린 건달의 그 이상을 꽤 정확하게 구현했으리라. 이 어린아이는 남자 바지를 괴상하게 입고 있었으나 그것은 아버지에게서 받은 것이 아니고, 여자 윗도리를 입고 있었으나 그것은 어머니에게서 받은 것이 아니었다. 누군가 남들이 불쌍하게 여겨 그런 누더기를 입혀 주었다. 그렇지만 그는 부모가 있었다. 그러나 아버지는 그를 생각하지 않았고, 어머니는 그를 조금도 사랑하지 않았다. 그는 부모가 있으면서도 고아인 모든 아이들 중에서 연민을 받을 만한 소년의 하나였다.

이 아이는 거리에서만큼 기분 좋은 때가 결코 없었다. 포도는 그에게 제 어머니의 마음보다 덜 냉혹했다.

그의 양친은 그를 발길로 걷어차 인생 속에 던져 버렸던 것이다.

그는 표연히 집을 나가 버렸다.

그는 수선스럽고, 얼굴이 파리하고, 날쌔고, 예민하고, 장난꾸러기였으며, 강인하면서도 병약해 보였다. 그는 거리를 왔다 갔다 쏘다니고, 노래를 부르고, 구슬치기를 하고, 개천을 뒤지고, 조금 훔쳤으나 고양이와 참새 들처럼 즐겁게 훔쳤으며, 사람들이 개구쟁이라고 부르면 웃고 부랑자라고 부르면 성을 냈다. 그는 집도 없고, 빵도 없고, 불도 없고, 사랑도 없었지만, 자유로웠기 때문에 유쾌했다.

이러한 가엾은 인간들이 어른인 때는 거의 언제나 사회질서의 맷돌이 부닥쳐 와 그들을 부스러뜨려 버리지만, 어린아이인 동안에는 작기 때문에 모면한다. 아주 작은 구멍만 있으면 그들은 살아난다.

그렇지만 이 아이는 아무리 버림을 받고 있었을지라도, 때때로, 두세 달마다 "어디, 엄마나 좀 보러 갈까!" 하고 말했다. 그때엔 가로수 길을, 곡마장을, 생 마르탱 개선문을 떠나, 강둑으로 내려가서 다리를 건너고, 문밖으로 나서고, 살페트리에르 구제원에 도달하고, 그리고 어디로 가는가 하면, 독자도 알고 있는 저 50-52번지라는 바로 그 이중의 번지가 붙어 있는 고르보의 누옥으로 가는 것이었다.

이 시대에 평소 입주자가 없고 항상 '셋방'이라는 허울 좋은 게시가 붙어 있는 이 50-52번지의 누옥에는 당시 희한하게도 여러 사람들이 살고 있었는데, 파리에서는 언제나 그러하듯이, 그들은 서로 아무런 연고도 관계도 없었다. 그들은 모두가 극빈 계급에 속했는데, 이 계급의 사람들은 극히 옹색한 소시민에서부터 시작하여 곤궁에서 곤궁으로, 줄곧 사회의 최하층 속으로 빠져 들어가서, 마침내 진창을 소제하는 하수 청소부와 누더기를 줍는 넝마 장수라는, 저 물질 문명의 말단인 두 가지의 인간으로 끝난다.

장 발장이 살던 때의 '셋집 주인' 노파는 이미 죽어 버리고 대신 그녀와 똑같은 노파 하나가 들어와 있었다. 누구인가 이런 말을 한 철학자가 있었다. "노파들은 결코 씨가 마르지 않는다."

이 새로 들어온 노파는 뷔르공 부인이라 불렸고, 그녀의 일생에서 괄목할 만한 일은 앵무새 세 마리를 키웠다는 것뿐인데, 이 앵무새들은 3대에 걸쳐 그녀의 마음속에 군림하고 있었다.

이 누옥에 살고 있는 사람들 중에서도 가장 비참한 사람들은 네 명의 가족이었는데, 아버지와 어머니, 그리고 이미 꽤 큰 두 딸이 앞서 말한 바와 같은 작은 방 중 하나인 다락방에서 네 식구가 다 같이 살고 있었다.

이 가정은 극도로 빈궁하다는 점 외에는 언뜻 보아 그다지 특이한 것이 없었다. 아버지는 방을 세내면서 이름을 종드레트라고 말했다. 셋방으로 이사한 후 조금 있다가(이 이사는 셋집 주인 노파의 기억할 만한 표현을 빌려서 말한다면, '알몸뚱이만의 입주'와 꼭 닮은 꼴이었는데), 이 종드레트는 이전의 노파처럼 문지기 겸 계단 청소부인 그 여자에게 이렇게 말했다. "할머니, 혹시 누가 와서 폴란드 사람이나 이탈리아 사람, 또는 어쩌면 스페인 사람을 찾거들랑, 그게 나인 줄 아시오."

이 가정은 저 유쾌한 맨발 소년의 가정이었다. 그가 거기에 오면, 그는 거기에서 가난을, 궁핍을 발견했는데, 더 슬픈 일은 미소 짓는 사람이 하나도 없다는 것, 아궁이도 싸늘하고 사람들 마음도 싸늘하다는 것이다. 그가 들어오면 가족들이 물었다. "어디서 오니?" 그는 대답했다. "거리에서." 그가 가면

물었다. "어디에 가니?" 그는 대답했다. "거리에." 그의 어머니는 말했다. "여긴 뭐하러 왔어?"

이 아이는 지하실의 희멀건 풀처럼 그 애정 결핍 속에서 살고 있었다. 그는 그렇게 있는 것을 괴로워하지 않았고 아무도 원망하지 않았다. 그는 부모가 어때야 하는지조차 정확히 알지 못했다.

그런데 그의 어머니는 그의 누이들은 사랑했다.

말하는 것을 잊었으나, 탕플의 가로수 길에서는 이 아이를 소년 가브로슈라고 불렀다. 왜 그를 가브로슈라고 불렀는가? 십중팔구 그의 아버지를 종드레트라고 불렀기 때문이리라.

연결을 끊는 것은 어떤 빈궁한 가족들의 본능인 것 같다.

종드레트 일가가 살고 있는 고르보 누옥의 방은 복도 끝에 있는 마지막 방이었다. 그 옆의 작은 방에는 마리우스 씨라는 퍽 가난한 청년 하나가 살고 있었다.

이제 마리우스 씨가 어떤 사람인가를 말하자.

2
위대한 부르주아

1. 아흔 살에 서른두 개의 이

부슈라 거리와 노르망디 거리, 생통주 거리에는 질노르망이라는 노인을 기억하고 그에 대해 즐거이 이야기하는 옛날부터의 주민이 아직도 몇 사람 살아 있다. 이 노인은 그들이 젊었을 때 이미 늙어 있었다. 과거라는 이름의 그 희미한 망령들의 북적거림을 우울하게 바라다보고 있는 사람들에게는, 이 노인의 모습이 탕플 수도원에 인접한 미궁 같은 거리들에서 아직도 완전히 사라져 버리지 않았는데, 이 거리들에는 루이 14세 시대에 프랑스의 모든 지방들의 이름을 붙였다. 그것은 현대에 티볼리의 새 지구의 거리들에 유럽의 모든 수도들의 이름을 붙인 것과 꼭 같다. 말이 난 김에 말이지만 그것은 진보가 보이는 진전이다.

1831년 질노르망 씨는 더할 수 없이 쾌활한 낙천가였는데, 단지 오래 살았기 때문에 보기 드물게 되었고, 예전에는 모든 사람을 닮았으나 지금은 더 이상 아무도 닮지 않기 때문에 특이한 그런 사람들 중 하나가 되어 있었다. 그는 독특한 노인이고, 정말 딴 시대의 사람이었으며, 18세기의 좀 거만하고 완전무결한 진짜 부르주아로서, 후작들이 후작으로서의 풍채를 간직하고 있듯이 착한 옛 부르주아로서의 풍채를 간직하고 있었다. 그는 아흔 살이 넘었으나 꼿꼿한 자세로 걷고, 큰 목소리로 말하고, 눈이 밝고, 술에 물을 타지 않고 마시고, 잘 먹고, 잘 자고, 코를 골았다. 그는 그의 서른두 개의 이를 가지고 있었다. 글을 읽기 위해서밖에 안경을 쓰지 않았다. 색을 좋아했으나, 한 십 년 전부터는 여자와 완전히 관계를 끊었다고 말했다. "나는 이젠 여자들이 좋아하질 않아."라고 말했는데, 거기에 덧붙여서 "내가 너무 늙어서."라고 말하지 않고, "내가 너무 가난해서."라고 말했다. 그는 이렇게 말했다. "내가 만약 파산하지 않았다면…… 헤헤!" 그에게는 정말 약 1만 5000프랑의 수입밖에 남아 있지 않았다. 그의 꿈은 정부들을 갖기 위해 유산을 상속받아 10만 프랑의 연금을 갖는 것이었다. 보다시피, 그는 볼테르 씨처럼 평생 죽어 가고 있던 저 80세의 허약한 품종과 전혀 같은 유(類)가 아니었다. 깨어진 항아리 같은 장수(長壽)가 아니었다. 이 쾌활한 노인은 항상 건강했다. 그는 경박하고, 성급하고, 곧잘 화를 냈다. 그는 툭하면, 대개의 경우 진실에 역행하여 노발대발했다. 누가 그에게 반대했을 때는 지팡이를 치켜들었고, 위대한 시대* 때처럼 사람들을 후려쳤다. 그에게는 쉰 살이 넘은 미혼의 딸 하나가 있었는데, 골이 나면 그녀를 아주 호되게 구타했고, 곧잘 매질도 했다. 그녀는 그에게 여덟 살짜리같이 보였던 것이다. 그는 "요 망나니 새끼!" 하면서 안정 없이 하인들의 따귀를 갈겼다. 입버릇처럼 된 그의 욕설 한 가지는 "신발짝으로 냅다!" 하는 욕이었다. 그는 신기하게도 조용할 때가 있었다. 그는 날마다 한 이발사를 시켜 면도를 했는데, 전에 미쳤었던 이 이발사는 아양스럽고 요염한 자기 아내 때문에 질노르망 씨를 질투하고 싫어했다. 질노르망 씨는 모든 일에서 자기 자신의 감식력에 감탄했고, 자기는 퍽 총명하다고 말했는데, 다음에 그의 말 한마디를 소개한다. "나는 확실히 좀 통찰력이 있어. 벼룩이 나를 물 적에 어느 여자에게서 그것이 왔는가를 나는 말할 수 있거든." 그가 가장 자주 쓰는 말은 '다감다정한 사람'과 '자연'이라는 말이었다. 그는 이 두 번째 말에 현대의 우리들이 뜻하는 것 같은 넓은 의미를 부여하지는 않았다. 그는 난롯가에서의 그의 간단한 풍자 속에 자기 나름대로 그 말이 들어가게 했다. 그는 이렇게 말했다. "자연은 문명이 모든 것을 조금씩은 갖도록 재미있는 야만의 표본들까지도 문명에 주고 있어. 유럽은 아시아와 아프리카의 견본들을 소형으로 가지고 있어. 고양이는 객실의 호랑이고, 도마뱀은 호주머니 속의 악어지. 오페라의 무희들은 장밋빛 여자 미개인들이야. 그 여자들은 사내들을 잡아먹지는 않지만 깨물어 먹어. 또

---

* 루이 14세 시대를 가리킨다.

는 마술사들이야. 그녀들은 사내들을 굴로 바꾸어 삼켜 버리거든. 카리브 사람들*은 뼈밖에 안 남기지만, 그 여자들은 껍질밖에 안 남긴단 말이야. 이러한 것이 우리들의 풍습이야. 우리들은 모조리 먹어 치우지 않고 쏠아 먹으며, 몰살하지 않고 할퀸다."

2. 그 주인에 그 주택

그는 마레의 피유 뒤 칼베르 거리 6번지에 살고 있었다. 이집은 그의 것이었다. 그 후 이 집은 무너져서 다시 세워졌는데, 파리의 여러 거리들의 번지가 변경되었을 때 이 집의 번지 역시 변경되었으리라. 그는 2층의 널따란 낡은 방을 차지하고 있었는데, 이 방은 거리와 정원들 사이에 있었고, 방 안에는 고블랭과 보베에서 제조된, 목동들이 그려진 커다란 벽포(壁布)가 천장까지 둘러쳐져 있었으며, 천장과 징두리 벽판(壁板)에 그려진 화제(畵題)는 안락의자에도 자그맣게 그려져 있었다. 그는 그의 침대를 코로망델산 칠을 한 아홉 폭짜리 거대한 병풍으로 둘러쳐 놓았다. 창에는 넓은 휘장이 기다랗게 드리워져 있고 커다란 주름들이 매우 화려하게 잡혀 있었다. 그 창들 바로 밑에 있는 정원은 이 노인이 무척 유쾌하게 오르내리는 열두세 단의 계단에 의해 모퉁이를 이루고 있

---

* 남아메리카와 북아메리카 사이에 위치한 섬들에 사는 식인종.

는 창들 중 하나와 연결되어 있었다. 그의 방과 잇닿은 서재 외에도 그가 매우 소중히 여기는 내실 하나가 있었는데, 그것은 백합과 다른 꽃무늬가 그려진 호화로운 벽지를 바른 우아한 작은 방이었다. 이 벽지는 비본 씨가 자기의 애인을 위하여 죄수들에게 명하여 루이 14세의 갤리선에서 만든 것이었다. 질노르망 씨는 그것을 백 년 상수(上壽)한 붙임성 없는 외종조모한테서 물려받았다. 그는 아내를 둘 가졌었다. 그의 태도는 한 번도 해 본 적이 없는 조신(朝臣)과 될 수도 있었을 법관의 중간을 유지하고 있었다. 그는 쾌활했고, 그러고 싶은 때에는 다정했다. 세상에는 가장 뚱한 남편인 동시에 가장 상냥한 애인이기 때문에 아내한테는 늘 속지만 정부(情婦)한테는 결코 속는 일이 없는 그러한 사내들이 있는데, 젊었을 때 그는 그러한 사람의 하나였다. 그는 그림에 정통한 사람이었다. 그의 방에는 누군지 알 수 없는 사람의 훌륭한 초상화가 있었는데, 그것은 요르단스*의 그림으로, 괴발개발 아무렇게나 그린 것처럼 거친 필치면서도 온갖 세부까지도 그려져 있었다. 질노르망 씨의 복장은 루이 15세식도 루이 16세식도 아니고, 집정관 정부 시대의 한량 같은 복장이었다. 그는 그렇게까지 자신이 아주 젊다고 생각하고 유행을 따랐다. 그의 윗도리는 가벼운 나사 옷인데, 널따란 깃과 기다란 제비 꼬리, 큼직큼직한 쇠 단추가 붙어 있었다. 그와 함께 짤막한 바지와 죔쇠 달린

---

* 요르단스(Jacob Jordaens, 1593~1678). 벨기에의 화가. 루벤스 사후 그의 후계자로서 명성을 얻었다.

구두를 신었다. 그는 늘 두 손을 바지 호주머니에 찔러 넣고 있었다. 그는 위엄차게 말했다. "프랑스혁명은 많은 무뢰한들이다."

3. 뤼크 에스프리

얼여섯 실 때 어느 날 저녁, 오페라 극장에서 그는 당시 이미 완숙하고 유명한 두 미인으로 볼테르의 찬미를 받고 있던 카마르고 양과 살레 양으로부터 영광스럽게도 동시에 추파를 받았다. 두 불꽃 사이에 사로잡힌 몸이 된 그는 나앙리라는 귀여운 소녀 댄서 쪽으로 영웅적인 퇴각을 했는데, 이 소녀는 그와 마찬가지로 열여섯 살이었으며, 고양이처럼 아직 이름도 알려져 있지 않았으나, 그는 이 소녀에게 홀딱 반했다. 그는 추억이 많았다. 그는 외쳤다. "저 기마르 기마르디니 기마르디네트는 참 예뻤어. 최후로 롱샹에서 만나 보았을 때는 머리털을 고상하게 지지고, 세상에 보기 드문 터키옥을 차고, 갓 낳은 아기의 살결 같은 빛깔의 여성복을 입고, 부풀부풀한 토시를 끼고 있었어!" 그는 청춘 시절에 '냉 롱드랭 나사'*의 조끼를 입고 있었는데, 그는 그것을 곧잘 신바람 나게 이야기했다. "나는 해 뜨는 동쪽 나라의 터키 사람 같은 옷을 입고 있었어." 볼플레르 부인은 그가 스무 살 때 우연히 그를 보고, '비

---

* 프랑스 남부 지방에서 제조되어 중동 제국(諸國)으로 수출된 나사.

상한 미남'이라고 말했다. 그는 정계나 관계에 보이는 이름들은 모두 야비한 속물들이라 생각하고 이맛살을 찌푸렸다. 그는 신문들을, 그가 말한 것처럼 '새 문서, 잡문서'를 터져 나오는 웃음을 억누르면서 읽었다. 그는 말했다. "아니, 이 사람들이 다 뭐야! 코르비에르! 위만! 카지미르 페리에! 이런 것들이 장관이라니. 신문에 장관 질노르망 씨라고 났다고 좀 생각해봐! 웃음거리가 될 거야. 암! 이 작자들은 여간 바보가 아니니 잘되겠지!" 그는 무엇이고 다 깨끗한 말이나 더러운 말로 불러 쾌활하게 지껄여 대고 여자들 앞에서도 거리낌이 없었다. 야비하고 음란하고 추잡한 것들을 말하는 데도 뭔지 알 수 없는 조용하고 담담한 멋이 풍겼다. 그것은 그의 시대의 무람없는 태도였다. 완곡한 시(詩)의 시대가 노골적인 산문의 시대이기도 했다는 점은 주목할 만하다. 그의 대부(代父)는 그가 후일 천재가 될 것이라 예언하고, 그에게 '뤼크 에스프리*'라는 이 두 개의 의미심장한 세례명을 주었다.

4. 백 년 상수의 지망자

그는 어렸을 때 그가 태어난 물랭의 중학교에서 여러 번 상을 탔고, 그가 느베르 공작이라고 부르던 니베르네 공작의 손에서 상을 받았다. 국민의회도, 루이 16세의 죽음도, 나폴레

---

* 뤼크는 사도 누가, 에스프리는 정령이라는 뜻.

옹도, 부르봉 왕가의 복귀도, 아무것도 그 수상의 기억을 지워 버릴 수 없었다. '느베르 공작'은 그에게는 그 시대의 가장 위대한 인물이었다. 그는 말했다. "얼마나 멋진 위대한 귀족인가! 그분이 푸른 수장(綬章)*을 두르고 있는 품이 얼마나 당당했던가!" 질노르망 씨의 눈에 예카테리나 2세는 베스튜셰프에게서 3000루블로 황금 영약(靈藥)의 비법을 매수함으로써 폴란드 분할의 죄를 배상했다. 이 점에 관해서 그는 기염을 토했다. "황금 영약, 베스튜셰프의 노란 정기(丁幾), 라모트 장군의 물약, 이것은 18세기에는 반 온스짜리 한 병에 1루이**나 나갔어. 연애의 파탄에 대한 위대한 약이고, 비너스에 대한 만능 약이지. 루이 15세는 그것을 이백 병이나 교황에게 선사하셨어." 만약 누가 그에게 그 황금 영약이 사실은 쇠의 과염화물(過鹽化物)에 불과한 것이라고 말해 주었다면, 그는 몹시 낙심하고 당황했으리라. 질노르망 씨는 부르봉 왕가를 숭배하고 1789년을 증오했다. 그는 '공포 시대' 때 어떻게 해서 살아났으며, 머리가 잘리지 않기 위해서 얼마나 많은 쾌활함과 재치가 필요했던가를 끊임없이 이야기했다. 어떤 젊은이가 그의 앞에서 공화국을 찬양할 생각을 하면, 그는 새파래져 기절할 정도로 노발대발했다. 이따금 그는 아흔이라는 자기 나이를 암시하면서 이런 말을 했다. "나는 93이라는 숫자를 두 번 보지 않기를 정말 바라."*** 또 다른 때는 백 살까지 살고 싶다고

---

* 성령(聖靈) 기사단의 청수(靑綬).
** 20프랑.
*** 루이 16세가 사형에 처해진 1793년을 암시하는 말.

사람들에게 자기 생각을 분명히 밝혔다.

5. 바스크와 니콜레트

그는 일정한 주견이 있었다. 그중 하나는 이런 것이었다. "만약 사내가 딴 여자들을 열렬히 사랑하고, 자기 자신에게 는 못생기고, 완고하고, 많은 권리를 가지고 있고, 법률을 방 패 삼고, 경우에 따라서는 질투까지 하는 본처가 있어서 무 심하게 지내는 터라면, 그러한 처지에서 벗어나 평화를 누리 는 방법은 한 가지밖에 없다. 그것은 아내에게 돈주머니의 끈 을 맡기는 것이다. 이러한 포기는 남편을 해방해 준다. 그렇 게 되면 아내는 거기에 정신이 쏠리어, 돈 다루기에 열중하고, 손가락에 녹청(綠靑)을 묻히고, 반타작 소작인들의 교육과 소 작인들의 훈련을 기도하고, 소송 대리인들을 조치하고, 공증 인들을 주재하고, 하급 법원 서기들에게 잔소리를 하고, 법관 들을 찾아다니고, 소송들을 일으키고, 임대차 계약들을 맺고, 계약서들을 구술하고, 자신이 최고의 권한자라고 느끼고, 팔 고, 사고, 셈을 치르고, 명령을 내리고, 약속하고 타협하고, 계 약하고 해약하고, 양보하고, 양도하고 반환하고, 정돈하고, 흐 트러뜨리고, 축재하고, 낭비한다. 그녀는 바보 짓거리를 하는 데, 그것이 개인적인 훌륭한 행복이고, 그것이 위안을 준다. 남편에게 무시당하는 동안 아내는 남편을 파산시키고 만족해 한다." 이러한 이론을 질노르망 씨는 자기 자신에게 적용했고, 그것은 그의 이력(履歷)이 되었다. 그의 아내, 두 번째 아내는 그의 재산을 하도 잘 관리해서, 어느 날 그가 홀아비가 되었을 때, 질노르망 씨에게는 꼭 먹고살 만한 재산이 남아 있었는데, 즉 거의 전부를 종신 연금으로 예금함으로써 연수입이 1만 5000프랑쯤 되었는데, 그중 사 분의 삼은 그의 죽음과 함께 소멸되게 되어 있었다. 그는 망설이지 않았다. 유산을 남기려는 배려는 별로 염두에 없었으니까. 더구나 그는 상속 재산에는 뜻밖의 일이 일어나는 것을, 예컨대 그것이 '국가 재산'이 되는 것을 보았고, 제3 정리 공채의 변화를 목격했으며, 원장은 별로 믿지 않았다. "캥캉푸아 거리의 은행밖에 없지 않은가!"라고 그는 말했다. 피유 뒤 칼베르 거리의 집은 앞서 말했듯이 그의 소유였다. 그에게는 '남자와 여자' 두 하인이 있었다. 하인 하나가 그의 집에 들어오면 질노르망 씨는 그에게 다른 이름을 붙여 주었다. 남자 하인들에게는 그들의 출신 지방 이름을 붙여 주었다. 니무아, 콩투아, 푸아트뱅, 피카르 등등. 그의 마지막 종은 쉰다섯 살 먹은 뚱뚱보였는데, 비칠거리고 헐떡거렸으며, 스무 걸음도 달리지 못했으나, 그가 바욘 태생이라는 이유로, 질노르망 씨는 그를 바스크라고 불렀다.* 한편 여자 하인은 모두 니콜레트라는 이름으로 불렀다.(후에 나오게 될 마뇽이라는 여자까지도.) 어느 날, 문지기 족속 같은 키다리로 거만한 요리사 하나가, 요리의 명수가 나타났다. "월급은 얼마를 받고 싶은고?" 하고 질노르망 씨는 물었다. "30프랑입

---

* 바스크 인은 피레네 산중에 사는 용맹한 종족이다.

니다.” “이름은 무엇인고?” “올랭피라고 합니다.” “50프랑 주
겠다. 그리고 이름은 니콜레트라고 해라.”

6. 마농과 그녀의 두 어린이

질노르망 씨에게서는 고통이 분노로 나타났다. 절망하면
그는 노발대발했다. 그는 온갖 편견을 다 가졌고 만사 제멋대
로 행동했다. 그의 외부의 특이함, 내심의 만족을 이루고 있는
것 중 하나는 앞서 지적한 바와 같이 늙었어도 여전히 정정하
고 호색적이며, 단연 그렇게 인정받고 있다는 점이었다. 그는
그것을 '큰 명성'을 얻는 일이라고 불렀다. 이 큰 명성은 때로
는 그에게 이상한 횡재를 가져다주었다. 어느 날, 배내옷에 제
법 잘 싸여서 울부짖는 통통한 갓난 머슴애 하나가 굴 광주리
같은 바구니 속에 담겨서 그의 집에 들어왔는데, 이 아이를 반
년 전에 쫓겨난 한 하녀가 그의 아들이라고 했다. 질노르망 씨
는 당시 만 여든네 살이었다. 측근들은 분노하여 왁자지껄 떠
들어 댔다. 그런데 요 뻔뻔스러운 화냥년이 누구에게 그걸 믿
게 하기를 바란 걸까? 키워 달라는 말인가? 얼마나 대단한 배
짱인가! 얼마나 끔찍스러운 중상인가! 그러나 질노르망 씨 자
신은 조금도 역정을 내지 않았다. 그는 중상을 기뻐하는 노인
의 온화한 미소를 지으면서 그 갓난애를 바라보고, 아무에게
나 말하듯 말했다. “아니, 뭐야? 뭐가 어쨌다는 거야? 대관절
어찌 됐다는 거야? 모두들 대단히 어리둥절해 있구먼. 정말

무식한 놈들이로군. 샤를 9세 폐하의 서자 앙굴렘 공작께서는 여든다섯 살에 열다섯 살 난 말괄량이와 결혼하셨고, 보르도의 대주교 수르디 추기경의 제씨인 알뤼이 후작 비르지날께서는 여든세 살에 자캥 의장(議長) 부인의 시녀한테서 아들하나를 얻으셨는데, 이는 진짜 연애의 아들로, 후일 마르타 기사단의 기사가 되고 군사 고문관이 된 인물이고, 이 시대의 위인의 한 분인 타바로 수도원장은 여든일곱 살 먹은 남자가 만든 아들이다. 이러한 것은 하나도 이상할 게 없다. 그러니 성서를 걸고 맹세해도 좋아! 그런데 이 어린 도련님은 내 아들이 아님을 나는 언명해 둔다. 이 아기를 잘 보살펴 주어라. 이건 이 아기 탓이 아니니까."이 소행은 관대했다. 그 여자는 마뇽이라는 이름의 계집이었는데, 다음 해 그에게 두 번째 아이를 보냈다. 이 아이 역시 사내아이였다. 이번에는 질노르망 씨도 두 손 바짝 들었다. 그는 두 아기를 어머니에게 돌려보내고, 그 어머니가 다시는 그러한 짓을 하지 않는다는 조건하에 그 아이들의 양육비로 다달이 80프랑을 지불하기로 약속했다. 그는 덧붙여 말했다. "애 어머니는 그들을 잘 보살펴 주기 바란다. 내가 때때로 그들을 보러 가겠다." 그는 그렇게 했다. 그에게는 신부(神父)인 아우 하나가 있었는데, 삼십삼 년간 푸아티에 아카데미 회장을 지내다가 79세에 죽었다. "동생은 젊어서 죽었다."고 질노르망 씨는 말했다. 이 아우에 관해서는 별로 추억이 남아 있지 않았는데, 그는 조용한 구두쇠여서, 신부이므로 가난한 사람들을 만나면 보시를 하지 않으면 안 된다고 생각하고는 있었으나, 푼돈이나 통용되지 않는 동전 외에는 결코 베풀지 않았고, 그렇게 천국의 길을 통해 지옥에 가는 방법을 찾아내고 있었다. 형인 질노르망 씨로 말하자면, 보시를 아끼지 않고 기꺼이, 그리고 관대하게 베풀었다. 그는 친절하고, 성급하고, 동정심이 많아서, 만약 돈이 많았다면 그의 처신은 굉장했으리라. 그는 자신에게 관한 일이라면 무엇이든지, 심지어 협잡이라 할지라도 당당하게 행해지기를 바랐다. 어느 날, 어떤 상속건에서 야비하고도 서투른 방법으로 대리인에게 사기를 당했을 때, 그는 이렇게 위엄있게 부르짖었다. "제기랄! 참 더러운 짓이야! 이런 편취를 나는 정말 수치로 생각해. 이 시대에는 모두, 악당들까지도 타락했어. 빌어먹을! 나 같은 사람한테서 훔치려면 그렇게 해서는 안 돼. 나는 숲 속에서 도둑맞은* 거나 진배없는데, 좋지 못한 도둑질이었어. '숲이여, 집정관의 이름을 더럽히지 마라!**'" 그는 앞서 말한 바와 같이 두 번 아내를 얻었는데, 초취 소생의 딸 하나가 있었으나 미혼이었고, 재취한테서도 또 하나의 딸을 얻었는데, 서른 살 무렵에 죽었으나, 그전에 졸병에서 출세한 한 군인과 사랑 때문이었는지, 아니면 우연이었는지, 또 아니면 다른 이유에서였는지 결혼을 했는데 이 군인은 공화국과 제국 시대 군대에 들어가, 아우스터리츠 전투에서는 훈장을 받았고, 워털루의 싸움에서는 대령이 되었다. "이건 우리 집안의 수치야."라고 이 늙은 부르주아는 말했다. 그는 골초였고, 손

---

* 숲 속에서 도둑맞는다는 것은 피할 길 없는 방법으로 도둑맞았다는 것을 뜻한다.
** 베르길리우스의 「전원시」에서 인용한 시구.

등으로 자기의 레이스 가슴 장식을 다는 특별한 우아함을 가지고 있었다. 그는 아주 조금밖에 신을 믿지 않았다.

7. 규칙: 저녁 외에는 아무도 접대하지 않는다

뤼크 에스프리 질노르망 씨는 그러한 사람이었는데, 머리털 하나 빠지지 않았고, 백발이라기보다는 오히려 회색빛 머리인데, 언제나 개의 귀 같은 머리 모양을 하고 있었다. 요컨대, 그리고 통틀어 말해서 존경할 만한 인물이었다.

그는 18세기적인 사람, 즉 경박하고도 위대했다.

왕정복고 초기에 아직 젊었던 질노르망 씨는(그는 1814년에 74세에 불과했다.) 생 제르맹 문밖, 세르방도니 거리의 생 쉴피스 성당 근처에 살았다. 그가 마레로 은퇴한 것은 만 여든 살이 다 된 후, 사교계에서 물러나면서였다.

그리고 사교계에서 물러나면서 그는 자기 습관 속에 들어박혔다. 가장 중요한 습관으로 변함이 없었던 것은 낮에는 절대로 문을 닫아 두고, 누구든지, 무슨 일이든지, 저녁 외에는 결코 접대하지 않는다는 점이었다. 그는 5시에 저녁 식사를 하고, 그런 뒤에는 문을 열어 두었다. 이것은 그의 시대의 풍습이었는데, 그는 그것을 조금도 버리려 하지 않았다. 그는 이렇게 말했다. "낮은 천격스러워서 덧문을 닫아 붙여야 한다. 훌륭한 신사는 창공에 별이 빛날 때 자기의 정신을 빛낸다." 그래서 그는 모든 사람들에게, 설령 왕에게일지라도, 높이 장

벽을 쳐 놓았다. 그의 시대의 낡은 운치였다.

8. 어울리지 않는 자매

질노르망 씨의 두 딸에 관해서는 조금 전에 말했다. 그녀들은 십 년의 차이를 두고 태어났다. 젊었을 때 그녀들은 거의 닮은 데가 없었고, 성격상으로나 용모상으로나 조금도 자매 같지 않았다. 동생은 마음씨가 고와서 모든 빛나는 것으로 마음이 향하고, 꽃과 시, 음악에 열중하고, 영광의 세계를 동경하고, 열정적이고, 고결하고, 어릴 때부터 이상 속에서 어떤 막연한 영웅적인 얼굴과 약혼하고 있었다. 언니 역시 자기의 공상을 가지고 있었는데, 그녀는 용달 상인, 어떤 착하고 돈 많은 군수품 납품업자, 기막히게 미욱한 남편, 백만장자, 또는 도지사, 이러한 것들을 창공 속에서 꿈꾸었으며, 도청의 리셉션, 목에 사슬 장신구를 두르고 있는 응접실의 접대원, 공식적인 무도회, 시장의 연설, '도지사 부인' 되기, 이러한 것들이 그녀의 공상 속에서 소용돌이치고 있었다. 이렇게 두 자매는 처녀 시절에 제각기 제 꿈 속에서 방황했다. 둘 다 날개를 가지고 있었다. 하나는 천사처럼, 또 하나는 거위처럼.

어떠한 야심도 충분히 실현되지 않는다. 어쨌든 이승에서는 어떠한 천국도 우리들의 시대에는 지상의 것이 되지 않는다. 동생은 자기 꿈의 사나이와 결혼했으나, 그녀는 죽어 버렸다. 언니는 결혼하지 않았다.

내가 말하고 있는 이야기에 그녀가 등장할 때, 그 여자는 하나의 늙은 정절이요, 불연소성의 새침데기요, 세상에서 볼 수 있는 가장 뾰족한 코의 하나요, 가장 둔재의 하나였다. 독특한 사실은 그 좁은 가정 밖에는 아무도 그녀의 이름을 아는 사람이 없었다는 점이다. 사람들은 그녀를 '언니 질노르망 양'이라 불렀다.

위선적인 행실에서 질노르망 양은 영국의 미혼녀보다도 한 수 위였으리라. 그것은 암흑에까지 뻗친 정숙이었다. 그녀는 생애에 끔찍스러운 추억 하나를 가지고 있었는데, 그것은 어느 날 한 사나이가 자기의 양말 대님을 보았다는 것이다.

나이를 먹어 감에 따라 이 잔인한 정숙은 더욱 커져만 갔다. 그녀의 너울은 아무리 불투명해도 결코 충분치 않았고, 아무리 깊이 뒤집어써도 결코 충분치 않았다. 아무도 볼 염려가 없는 곳에서까지도 그녀는 무턱대고 안전핀이나 바늘을 사용했다. 정숙한 체하는 버릇의 특성, 그것은 요새(要塞)가 덜 위협당할수록 더 많은 파수병을 배치하는 것이다.

그렇지만, 이건 그러한 순결의 옛 비밀들을 설명할 수 있는 것인지는 몰라도, 그녀는 한 창기병(槍騎兵) 장교가 자기를 포옹하는 대로 기꺼이 몸을 내맡기곤 했는데, 그는 그녀의 종손으로, 테오뒬이라는 이름이었다.

이렇게 특별히 호의를 베풀어 주는 창기병이 있기는 했으나, 내가 그녀에게 붙인 '새침데기'라는 표 딱지는 그녀에게 완전히 어울렸다. 질노르망 양은 황혼의 영혼 같은 여자였다. 새침한 태도는 반(半) 미덕이자 반 악덕이다.

그녀는 새침한 태도에 더하여 편협한 신심을 가지고 있었는데, 그건 잘 어울리는 안팎이었다. 그녀는 성모회에 속해 있었고, 어떤 제전(祭典)들에서는 하얀 면사포를 쓰고, 특수한 기도문을 중얼거리고, '성혈(聖血)'을 숭배하고, '성심(聖心)'을 존경하고, 일반 신자들에게는 개방되지 않는 예배당에서, 로코코 예수회식 제단 앞에서 몇 시간이고 명상에 잠겨 있으면서, 수많은 작은 대리석 상들 사이로, 커다란 바퀴살 같은 금박 칠한 서까래들을 통해 자기의 마음을 휘날려 보냈다.

그녀는 예배당 친구 하나가 있었는데, 그녀처럼 노처녀고, 보부아 양이라는 이름이었으며, 미련하기 짝이 없는 여자였는데, 그 옆에서 질노르망 양은 날쌘 독수리 같은 쾌감을 맛보고 있었다. 보부아 양은 아뉴스 데이*와 아베 마리아 외에 잼을 만드는 여러 가지 방법밖에는 아무런 지식도 없었다. 그나름대로 완전무결한 보부아 양은 단 한 점의 지성의 얼룩도 없는 우매한 흰담비였다.

이 점은 말해 두지만, 늙으면서 질노르망 양은 나빠졌다기보다 오히려 좋아졌다. 그것은 소극적인 성질의 사람들에게는 으레 있는 일이다. 그녀는 심술궂었던 적이 한 번도 없었는데, 이것은 하나의 상대적인 선(善)이다. 그런 데다가 세월은 모난 것들을 무디게 하는데, 시간이 감에 따라 그녀는 부드러워졌다. 그녀는 막연한 수심에 젖어 있었으나, 그 까닭은 그녀 자신도 알 수 없었다. 그녀의 전신에는 시작도 되지 않은 채

---

* '하느님의 어린 양'으로 시작되는 기도문.

끝나 버린 인생의 혼곤이 있었다.

그녀는 아버지의 집을 맡아보고 있었다. 질노르망 씨는 비앵브뉘 예하가 누이동생을 곁에 두고 있는 것을 사람들이 본 것처럼 자기 곁에 딸을 두고 있었다. 한 노인과 한 노처녀의 이러한 세대들은 결코 드물지 않은데, 두 약자가 서로 의지하고 있는 광경은 언제나 사람을 감동시킨다.

그 밖에도 이 집에는 이 노처녀와 이 노인 사이에 어린아이 하나가 있었는데, 어린 소년은 질노르망 씨 앞에서 늘 말없이 떨고 있었다. 질노르망 씨는 이 아이에게 준엄한 목소리로밖에는 결코 말하지 않았고, 때로는 지팡이를 들어 올렸다. "이리 와! 도련님! 요 개구쟁이야! 요 장난꾸러기야, 가까이 와! 대답해, 요 녀석아! 어디 좀 보자, 요 장난꾸러기!" 등등. 그러나 그는 이 아이를 애지중지했다.

이 어린아이는 그의 손자였다. 우리는 이 아이를 다시 만날 것이다.

3

할아버지와 손자

1. 옛날의 객실

질노르망 씨는 세르방도니 거리에 살 때 매우 훌륭하고 매우 고귀한 여러 객실들에 출입하고 있었다. 중산계급 사람이기는 했지만, 질노르망 씨는 받아들여졌다. 그는 두 배의 재치를 가지고 있었으므로, 즉 첫째는 실제로 재치가 있었고, 다음에는 재치가 있다고 사람들이 인정해 주었으므로, 사람들은 그와 교제하기를 열렬히 바라기까지 했고, 그를 환영했다. 그는 자기가 쥐락펴락할 수 있는 데가 아니면 아무 데도 가지 않았다. 세상에는 어떤 일이 있더라도 세력을 부리고 떠받들어 주기를 바라는 사람들이 있는데, 그들은 권위자가 될 수 없는 곳에서는 익살꾼이 되어 버린다. 질노르망 씨는 그러한 성질의 사람은 아니었고, 그가 드나드는 왕당파 객실에서 그의 세력은 추호도 그의 자존심을 상하게 하지 않았다. 그는 어디서고 권위자였다. 그는 보날 씨*에게, 그리고 심지어 방지 퓌 발레 씨**에게까지도 대항하는 경우가 있었다.

1817년 무렵에 그는 정해 놓고 일주일에 두 번씩은 근처 페루 거리의 T 남작 부인 댁에서 오후를 보냈는데, 부인은 존경할 만한 훌륭한 분이고 그 남편은 루이 16세 때 베를린 주재 프랑스 대사를 지냈다. 이 T 남작은 생시에 엑스터시와 동물 자기(磁氣) 연구에 열중하다가, 망명 중에 파산하고 죽었는데, 그가 남겨 놓은 전 재산이라고는 빨간 모로코 가죽 표지로 매고 책장 가장자리에 금칠을 한 메스머***와 그의 함지에 관한 기괴망측한 기록을 담은 열 권의 원고뿐이었다. T 부인은 위신상 절대로 그 기록을 출판하지 않았고, 어떻게 살아남았는지 알 수 없을 정도의 적은 연금으로 몸을 지탱하고 있었다. T 부인은 그녀의 말마따나 '어중이떠중이의 사교계'인 궁정에서 멀리 떨어져서, 고결하고 의젓하고 가난한 고고(孤高)함 속에서 살고 있었다. 일주일에 두 번씩 몇몇 친구들이 이 과부의 난롯가에 모였는데, 그렇게 해서 순수한 왕당파의 살롱이 형성되었다. 사람들은 거기서 차를 마시고, 세상 이야기며, 헌법이며, 부오나파르테**** 파들

---

* 보날(Louis de Bonald, 1754~1840). 혁명 때의 망명 귀족. 군주제와 가톨릭주의의 절대적인 옹호자.
** 방지 퓌 발레(Bengy-Puy-Vallée). 혁명 때의 망명 귀족. 철저한 정통 왕조파.
*** 메스머(Friedrich Anton Mesmer, 1734~1815). 독일 의사, 동물 자기론의 저자. 그의 '자기 함지'는 특히 파리에서 크게 호평을 받았다.
**** 부오나파르테는 보나파르트를 얕잡아 부르는 말.

이며, 푸른 현장을 중산계급 사람들에게 남발하는 일이며, 루이 18세의 자코뱅주의 등에 관해 이야기했는데, 바람결이 비가(悲歌)적이냐 서정시적이냐에 따라서 탄성을 지르고 증오의 고함도 질렀으며, 샤를 10세 이후 왕제(王弟)가 주는 희망에 관해 조용조용 이야기하기도 했다.

거기서는 나폴레옹을 '니콜라'라고 부르는 속요(俗謠)가 열렬한 환영을 받았다. 사교계의 가장 세련되고 가장 아리따운 공작 부인들은 '의용병들*'에 대하여 부르던 다음과 같은 노래에 황홀감을 느꼈다.

반바지들 속으로 몰아넣어라
나와 있는 셔츠 자락을.
애국자들이 흰 기를 올렸다고
사람들은 말하지 마라!

사람들은 거기서 아주 근사하다고 생각하는 재담을 하고는 흥겨워하고, 신랄하다고 여기는 악의 없는 말 재롱을 부리고는 재미있어 하고, 사행시를, 심지어 이행시까지도 읊고는 즐거워했다. 이를테면 드카즈(Decages) 씨와 드세르(Deserre) 씨가 입각한 온건한 데솔(Dessolles) 내각에 관한 다음과 같은 시구가 그러했다.

---

* 1815년 나폴레옹이 엘바 섬에서 되돌아왔을 때의 병사들.

토대 위에 흔들리는 옥좌를 공고히 하려면,

땅(솔, Sol)과 방(세르, Serre)과 집(카즈, case)을 갈아 치워야 한다.

또는 사람들은 거기서 '끔찍스러운 자코뱅 당원인 상원의 명부를 작성하고 거기에 여러 이름을 연합하여, 이를테면 다음과 같은 구절을 꾸며 냈다. '다마스, 사브랑 구비옹, 생 시르.' 이 모든 것을 즐겁게 했다.

이 사교계에서 사람들은 혁명을 풍자했다. 그들은 혁명가들의 분노를 거꾸로 혁명가들에 대해 불태워 보려는 속마음을 품고 있는 것 같았다. 그들은 「좋겠지」라는 그들의 짤막한 노래를 불렀다.

아! 좋겠지! 좋겠지! 좋겠지!
부오나파르테 파들은 교수대로!

노래는 단두대 같다. 그것들은 무차별하게 벤다. 오늘은 이놈의 모가지를, 내일은 저놈의 모가지를. 그것은 가사의 변이(変異)일 뿐이다.

1816년 당시에 일어난 퓌알데스 사건*에서 사람들은 암살자인 바스티드와 조지옹 편을 들었다. 왜냐하면 퓌알데스는 '부오나파르테 파'였으니까. 사람들은 자유주의자들을 '형제 동무들'이라 불렀는데, 그것은 최고의 모욕이었다.

---

* 행정관 퓌알데스 암살 사건에 대한 공판은 오랫동안 물의를 자아냈다

어떤 성당의 종각들에 수탉 모양의 바람개비가 있듯이 T 남작 부인의 객실에는 두 마리의 수탉이 있었다. 하나는 질노르망 씨고, 또 하나는 라모트 발루아 백작이었는데, 이 백작 이야기를 할 때 사람들은 일종의 경의를 품고 귓속말을 했다. "아시죠? 저이가 바로 목걸이 사건*의 라모트 씨랍니다." 같은 패들끼리는 이런 괴상한 용서도 한다.

이 점을 부언해 두자. 부르주아들 사이에서 존경받는 지위는 너무 쉬운 교제 관계로 품위가 떨어진다. 누구에게 출입을 허용할지 주의해야 한다. 찬 것이 옆에 있으면 열이 식듯이, 멸시받는 자를 접근시키면 존경이 감소한다. 그러나 옛날의 상류사회는 다른 모든 법칙들과 마찬가지로 이 법칙에도 개의치 않았다. 퐁파두르 부인의 오빠 마리니는 수비즈 공 댁에 드나들었다. 오빠였는데도가 아니라 오빠였기 때문이었다. 보베르니에 부인의 대부(代父) 뒤바리는 리슐리외 원수 댁에서 대단한 환영을 받았다. 이러한 사교계, 그것은 올림포스 산이다. 메르쿠리우스 신과 게메네 공은 거기에서 함께 산다. 도둑놈이라도 신이기만 하면 거기에 받아들여진다.

라모트 백작은 1815년에 75세의 노인이었는데, 주목할 만한 점이라고는 그 묵묵하고 점잔 빼는 꼴과 모나고 싸늘한 그 용모, 아주 정중한 그 태도, 목까지 단추를 끼운 그 예복, 그리고 구운 시에나 흙 빛깔의 부풀부풀한 긴 바지를 입고서 언제

---

* 1785년경에 로앙 추기경이 마리 앙투아네트 왕비의 총애를 얻으려고 엄청나게 값비싼 목걸이를 사서 왕비에게 전달하라고 라모트 부인에게 맡겼다가 사기를 당하여 목걸이가 분실된 사건.

나 포개고 있는 그 기다란 다리뿐이었다. 그의 얼굴은 그의 바지와 같은 빛깔이었다.

이 라모트 씨가 이 객실에서 '존경' 받은 것은 그가 '유명' 했기 때문이고, 이것은 말하기도 이상한 일이지만, 그러나 확실한 것은 발루아*라는 성 때문이었다.

질노르망 씨로 말하자면 그에 대한 존경은 그야말로 진짜였다. 그는 권위자였던 까닭에 권위자였다. 그는 매우 경박했지만 그렇다고 해서 쾌활함을 잃지는 않았는데, 어딘지 위압적이고, 늠름하고, 솔직하고, 부르주아답게 호기로운 몸가짐을 가지고 있었고, 그의 나이도 거기에 한몫했다. 사람이 아무 탈 없이 백 년 상수를 할 수는 없다. 세월은 마침내 머리 둘레에 존경할 만한 대머리를 만들어 준다.

그뿐 아니라 그는 그 완전히 유서 깊은 번득이는 말들을 했다. 이를테면 프로이센 왕이 루이 18세를 복위시킨 후 뤼팽 백작이라는 이름으로 그를 방문해 왔는데, 이 루이 14세의 후예로부터 약간 브란데부르크 후작 같은 그리고 더없이 미묘한 무례한 태도로 대접을 받았다. 질노르망 씨는 잘한 일이라고 생각했다. 그는 말했다. "프랑스 왕이 아닌 왕들은 모두 지방의 왕들이다." 사람들이 어느 날 그의 앞에서 이러한 문답을 했다. "《쿠리에프랑세》**의 편집자는 그래 무슨 형에 처해졌습니까?" "폐사형입니다." 질노르망 씨는 "'폐' 자는 사족(蛇足)이오."라

---

* 프랑스의 왕조에는 발루아라는 왕가가 있었다.
** 왕정복고 시대의 자유주의 신문.

고 지적했다. 이런 종류의 말들은 지위를 밑받침해 준다.

부르봉 왕가 복귀 기념 송축식에서 탈레랑 씨가 지나가는 것을 보고 그는 말했다. "저기에 죄악 각하가 가시는군."

질노르망 씨는 보통 딸과 어린애 하나를 데리고 왔는데, 이 키 큰 아가씨인 딸은 당시 마흔이 넘었으나 쉰쯤 되어 보였고, 어린애는 일곱 살의 미소년으로, 살결이 희고, 혈색이 좋고, 싱싱하고, 행복하고 자신만만한 눈을 가지고 있었는데, 이 아이가 그 객실에 나타나면 언제나 그의 주위에서 좌중이 온통 웅성거렸다. "참 귀엽다!" "유감천만이다!" "가엾은 아이야!" 이 어린아이는 아까 막 한마디 말한 그 애다. 사람들은 그를 "가엾은 아이!"라고 불렀는데, 왜냐하면 그의 아버지가 '루아르 강의 불한당*'이었기 때문이다.

이 '루아르 강의 불한당'은 이미 언급한 바 있는 질노르망 씨의 사위인데, 질노르망 씨는 그를 '자기 집안의 수치'라고 불렀다.

2. 그 시대의 붉은 유령의 하나

그 시대에 어떤 사람이 베르농이라는 작은 도시에 들어가 거기서 미구에 무시무시한 철교로 바뀔 거대한 아름다운 다

---

* 1815년 파리 휴전 후 루아르 강 건너로 피난한 나폴레옹 군의 잔병(殘兵)을 왕당파는 그렇게 불렀다.

리 위를 거닐었다면, 그 사람은 다리의 난간 위에서 내려다보았을 때 한 사나이를 알아볼 수 있었을 것이고, 한 쉰 살쯤 되는 그 사나이는 가죽 모자를 쓰고, 투박한 회색 나사 바지저고리를 입고 있었는데, 그 저고리에는 붉은 리본이었던 것이 변색했는지 뭔가 노란 것이 꿰매어져 있었고, 나막신을 신었으며, 햇볕에 그을려, 얼굴이 거의 새카맣고 머리는 거의 하얗고, 커다란 흉터 하나가 이마 위부터 뺨까지 뻗어 있었고, 허리와 등이 꼬부라지고, 나이보다 겉늙었으며, 손에 삽이나 낫을 들고, 담장으로 둘러싸인 그 구획들 중 하나 안에서 거의 하루 종일 거닐었는데, 다리 가까이에 있는 그 구획들은 연속된 대지처럼, 센 강 왼편 둑을 따라 자리 잡은 축대에 인접해 있었으며, 꽃들이 가득 차 있는 이 울타리 안의 매혹적인 땅은 훨씬 더 컸으면 정원 같고 좀 더 작았으면 꽃다발 같았을 것이다. 이 울타리 안의 땅들은 모두 한쪽 끝이 강에 닿아 있고 다른 쪽 끝에는 집이 한 채 있었다. 내가 조금 전 말한 저고리에 나막신을 신고 있는 사나이는 1817년 무렵에 이 울타리 안의 땅들 중에서 가장 협소한 땅과 그 집들 중에서 가장 초라한 집에서 살고 있었다. 그는 거기서 홀로, 고독하게, 조용히, 그리고 가난하게 살고 있었는데, 젊지도 않고 늙지도 않고, 아름답지도 않고 못생기지도 않고, 시골뜨기도 아니고 도회 사람도 아닌 한 여자가 그의 시중을 들고 있었다. 그가 자기의 정원이라 부르던 그 네모진 터는 그가 재배하는 아름다운 꽃들로 시내에서 유명했다. 꽃을 기르는 게 그의 직업이었다.

많은 노동과 인내, 주의, 물통들에 의해 그는 창조주 후에 창조하는 데 성공했고, 자연에서 잊힌 것 같은 어떤 튤립과 달리아들을 발명했다. 그는 솜씨가 좋았다. 미국과 중국의 희귀 관목들을 재배하기 위해 작은 부식토 무더기들을 만드는 일에서는 술랑주 보댕을 앞질렀다. 여름에는 꼭두새벽부터 정원 통로에 있으면서 모종을 옮기고, 가지를 치고, 풀을 뽑고, 물을 주고, 착하고 서글프고 온화한 얼굴을 하고서 화초 사이를 걷는가 하면, 때로는 하염없이 몇 시간이고 우두커니 서서 나무들 속에서 지저귀는 새소리며 어느 집에선가 들려오는 어린아이의 재잘거리는 소리에 귀를 기울이고, 때로는 풀잎 끝에 맺힌 이슬 방울이 햇빛에 홍옥처럼 반짝이는 것을 지그시 바라다보고 있기도 했다. 그의 식탁은 퍽 간소했고, 포도주보다 우유를 더 많이 마셨다. 어린애도 그를 양보케 했고, 그의 하녀도 그를 꾸짖었다. 그는 수줍어 보일 정도로 소심했고, 좀처럼 외출하지 않았으며, 만나는 사람이라고는 그의 집 창유리를 두드리는 가난한 사람들과 마뵈프 신부라는 그의 주임 사제인 친절한 노인뿐이었다. 그렇지만 도시의 주민들이든 타관 사람들이든 간에 누구든 그의 튤립이나 장미꽃 들을 보고 싶어서 그의 오두막집에 와서 초인종을 울리면, 그는 방긋이 웃으며 문을 열어 주었다. 이 사람이 루아르 강의 불한당이었다.

같은 시대에, 전쟁 기록과 전기, '정부 기관지', 그리고 대(大)육군 보고서 들을 읽어 본 사람이라면 거기에 꽤 자주 나오는 조르주 퐁메르시라는 이름에 감명을 받았으리라. 아주 젊었을 때 이 조르주 퐁메르시는 생통주 연대의 병사였다. 혁명이 터졌다. 생통주 연대는 라인 군(軍)에 속했다. 왜냐하면 왕정 때의 옛 연대들은 군주제가 전복된 이후에도 그들 지방의 이름을 간직하고 있다가, 1794년에야 비로소 여단으로 편성되었기 때문이다. 퐁메르시는 슈파이어, 보름스, 노이슈타트, 투르크하임, 알체이, 마인츠 등지에서 싸웠는데 이 마인츠 전투 때 그는 우샤르의 후위대인 이백 명 중 한 사람이었다. 그는 열두 번째 사람으로서 안데르나흐의 낡은 성곽 뒤에서 헤세 공의 군대 전체에 대항하여 버텼고, 흉장(胸牆)의 꼭대기에서 사면(斜面)에 이르기까지 온통 적의 포탄에 의해 폭파되어 버릴 때까지 본대 쪽으로 퇴각하지 않았다. 마르시엔과 몽팔리셀의 싸움 때 그는 클레베르 휘하에 있었는데, 이 두 번째 싸움에서 비스카앵 총탄에 팔을 꿰뚫렸다. 그런 뒤에 그는 이탈리아 국경으로 갔으며 그는 주베르와 더불어 텐데의 목을 지킨 삼십 명의 척탄병들 중 하나였다. 이때의 공에 의해 주베르는 고급 부관으로 임명되고 퐁메르시는 소위로 승진되었다. 퐁메르시는 로디의 전투에서 빗발치는 산탄 속에 베르티에의 곁에 있었는데 이 전투는 나폴레옹으로 하여금 "베르티에는 포수였고 기병이었고 척탄병이었다."라고 말하게 했다. 그는 노비에서 그의 옛 장군이었던 주베르가 칼을 치켜들고, "전진!" 하고 외치는 찰나 쓰러지는 것을 보았다. 한 번은 작전의 필요상 중대를 이끌고 수송선을 타고 제노바에서 같은 해안의 어느 작은 항구를 향해 가다가, 칠팔 척의 영국 범선들의 포위망 속에 빠졌다. 제노바인 선장은 대포들을 바다에 던지고, 병사들을 중갑판(中甲板)에 숨기고, 어둠 속에서 상선처럼 슬그머니 빠져나가 버리려고 했다. 퐁메르시는 깃대의 줄에

삼색기를 휘날리게 하고서, 영국 경비함들의 포탄 아래를 대담하게 통과했다. 거기서 한 200리쯤 더 가서, 용기백배하여, 그는 그의 수송함으로 영국의 대형 수송함 한 척을 공격하여 포획했는데, 그 수송함은 시칠리아로 군대를 운반하는 중이어서, 뱃전까지 미어지도록 병사들과 말을 가득 싣고 있었다. 1805년에 그는 페르디난드 대공에게서 귄츠부르그를 탈취한 그 말레르 사단에 소속해 있었다. 또 웨팅겐에서는 우박처럼 쏟아지는 탄환들 아래에서, 용기병 제9 연대의 선두에 서서 치명상을 입은 모프티 대령을 받아 안았다. 그는 아우스터리츠에서 적의 포화 아래 감행된 그 경탄할 만한 제형(梯形) 행진에서 용맹을 떨쳤다. 러시아의 근위기병이 보병 제4 연대의 한 대대를 궤멸시켰을 때, 그 근위 기병을 격파하여 보복을 한 자들 중에는 퐁메르시도 들어 있었다. 황제는 그에게 훈장을 수여했다. 퐁메르시는 거기서 연달아 만토바에서 우름제르를, 알렉산드리아에서 멜라스를, 울름에서 맥크를 사로잡는 것을 보았다. 그는 함부르그를 점령한, 모르티에 휘하 대육군의 제8 군단에 속해 있었다. 그 후 그는 옛날 플랑드르의 연대였던 보병 제55 연대로 옮겨 갔다. 에일라우에서 그는, 이 책의 저자의 백부인 용감한 루이 위고 대위가 홀로 여든세 명의 중대를 거느리고 두 시간 동안 적군의 공격을 지탱했던 묘지에 있었다. 퐁메르시는 그 묘지에서 살아 나온 세 사람 중 하나였다. 그는 프리들란트의 싸움에 참가했다. 이어서 그는 모스크바를 보고, 이어 베레지나를 보고, 이어 루첸, 바우첸, 드레스덴, 와샤우, 라이프치히, 그리고 겔렌하우젠의 협로를 보

고, 이어 몽미라이, 샤토 티에리, 크라옹, 마른의 강둑, 엔의 강
둑, 그리고 무시무시한 라옹의 진지를 보았다. 아르네 르 뒥에
서, 대위가 된 그는 열 명의 코작 기병들을 군도로 베고, 그의
장군은 못 구했지만, 그의 하사를 구했다. 이때 그는 칼에 베
어 왼팔에서만 스물 일곱 개의 부서진 골편을 꺼냈다. 파리 함
락 일주일 전에 그는 한 동료와 직무를 바꾸어서 기병에 들어
갔다. 그는 구체제 때 이른바 '두 배의 손'을, 다시 말해서 사병
으로서는 군도나 총을 다 같이 능란하게 다루고, 장교로서 기
병대나 보병대를 다 같이 능란하게 다루는 능력을 가지고 있
었다. 이러한 능력이 군대의 교육에 의해 완성되었을 때, 예컨
대 기병인 동시에 보병인 용기병(龍騎兵) 같은 어떤 특수한 군
대가 태어났다. 그는 엘바 섬에 나폴레옹을 수행했다. 그는 워
털루에서 뒤부아 여단 내 흉갑기병(胸甲騎兵) 중대장이었다.
루네부르그 대대의 군기를 빼앗은 것이 바로 그였다. 그는 그
군기를 가지고 와서 황제의 발 아래 던졌다. 그는 피투성이였
다. 군기를 뺏다가 얼굴에 칼을 맞았던 것이다. 황제는 만족하
여 그에게 외쳤다. "그대는 대령이다. 그대는 남작이다. 그대
는 레지옹 도뇌르의 오피시에*다!" 퐁메르시는 대답했다. "폐
하, 미구에 과부가 될 아내를 위하여 감사드립니다." 한 시간
후에 그는 오앵의 협곡에 빠졌다. 그런데 이 조르주 퐁메르시
란 어떤 자였던가? 이는 바로 그 루아르 강의 불한당이었다.

---

* 프랑스 최고 훈장인 레지옹 도뇌르네는 슈발리에, 오피시에, 코망되르의 세
등급과 두 고위급이 있다.

독자는 이미 그의 경력의 어떤 것은 보았다. 워털루의 전투 후, 독자는 기억하겠지만, 퐁메르시는 오앵의 협곡 길에서 끌어 내져서, 군대에 되돌아오는 데 성공했고, 이것저것 상이병 운반 차를 옮겨 타고 간신히 루아르 강의 숙영지까지 갔다.

왕정복고는 그를 휴직급에 처했고, 이어서 그를 베르농의 주재지에, 다시 말해서 감시하에 보냈다. 국왕 루이 18세는 백일시대에 일어난 것은 모두 무효라고 생각하고, 그의 레지옹 도뇌르 오피시에 칭호도, 대령의 계급도, 남작의 칭호도 인정하지 않았다. 그러나 그는 여하한 경우에도 '육군 대령 남작 퐁메르시'라고 서명하기를 소홀히 하지 않았다. 그는 푸른 헌옷 한 벌밖에 없었는데, 레지옹 도뇌르 오피시에 훈장의 약장(略章)을 거기에 달지 않고서는 결코 외출하지 않았다. 검사는 그에게 '그 훈장의 불법 패용(佩用)'에 대하여 검찰청이 기소할지도 모른다고 예고했다. 그러한 경고가 어느 비공식적인 중개자를 통해 그에게 전달되었을 때, 퐁메르시는 쓸쓸한 미소를 지으며 대답했다. "내가 프랑스 말을 못 알아듣는지, 아니면 당신이 프랑스 말을 못 하는지 나는 조금도 알 수 없으나, 사실은 나는 무슨 소린지 알아들을 수가 없소" 그런 뒤에 그는 계속 일주일 동안 그의 약장을 달고 외출했다. 아무도 감히 그를 괴롭히지 않았다. 두세 번 육군 대신과 관할 사령관은, '퐁메르시 소령 귀하'라는 겉봉 성명으로 그에게 서한을 보냈다. 그는 그 서한들을 뜯지도 않고 돌려보냈다. 그와 같은 때 세인트헬레나에 있었던 나폴레옹도, '보나파르트 장군에게'라고 겉봉에 써서 보낸 허드슨 로의 서신들을 같은 식으로

취급했다. 퐁메르시는 마침내, 이런 말을 용서해 주기 바라거니와, 입속에 그의 황제와 똑같은 침[唾]을 가졌던 것이다.

그와 마찬가지로 로마에서 포로가 된 카르타고의 병사들은 집정관 플라미누스에게 인사하기를 거절하고 한니발의 얼을 조금 가지고 있었다.

어느 날 아침 퐁메르시는 베르농의 거리에서 검사를 만나, 그에게 가서 말했다. "검사 나리, 내 얼굴의 칼자국은 이대로 달고 다녀도 좋겠소이까?"

그는 기병 중대장의 쥐꼬리만 한 반급(半給) 외에는 아무것도 없었다. 그는 베르농에서 찾아낼 수 있는 한 가장 작은 셋집을 얻었다. 그는 거기서 혼자 살고 있었는데, 어떻게 살고 있었는가는 아까 보았다. 제정 때, 두 전쟁 사이에, 그는 질노르망 양과 결혼할 시간을 찾아냈다. 이 늙은 부르주아는 사실은 분개했으나 한숨을 쉬고 이렇게 말하면서 동의했다. "아무리 지체 높은 집안이라도 이건 어찌할 수 없지." 그러나 퐁메르시 부인은 모든 점에서 아주 훌륭하고, 교양 있고, 비범하고, 남편에게 어울리는 여자였는데 1815년에 사내아이 하나를 두고 세상을 떴다. 이 아이는 외로이 사는 대령의 기쁨이었을 것이나, 외할아버지는 단호히 손자를 요구하며, 만일 자기에게 주지 않으면 상속권을 박탈하겠다고 선언했다. 아버지는 아들을 위해 양보하고, 아들을 슬하에 둘 수 없었으므로, 꽃을 사랑하기 시작했다.

그러나 그는 모든 것을 단념하고, 소란을 피우지도 일을 꾸미지도 않았다. 그는 자기가 하고 있는 순결한 일들과 자기가 한 위대한 일들 사이에 자기의 생각을 나누었다. 그는 어떤 카네이션을 바라거나 아우스터리츠를 회상하는 데 시간을 보냈다.

질노르망 씨는 사위와 아무런 관계도 갖지 않았다. 대령은 그에게 '불한당'이고, 그는 대령에게 '멍텅구리'였다. 질노르망 씨는 때때로 대령의 '남작 감투'를 조롱거리로 삼기 위해서가 아니면 결코 그의 이야기를 하지 않았다. 퐁메르시는 결코 그의 아들을 만나 보려고 하지도, 그에게 말을 해 보려고 하지도 않기로 명백히 합의했는데, 위반하면 그의 아들은 쫓겨나고 상속권을 박탈당한다는 것이었다. 질노르망 집안 사람들에게 퐁메르시는 페스트 환자였다. 그들은 그들 마음대로 어린아이를 기르기를 바랐다. 대령이 이러한 조건을 받아들인 것은 아마 잘못이었을 것이나, 그는 그것을 어쩔 수 없이 받아들였고, 그렇게 하는 것이 잘하는 일이고 자기만을 희생하는 일이라 생각했다. 질노르망 영감의 유산은 보잘것없었으나, 언니 질노르망 양의 유산은 막대했다. 여전히 처녀인 이 이모는 어머니 쪽의 유산으로 굉장한 부자였고, 그녀의 여동생의 아들은 그녀의 당연한 상속인이었다.

어린아이의 이름은 마리우스인데, 자기에게 아버지가 있다는 것은 알고 있었으나, 그 이상은 아무것도 몰랐다. 아무도 그에 관해서 그에게 입을 열지 않았다. 그렇지만 외할아버지가 그를 데려가 주는 사교계에서 사람들의 귓속말, 암시, 눈짓 등은 결국 어린아이의 머릿속까지 뚫고 들어갔고, 그는 마침내 뭔가를 알게 되었고, 일종의 완만한 침투 작용으로 말미암아, 말하자면 그의 호흡할 수 있는 분위기인 생각과 의견 들은 그가 자연히 가지게 되는 것이므로, 그는 드디어 자기 아버지를 생각하면 점점 수치와 고통밖에 느끼지 않게 되었다.

그가 이렇게 자라나고 있는 동안, 대령은 두세 달마다 집에서 빠져나와, 추방령을 어기는 전과자처럼 살짝 파리에 와서, 이모 질노르망이 마리우스를 미사에 데리고 오는 시간에 생쉴피스 성당에 가서 숨어 있었다. 거기서 그는 아이의 이모가 돌아보지나 않을까 하여, 기둥 뒤에 숨어서, 숨을 죽이고 가만히 서서 어린아이를 바라보곤 했다. 얼굴에 칼자국을 가진 이 사람은 그 노처녀를 무서워했다.

이 때문에 그는 베르농의 사제(司祭) 마뵈프 신부하고도 알게 되었다.

이 갸륵한 신부는 생 쉴피스 성당의 한 집사와 형제간이었는데, 집사는 이 사나이가 그 어린아이를 바라다보고 있는 것을 여러 번 보았고, 또 그의 볼 위에 흉터가 있는 것을, 또 그의 눈에 눈물이 글썽글썽한 것을 보았다. 그렇게도 정말 대장부 같은 그 사나이가 여자처럼 울고 있는 것이 집사의 마음을 감동시켰다. 그 얼굴이 그의 머릿속에 남아 있었다. 어느 날 형을 보러 베르농에 가다가, 그는 다리 위에서 퐁메르시 대령을 만났는데, 그가 생 쉴피스 성당의 그 사나이라는 것을 알아보았다. 집사는 사제에게 그 이야기를 했고, 둘이서 어떤 핑계로 대령을 찾아갔다. 이 방문이 다른 방문들을 야기시켰다. 대령은 처음에 입을 꼭 다물고 있었으나 마침내 입을 열었고, 사제와 집사는 자초지종을 알았고, 퐁메르시가 아들의 장래를 위해 얼마나 자기의 행복을 희생하고 있는가를 알기에 이르렀다. 그런 결과, 사제는 대령에게 존경과 애정을 품게 되었고, 대령은 또 대령대로 사제를 다정하게 여기게 되었다. 그런데, 우연히 그들이 양쪽 다 성실하고 착할 때에는, 한 늙은 신부와 한 늙은 병사보다 더 쉽게 서로 마음이 통하고 융합되는 것은 아무것도 없다. 사실 그들은 똑같은 인간이다. 하나는 이승의 조국을 위해 몸을 바쳤고, 또 하나는 하늘의 조국을 위해 몸을 바쳤을 뿐, 다른 차이는 없다.

한 해에 두 번, 정월 초하루와 성 조르주의 축일*에, 마리우스는 이모가 받아쓰게 하는 의무적인 편지를 아버지에게 보내고 있었는데, 그것은 어떤 편지 틀을 보고 베낀 것 같았다. 질노르망 씨가 용인하는 것은 그것이 전부였다. 아버지는 퍽 다정한 답장을 보냈으나 조부는 그것을 읽지도 않고 호주머니에 넣어 버렸다.

3. 고이 잠드시라

T 부인의 객실은 마리우스 퐁메르시가 세상에 관해서 알고 있는 것의 전부였다. 그것이 그가 인생을 내다볼 수 있는 유일한 창구멍이었다. 이 창구멍은 컴컴했고, 그 천창(天窓)에서 그에게 새어 들어오는 것은 온기보다도 한기가, 햇빛보다도 어둠이 더 많았다. 이 기이한 사교계에 들어왔을 때 오직 기쁨

---

* 4월 23일.

이자 빛이기만 했던 이 어린아이는 거기서 얼마 안 가서 침울해지고, 그 나이답지도 않게 더 근엄해졌다. 그 모든 위풍당당한 특이한 인물들에게 둘러싸여서 그는 진정 놀라운 눈으로 주위를 둘러보았다. 모든 것이 그를 더욱더 어리둥절하게 하기 위해 모여 있었다. T 부인의 살롱에는 매우 존경스러운 늙은 귀부인들이, 마탕, 노아, 레비라고 발음되는 레비스, 캉비스라고 발음되는 캉비 같은 부인들이 있었다. 이 고대풍의 얼굴들과 이 성서 투의 이름들은 어린아이의 머릿속에서 그가 암기하고 있는 구약성서와 뒤섞였으며, 그 여자들이 모두 꺼져 가는 난롯불 가에 둥그렇게 자리잡고, 푸른 갓을 씌운 남폿불의 희번한 빛을 받고 앉아서, 위엄찬 얼굴에 반백이나 백발의 머리를 하고, 침울한 빛깔밖에 알아볼 수 없는 구식의 긴 드레스를 입고서, 오랜 사이를 두고 이따금씩 장엄하면서도 동시에 잔인한 말을 하면서 거기에 있을 때면, 어린 마리우스는 놀란 눈으로 그 여자들을 바라보며, 부인들이 아니라 고대의 장로와 마법사 들을 보는가 싶어지고, 실재의 인간들이 아니라 유령들을 보는가 싶어졌다.

이러한 유령들에는 이 구식 객실의 단골손님인 여러 신부들과 몇몇 귀족들이 섞여 있었다. 베리 부인의 제일 비서격인 사스네 후작, '샤를 앙투안'이라는 필명으로 단운시(單韻詩)를 출판한 발로리 자작, 금빛 엮음 술을 단 새빨간 비로드 옷을 입고 앞가슴을 드러내 이 암흑계의 기분을 언짢게 하는 어여쁘고 재치 발랄한 아내를 가진, 아직 꽤 젊으면서도 희끗희끗 센머리를 하고 있는 보프르몽 공작, '적당한 예절'을 제일 잘 터득하고 있는 프랑스인 코리올리 데스피누즈 후작, 애교 있는 턱을 가진 호인 아망드르 백작, 왕의 서재라고 불리는 루브르 도서관의 기둥 포르 드 기 기사. 이 포르 드 기 씨는 늙었다기보다도 오히려 낡아빠진 대머리 사나이였는데, 그가 하는 이야기에 따르면, 1793년 열여섯 살 적에, 기피자로 투옥되어, 역시 기피자였던 팔순 노인 미르푸아 주교와 같은 쇠사슬에 묶여 있었다고 하지만, 그는 병역 기피자고, 주교는 신부로서의 선서(宣誓) 기피자였다. 그것은 툴롱 형무소에서였다. 그들의 직책은 밤중에 단두대에 가서 그날 처형된 자들의 머리와 몸뚱이 들을 주워 모으는 것이었다. 그들은 그 피가 철철 흐르는 몸뚱어리들을 등에 업고 날랐는데, 그러자면 그들의 붉은 죄수 망토의 목덜미 뒤에 아침에는 마르고 저녁에는 축축한 한 겹의 피딱지가 생겼다. 이러한 처참한 이야기들은 T 부인의 살롱에 흔했다. 마라를 저주하는 나머지 사람들은 거기서 트레스타이용을 찬양했다. 과격 왕당파의 몇몇 의원들도 거기에 끼어 있었는데, 티보르 뒤 샬라르 씨, 르마르샹 드 고미쿠르 씨, 그리고 그 유명한 우익의 조롱꾼 코르네 댕쿠르 씨 등이었다. 대법관 페레트는 그 짧은 바지와 빼빼 마른 다리를 하고, 탈레랑 씨 댁에 가다가 가끔 이 객실을 지나갔다. 그는 예전에 아르투아 백작의 유흥 친구였는데, 미희 캉파스프 아래 쭈그린 아리스토텔레스와는 반대로, 그는 여우(女優) 기마르를 네 발로 걷게 했고, 그렇게 함으로써 대법관이 철학자의 복수를 해 주었다는 것을 세상에 보여 주었다.

신부들로 말하자면 이런 사람들이 있었는데, 알마 신부는 그의 잡지 《라 푸드르》의 기고자인 라로즈 씨가, "체! 쉰 살도 안 된 자가 누구야? 아마 몇몇은 애송이들일 거야!" 하고 말한 바로 그 사람. 왕의 강론사 르투르뇌르 신부와 아직은 백작도 아니고, 주교도 아니고, 대신도 아니고, 상원 의원도 아니고, 단추들이 없는 헌 수단을 입고 있던 프레시누 신부, 생 제르맹 데 프레 성당의 사제 크라브냥 신부. 다음에 로마 교황 대사. 이 사람은 당시 니지비의 대주교 마키 예하로, 나중에 추기경이 되었고, 그의 명상적인 긴 코로 주목할 만했다. 또 하나의 교황청 고위 성직자가 있었는데 이런 칭호를 가지고 있었다. 팔미에리 신부, 궁정 주교, 교황청 분담 서기장 일곱 명 중 하나, 리베리아의 바실리카 회당 휘장 패용(佩用)의 참사회원, 성자들의 대변인, 즉 '성자들의 청원사(請願師)', 이것은 시성식 사무와 관계되는 것으로, 거의 천국과(課)의 청원 위원임을 의미한다. 끝으로 두 추기경, 뤼제롱 씨와 클레르몽 토네르 씨. 뤼제롱 추기경은 문필의 재주가 있었고, 몇 년 후에는 《콩세르바퇴르》에 샤토브리앙과 나란히 기사들을 싣는 영광을 갖게 된 사람이다. 클레르몽 토네르 씨는 툴루즈의 대주교였는데, 자주 파리에 와서 육해군 대신을 지낸 조카 토네르 후작 댁에 머물었다. 클레르몽 토네르 추기경은 땅딸막한 쾌활한 노인이었는데, 수단 자락을 걷어 올려 빨간 양말을 드러내 보이곤 했다. 그의 특성은 『백과전서』*를 싫어하는 것과 당구에 열중하는 것으로, 당시

---

* 18세기 당시의 모든 지식의 총괄을 시도한 저작. 디드로의 지휘 아래 특히 볼테르, 몽테스키외, 루소, 튀르고, 콩디악에 의해 제작되었다.

클레몽 토네르의 저택이 있던 마담 거리를 여름 저녁에 지나가는 사람들은 거기서 걸음을 멈추고 당구공들이 부딪히는 소리와, 그의 수행자이자 카리스트의 '명의(名義)' 주교인 코트레 예하에게 "맞았어, 신부." 하고 외치는 소리를 들었다. 클레르몽 토네르 추기경은 전에 상리스의 주교였고 사십 명의 아카데미 회원 중 한 사람인 그의 가장 친한 친구 로클로르 씨에 의해 T 부인의 살롱에 인도되었다. 로클로르 씨는 그의 큰 키와 아카데미의 정근(精勤)으로 무시할 수 없었는데, 당시 프랑스 아카데미의 회의 장소였던 도서관의 옆방 유리문 너머로, 호기심 많은 자들은 매주 목요일이면 상리스의 옛 주교를 관찰할 수 있었는데, 그는 보통 산뜻하게 화장을 하고, 자주빛 양말을 신고, 아마 그의 작은 칼라를 더 잘 보이려고 그랬겠지만, 문 쪽으로 등을 돌리고 서 있었다. 이 모든 성직자들은 거개가 교회인인 동시에 궁정인으로, T 부인의 살롱에 장중미를 더해 주었다. 또 다섯 명의 상원 의원, 비브레 후작과 탈라뤼 후작, 에르부빌 후작, 당브레 자작, 그리고 발랑티누아 공작은 객실의 귀족적인 분위기를 북돋워 주었다. 이 발랑티누아 공작은 모나코의 군주, 즉 외국의 최고 군주였으나, 프랑스와 상원 의원직을 어찌나 높이 평가했던지, 이 두 가지만을 통하여 모든 것을 보았다. 그는 이렇게 말했다. "추기경은 로마의 프랑스 상원 의원이요, 경(卿)은 영국의 프랑스 상원 의원이다." 그런데 이 시대에는 혁명이 어디에고 다 있을 것이 틀림없으므로, 이 봉건적인 객실은 앞서 말한 바와 같이, 한 부르주아가 쥐락펴락하고 있었다. 질노르망 씨가 거기서 군림하고 있었던 것이다.

이 객실이야말로 파리의 왕당파 사회의 본질이자 정수였다. 저명 인사들은 설령 왕당파라 할지라도 거기서 경원(敬遠)당했다. 명성 속에는 언제나 혼란이 있다. 샤토브리앙이 거기에 들어왔다면 마치 《페르 뒤셴》* 같은 인상을 주었으리라. 그렇지만 몇몇 왕당파 출신 공화주의자들은 이 정통파의 사교계에 특별히 출입이 허용되었다. 뵈뇨 백작은 거기에 조건부로 받아들여졌다.

오늘날의 '귀족' 객식들은 더 이상 이러한 살롱들을 닮지 않았다. 현재의 생 제르맹 문밖은 이단자 냄새를 풍긴다. 지금의 왕당파들은, 그들을 칭찬해서 하는 말이거니와, 선동 정치가들이다.

T 부인의 객실에서 사람들은 우수했으므로, 화려한 예절 아래 취미는 세련되고 품위가 있었다. 관습은 거기서 온갖 기계적인 세련미를 받아들이고 있었는데, 이러한 세련미들은 매장되었으나 아직도 살아 있었던 것이다. 그 관습 중 어떤 것들은, 특히 언어는 이상해 보였다. 피상적인 전문가들은 낡은 말에 불과한 것을 사투리라고 착각했을 것이다. 사람들은 여성을 '마담 라 제네랄(madame la générale, 장군 부인)'이라고 불렀다. '마담 라 콜로넬(Madame la colonelle, 연대장 부인)'이라는 말도 절대로 안 쓰이지는 않았다. 아리따운 레옹 부인은 아마 롱그빌 공작 부인과 슈브뢰즈 공작 부인을 떠올리면서 그랬겠지만, 공작 부인이라는 그녀의 칭호보다 그러한 호칭을 더 좋아했다.

---

* 혁명 당시의 과격한 정치 신문으로서 공포정치의 폭발에 공헌한 바 크다.

크레키 후작 부인 역시 '마담 라 콜로넬'이라고 불리었다.

틸르리 궁전에서, 왕에게 친히 말을 할 적에 언제나 '임금님'이라는 명사를 쓰고, 결코 '폐하'라고 하지 않는 세련미를 발명해 낸 것도 역시 이 작은 상류 사교계에서였다. 왜냐하면 '폐하'라는 칭호는 '찬탈자에 의하여 더럽혀졌기' 때문이다.

사람들은 거기서 사실과 사람 들을 비판했다. 사람들은 세상을 비웃었고 그 때문에 그것을 이해하지 않아도 됐다. 사람들은 놀란 일에서 서로 도왔다. 가지고 있는 많은 지식을 서로에게 전달했다. 므두셀라는 에피메니드에게 가르쳐 주었다.* 귀머거리는 소경에게 알려 주었다. 사람들은 코블렌츠** 이후에 흘러간 시간을 발생하지 않았다고 언명했다. 루이 18세가 신의 가호로 그의 치세(治世) 이십오 년째를 맞이하고 있듯이, 망명 귀족들도 정당한 권리를 가지고 그들의 청춘기 이십오 년째를 맞이하고 있었다.

모든 것이 조화로웠고, 아무것도 지나치게 살고 있지 않았고, 말소리는 겨우 숨소리였고, 신문은 객실과 일치하여 한 장의 파피루스 종이에 불과한 것 같았다. 젊은이들은 있었으나, 좀 죽어 있었다. 응접실의 하인들은 늙수그레했다. 완전히 과거의 것이 되어 버린 이 인간들에게는 역시 같은 종류의 하인들이 시중을 들고 있었다. 이 모든 것은 오래전에 삶이 끝났는데도 끝끝내 무덤에 대해 버티고 있는 것같이 보였다. '보수(保

---

* 전자는 노아의 홍수 이전의 유대 족장, 구백육십구 세까지 장수하였다. 후자는 BC 7세기의 철학자, 오십칠 년간을 잤다.
** 1792년 망명 귀족들이 모여 있었던 곳.

守)하다', '보수', '보수파', 이것이야말로 거의 사전 전체였다. '향기가 좋다.(평판이 좋다)'는 것이 문제였다. 이 존경할 만한 무리의 의견에는 정말 향료가 있었고, 생각들에는 쇠풀 냄새가 났다. 그것은 미라의 세계였다. 상전들은 방부제가 칠해져 있고 종들은 박제가 되어 있었다.

망명하고 파산한 한 품위 있는 늙은 후작 부인은 더 이상 여자종 하나밖에 없었는데도 여전히 '우리 종들'이라고 말했다.

T 부인의 객실에서 사람들은 무엇을 하고 있었는가? 그들은 과격 왕당파였다.

과격 왕정주의자라는 것. 이 말은, 그것이 나타내는 것이 아마 사라져 버리지는 않았겠지만, 이 말은 오늘날 더 이상 뜻이 없다. 그것을 설명하자.

과격 왕정주의자라는 것, 그것은 한계를 넘어가는 것이다. 그것은 왕좌의 이름으로 왕권을 공격하고, 제단의 이름으로 교권을 공격하는 것이고, 질질 끌어가는 것을 난폭하게 다루는 것이고, 수레에 매인 말들이 뒷발질하는 것이고, 이단자들을 태우는 정도가 모자란다고 해서 화형장의 장작더미에 트집을 부리는 것이고, 우상이 별로 숭배받지 못한다고 우상을 비난하는 것이고, 지나친 존경으로 모욕하는 것이고, 교황 속에 교황제가 충분치 않고 국왕 속에 군주제가 충분치 않고 어둠 속에 빛이 과다하다고 생각하는 것이고, 흰빛의 이름으로 석고와 눈[雪], 백조, 백합이 불만인 것이고, 어떤 일들의 반대자가 될 정도로 그것들을 지지하고, 반대를 살 만큼 그렇게도 강력하게 찬성하는 것이다.

과격 왕정주의자의 정신은 특히 왕정복고의 제1기를 특징 짓고 있다.

1814년에 시작되어 1820년경 우익의 수완가 빌렐 씨*의 등장으로 끝난 이 짤막한 시기와 흡사한 적은 역사상 한 번도 없었다. 이 여섯 해는 참으로 이상한 때여서, 떠들썩한 동시에 암울하고, 유쾌하면서도 침울하고, 마치 서광에 비추어져 있는 것 같으면서도 동시에 아직도 지평선에 자옥이 끼어 서서히 과거 속에 가라앉아 가는 큰 재앙(災殃)의 먹구름으로 온통 뒤덮여져 있는 것 같았다. 거기에는, 그 빛과 그 어둠 속에는 새롭고도 낡은, 익살스럽고도 침울한, 젊고도 늙은 하나의 작은 세계 전체가 눈을 비비고 있었다. 돌아옴처럼 잠에서 깸을 닮은 것은 아무것도 없다. 프랑스를 화가 나서 바라보지만 프랑스는 냉소적으로 바라보는 무리. 거리들에 가득 찬 호인다운 늙은 부엉이 후작들, 귀국한 사람들과 오래간만에 다시 나타난 사람들, 모든 것에 어리둥절하는 옛 귀족들, 프랑스에 있는 것을 비웃고 슬퍼하기도 하는, 그리고 그들의 조국을 다시 보는 것을 기뻐하고, 그들의 왕국을 더 이상 못 보는 데 실망하는 착하고 점잖은 귀족들. 제국의 귀족, 즉 검의 귀족을 마음껏 모욕하는 십자군 귀족. 역사의 양식을 상실한 역사적 족속들. 나폴레옹의 친구들을 멸시하는 샤를마뉴 대왕의 친구들의 자손들. 검들은 방금 말한 바와 같이 서로 모욕을 퍼부었

---

* 빌렐(Comte de Villele, Jean-Baptiste Guillaume Joseph, 1773~1854). 왕정복고 시대의 과격 왕당파 수령.

는데, 퐁트누아*의 검은 가소로운 것으로 녹슨 쇠붙이에 불과
했다고 하고, 마렝고의 검은 역겨운 것이고 군도에 불과했다
고 응수한다. 옛날은 '어제'를 무시했다. 사람들은 더 이상 위
대한 것에 대한 감각도 없었고, 우스꽝스러운 것에 대한 감각
도 없었다. 나폴레옹을 스카팽**이라고 부르는 사람도 있었
다. 그러한 사람들은 더 이상 없다. 되풀이하거니와, 오늘날에
는 아무것도 그러한 것은 남아 있지 않다. 우리가 혹시 그러한
사람들에서 어떤 인물을 끌어내 머릿속에 되살려 보려고 하
면, 그 사람들은 노아의 홍수 이전의 사람들처럼 이상스러워
보일 것이다. 사실 그러한 사람들 역시 홍수에 삼켜져 가 버린
것이다. 그러한 사람들은 두 혁명 아래 사라져 버렸다. 사상이
란 얼마나 거대한 물결인가! 사상을 파괴하고 매몰하는 사명
을 가진 모든 것을 사상은 얼마나 빨리 덮어 버리는가, 그리고
사상은 얼마나 신속히 무서운 심연을 만드는가!

이러한 것이 그 옛날의 순진한 시대 객실들의 모습이었는
데, 거기서는 마르탱빌 씨가 볼테르보다 더 많은 재치를 부리
고 있었다.

이 객실들은 그들 나름의 문학과 정치를 가지고 있었다. 사
람들은 거기서 피에베를 믿었다. 아지예 씨는 거기서 좌상 노
릇을 했다. 사람들은 거기서 말라케 강둑의 고서(古書) 상인
공법학자 콜네 씨에 대해 이러쿵저러쿵 말했다. 나폴레옹은

---

* 루이 15세 때 영국군을 무찌른 벨기에의 싸움터.
** 몰리에르의 희극에 나오는 인물, 간교(奸狡)한 머슴의 전형.

거기서 완전히 '코르시카의 식인귀(食人鬼)'였다. 후일 국왕의 육군 중장 부오나파르테 후작*이라는 칭호가 역사 속에 기록된 것은 시대 정신에의 양보였다.

이 객실들은 오랫동안 순수하지 않았다. 1818년부터 몇몇 정리론자(正理論者)들**이 거기에 싹트기 시작하여 불안한 기운이 감돌았다. 이자들의 방식은 자기들이 왕당파이면서 그것을 사과하는 것이었다. 과격 왕정주의자들이 매우 거만한 경우 정리론자들은 좀 부끄럽게 여겼다. 그들은 재치가 있었고 침묵을 지켰으며, 그들의 정치적 교조는 교만한 태도로 적당히 굳어져 있었고, 그들은 성공하게 마련이었다. 그들은 흰 넥타이와 단추 달린 예복을 남용했는데, 다른 점에서 보면 그것은 유익했다. 정리론파의 과오랄까 불행은 늙은 젊음을 만들어 내는 것이었다. 그들은 현인들의 태도를 취했다. 그들은 절대적이고 과격한 원칙들에 온건한 권력을 접목하기를 꿈꾸었다. 그들은 파괴적 자유주의에 보수적 자유주의를 대립시켰는데, 그것도 때로는 비범한 지성을 가지고 그렇게 했다. 사람들은 그들이 이렇게 말하는 것을 들었다. "왕정주의에 감사하라! 그것은 적지 않은 봉사를 했다. 그것은 전통, 교양, 종교, 존경을 다시 가져왔다. 그것은 충실하고, 용감하고, 의협적이고, 인자하고, 헌신적이다. 그것은 마지못해서였을지라도 국민

---

* le marquis de Buonaparté, 나폴레옹을 가리킴. 나폴레옹의 성은 Bonaparte. 이 이탈리아 출신 가문의 본래의 성씨가 Buoneparte이다.
** 왕정복고 시대에 왕권 신수설과 주권 재민설의 중간설을 제안한 철학자와 정치가들.

의 새로운 영화에 군주제의 매우 오래된 영화를 섞는다. 그것의 과오는 혁명, 제국, 영광, 자유, 젊은 사상, 젊은 세대, 시대를 이해하지 않는 데 있다. 그러나 그것이 우리들에 대해 갖고 있는 그러한 과오, 그것을 우리들은 때때로 그것에 대해 갖고 있지 않은가? 우리가 상속받은 혁명은 모든 것을 이해해야 한다. 왕정주의를 공격하는 것, 그것은 자유주의의 모순이다. 얼마나 큰 잘못인가! 그리고 얼마나 심한 맹목인가! 혁명적 프랑스는 역사적 프랑스에, 다시 말해서 그의 어머니에게, 다시 말해서 그 자신에게 무례한 행동을 하고 있다. 1816년 9월 5일 이후 군주국의 귀족이 받는 대우는 1814년 7월 8일 이후 제국의 귀족이 받던 대우와 같다. 그들은 독수리*에 대해 옳지 못했고, 우리는 백합꽃**에 대해 옳지 못하다. 그러니 사람은 언제나 뭔지 배척할 것을 바라는 것일까! 루이 14세의 왕관에서 금을 벗기고, 앙리 4세의 문장을 갊아 버리는 것, 그것이 그렇게 유익한 일일까? 이에나 다리에서 N 자***들을 지우는 보블랑 씨를 우리는 비웃는다! 대체 그는 무슨 짓을 하고 있었던가? 우리가 하고 있는 짓이 아닌가! 부빈****은 마렝고처럼 우리의 것이다. 백합꽃도 N 자처럼 우리의 것이다. 그것은 우리의 세습 재산이다. 그것을 삭감해서 무슨 소용이 있겠는가? 현재의 조

---

* 나폴레옹의 문장(紋章).

** 프랑스 왕조의 문장.

*** 나폴레옹의 첫 글자.

**** 1214년 필립 오귀스트 왕이 독일 황제 오톤 4세와 그의 동맹군을 무찌른 곳.

국과 마찬가지로 과거의 조국도 부인해서는 안 된다. 왜 역사
의 전부를 원해서는 안 되는가? 왜 프랑스의 전부를 사랑해서
는 안 되는가?"

이렇게 정리론자들은 왕정주의를 비평하고 변호하는 한편
왕정주의가 비평받는 것을 못마땅하게 여기고 변호받는 것을
분개했다.

과격 왕정주의자들은 왕정주의의 제1기를 특징지었고, 수
도회*는 제2기를 특색 지었다. 과격성에 이어 능력이 나온 것
이다. 개요는 여기서 멈춘다.

이 이야기를 해 오다가, 이 책의 저자는 도중에 현대사의 이
기이한 시기를 발견하고, 그것을 지나가면서 일별하고, 오늘
날에는 알려져 있지 않은 이 사회의 괴이한 윤곽의 어떤 것들
을 묘사하지 않을 수 없었다. 그러나 그는 잠깐 동안, 그리고
아무런 슬프거나 조소적인 생각 없이 그렇게 한다. 추억들은
다정하고 존경스럽다. 왜냐하면 그것들은 그의 어머니에 관
련되고, 그를 그 과거에 애착하게 하니까. 그런데 이 점도 말
해 두자. 바로 이 작은 사회에 그의 위대함이 있었다. 사람들
은 그것을 비웃을 수는 있으나, 그것을 경멸할 수도, 증오할
수도 없다. 그것은 옛날의 프랑스다.

마리우스 퐁메르시는 모든 아이들처럼 어떤 공부를 했다.
그가 질노르망 이모의 손에서 나왔을 때, 그의 할아버지는 그
를 가장 순수한 고전적인 순결성을 지닌 선생 하나에게 맡겼

---

* 왕권복고 시대에 정권을 좌우했음.

다. 피어나는 이 젊은 영혼은 새침데기에서 현학자로 넘어간 것이다. 마리우스는 몇 년간 중학교를 다녔고, 이어 법률 학교에 들어갔다. 그는 왕정주의자이고, 광신자이고, 근엄했다. 그는 할아버지의 쾌활함과 냉소적인 태도를 불쾌하게 여기고 있었기 때문에 그를 별로 좋아하지 않았고, 아버지에 대해서는 침울했다.

그런데 그는 의젓하고, 너그럽고, 자존심이 강하고, 경건하고, 열광적이고, 열정적이고도 냉정한 소년이었으며, 냉혹하기까지 위엄있고, 야만스럽기까지 순수했다.

4. 불한당의 종말

마리우스가 고전 공부를 끝마친 것과 질노르망 씨가 사교계에서 은퇴한 것은 거의 같은 때였다. 노인은 생 제르맹 문밖과 T 부인의 객실에 고별을 하고, 마레의 피유 뒤 칼베르 거리의 자택에 와서 살았다. 거기서 하인으로는 문지기 외에, 마뇽 다음에 들어온 그 니콜레트라는 하녀와 앞서 말한 천식증으로 헐떡거리는 그 바스크를 두고 있었다.

1827년에 마리우스는 열일곱 살이 갓 되었다. 어느 날 저녁 밖에서 돌아왔을 때, 그는 할아버지가 손에 편지 한 통을 들고 있는 것을 보았다.

"마리우스." 하고 질노르망 씨가 말했다. "내일 베르농에 가거라."

“왜요?” 하고 마리우스는 말했다.

“네 애비에게 가 봐라.”

마리우스는 치가 떨렸다. 그는 무엇이고 다 생각했으나, 이 것만은, 즉 언젠가는 아버지를 만나 봐야 하게 될지도 모르리라고는 생각해 본 적이 없었다. 그에게는 이보다도 더 뜻밖이고, 이보다도 더 놀랍고, 심지어 이보다도 더 불쾌한 일은 아무것도 없었다. 그것은 먼 곳에 억지로 다가가게 하는 것이었다. 그것은 슬픔이 아니었다. 그게 아니라, 그건 고역이었다.

마리우스는 그의 정치적 반감이라는 이유 외에, 질노르망 씨가 기분이 누그러졌을 때 하던 말마따나, 저돌적인 무사인 아버지가 자기를 사랑하지 않는다고 확신하고 있었다. 그것은 분명했다. 왜냐하면 아버지는 자기를 이렇게 버리고 다른 사람들에게 맡겨 두었으니까. 자기가 조금도 사랑을 받지 않는다고 느끼고 있었으므로, 그는 조금도 사랑하지 않았다. 이보다도 더 간단한 일은 아무것도 없다. 그는 이렇게 생각하고 있었다.

그는 하도 어이가 없어서 질노르망 씨에게 질문하지 않았다. 할아버지는 말을 이었다.

“아픈 모양이다. 너를 오란다.”

그러고는 잠시 말이 없다가 덧붙였다.

“내일 아침에 떠나거라. 퐁텐의 안뜰에서 6시에 출발해 저녁에 도착하는 마차 한 대가 있을 게다. 그것을 타거라. 애비 말이 위급하단다.”

그런 뒤 그는 편지를 구겨 호주머니에 넣어 버렸다. 마리우스는 바로 그날 저녁에 출발해 이튿날 아침에는 아버지 곁에 있을 수도 있었을 것이다. 당시 불루아 거리의 역마차 하나가 밤중에 루앙을 왕래하면서 베르농을 지나가고 있었다. 그러나 질노르망 씨도 마리우스도 알아볼 생각을 하지 않았다.

이튿날 해 질 무렵에 마리우스는 베르농에 도착했다. 촛불이 켜지기 시작했다. 그는 맨 먼저 만난 행인에게 '퐁메르시 씨의 집'을 물었다. 왜냐하면 그는 마음속으로 왕정복고 정부와 같은 의견을 가지고 있었으므로, 그 역시 아버지를 남작이나 대령으로 인정하지 않고 있었기 때문이다.

어떤 이가 그에게 그 집을 가리켜 주었다. 초인종을 울리자, 한 여자가 손에 조그마한 남포등을 들고 나와서 문을 열어 주었다.

"퐁메르시 씨는?" 하고 마리우스는 말했다.

그 여자는 우두커니 서 있었다.

"여기입니까?" 하고 마리우스는 물었다.

그 여자는 맞다는 몸짓으로 고개를 끄덕거렸다.

"그분에게 말씀드릴 수 있을까요?"

그 여자는 고개를 가로저었다.

"나는 그분 아들인데요." 하고 마리우스는 말을 이었다. "그분은 나를 기다리고 계십니다."

"그분은 이제 당신을 기다리시지 않습니다." 하고 그 여자는 말했다.

그때 그는 여자가 울고 있는 것을 알아차렸다.

그 여자는 손가락으로 나지막한 방문을 가리켰다. 그는 그리로 들어갔다.

벽난로 위에 놓인 짐승 기름으로 만든 한 자루의 양초가 비추고 있는 그 방에는 세 사나이가 있었는데, 하나는 서 있었고, 하나는 무릎을 꿇고 있었고, 또 하나는 셔츠 바람으로 타일 방바닥에 기다랗게 누워 있었다. 그 마룻바닥에 누워 있는 것이 대령이었다.

다른 두 사람은 의사와 신부였는데, 신부는 기도를 드리고 있었다.

대령은 사흘 전 뇌염에 걸렸다. 발병 초에 불길한 예감이 들어서, 그는 질노르망 씨에게 아들을 보내 달라고 편지를 했다. 병이 악화되었다. 마리우스가 베르농에 도착한 바로 그날 저녁 대령은 정신착란의 발작을 일으키고, 하녀가 만류하는 데도 침대에서 일어나 외쳤다. "우리 아들은 안 오는구나! 내가 가서 만나야겠다!" 그런 뒤에 그는 방에서 나가 옆방 타일 방바닥에 쓰러져 버렸다. 그래서 그는 이제 막 숨이 끊어진 것이다.

의사와 사제를 불렀다. 의사는 너무 늦게 도착했고, 사제도 너무 늦게 도착했다. 아들 역시 너무 늦게 도착했다.

어슴푸레한 촛불 빛에, 거기에 누워 있는 파리한 대령의 볼 위에는, 닭의 똥 같은 눈물방울이 죽은 눈에서 흘러나와 있는 것을 알아볼 수 있었다. 눈은 흐리멍덩했으나 아직 눈물이 마르지 않았다. 이 눈물, 그것은 그의 아들의 지참이었다.

마리우스는 처음이자 마지막으로 보는 그 사람을 자세히 들여다보았다. 그 늠름하고 존경할 만한 얼굴, 그 보지 않는 열린 두 눈, 그 하얀 머리, 그 실팍진 팔다리, 거기에 군도 자국인 검붉은 줄들과 총알 구멍인 붉은 별 같은 것들이 여기저기에 있는 것을 알아볼 수 있었다. 그는 하느님이 선량함을 새겨놓은 그 얼굴 위에 용맹함을 찍어 놓고 있는 그 거대한 칼자국을 들여다보았다. 그는 이 사람이 자기 아버지인데 이 사람은 죽었다고 생각하고, 쌀쌀하게 서 있었다.

그가 느끼는 슬픔은 다른 어떤 사람이라도 그렇게 죽어 누워 있는 것을 보았을 때 느꼈을 그런 슬픔이었다.

애통이, 가슴을 에이는 듯한 애통이 그 방 안에 있었다. 하녀는 한쪽 구석에서 통곡하고 있었고, 사제는 기도를 드리면서 흐느끼고 있었고, 의사는 눈물을 닦고 있었으며, 시신 자신도 울고 있었다.

그 의사와 그 사제, 그 여자는 수심 속에 한마디 말도 없이 마리우스를 바라다보았다. 그는 국외자였다. 마리우스는 너무나도 슬퍼하지 않고 있는 자기의 태도가 부끄러워지고 난처했다. 그는 손에 모자를 들고 있었는데, 슬픔 때문에 그것을 쥐고 있을 힘마저 빠져 버린 것처럼 보이려고, 모자를 방바닥에 떨어뜨렸다.

그와 동시에 그는 후회 같은 것을 느끼고, 그렇게 행동하는 자신을 경멸했다. 그러나 그것이 그의 잘못이었을까? 그는 아버지를 사랑하지 않았지 않은가!

대령의 유산은 아무것도 없었다. 세간을 다 팔아도 장례식 비용이 될지 말지 했다. 하녀는 종잇조각 하나를 발견하여 마리우스에게 건네주었다. 거기에는 대령의 필적으로 다음과 같이 적혀 있었다.

내 아들을 위하여.

황제는 워털루의 싸움터에서 나를 남작에 봉하셨다. 복고 정부는 내가 피 흘려 얻은 이 작위를 나에게 인정하지 않으니까, 내 아들이 그것을 취하여 사용하라. 내 아들이 이것을 받아 마땅하리라는 것은 두말할 나위도 없다.

뒷면에 대령은 이렇게 덧붙였다.

바로 이 워털루의 전투에서, 한 상사가 내 생명을 구했느니라. 그분의 이름은 테나르디에라고 한다. 요즘에 그는 파리 교외의 셸 또는 몽페르메유라는 마을에서 조그마한 여관을 경영하고 있었다고 나는 생각한다. 만일 내 아들이 테나르디에를 만나면, 내 아들이 할 수 있는 모든 도움을 그분에게 드려라.

자기 아버지에 대한 공경심에서가 아니라, 언제나 사람 마음에 그렇게도 큰 위압감을 주는 죽음에 대한 그 막연한 경의 때문에, 마리우스는 그 쪽지를 받아 쥐었다.

대령의 것이라고는 아무것도 남아 있지 않았다. 질노르망 씨는 그의 검과 군복을 고물상에 팔아 버리게 했다. 이웃 사람들은 그의 정원을 뒤져 진귀한 꽃들을 훔쳐 갔다. 다른 화초들은 가시덤불과 풀밭이 되고, 혹은 죽어 버렸다.

마리우스는 베르농에 사십팔 시간밖에 머물지 않았다. 그는 장사를 지내고 나서 파리에 돌아와 다시 법률 공부를 시작했고, 마치 그가 결코 생존한 일이 없었던 것처럼 아버지를 더 이상 생각하지 않았다. 대령은 이틀 안에 매장되었고, 사흘 안에 잊혀 버렸던 것이다.

마리우스는 모자에 상장을 달고 있었다. 그것이 전부였다.

5. 혁명아가 되기 위해 미사에 참례하는 유용성

마리우스는 어렸을 때의 종교 습관을 그대로 지키고 있었다. 어느 일요일 그는 생 쉴피스 성당에 가서, 어렸을 때 이모가 데리고 다니던 그 비에르즈 예배당에서 미사에 참례했는데, 그날 그는 평상시보다도 더 멍하니 생각에 잠겨 있었으므로, 하나의 기둥 뒤에 가서 무심코, '집사 마뵈프 씨'라고 등에 적혀 있는 유트레히트 벨벳 의자 위에 무릎을 꿇고 앉아 있었다. 미사가 시작되자마자 한 노인이 나타나 마리우스에게 말했다.

"여보시오, 이건 내 자립니다."

마리우스는 얼른 비켜 주었고, 노인은 자기 의자에 앉았다.

미사가 끝나자, 마리우스는 몇 걸음 떨어진 곳에서 생각에 잠겨 우두커니 있었는데, 그 노인이 다시 다가와서 그에게 말했다.

"아까 실례했는데 지금 또 방해를 해서 미안합니다. 당신은 나를 틀림없이 귀찮은 놈이라고 생각하실 텐데, 변명을 해 드려야겠습니다."

"아닙니다, 그러실 필요 없습니다." 하고 마리우스는 말했다.

"아니오!" 하고 노인은 말을 이었다. "나를 나쁘게 생각하시는 걸 난 원치 않소. 나는 그 자리에 애착을 느낍니다. 나는 거기서 보면 미사가 더 좋은 것 같습니다. 왜냐고요? 말씀드리죠. 그 자리에서 나는 여러 해 동안, 이삼 개월마다 규칙적으로, 한 가엾은 좋은 아버지가 오는 것을 보았는데 그는 자기 아이를 보는데 그 밖에 다른 기회도 다른 방법도 없었지요. 가정의 조치로 그에게 그것이 금지되어 있었으니까. 그는 자기 아들을 미사에 데리고 오는 시간을 알고 그 시간에 오곤 한 겁니다. 그 아이는 자기 아버지가 거기에 있으리라고는 생각하지 못했지요. 그는 자기에게 아버지가 있다는 것조차도 아마 몰랐을 겁니다, 그 순진한 아이는! 아버지는 들키지 않으려고 저 기둥 뒤에 서 있었어요. 그는 아들을 바라보며 눈물을 흘렸어요. 그 아이를 무척 사랑하고 있었던 것입니다, 그 가엾은 남자는! 나는 그것을 보았어요. 그래서 그 자리는 내게 성스러운 것같이 되었고, 거기에 와서 미사를 듣는 것이 버릇이 되었어요. 나는 집사로서 당연히 앉을 수 있는 집사석보다도 그 자리가 더 마음에 듭니다. 나는 그 불쌍한 양반을 조금 알고 있었어요. 그에게는 장인과 돈 많은 처형 하나가 있었고, 잘은 모르지만 친척들도 있었는데, 그들은 만약 아버지가 어린 아이를 만나면 상속권을 박탈하겠다고 위협했지요. 그는 자기 아들이 훗날 부자가 되고 행복하게 되도록 자기를 희생했습니다. 정치적인 의견 때문에 그 부자간을 갈라 놓고 있었던 겁니다. 물론 정치적 의견도 좋지만, 멈춰설 줄을 모르는 사람들이 있습니다. 제기랄! 한 남자가 워털루에 나갔다고 해서 악마일 수는 없고, 그렇다고 해서 부자간을 갈라 놓을 수는 결코 없는 거지요! 그분은 보나파르트의 대령이었습니다. 그는 죽었습니다. 사제인 우리 형님이 계시는 베르농에 살고 있었는데 퐁마리인지 몽페르시인지 무슨 그 비슷한 이름이었습니다……. 아 참, 그분은 커다란 칼 자국이 하나 있었지."

"퐁메르시인가요?" 하고 마리우스는 안색이 변해 가지고 말했다.

"맞소. 퐁베르시요. 당신도 그분을 알았소?"

"예, 제 아버지였습니다." 하고 마리우스는 말했다.

늙은 집사는 두 손을 마주잡고 외쳤다.

"아! 당신이 그 아이군요! 암, 그렇지. 지금은 틀림없이 성인이 됐을 테니까. 아이고, 가엾어라! 당신에게는 당신을 무척 사랑하신 아버지가 계셨다고 당신은 말할 수 있소!"

마리우스는 노인을 부축하여 그의 집까지 모셔다 주었다. 이튿날 마리우스는 질노르망 씨에게 말했다.

"몇몇 친구들과 사냥 나갈 약속을 했어요. 한 사흘 집을 떠나 있어도 되겠습니까?"

"나흘이라도 좋다!" 하고 할아버지는 대답했다. "가서 재미있게 놀다 오너라."

그리고 눈을 깜박거리면서 나지막한 목소리로 딸에게 말했다.

"어떤 애인이 생긴 거야!"

6. 성당 집사를 만난 결과

마리우스가 어디에 갔는가는 조금 후에 알게 될 것이다.

마리우스는 사흘 동안 나가 있다가 파리에 돌아와, 곧장 법률 학교 도서관에 가서,《세계 신보》*모음을 빌렸다.

그는 그《세계 신보》를 읽고, 공화국과 제국 시대의 모든 역사를, '세인트헬레나의 회고록', 모든 기록, 신문, 공적인 보고서, 포고문 들을 읽었고, 모든 것을 탐독했다. 대육군의 보고서들에서 처음으로 아버지의 이름을 발견했을 때 그는 꼬박 일주일 동안 흥분했다. 그는 조르주 퐁메르시가 소속 복무했던 군의 장군들을, 그중에서도 특히 H 백작을 찾아가 보았다. 그가 찾아가 다시 만나 본 마뵈프 집사는 대령의 은퇴며 그의 화초, 그의 고독 등 베르농의 생활을 그에게 이야기해 주었다. 마침내 마리우스는 그 비범하고 숭고하고 온화한 남자를, 자기 아버지였던 그 사자이자 새끼 양 같은 사람을 완전히 알게 되었다.

그러는 동안, 모든 시간과 모든 생각을 바쳐서 그러한 연구에 전념하고 있던 그는 질노르망 집안 사람들과 얼굴을 대하는 일이 거의 없었다. 식사 시간에는 그가 나타났는데, 그 후 찾아보면 그는 거기에 없었다. 이모는 투덜거렸다. 질노르망 영감은 빙그레 웃으며 말했다. "흥! 흥! 계집애들을 쫓아 다닐 때도 됐지 뭐!" 때때로 노인은 이렇게 덧붙였다. "제기랄! 풋사랑인가 했더니 정열적인 사랑인가 본데."

---

* le Moniteur(또는 le Moniteur universel), 옛 프랑스 정부 신문.

그것은 정말 정열적인 사랑이었다.

마리우스는 자기 아버지를 열렬히 사랑하는 중이었다.

동시에 비상한 변화 하나가 그의 사상 속에서 일어나고 있었다. 이 변화의 단계는 많았고 계속적이었다. 이것은 우리 시대의 많은 정신들의 이야기이므로, 이 변화의 단계들을 한 걸음한 걸음 따라가 그 전부를 지적하는 것은 유익하다고 생각한다.

마리우스가 훑어본 그 역사는 그를 놀라게 했다.

첫 인상은 경탄이었다.

공화국이니 제국이니 하는 것은 그에게는 여태까지 끔찍스러운 말들에 지나지 않았다. 공화국은 황혼 속의 단두대였고, 제국은 암야 속의 군도였다. 그는 이제 막 그 속을 들여다보았는데, 암흑의 혼돈밖에 발견하지 않으리라고 예상하고 있던 곳에, 그는 별들이 반짝이고 있는 것을 보고 두려움과 기쁨이 섞인 일종의 말할 수 없는 놀라움을 느꼈다. 미라보, 베르뇨, 생 쥐스트, 로베스피에르, 카미유 데물랭, 당통 등의 별들이, 그리고 하나의 태양 나폴레옹이 떠오르는 것을. 그는 자기가 어떤 지경에 와 있는지 알 수 없었다. 그는 빛들에 눈이 부셔 뒷걸음질 쳤다. 점점 놀라움이 가시고 그 광휘에 길들어, 그는 현기증 없이 행적들을 고찰하고, 두려움 없이 인물들을 검토했다. 혁명과 제국이 그의 투시력 있는 눈앞에 찬란하게 펼쳐졌다. 그는 그 사건과 인물 들의 두 집단이 각각 두 거대한 사실들 속에 요약되는 것을 보았다. 대중에게 되돌려 준 민권의 지상권 속에 요약되는 공화국과 유럽에 받아들여지게 한 프랑스 사상의 지상권 속에 요약되는 제국. 그는 혁명에서 국민의 위대한 모습이 나오는 것을, 그리고 제국에서 프랑스의 위대한 모습이 나오는 것을 보았다. 그는 마음속으로 그 모든 것이 훌륭했다고 자기의 의식 속에서 자기의 의사를 밝혔다.

그의 경탄이 너무나도 종합적인 이 최초의 평가에서 소홀히 하고 있었던 것, 나는 그것을 여기에 지적할 필요가 있다고는 생각하지 않는다. 내가 기록하는 것은 전진하는 한 정신의 상태다. 진보들은 모두 한 단계에서 이루어지지는 않는다. 이 앞뒤에 일어나고 일어날 일에 관해 이것을 마지막으로 그렇게 말해 두고, 나는 계속한다.

그러자 그는 이때까지 자기 아버지를 이해하지 못했다는 것과 마찬가지로 자기의 조국도 이해하지 못했었다는 것을 깨달았다. 그는 이것도 저것도 알지 못했었고, 일종의 완고한 암흑으로 자기 눈을 덮고 있었었다. 그는 이제 보았다. 그리고 그는 한쪽에서는 찬탄하고, 또 한쪽에서는 열애했다.

그는 그리움으로, 그리고 뉘우침으로 가득 차 있었고, 그리고 마음속에 있는 모든 것을 이제는 더 이상 하나의 무덤에밖에 말할 수 없다고 생각하고 절망에 빠졌다. 오! 만약에 아버지가 살아 계셨다면, 만약에 자기에게 아직도 아버지가 계셨다면, 만약에 하느님이 동정하셔서 인자하시게도 이 아버지를 아직까지 살아 계시게 해 주셨다면, 얼마나 그는 아버지에게 달려가서 몸을 던지고 외쳤을까, "아버지! 제가 왔습니다! 저입니다! 제 마음은 아버지와 같습니다! 제가 아버지의 아들입니다!" 얼마나 그는 아버지의 흰 머리를 얼싸안고, 그의 머리칼을 눈물로 적시고, 그의 흉터를 들여다보고, 그의 손을 움켜쥐고, 그의 의복을 경배하고, 그의 발에 입을 맞추었을까! 오! 어찌하여 이 아버지는 역사의 올바른 심판을 받기도 전에, 자식의 사랑을 받기도 전에 그렇게도 일찍 돌아가셨을까, 명 대로 살지도 못하시고! 마리우스는 마음속으로 계속 흐느끼고 끊임없이 "아, 슬프도다, 슬프도다!" 하고 한탄했다. 동시에 그는 더 정말로 진지하게 되었고, 더 정말로 진중하게 되었고, 자기의 신념과 사상을 더 정말로 확신하게 되었다. 진리의 빛이 끊임없이 그의 이성을 보충해 주었다. 그의 속에서 내석 성장 같은 것이 이루어지고 있었다. 아버지와 조국이라는, 그에게는 새로운 그 두 가지 것들이 가져다주는 일종의 자연적인 확장을 그는 느끼고 있었다.

열쇠를 가지고 있는 때처럼 모든 것이 열렸다. 그는 전에 미워했던 것을 이해했고, 싫어했던 것을 통찰했다. 그는 이때부터 하늘과 신과 인간의 뜻을, 그에게 혐오하도록 알려 주었던 위대한 것들과 저주하도록 가르쳐 주었던 위인들을 분명히 알았다. 겨우 어제의 일이었는데, 그런데도 불구하고 이미 아주 오랜 옛일처럼 보이는 자기의 이전의 의견들을 생각할 때 그는 화가 나 씽긋 웃었다.

그는 당연히 자기 아버지의 명예 회복에서 나폴레옹의 명예 회복으로 갔다.

그렇지만 이 후자는 힘들이지 않고서는 이루어지지 않았다는 것을 말해 두자.

어렸을 때부터 사람들은 그를 보나파르트에 관한 1814년 왕당파의 의견들에 젖어 들게 했다. 그런데 왕정복고의 모든 편견, 그것의 모든 이해관계, 그것의 모든 충동 들은 나폴레옹을 왜곡하는 경향이 있었다. 왕정복고는 로베스피에르보다도 한층 더 나폴레옹을 증오했다. 그것은 꽤 교묘하게 국민의 피폐와 어머니들의 증오심을 이용했다. 보나파르트는 일종의 거의 전설적인 괴물이 되었고, 아까 내가 지적한 것처럼, 어린아이들의 상상과 비슷한 민중의 상상에 그를 그려 내기 위해, 1814년의 왕당파는 모든 끔찍스러운 얼굴들을, 여전히 웅대하면서도 무시무시한 것에서부터 우스꽝스러우면서도 무시무시한 것에 이르기까지, 티베리우스*에서부터 크로크미텐**에 이르기까지 연달아 출현시켰다. 그리하여 보나파르트를 이야기할 때, 증오심이 밑바닥에 깔려 있기만 하면, 사람들은 흐느끼든 웃음을 터뜨리든 자유였다. 마리우스는 사람들이 그렇게 불렀듯이 한 번도 '그 사람'에 관해서 머릿속에 다른 생각들을 가져 본 적이 없었다. 그러한 생각들은 그의 끈질긴 성질과 결합되어 있었다. 그의 속에는 나폴레옹을 증오하는 완고한 소인 하나가 고스란히 들어 앉아 있었던 것이다.

역사를 읽으면서, 특히 기록과 자료 들 속에서 역사를 연구하면서, 마리우스의 눈에서 나폴레옹을 가리고 있던 베일이 시나브로 찢어졌다. 그는 뭔지 엄청난 것을 어렴풋이 보았고, 그밖에 다른 모든 것에 관해서와 마찬가지로 보나파르트에 관해서도 여태껏 잘못 생각했었지나 않았나 싶었다. 그는 날마다

---

* 티베리우스(Tiberius, BC 42~AD 37). 잔인한 로마 황제.
** 전설상의 잔인한 괴물.

더 잘 보았고, 시초에는 거의 마지 못해서, 다음에는 도취하여 그리고 저항할 수 없는 매혹에 끌리듯이, 먼저 컴컴한 계단을, 이어 희미하게 밝혀진 계단을, 마지막에는 찬란하게 빛나는 계단을 그는 천천히 한 걸음 한 걸음씩 올라가기 시작했다.

어느 날 밤 그는 고미다락에 있는 그의 작은 방에 혼자 있었다. 촛불이 켜져 있었고, 그는 탁자에 팔꿈치를 기대고 열린 창 가에서 책을 읽고 있었다. 온갖 망상들이 우주 공간에서 그에게 도래하여 그의 상념에 섞여들고 있었다. 굉장한 광경이다, 이 밤은! 어디서 오는지 알 수 없는 은은한 소리들이 들려오고, 지구보다 천이백 배나 큰 목성(木星)이 잉걸처럼 붉게 빛나는 것이 보이며, 하늘은 검고 별들은 반짝이고, 이건 굉장하다.

마리우스는 대육군 보고서들을, 싸움터에서 쓴 그 호메로스의 시 같은 글을 읽고 있었는데, 거기에는 이따금 아버지의 이름이 나오고 끊임없이 황제의 이름이 나왔으며, 대제국 전체가 그에게 나타났다. 그는 자기 속에 밀물 같은 것이 부풀어 올라오는 것을 느꼈고, 때때로 아버지가 숨결처럼 자기 옆을 지나가며 무엇인가를 속삭여 주는 것 같았다. 그는 조금씩 이상해지고, 북소리며, 대포 소리, 나팔 소리, 보병대의 보조 맞춘 발소리, 기병대의 멀고 은은한 구보 소리, 이런 것들이 들려오는 것만 같았다. 때때로 그는 하늘을 우러러 밑바닥 없는 깊이 속에 거대한 성좌들이 빛나는 것을 바라보고, 그런 뒤 다시 책 위에 눈을 떨어뜨려 거기에 또 다른 거대한 것들이 어수선하게 움직거리는 것을 보았다. 그는 가슴이 뭉클했다. 그는 감격하여 몸을 떨고 헐떡거렸다. 갑자기 그의 속에 무엇이 있었는지, 그리고 자기가 무엇에 복종했는지 그 자신도 모르고, 그는 벌떡 일어나, 양팔을 창밖으로 뻗치고, 어둠, 고요, 캄캄한 광대 무변, 영원하고 무한한 공간을 응시하며, "황제 폐하 만세!" 하고 외쳤다.

이 순간 모든 것이 결정되었다. 코르시카의 식인귀, 찬탈자, 폭군, 제 누이들에게 연정을 품은 괴물, 탈마*의 가르침을 받은 익살광대, 자파**의 독살자, 호랑이, 부오나파르테, 이러한 모든 것은 깡그리 스러져 버리고, 그 대신 그의 머릿속에는 어렴풋이 빛나는 광휘가 나타나고, 그 광휘 속에서 접근할 수 없는 높이에 창백한 귀신 같은 카이사르의 대리석상이 반짝이고 있었다. 황제는 그의 아버지에게는 사람들이 찬탄하고 헌신하고 가장 사랑하는 장수에 지나지 않았지만, 마리우스에게는 그 이상의 것이었다. 황제는 세계의 지배에서 로마인 집단을 계승하는 프랑스인 집단의 예정된 건설자였다. 그는 한 붕괴의 놀라운 건축가요, 샤를마뉴 대왕, 루이 11세, 앙리 4세, 리슐리외, 루이 14세, 공안위원회의 계승자였다. 아마 오점도 있고 결점도 있고 범죄조차도 있었겠지만, 다시 말해서 인간이기는 했지만, 그러나 그 결점에서도 존엄하고, 그 오점에서도 빛나고, 그 범죄에서도 강력했다. 그는 모든 나라 사람들에게 프랑스 인을 '위대한 국민'이라고 말하게끔 만든

---

* 나폴레옹의 총애를 받은 배우.
** 이스라엘의 옛 도시. 점령됐던 이 도시에서 다시 물러나게 됐을 때 나폴레옹은 승선할 수 없는 스물다섯 명의 환자를 독살시켰다 한다.

미리 정해진 사람이었다. 아니, 그는 그보다도 더한 사람이었다. 그는 그가 쥐고 있는 검으로 유럽을 정복하고, 그가 던지는 빛으로 세계를 정복한 프랑스의 화신 그 자체였다. 마리우스는 보나파르트 속에서 항상 국경에 우뚝 서서 미래를 지킬 망령을 보았다. 전제군주이지만 집정관이었고, 하나의 공화국에서 유래하고 하나의 혁명을 요약하는 전제군주였다. 나폴레옹은 예수가 신인(神人)이듯이 그에게 민중인(民衆人)이 되었다.

모두 보다시피, 하나의 종교에 새로 들어온 사람들이 모두 그러하듯이, 그의 전향은 그를 도취시켰고, 그는 지지 속에 뛰어들어 너무 멀리 갔다. 그의 성질은 그러했다. 그는 일단 비탈에 올라서면 제동을 걸기가 거의 불가능했다. 검에 대한 광신이 그를 사로잡고 그의 머릿속에서 사상의 예찬을 복잡하게 만들었다. 그는 재능과 함께, 그리고 뒤죽박죽으로, 힘을 찬미하고 있었다는 것을, 다시 말해서 그의 우상숭배의 두 칸 속에, 한쪽에는 신성한 것을, 다른 쪽에는 난폭한 것을 놓아두고 있다는 것을 전혀 알아차리지 못하고 있었다. 그는 여러 가지 점에서 몹시 잘못 생각하기 시작했다. 그는 모든 것을 받아들이고 있었다. 진리로 가다가 오류와 만나는 수도 있다. 그는 모든 것을 통틀어 취하는 일종의 격렬한 성실성을 가지고 있었다. 그가 들어간 새 길에서, 나폴레옹의 영광을 헤아려 보면서 그러하듯 구정체의 과오를 판단하면서도, 그는 정상 참작을 등한시했다.

그야 어쨌든, 놀라운 한 걸음이 내디뎌져 있었다. 예전에 군주국의 추락을 보았던 곳에서 그는 이제 프랑스의 출현을 보았다. 그의 방향은 바뀌어 있었다. 서쪽이었던 것이 동쪽이었다. 그는 되돌아섰다.

이 모든 급변은 그의 가족이 눈치채지 못하는 사이에 그의 속에서 이루어지고 있었다.

이러한 은밀한 진통을 통하여, 예전에 부르봉 파와 과격 왕정주의자였던 그가 완전히 탈바꿈했을 때, 귀족주의자와 근왕파(勤王派), 왕당파에서 탈피했을 때, 완전히 혁명가가 되고, 극도로 민주주의자가 되고, 거의 공화파가 되었을 때, 그는 오르페브르 강둑의 한 인쇄점에 가서, '남작 마리우스 퐁메르시'라는 이름으로 된 명함을 백 장 주문했다.

그것은 그의 마음속에 일어났던 변화, 모든 것이 아버지를 중심으로 돌고 있던 변화의 지극히 당연한 결과의 하나에 지나지 않았다. 다만 그는 아무도 아는 사람이 없어서 어떤 문지기에게도 그 명함들을 뿌릴 수 없었기 때문에, 호주머니에 넣어 두었다.

또 하나의 자연적인 결과로, 그는 아버지에게, 아버지의 추억에, 그리고 대령이 이십오 년간 싸워 왔던 일들에 접근해 감에 따라, 할아버지에게서 멀어져 갔다. 앞서 말했듯이 오래전부터 질노르망 씨의 기질은 조금도 그의 마음에 들지 않았다. 이미 그들 사이에는 경박한 늙은이에 대한 진중한 젊은이의 온갖 부조화가 있었다. 제롱트*의 쾌활은 베르테르의 우울

---

* 경박한 늙은이의 전형.

에 거슬리고 화나게 한다. 같은 정치적 의견과 같은 사상 들이 그들에게 공통되었던 동안, 마리우스는 그것을 다리 삼아 질노르망 씨를 만났다. 이 다리가 무너지자, 구렁텅이가 생겼다. 그리고 또 무엇보다도, 어리석은 동기에서 자기를 무자비하게 대령에게서 빼앗고, 그리하여 아버지에게서 아들을 박탈하고, 아들에게서 아버지를 박탈한 것이 질노르망 씨였다는 것을 생각하고 마리우스는 말할 수 없는 반항심의 충동을 느꼈다.

아버지에 대한 큰 효심으로 마리우스는 외조부를 거의 혐오하기에 이르렀다.

그런데 그러한 것은, 앞서도 말했지만, 조금도 밖으로 나타나지 않았다. 다만 그는 더욱더 쌀쌀해졌고, 식사도 간단하게 하였고, 집 안에 있는 일도 드물었다. 이모가 그것을 꾸짖을 때, 그는 매우 온순했고, 그 핑계로 공부며 강의, 시험, 강연 같은 것을 내세웠다. 할아버지는 그의 과오를 범하지 않는 진단에서 나오지 않았다. "연애를 하고 있는 거야! 빤해."

마리우스는 때때로 집을 비웠다.

"저 애는 대체 어딜 저렇게 가는 거예요?" 하고 이모는 물었다.

이러한 여행은 언제나 매우 짧았는데, 그중 한 번은, 아버지가 그에게 남겨 놓은 지시에 따르기 위하여 몽페르메유에 가서, 워털루의 옛 상사였던 여관 주인 테나르디에를 찾았다. 테나르디에는 파산하였고, 여관은 닫혀 있었고, 그가 어찌되었는지 아무도 알지 못했다. 이러한 탐색을 위해 마리우스는 나

훌간 집을 나가 있었다.

"아무래도 이 애가 돌았나 봐." 이렇게 할아버지는 말했다.

사람들은 그가 셔츠 아래 가슴에 무엇인가를 검은 리본으로 목에 걸고 있는 것을 알아차리는 것 같았다.

7. 어떤 정사(情事)

나는 앞서 한 창기병의 이야기를 했다.

그는 질노르망 씨의 종손뻘 되는 사람인데, 가족과 모든 집안 사람들에게서 멀리 떠나 병영 생활을 하고 있었다. 이 테오딜 질노르망 중위는 미남 장교로서 필요한 모든 조건을 갖추고 있었다. 그는 '아가씨 같은 몸매'를 하고, 늠름한 태도로 군도를 차고 다니며, 카이저수염을 하고 있었다. 그는 퍽 드물게 파리에 왔는데, 하도 드물었기 때문에 마리우스는 그를 한 번도 보지 못했다. 이 두 내외종간은 서로 이름밖에 몰랐다. 내가 앞서 말했다고 생각하거니와, 테오딜은 질노르망 당고모의 귀염둥이였는데, 그녀가 그를 좋아하는 것은 그녀가 그를 만나 보지 않고 있었기 때문이다. 사람들을 만나 보지 않으면, 그들이 모든 점에서 완전하다고 상상할 수 있게 된다.

어느 날 아침 언니 질노르망 양은 평소의 평온함을 최대한 잃지 않으면서도 한껏 흥분하여 자기 방에 돌아왔다. 마리우스가 방금 와서 할아버지에게 또 짤막한 여행을 할 테니 허락해 달라며, 바로 그날 저녁에 떠날 작정이라고 덧붙였던 것이다. "그래!" 하고 할아버지는 대답했는데, 질노르망 씨는 이마 위쪽으로 두 눈썹을 치켜올리면서 혼자 덧붙였었다. "이 녀석이 또 외박을 해." 질노르망 양은 매우 수상쩍게 생각하면서 자기 방으로 올라갔다. 그리고 계단에서 "이건 너무한데!" 하고 탄성을 지르며, "한데 대관절 어딜 가는 거야?" 하고 의문을 던졌다. 그녀는 다소 떳떳하지 못한 어떤 정사, 어슴프레한 빛 속의 여인, 밀회, 비밀 같은 것을 어렴풋이 예감했다. 좀 정탐해 봤으면 그녀는 후련했을 것이다. 비밀을 알아내 맛보는 것은 추행을 맨먼저 아는 신선한 맛과 비슷한데, 거룩한 마음을 가진 사람들도 그것을 전혀 싫어하지 않는다. 맹신자의 은밀한 가슴속에는 추문에 대한 호기심이 있다.

그래서 그녀는 사정을 알고 싶은 막연한 욕망에 사로잡혀 있었다.

평소의 잠잠하던 마음을 다소 설레게 하는 그 호기심에서 벗어나기 위해, 그녀는 자기의 재주 속에 피난하여 수놓기를 시작했었는데, 그것은 많은 이륜마차 바퀴가 있는 제국과 복고시대의 자수의 하나로서 무명에다 무명실로 놓는 수였다. 따분한 일에 까다로운 일꾼. 그녀는 여러 시간 전부터 의자에 앉아 있었는데 그때 문이 열렸다. 질노르망 양은 고개를 들었다. 테오뒬 중위가 그녀 앞에 있다가 그녀에게 군대식 경례를 붙였다. 그녀는 환성을 질렀다. 사람이 늙고, 새침데기고, 독신자(篤信者)고, 고모이지만, 자기 방에 한 창기병이 들어오는 것을 보는 건 언제나 기분이 좋다.

"네가 왔구나, 테오뒬!" 하고 그녀는 부르짖었다.

"지나가다가 들렀어요, 고모님."

"어서 내게 키스해야지."

"자, 합니다!" 하고 테오뒬은 말했다.

그러면서 그녀에게 키스했다. 질노르망 고모는 책상으로 가서 서랍을 열었다.

"적어도 한 주일 내내 우리랑 있겠지?"

"오늘 저녁에 떠나요, 고모님."

"그럴 수가!"

"꼭 그래야 해요."

"제발 좀 있다가 가렴, 내 귀여운 테오뒬."

"마음은 그러고 싶지만 명령 때문에 그럴 수가 없어요. 얘기는 간단해요. 우리 주둔지가 바뀌었어요. 우리는 플랑에 있었는데, 가용에 가 있게 됐어요. 옛 주둔지에서 새 주둔지로 가려면 파리를 지나가야 해요. 그래서 제가 말했어요. 저는 고모를 뵈러 가겠다고."

"자, 이건 네 수고 값이다."

그녀는 루이 금화 열 닢을 그의 손에 쥐어 주었다.

"아녜요, 고모님을 만나 뵙는 저의 즐거움을 위해서 주신다고 그러셔야지요."

테오뒬은 다시 한 번 그녀에게 키스했다. 이때 군복의 장식 끈으로 목덜미의 껍질이 조금 벗어진 것을 보고 그녀는 기뻐했다.

"너는 네 연대와 함께 말을 타고 여행하는 거냐?"

"아녜요. 저는 고모님을 꼭 뵙고 싶었어요. 전 특별 허가를 받은 거예요. 제 말은 제 부하 병사가 끌어가고, 저는 역마차로 가요. 그런데 한 가지 여쭤 볼 게 있어요."

"뭔데?"

"제 종제 마리우스 퐁메르시도 여행을 하나요?"

"네가 어떻게 그걸 아느냐?" 하고 고모는 갑자기 강렬한 호기심을 보이며 말했다.

"도착했을 때, 앞자리를 예약하려고 합승 마차에 갔어요."

"그런데?"

"한 여객이 벌써 와서 지붕 윗자리를 예약해 놓았더군요. 전 승객표에 그의 이름을 보았지요."

"이름이 뭐든?"

"마리우스 퐁메르시요."

"이런 몹쓸 놈 봤나!" 하고 고모는 외쳤다. "네 내종제는 너처럼 얌전한 아이가 아니야. 역마차에서 밤을 새우려고 하다니, 원!"

"저도 그런걸요."

"하지만 너는 의무로 그런 거지만 그 애는 방탕으로 그러는 거야."

"저런 저런!" 하고 테오뒬은 말했다.

이때 언니 질노르망 양에게 한 사건이 일어났다. 그녀에게 어떤 생각이 난 것이다. 만약 그녀가 남자였다면 이마를 탁 쳤을 것이다. 그녀는 테오뒬에게 불쑥 말을 걸었다.

"네 내종이 너를 알고 있는지 몰라."

"아니오. 저는 그 애를 봤지만, 그 애는 저를 한 번도 알아봐

준 적이 없어요."

"그럼 너희들은 그렇게 함께 여행을 하겠구나?"

"그 애는 지붕 윗자리에서, 저는 앞자리에서."

"그 합승 마차는 어디로 가는 거지?"

"앙들리로 갑니다."

"그럼 마리우스도 거기로 가는 거지?"

"저처럼 도중에 내리지 않는다면 그렇겠지요. 저는 가용 행으로 바꾸어 타기 위해 베르농에서 내려요. 저는 마리우스의 여정에 대해 아무것도 몰라요."

"마리우스! 이름도 참 망측해라! 무슨 생각에서 마리우스라고 이름을 붙였을까! 하지만 너는, 어쨌든, 네 이름은 테오될이거든!"

"저는 제 이름이 알프레드이면 더 좋겠어요." 하고 장교는 말했다.

"내 말을 들어라, 테오될."

"듣고 있어요, 고모님."

"주의해라."

"주의하고 있어요."

"알았니?"

"예."

"그런데 말이야, 마리우스가 종종 집을 비운단 말이다."

"헤헤!"

"여행을 하고."

"하하!"

"외박을 하고."

"호호!"

"그게 어찌된 영문인지 우리는 알고 싶은데 말이야."

테오뒬은 청동으로 뭉쳐진 사람처럼 태연자약하게 대답했다.

"어떤 정사겠지요."

그러고 틀림없다는 듯이 엷은 웃음을 머금고서 덧붙였다.

"계집애가 하나 생긴 거죠."

"명백해." 하고 고모는 외쳤는데, 그녀는 질노르망 씨가 말하는 것을 듣는 것 같았으며, 종조부와 종손이 거의 같은 식으로 힘을 주어 발음한 이 '계집애'라는 말에서 억제할 수 없는 자기 확신이 나오는 것 같았다. 그녀는 말을 이었다.

"우리에게 기쁜 일 하나 하거라. 마리우스의 뒤를 좀 밟아봐라. 그 애는 너를 모르니까, 그건 네게 쉬운 일일 거야. 계집애가 있으니까 그 계집애를 만나 보도록 애써 봐라. 그 얘기를 우리에게 적어 보내거라. 그러면 할아버지도 좋아하실 테니."

테오뒬은 그러한 종류의 감시를 하는 데는 그다지 구미가 당기지 않았으나, 그 루이 금화 열 닢에 몹시 감동하였고, 뒤에도 또 그런 걸 받을 수 있으리라고 생각했다. 그는 그 위임을 수락하며 말했다. "고모님 좋으실 대로." 그러고 마음속으로 덧붙였다. '내가 감시자가 됐군.'

질노르망 양은 그를 얼싸안았다.

"테오뒬, 너는 그런 엉뚱한 짓은 않겠지. 너는 규율을 지키고, 명령에 맹종하고, 조심성 많고 의무를 다하는 사람이야. 그러니 너는 가정을 버리고 여자를 만나러 가지는 않겠지."

창기병은 카르투슈*가 정직하다고 칭찬받은 것처럼 만족스러운 듯이 얼굴을 찌푸렸다.

이러한 대화가 있었던 날 저녁, 마리우스는 감시자가 있는 줄도 모르고 합승 마차에 올라탔다. 감시인으로 말하자면 우선 만사 제쳐 놓고 잠이 들어 버렸다. 그것은 잡념 없는 깊은 잠이었다. 아르고스**는 밤새도록 코를 골았다.

새벽에 합승 마차 마부가 고함을 질렀다. "베르농! 베르농 역참! 베르농 손님들 내리시오!" 그리고 테오뒬 중위도 잠을 깼다.

"옳아, 여기서 내려야지." 하고 그는 아직도 잠이 덜 깬 채 중얼거렸다.

그런 뒤, 잠을 깨면서, 그의 기억이 차차 맑아져서, 그는 고모와 열 닢의 루이 금화, 그리고 마리우스의 행동거지를 보고하겠다고 약속한 일을 생각했다. 그러자 웃음이 나왔다.

"그는 아마 이제 마차 안에 있지 않을 거야." 하고 그는 그의 작은 군복 저고리의 단추를 잠그면서도 생각했다. '그는 푸아시에서 섰을지도 몰라. 트리엘에서 섰을지도 몰라. 만약 플랑에서 안 내렸으면 망트에서 내렸을지도 몰라. 그가 롤르부아즈에서 내리지 않았거나, 파시까지 오지 않았으면 말이야. 그래서 왼편으로 돌아 에브뢰 방면으로 갔거나 그렇지 않으

---

* 카르투슈(Louis Dominique Cartouche, 1693~1721). 프랑스의 유명한 도둑의 괴수. 그레브 광장에서 처형당했다.
** 아르고스(Argos). 백 개의 눈을 가지고 있으며 그중 오십 개의 눈은 항상 뜨고 있다는 그리스신화의 인물.

면 오른편으로 돌아 라로슈 기용 방면으로 갔을지도 몰라. 뒤쫓아 가라고, 고모. 대관절 고모에게, 이 착한 늙은이에게 뭐라고 편지를 쓴담?'

그 순간 지붕 윗자리에서 내리는 검은 바짓자락이 앞자리 유리창에 나타났다.

"마리우스일까?" 하고 중위는 말했다.

마리우스였다.

한 시골 소녀가 마차 아래서 말과 마부 들에 섞여 여객들에게 꽃을 내밀고 있었다. "마님들께 꽃 가져다주세요." 하고 소녀는 외치고 있었다.

마리우스는 그녀에 다가가 그녀의 광주리에서 가장 아름다운 꽃들을 샀다.

"이건 내 호기심을 끄는구나." 하고 테오될은 앞자리에서 뛰어내리며 말했다. "대관절 누구에게 저 꽃들을 가져가려는 걸까? 저렇게도 아름다운 꽃다발을 주려는 걸 보니 굉장한 미인임에 틀림없다. 그 여자를 보고 싶다."

그러고는, 이제 더 이상 위임을 받아서가 아니라 개인적인 호기심에서, 저희들을 위해 사냥을 하는 개들처럼, 그는 마리우스의 뒤를 밟기 시작했다.

마리우스는 테오될에게 아무런 주의도 하지 않았다. 우아한 여자들이 합승 마차에서 내리고 있었으나 그는 거들떠보지도 않았다. 그는 아무것도 자기 주위를 보지 않는 것 같았다.

'홀딱 반했구나!' 하고 테오될은 생각했다.

마리우스는 성당 쪽으로 갔다.

'희한하다.' 하고 테오뒬은 생각했다. '성당이라! 맞아. 약간의 미사로 양념을 한 밀회가 최고야. 하느님 어깨 너머로 던지는 추파처럼 달콤한 건 아무것도 없지.'

성당에 이르러, 마리우스는 거기로 들어가지 않고 후진(後陳)의 뒤로 돌아갔다. 그는 성당 후진의 버팀벽 모퉁이에서 사라졌다.

"데이트 장소는 바깥이군. 계집애를 보자." 하고 테오뒬은 말했다.

그러면서 마리우스가 돌아간 모퉁이 쪽으로, 그의 장화 발로 살금살금 걸어갔다.

거기에 이르러 그는 멍하니 서 버렸다.

마리우스는 이마를 두 손으로 감싸고, 한 묘혈 위의 풀 속에 무릎을 꿇고 있었다. 꽃다발은 거기에 바쳐져 있었다. 묘혈의 맨끝에, 머리를 나타내는 높직한 곳에, 검은 나무 십자가 하나가 서 있었는데 거기에는 흰 글자로 이런 이름이 적혀 있었다. '육군 대령 남작 퐁메르시.' 마리우스의 흐느끼는 소리가 들렸다.

계집애는 하나의 무덤이었던 것이다.

8. 화강암과 대리석

마리우스가 파리를 떠나 처음으로 온 곳은 여기였다. 질노르망 씨가 "그가 외박한다."고 말한 때마다 그가 다시 오곤 한 곳은 여기였다.

테오될 중위는 하나의 분묘에 그렇게 뜻밖에 접촉하게 되어 몹시 당황했다. 그는 그 자신이 분석할 수 없는, 그리고 한 대령에 대한 경의에 섞인, 한 무덤에 대한 경의로 이루어지는 불쾌하고도 이상야릇한 감정을 느꼈다. 그는 마리우스를 홀로 묘지에 남겨 놓고 물러났는데, 이 후퇴에는 군율이 있었다. 망인이 커다란 견장을 달고 그에게 나타났고, 그는 그에 대해 거수경례를 하다시피 했다. 고모에게 무엇을 써 보내야 할지 몰랐으므로 그는 전혀 아무것도 써 보내지 않기로 마음먹었다. 그런데 마리우스의 연애에 관해 테오될이 한 발견의 결과에서는 십중팔구 아무것도 생기지 않았을 것이다. 만약 우연 속에 그렇게도 자주 나타나는 저 신비로운 처리의 하나로 베르농 사건이 그 거의 직후에 파리에서 일종의 반향을 일으키지 않았다면.

마리우스는 사흘째 날 아침 일찍 베르농에서 돌아와 할아버지 집에서 내렸다. 그리고 합승 마차에서 두 밤을 지냈기 때문에 피곤하여, 한 시간쯤 수영 연습소에 가서 수면 부족을 회복시킬 필요를 느끼고, 급히 자기 방으로 올라가 여행용 프록코트와 목에 걸고 있던 검은 리본을 벗어 놓기가 바쁘게 수영장으로 갔다.

질노르망 씨는, 정정한 노인이면 누구나 다 그러하듯이, 꼭 두새벽에 일어나 있다가, 마리우스가 돌아오는 소리를 듣고, 그 늙은 다리로 할 수 있는 한 최대의 빠른 걸음으로, 마리우스가 거처하는 다락방 계단을 급히 올라가, 그를 얼싸안고 포옹하면서 그에게 질문해, 그가 어디서 오는지 좀 알고자 했다.

그러나 팔순 노인이 올라가는 것보다 청년이 내려가는 것이 더 빨랐다. 질노르망 할아버지가 고미다락 방에 들어갔을 때 마리우스는 이미 거기에 없었다.

침대는 흐트러져 있었고, 침대 위에는 프록코트와 검은 리본이 무심히 흩어져 있었다.

"이게 더 좋군." 하고 질노르망 씨는 말했다.

그리고 잠시 후에 객실로 들어갔는데 거기에는 벌써 언니 질노르망 양이 앉아서 그녀의 수레바퀴 수를 놓고 있었다.

질노르망 씨는 의기양양하게 들어왔다.

질노르망 씨는 한 손에 프록코트를 들고 또 한 손에는 목 리본을 들고서 이렇게 외쳤다.

"만세! 우리는 이제 비밀을 알아낼 수 있겠다! 속속들이 알게 되겠다! 우리 엉큼쟁이의 방탕을 탐지하게 되겠다! 우리는 이제 직접 소설을 읽게 됐다! 나는 사진도 있어."

정말 로켓과 꽤 비슷한 검은 상어 가죽 갑 하나가 리본에 매달려 있었다.

늙은이는 그 갑을 손에 들고 열지도 않고 한참 들여다보았는데, 그것은 마치 굶주린 거지가 제 것이 아닌 성찬이 코 아래 지나가는 것을 바라보는 것 같은 그런 쾌감과 희열, 분노의 표정이었다.

"여기에는 확실히 사진이 들어 있을 테니까. 빤해. 이런 걸 정답게 가슴에 품고 다닌단 말이야. 참 바보 같은 자식들이야! 아마 소름이 끼치는 끔찍스러운 잡년일 거야! 요즘 젊은 놈들은 참으로 악취미거든!"

"어디 봐요, 아버지." 하고 노처녀는 말했다.

용수철을 누른즉 갑이 열렸다. 거기에는 고이 접은 한 조각의 종이밖에 아무것도 없었다.

"같은 것은 한 가지다." 하고 질노르망 씨는 너털웃음을 터뜨렸다. "이것이 뭔지 난 알아. 연애편지야!"

"어머나! 어서 읽어 봅시다!" 하고 이모는 말했다.

그러면서 그녀는 안경을 썼다. 그들은 종이를 펼쳐 읽었디.

내 아들을 위하여.

황제는 워털루의 싸움터에서 나를 남작에 봉하셨다. 복고 정부는 내가 피 흘려 얻은 이 작위를 나에게 인정하지 않으니까, 내 아들이 그것을 취하여 사용하라. 내 아들이 이것을 받아 마땅하리라는 것은 두말할 나위도 없다.

두 부녀가 느낀 감정은 형언할 수 없을 것이다. 그들은 죽은 사람의 머리에서 올라오는 숨결로 얼어 버린 것 같은 느낌이었다. 그들은 한마디 말도 주고받지 않았다. 다만 질노르망 씨는 나지막한 목소리로 자기 자신에게 말하듯 말했다.

"그 저돌적인 무사의 필적이다."

이모는 그 종이를 자세히 살펴보고, 요리조리 뒤집어 본 뒤에 갑 속에 다시 넣어 버렸다.

그와 동시에 푸른 종이에 싼 장방형의 작은 꾸러미 하나가 프록코트의 호주머니에서 떨어졌다. 질노르망 양은 그것을 주워 푸른 종이를 펴 보았다. 그것은 마리우스의 백 장의 명함이었다. 그녀는 명함 한 장을 질노르망 씨에게 건네줬는데 그는 이렇게 읽었다. "남작 마리우스 퐁메르시."

늙은이는 초인종을 울렸다. 니콜레트가 왔다. 질노르망 씨는 리본과 갑, 프록코트를 집어 모조리 객실 바닥 한복판에 던지며 말했다.

"그 누더기를 가져가 버려."

꼬빡 한 시간이 쥐죽은 듯한 침묵 속에 흘러갔다. 늙은이와 노처녀는 서로 등을 맞대고 앉아서 제각기 생각에 잠겨 있었는데, 아마 같은 것을 생각하고 있었을 것이다. 그런 시간이 지난 뒤에 질노르망 이모가 말했다.

"꼴 좋다!"

한참 후에 마리우스가 나타났다. 그는 되돌아오고 있었다. 객실 문턱도 채 넘기 전에 그는 할아버지가 손에 자기의 명함 한 장을 쥐고 있는 것을 보았는데, 할아버지는 자기를 보자 부르주아적이고 냉소적이면서도 뭔지 고압적인 그 존장다운 태도로 외쳤다.

"야! 야! 야! 야! 야! 너는 이제 남작이구나. 축하한다. 이게 대체 무슨 뜻이냐?"

마리우스는 살짝 얼굴을 붉히며 대답했다.

"이건 제가 아버지의 아들이라는 뜻이에요."

질노르망 씨는 농담하기를 그만두고 얀정 없이 말했다.

"네 애비는 나다."

"우리 아버지는," 하고 마리우스는 눈을 내리뜨고 엄숙한 태도로 말을 이었다. "겸손하고 영웅적인 분이었습니다. 공화국과 프랑스에 영광스럽게 봉사하고, 인류 역사 중에서도 가장 위대한 역사 속의 위인이었으며, 이십오 년간을 야영 생활하고, 낮에는 포탄과 총화 속에서, 밤에는 눈과 진창, 비 속에서 싸웠으며, 두 개의 군기를 빼앗고, 이십 개의 상처를 입고, 잊음과 버림 속에 돌아가셨는데, 그분의 잘못이란 한 가지 뿐, 그것은 두 배은망덕자, 자기 나라와 저를 너무 사랑했다는 것입니다."

그것은 질노르망 씨로서는 도저히 듣고 있을 수 없는 말이었다. '공화국'이라는 말에 그는 일어났다기보다는 벌떡 일어났다. 마리우스가 방금 한 말 한마디 한마디는 이 늙은 왕당파의 얼굴에, 마치 대장간의 풀무 바람을 깜부기불에 내보내는 것 같은 인상을 주었다. 그의 얼굴은 거무접접한 빛깔에서 붉어지고, 붉은 빛에서 진홍빛이 되고, 진홍빛에서 불꽃색이 되었다.

"마리우스!" 하고 그는 외쳤다. "요 흉측한 녀석 같으니! 네 애비가 어떤 놈이었는지 난 모른다! 난 그놈을 알고 싶지도 않다! 난 그놈 일을 아무것도 모르고 그놈도 모른다! 하지만 내가 아는 건, 그놈들은 모두 악당들이었다는 거야! 놈들은 모두 무뢰한이고, 살인자고, 붉은 모자*고, 도둑놈 들이었다는 거야! 모두가 말이다! 모두가 말이다! 난 아무도 모른다! 모두 말이다! 알겠느냐, 마리우스! 그래, 네놈이 남작이

---

* 혁명가들이 썼던 모자.

라고, 거지 발싸개 같으니! 로베스피에르를 섬긴 놈들은 모두 비적들이다! 부-오-나-파르테를 섬긴 놈들은 모두 불한당이다! 정통의 왕을 배반한, 배반한, 배반한 놈들은 모두 반역자들이다! 워털루에서 프로이센군과 영국군 앞에서 도망한 놈들은 모두 비겁한 놈들이다! 내가 아는 건 그런 것이다. 귀하의 춘부장께서 그 밑에 계셨다면 유감스럽지만, 할 수 없지, 소생은!"

이번에는 마리우스가 깜부기불이 되고 질노르망 씨는 풀무가 되었다. 마리우스는 와들와들 사지를 떨고, 어떻게 될 것인지 몰랐으며, 그의 머리는 타오르고 있었다. 그는 그의 면병(麵餠)을 모두 바람에 던져 버리는 것을 바라보는 신부이고, 한 행인이 그의 우상에 침을 뱉는 것을 보는 탁발승이었다. 그러한 것들이 그의 앞에서 탈 없이 말해졌다는 것은 있을 수 있는 일이 아니었다. 하지만 어떻게 하겠는가? 그의 아버지는 그의 면전에서 발에 짓이겨지고 짓밟혔다. 하지만 누구에게? 할아버지에게! 어떻게 하면 한쪽을 모욕하지 않고 또 한쪽의 원수를 갚을 수 있을까? 그가 할아버지를 욕보인다는 것은 있을 수 없는 일이었고, 마찬가지로 아버지의 원수를 전혀 갚지 않는다는 것도 있을 수 없는 일이었다. 한쪽에는 신성한 무덤이 있고, 또 한쪽에는 백발이 있었다. 그는 한동안 흥분하여 비틀거렸고, 머릿속에는 그 모든 회오리바람이 소용돌이쳤다. 그런 뒤 그는 눈을 들어 조부를 뚫어지게 보고, 천둥 치는 목소리로 부르짖었다.

"부르봉 왕가를 타도하라! 그리고 저 누룩 돼지 루이 18세를!"

루이 18세는 4년 전에 죽었으나 그런 건 그에게 상관없었다.

늙은이는 새빨개졌다가, 갑자기 그의 머리털보다도 더 하얘졌다. 그는 벽난로 위에 있는 베리 공*의 흉상 쪽으로 돌아서서 일종의 이상한 위엄을 갖추고 허리를 깊이 구부려 절을 했다. 그런 뒤에 두 번, 천천히 말없이 벽난로에서 창으로, 창에서 벽난로로 왔다 갔다 하고, 걸어가는 석상처럼 온 방을 가로지르면서 마루청을 딸가닥거렸다. 두 번째 오갈 때 그는, 늙은 양처럼 멍하니 그 충돌을 보고 있는 딸 쪽으로 몸을 구부리고, 거의 침착한 미소를 지으면서 말했다.

"이 양반 같은 남작과 나 같은 시민은 같은 지붕 아래 서 있을 수 없다."

그러면서 느닷없이 몸을 쑥 일으키고, 얼굴은 창백해지고, 와들와들 몸을 떨고, 무시무시한 형상을 하고, 분노의 무서운 반짝임으로 이마까지 넓어져서, 마리우스 쪽으로 팔을 뻗치고 그에게 외쳤다.

"나가라."

마리우스는 집을 떠났다.

이튿날 질노르망 씨는 딸에게 말했다.

"육 개월마다 저 흡혈귀에게 60 피스톨** 씩 보내 주고, 다시는 그놈 얘기를 내 앞에서 하지 마라."

---

* 베리(Jean duc de Berry, 1340~1416). 샤를 10세의 둘째 아들. 루벨의 손에 암살되었음.

** 1피스톨은 10프랑에 상당하는 금화.

아직 조금도 화가 풀리지 않았고 그걸 어떻게 해야 좋을지를 몰랐기 때문에, 그는 석 달 동안도 더 딸에게 계속 존댓말을 썼다.*

마리우스는 마리우스대로 격분하여 집을 나왔다. 한 가지 사정이 그의 격노를 더욱 가중시켰다는 것을 말해야겠다. 가정의 비극들을 복잡하게 만드는 이러한 작은 불운들은 항상 있는 것이다. 결국은 피해가 그 때문에 커지지는 않지만, 불만은 그 때문에 늘어난다. 할아버지의 명령으로 마리우스의 '누더기'를 황급히 그의 방으로 도로 가져가다가, 니콜레트가 그런 줄도 알아차리지 못하고, 아마 어둠침침한 고미다락 방 계단에서 그랬겠는데, 대령이 써 놓은 종이가 들어 있는 검은 상어 가죽 로켓을 떨어뜨렸다. 그 종이도, 그 로켓도 다시 찾아낼 수 없었다. 마리우스는 '질노르망 씨'가, 그날부터 마리우스는 할아버지를 더 이상 그렇게밖에 부르지 않았는데, 자기 '아버지의 유언'을 불에 던져 버린 것이라고 확신했다. 그는 대령이 써 놓은 그 몇 줄을 암기하고 있었고, 따라서 아무것도 잃어버린 것은 없었다. 그러나 그 종이, 그 필적, 그 성스러운 유물, 그 모든 것이 그의 마음 자체였다. 그걸 누가 어떻게 했을까?

마리우스는 집을 나갔다. 어디로 가는지 말하지 않고, 어디로 가는지 알지도 못하고, 30프랑과 회중시계, 여행 가방 속에

---

* 프랑스에서 가족이나 친근한 사이에서는 2인칭 인칭대명사로 '튀(tu)'를 쓰고 그밖의 경우는 '부(vous)'를 쓰는데, 으레 '튀(tu)'를 쓰는 사이에 '부(vous)'를 쓰는 것은 상대방에게 거리감을 두는 것이다.

든 몇 가지의 옷 나부랑이를 가지고 삯마차를 타고, 시간으로 돈을 주고, 정처없이 라틴 구 쪽으로 갔다.

　마리우스는 장차 어떻게 될 것인가?

4
ABC의 벗들

1. 역사적인 것이 될 뻔했던 한 그룹

이 시대*에는, 겉으로는 아무렇지도 않았으나 어떤 혁명적
인 떨림이 은연중에 흐르고 있었다. 1789년과 1792년의 심
층에서 되돌아온 숨결이 공중에 감돌고 있었다. 젊은이들
은, 이런 말을 쓰는 건 실례겠지만, 털갈이를 하는 중이었다.
사람들은 거의 그런 줄도 모르고 그 시대의 동향 자체에 따
라 변화하고 있었다. 시계 문자판에서 가고 있는 바늘은 사
람들 마음속에서도 역시 가고 있다. 사람들은 저마다 걸어
야 할 걸음을 앞으로 걸어 나아가고 있었다. 왕정주의자들
은 자유주의자가 되고, 자유주의자들은 민주주의자가 되고

---

* 1831년.

있었다.

그것은 무수한 썰물들로 복잡하게 만들어진 하나의 밀물 같은 것이었다. 썰물들의 특성, 그것은 혼합하는 것인데, 거기서부터 매우 이상한 관념들의 결합이 생겨났다. 사람들은 나폴레옹과 자유를 동시에 대단히 좋아했다. 나는 여기서 역사적 사실을 말하고 있는 것이다. 그것은 그 시대의 환상이었다. 사람들의 의견들은 여러 단계를 거친다. 볼테르적인 왕정주의는 기묘한 이형(異形)인데, 보나파르트적인 자유주의라는, 하나의 그에 못지않게 이상스러운 짝을 이루고 있다.

다른 사람들의 집단들은 더 진지했다. 거기서 사람들은 원리를 살폈고, 거기서 사람들은 권리에 집착했다. 사람들은 절대에 열중하고, 무한한 실현들을 어렴풋이 예감했다. 절대는 그 엄격함 자체에 의해 인간의 정신들을 창공에 밀어 올려 무한 속에 떠 있게 한다. 꿈을 낳기 위해서는 독단처럼 좋은 것이 없고, 미래를 낳기 위해서는 꿈처럼 좋은 것이 없다. 오늘의 이상향은 내일 살과 뼈를 갖추리라.

진보적 사상은 이중의 바탕을 가지고 있었다. 비밀의 발단은 음흉하고 교활한 '기성 질서'를 위협했다. 이는 최고도의 혁명적 징후였다. 권력의 속마음은 대호(對壕)에서 민중의 속마음을 만난다. 폭동의 배태기는 쿠데타의 예모(豫謀)에 상대역을 한다.

당시 프랑스에는 아직 독일의 투겐트 분트*와 이탈리아의

---

* 1809년에 조직된 애국 학생들의 결사.

카르보나리*같은 저 광범한 지하 조직체들은 존재하지 않았으나, 여기저기에 눈에 잘 띄지 않는 굴착들이 가지를 뻗치고 있었다. 쿠구르드 비밀결사는 엑스에서 생겨나고 있었고, 파리에는 그런 종류의 결사들 중에서도 특히 'ABC의 벗들'이라는 서클이 있었다.

'ABC의 벗들'이란 무엇이었는가? 겉으로는 어린아이들의 교육을 목적으로 하는 단체였으나 사실은 인간들의 재건이 목적이었다.

그들은 자기들이 ABC의 벗들이라고 공언하고 있었다. ABC(아베세)라는 것은 Abaissé(아베세)로서, 민중이라는 뜻이었다.** 그들은 민중을 끌어올리고자 했다. 말 재롱이라 하며 비웃는 것은 잘못이다. 말 재롱은 정치에서 때로는 중대하다. 그 증거로 나르세스를 장군으로 만든 '카스트라투스는 카스트라로'.*** 그 증거로 '바르바리와 바르베리니'.**** 이를테면 '푸에로스와 푸에고스'.***** 그 증거로, '그대는 페트루스다, 나는 이 페트람 위에'******, 등등

ABC의 벗들은 별로 많지 않았다. 그것은 초기 상태의 비밀

---

* 19세기 초에 조직된 이탈리아의 통일과 자유를 쟁취하기 위한 결사.
** 두 말의 소리가 같은 데서 나온 재담인데, 'Abaissé'는 낮추어진 자라는 뜻이다.
*** '고자는 진영(陣營)으로'라는 뜻. 나르세스는 내시였다.
**** 야만과 바르베리니. 바르베리니 추기경은 교황으로 선출되어 유르뱅(도시인) 8세라는 이름을 가졌다.
***** 법전(法典)과 푸에고스.
****** 그대는 베드로다. 나는 이 돌 위에 나의 교회를 세우리라.

결사였는데, 만약 동료들이 결국 용사들이 된다면, 그것은 거의 하나의 붕당이라고 우리는 말하리라. 그들은 파리의 두 곳에서 모였는데, 하나는 중앙 시장 근처의 '코랭트'라는 술집, 이것은 뒤에 가서 문제가 될 것이고, 또 하나는 팡테옹 근처, 생 미셸 광장의 '뮈쟁'이라는 작은 다방인데, 이것은 오늘날에는 허물어져 버렸다. 이 집회 장소들 중 첫 번째는 노동자들에게 인접해 있었고, 두 번째는 학생들에게 인접해 있었다.

ABC의 벗들의 관례적인 비밀 회합은 뮈쟁 다방의 뒷방에서 열렸다. 이 방은 다방에서 꽤 멀리 떨어져 있고, 매우 긴 복도로 거기에 갈 수 있으며, 창이 둘 있고, 그레의 작은 거리 쪽으로 비밀 계단이 붙어 있는 출구가 있었다. 사람들은 거기서 담배를 피우고, 거기서 술을 마시고, 거기서 노름을 하고, 거기서 웃곤 했다. 사람들은 매우 높은 소리로 무엇이고 지껄였으나, 다른 것은 작은 소리로 이야기했다. 벽에는 공화국 시대 프랑스의 낡은 지도 하나가 걸려 있었는데, 이는 경찰의 눈을 번쩍거리게 하기에 충분한 징후였다.

ABC의 벗들은 대부분 학생이었는데, 몇몇 노동자들하고도 친히 내통하고 있었다. 주요 인물들의 이름은 다음과 같다. 이들은 어느 정도는 역사적인 인물로, 앙졸라, 콩브페르, 장 플루베르, 푀이, 쿠르페락, 바오렐, 레글 또는 레에글, 졸리, 그랑테르.

이 청년들은 서로 친한 나머지 가족처럼 지내고 있었다. 레에글을 제외하고는 모두 남부 지방 출신이었다.

이들은 괄목할 만한 집단이었다. 이 그룹은 우리들의 뒤에 있는, 눈에 보이지 않는 깊은 곳으로 사라져 버렸다. 독자가 이 젊은이들이 비장한 모험의 암흑 속에 빠져 들어가는 것을 보기 전에, 우리가 도달한 이 이야기의 대목에서, 그들의 머리 위에 한 줄기의 빛을 보내는 것도 아마 무익하지는 않을 것이다.

나는 첫 번째로 앙졸라의 이름을 들었는데, 그 까닭은 나중에 알게 되겠거니와, 그는 부유한 집의 독자였다.

앙졸라는 무시무시한 사람이 될 수도 있는 매력적인 청년이었다. 그는 천사처럼 미남이었다. 그는 사교성 없는 안티노우스*였다. 그의 눈의 명상적인 반짝임을 보면, 그는 이미, 전생에서 혁명적인 대사건을 겪은 것 같았다. 그는 목격자처럼 그것의 전승(傳承)을 갖고 있었다. 그는 그 큰일의 사소한 것들까지도 다 알고 있었다. 한 청년에게서는 이상한 일이지만, 주교이자 전사 같은 성질의 소유자였다. 그는 미사집행자이자 투사였다. 직접적인 견지에서는 민주주의의 군사였고, 당시대의 운동을 초월해서는 이상의 신부였다. 그는 통찰력 있는 눈과 불그스름한 눈꺼풀과, 걸핏하면 얕잡아보는 듯한 도톰한 아랫입술, 훤칠한 이마를 가지고 있었다. 얼굴에 널따란 천정(天庭)이 있는 것은 지평선에 널따란 창공이 있는 것과 같다. 창백한 시간들도 있었지만, 흡사 금세기 초와 전세기 말에 일찍이 이름을 떨쳤던 어떤 청년들처럼, 그는 처녀들처럼 싱싱하고 넘쳐흐르는 젊음을 가지고 있었다. 이미 성인이지만 아직도 어린애 같았다. 스물

---

* 안티노우스(Antinous). 로마 황제 아드리아누스의 총애를 받은 미모의 청년.

두 살인데도 열일곱 살로 보였다. 그는 근엄하였고, 이 세상에 여자라고 불리는 존재가 있다는 것을 아는 것 같지 않았다. 그는 권리라는 하나의 정열밖에 없었고, 장애를 쓰러뜨린다는 한 가지 생각밖에 없었다. 아벤티노 산 위에서는 그는 그라쿠스가 되었을 것이고, 국민의회에서는 생 쥐스트가 됐을 것이다.* 그는 장미꽃들을 본 둥 만 둥 하였고, 봄을 몰랐고, 새들이 우는 소리를 듣지 않았으며, 에바드네의 벌거숭이 앞가슴에도 아리스토지톤 못지않게 감동하지 않았을 것이고, 그에게는, 하르모디오스에게서처럼 꽃들은 검을 감추는 데밖에 소용이 없었다.** 그는 환락 속에서도 엄격했다. 공화국이 아닌 모든 것 앞에서는 순결하게 눈을 수그렸다. 그는 '자유의 여신'의 냉정한 애인이었다. 그의 말은 엄밀히 영감에서 나왔고, 찬송가의 떨림이 있었다. 그는 뜻밖에 날개를 펼친다. 감히 그의 사랑을 얻으려고 한 계집애는 불행할진저! 만약에 캉브레 광장이나 생 장 드 보베 거리의 어떤 바람둥이 여공이, 중학교에서 빠져나온 것 같은 그 얼굴을, 그 꼬마둥이 같은 몸맵두리, 그 기다란 금빛 눈썹, 그 푸른 눈, 그 바람에 나부끼는 더벅머리, 그 장밋빛 볼, 그 생기발랄한 입술, 그 말쑥한 이를 보고서, 그 서광 같은 맵시에 입맛이 당겨, 앙졸라에게 제 미

---

* 카이우스 그라쿠스는 적에게 몰려 옛날 민중 봉기의 성채였던 아벤티노 산에 농성했다. 생 쥐스트는 국민의회 의원인데, 27세에 로베스피에르와 함께 단두대의 이슬로 사라졌다.
** 하르모디오스는 친구 아리스토지톤과 더불어 폭군 피지스트라트의 아들 살해를 음모한 아테네 사람이다.

모를 시험해 보려고 왔다가는, 뜻밖에도 매서운 눈초리가 느닷없이 그녀에게 구렁을 가리키고, 보마르셰의 멋쟁이 천사와 에스젤*의 무서운 천사를 혼동하지 않을 것을 그녀에게 가르쳐 주었으리라.

혁명의 논리를 상징하는 앙졸라의 옆에서, 콩브페르는 혁명의 철학을 상징했다. 혁명의 논리와 그 철학 사이에는 다음과 같은 차이가 있다. 즉 혁명의 논리는 필연적으로 전쟁에 도달할 수 있는 반면, 그 철학은 평화에만 귀착할 수 있다는 것. 콩브페르는 앙졸라를 보충하고 정정했다. 그는 덜 높고 더 넓었다. 그는 (사람들이) 인간들의 정신에 일반적인 관념들의 넓이를 갖는 원칙들을 뿌려 주기를 바랐다. 그는 말했다. "혁명이다, 그러나 문명이다."라고. 그리고 우뚝 솟은 산 둘레에 널따란 푸른 지평을 열었다. 그래서 콩브페르의 모든 견해들에는 뭔지 접근할 수 있고 실천할 수 있는 것이 있었다. 콩브페르와 함께하는 혁명은 앙졸라와 함께하는 것보다 더 여유로웠다. 앙졸라는 혁명의 신수권(神授權)을 나타내고 콩브페르는 그 자연권을 나타냈다. 전자는 로베스피에르에 결부되고 후자는 콩도르세에 인접했다. 콩브페르는 앙졸라보다도 더 보편적인 사람들의 삶을 살고 있었다. 만약에 이 두 젊은이들이 역사에까지 도달할 수만 있었다면, 하나는 올바른 사람이 되고 또 하나는 슬기로운 사람이 되었으리라. 앙졸라는 더 남성적이었고, 콩브페르는 더 인간적이었다. '인간과 남성', 이

---

* 에스젤(Ézéchiel, BC 627?~BC 570?). 성서의 4대 예언자 중 하나.

것이야말로 정말 그들 양자간의 미묘한 차이였다. 타고난 순결에 의해 앙졸라가 준엄한 것처럼 콩브페르는 온화했다. 그는 시민이라는 말을 좋아했으나, 인간이라는 말은 더 좋아했다. 그는 스페인 사람들처럼 보통 '옹브르'*라고 말했을 것이다. 그는 모든 것을 읽고, 극장에 가고, 공개 강의를 듣고, 아라고에게서 편광(偏光)의 이론을 배우고, 외경동맥(外頸動脈)과 내경동맥(內頸動脈)의 이중 기능을, 하나의 기능은 얼굴을 만들고, 또 하나의 기능은 뇌를 만든다고 설명했던 조프루아 생틸레르의 강의에 열중했다. 그는 세론에 정통하고, 학문을 조금씩 이해하고, 생 시몽과 푸리예를 대조하고, 상형문자를 해독하고, 조약돌들을 보면 깨뜨려서 지질학을 생각하고, 기억만으로 누에 나비를 그리고, 아카데미 사전에서 프랑스어의 오류를 지적하고, 퓌이제귀르와 들뢰즈를 연구하고, 아무것도 심지어 기적까지도 긍정하지 않고, 아무것도 심지어 유령까지도 부정하지 않고,《세계 신보》전집을 대강 훑어보고, 생각에 잠기곤 했다. 그는 미래는 학교 선생님의 손안에 있다고 단언하고, 교육 문제에 전념했다. 그는 사회가 지적 도덕적 수준의 향상, 과학의 산업화, 사상의 보급, 청년의 정신 발육 등을 위해 끊임없이 노력해 주기를 원했고, 현재의 방법들의 빈곤, 고전주의라는 2~3세기에 국한된 문학적 관점의 빈약함, 어용 현학자(衒學者)들의 횡포한 독선, 스콜라 파의 편견들, 그리고 인습들이 마침내는 프랑스의 중고등학교들을 인공적

---

* 인간이라는 뜻인 동시에 스페인의 옛 카드 놀이의 일종.

인 굴* 양식장으로 만들어 버리지나 않을까 걱정했다. 그는 유식하고, 결벽하고, 정확하고, 다재다능하고, 노력가였으며, 동시에 그의 친구들의 말마따나 '공상으로 가기까지' 사색가였다. 그는 다음과 같은 모든 꿈들의 실현을 믿고 있었다. 철도, 외과 수술에서의 고통 제거, 암실 속의 현상(現像), 전신, 경기구들의 조종 등등. 그러나 인류에 대항하여 미신과 독재, 편견들에 의해 도처에 세워진 요새들에 대해서는 별로 두려워하지 않았다. 그는 학문은 결국 국면을 전환시키리라고 생각하는 사람의 하나였다. 앙졸라는 수령이고, 콩브페르는 지도자였다. 한 사람은 가히 더불어 싸울 만했고, 또 한 사람은 가히 더불어 걸어갈 만했다. 그렇다고 해서 콩브페르가 싸울 수 없다는 것은 아니다. 그는 장애물에 부딪쳐 활발한 힘과 폭발력으로 그것을 공격하기를 주저하지 않았다. 그러나 자명한 이치들을 가르치고 확실한 법칙들을 유포하여, 인류를 그의 운명과 차차 조화시키는 것, 이것을 그는 더 좋아했다. 두 개의 빛들 중에서 그의 경향은 큰 불보다 오히려 조명 쪽이었다. 화재도 아마 여명을 만들 수 있을지 모르지만, 왜 해돋이를 기다리지 않는가? 화산도 비추어 주지만 서광은 더 잘 비추어 준다. 콩브페르는 아마 타오르는 장엄한 불빛보다도 아름다움의 순백(純白)을 더 좋아했을 것이다. 연기로 흐려진 빛은, 폭력으로 산 진보는, 이 부드럽고 진지한 정신을 절반밖에 만족시켜 주지 못했다. 1793년처럼 민중이 진리 속에 곤두박이쳐

---

* 바보, 멍텅구리라는 뜻.

들어가는 것은 그를 질겁하게 했다. 그렇지만 침체는 그에게 혐오감을 일으켰고, 그는 거기에서 부패와 죽음을 느꼈다. 통틀어 말하자면, 그는 독기보다 거품을 더 좋아했고, 시궁창보다 급류를 더 좋아했으며, 몽포콩 호수보다 나이아가라 폭포를 더 좋아했다. 요컨대 그는 정지하는 것도, 서두르는 것도 원치 않았다. 그의 떠들썩한 친구들이 호탕스럽게 절대에 탐닉하여 찬란한 혁명의 모험들을 찬미하고 환호하는 반면, 콩브페르는 진보가 이루어지게 두는 쪽으로 마음이 기울어져 있었다. 좋은 진보, 차가울지는 몰라도 깨끗한 진보, 체계적일지라도 탓할 데 없는, 냉정한 것일지라도 요지부동한 진보를 하게 두기를. 콩브페르는 무릎을 꿇고 합장하여, 미래가 아주 순백하게 도래하고, 아무것도 국민들의 고결하고 막대한 발전을 교란함이 없기를 기원했으리라. "선은 순결하지 않으면 안된다."고 그는 끊임없이 되뇄다. 그리고 정말, 혁명의 위대함, 그것이 눈부신 이상을 응시하고 피와 불을 무릅쓰고 뇌성벽력을 뚫고 거기로 날아가는 것이라면, 진보의 아름다움, 그것은 오점이 없는 것이고, 한쪽을 상징하는 워싱턴과 또 한쪽을 구현하는 당통 사이에는 백조의 날개를 가진 천사와 독수리의 날개를 가진 천사의 거리만큼의 차이가 있다.

장 플루베르는 콩브페르보다 더 부드러운 성미였다. 그는 스스로를 즈앙*이라 불렀는데, 그것은 절실한 중세의 연구를 하게끔 된 강렬하고도 심각한 동기에서 우러난 일시적인 시

---

* 장을 중세식으로 발음한 것.

시한 변덕에서였다. 장 플루베르는 다정하고, 화분 하나를 가꾸고, 플루트를 불고, 시를 짓고, 민중을 사랑하고, 여자를 동정하고, 어린아이의 일로 슬퍼하고, 미래와 신을 다 같이 신뢰하고, 하나의 훌륭한 머리, 앙드레 셰니예의 머리를 자른 데 대해 혁명을 비난했다. 그의 목소리는 보통은 가냘프지만 갑자기 씩씩해지는 수가 있었다. 그는 박식할 정도로 유식하고, 거의 동방어 학자였다. 그는 무엇보다도 착했다. 그리고 착함이 얼마나 위대함에 가까운 것인가를 아는 사람에게는 아주 당연한 일이지만, 그는 시에 관해서 광대한 것을 좋아했다. 그는 이탈리어와 라틴어, 그리스어, 히브리어를 알고 있었는데, 그것을 단테와 쥬베날, 아이스킬로스, 이자야의 네 시인들을 읽는 데밖에 사용하지 않았다. 프랑스의 시인으로는 라신보다 코르네유를, 코르네유보다 아그리파 도비네를 더 좋아했다. 그는 귀리와 수레국화의 들판을 즐겨 산책하고, 세상 사건들 못지 않게 구름에 관심을 두고 있었다. 그의 정신은 두 자세를 취하고 있었다. 하나는 인간 쪽에, 또 하나는 신 쪽에. 그는 연구하거나 정관했다. 온종일 그는 사회문제들을 철저히 규명했다. 급료, 자본, 신용, 결혼, 종교, 사상의 자유, 연애의 자유, 교육, 형벌, 빈궁, 조합, 재산, 생산과 분배, 개미 떼 같은 중생의 무리를 암흑으로 뒤덮는 사바세계의 수수께끼. 그리고 저녁에는 저 거대한 존재자인 별들을 바라보았다. 앙졸라처럼 그도 유복한 집의 독자였다. 그는 조용조용 말을 하고, 고개를 수그리고, 눈을 내리뜨고, 어색하게 웃음을 머금고, 궁상맞은 차림새를 하고, 거북살스러운 꼴을 하고, 하찮은 일에 얼굴을 붉히고, 몹시 수줍어했다. 그러나 대담했다.

퐈이는 부채를 만드는 노동자인데, 아버지도 어머니도 없는 고아였으며, 하루에 간신히 3프랑을 벌고, 세계를 해방한다는 한 가지 생각밖에 없었다. 그는 또 다른 일 하나를 가지고 있었는데, 공부하는 일로서, 이것 역시 그는 자신을 해방하는 일이라고 불렀다. 그는 독학으로 읽기와 쓰기를 배웠는데, 그가 알고 있는 것은 모두 혼자서 배운 것이었다. 퐈이는 너그러운 마음의 소유자였다. 그는 무한한 포용력을 가지고 있었다. 이 고아는 민중을 양자로 삼았다. 그에게는 어머니가 없었으므로 그는 조국에 관해 깊이 생각했다. 조국 없는 사람이 지상에 있는 것을 그는 원치 않았다. 그는 민중인(民衆人)의 깊은 통찰력을 가지고, 우리가 오늘날 '민족 사상'이라고 일컫는 것을 마음속에 품고 있었다. 비분강개하는 데도 그 이유를 잘 알고 하기 위해 그는 일부러 역사를 배웠다. 특히 프랑스에 관심을 두고 있는 이 젊은 공상가들의 모임에서 그는 외국을 상징했다. 그는 그리스, 폴란드, 헝가리, 루마니아, 이탈리아를 전공했다. 그는 권리처럼 집요하게, 때와 장소를 가리지 않고, 그 나라들의 이름을 쉴 새 없이 말했다. 크레타 섬과 텟살리아에 대한 터키, 바르샤바에 대한 러시아, 베니스에 대한 오스트리아의 강도질은 그를 분개케 했다. 그중에서도 특히 1772년의 대폭행*은 그의 격분을 자아냈다. 분노 속의 진실, 이보다 더 당당한 웅변은 없다. 그는 그러한 웅변을 가지고 있었다.

---

* 폴란드의 분할을 가리킴.

1772년이라는 그 더러운 날짜, 배반에 의해 멸망한 그 고결하고 용감한 국민, 그 세 나라의 범죄, 그 무도한 간계 등에 관해 그는 그칠 새 없이 말했는데, 이것은 그 후 여러 고결한 나라들을 침노하여 그들에게서, 말하자면 그들의 호적을 말살해 버린 그 모든 무시무시한 국가적 억압의 전형이요, 표본이었다. 현대의 모든 사회적 가해들은 폴란드 분할에서 유래한다. 폴란드 분할은 하나의 정리(定理)로서, 현하의 모든 정치적 죄악들은 그로부터 필연적으로 귀결된다. 근 백 년 이래, 단 하나의 전제군주도, 단 하나의 반역자도 '불가변경'(不可變更)의 폴란드 분할 조약을 작성하고, 인준하고, 서명하고, 수결(手決)하지 않은 자는 없었다. 근대의 배신 서류를 열람할 때엔 위의 사실이 맨 먼저 나타난다. 빈 회의는 제 범죄를 수행하기 전에 이 범죄를 참고했다. 1772년은 '알라리'를 울리고,* 1815년은 '퀴레'**다. 이것이 푀이가 늘 입버릇처럼 하는 말이었다. 이 가련한 노동자는 정의의 옹호자가 되었고, 정의는 그를 위대하게 함으로써 그에게 보답했다. 사실 권리에는 영원성이 있으니까. 베니스가 튜튼일 수 없듯이 바르샤바는 타타르일 수 없다. 왕들은 거기에 헛수고를 하고 명예를 잃는다. 침몰된 조국은 조만간 다시 수면에 떠오른다. 그리스는 도로 그리스가 되고, 이탈리아는 도로 이탈리아가 된다. 사실에 대한 권리의 항의는 영원히 지속된다. 한 민족의 도둑질은 시효에 의해 소멸

* 알라리(Sonne l'halrali). 사냥감을 궁지에 몰아넣고 고함을 지르는(또는 각적을 부는) 것.
** 퀴레(curée). 사냥한 짐승의 고기를 나누어 주기.

하지 않는다. 그러한 고도의 사취는 조금도 미래가 없다. 한 나라를 손수건처럼 훔칠 수는 없다.

쿠르페락은 드 쿠르페락 씨라고 부르는 아버지가 있었다. 왕정복고 시대의 중산계급이 귀족이나 화족에 관해 갖고 있었던 그릇된 생각 하나는, 귀족명 앞에 붙이는 '드'라는 첨사(添辭)의 존재를 신뢰하는 점이었다. 다 알다시피 이 첨사에는 아무런 뜻도 없다. 그러나 '미네르브' 시대*의 중산계급 사람들은 이 보잘것없는 '드'라는 첨사를 하도 높이 평가했으므로, 자기들이 그것을 폐지할 의무가 있다고 생각했다. 드 쇼블랭 씨는 자신을 쇼블랭 씨라고 부르게 하고, 드 코마르탱 씨는 코마르탱 씨라고 부르게 하고, 드 콩스탕 드 르벡 씨는 뱅자맹 콩스탕 씨라고 부르게 하고, 드 라파예트 씨는 라파예트 씨라고 부르게 했다. 쿠르페락도 뒤떨어지지 않으려고 그저 쿠르페락이라고만 부르게 했다.

쿠르페락에 관해서는 대충 그 정도로 해 두고, 그 밖의 것에 관해서는, 쿠르페락은 톨로미에스를 참조하라고 말하는 것으로 족할 것이다.

쿠르페락은 정말 비상한 재치의 아름다움이라고 불러도 좋을 그런 젊음의 활기를 가지고 있었다. 나중에 가서는 그러한 것도 새끼 고양이의 귀여움처럼 사라져 버리고, 그 모든 맵시는 결국 두 발로 서면 부르주아가 되고, 네 발로 서면 수고양이가 되고 만다.

---

* 왕정복고의 초기.

그러한 종류의 재치는 여러 세대의 학생들에게, 여러 세대의 젊은 싹들에게, 계속 전승되고, 손에서 손으로 건네지고, '경주자처럼' 달리면서, 거의 언제나 똑같다. 그래서 방금 지적한 바와 같이, 1828년에 쿠르페락이 말하는 것을 들은 사람은 누구나 1817년에 톨로미에스가 말한 것을 듣는다고 생각했으리라. 다만 쿠르페락은 호인이었다. 겉으로 보기에 외부적인 정신은 비슷했지만, 톨로미에스와 그 사이에는 큰 차이가 있었다. 그들 속에 잠재하는 인간은 전자와 후자에서 딴판이었다. 톨로미에스 속에는 하나의 검사가 있었고, 쿠르페락속에는 하나의 한량이 있었다.

앙졸라는 수령, 콩브페르는 지도자, 쿠르페락은 중심이었다. 다른 사람들이 더 많은 빛을 주었다면, 그는 더 많은 온기를 주었는데, 사실인즉 그는 한 중심의 모든 장점들, 원만함과 밝은 표정을 갖추고 있었다.

바오렐은 1822년 6월의 피비린내 나는 소동 중, 젊은 랄르망의 장례식 때 얼굴을 내놓았다.

바오렐은 늘 기분이 좋고, 버릇이 없고, 용감하고, 돈을 물쓰듯 하고, 호걸스러울 정도로 방탕하고, 웅변이랄 정도로 다변이고, 뻔뻔스러울 정도로 담대한 인간이었다. 더할 수 없는 악마의 최고 걸작. 무모한 조끼에 새빨간 의견을 가지고 있고, 대규모로 떠들썩한 사람, 다시 말해서, 폭동이 아니라면 싸움만큼 좋아하는 것이 없고, 혁명이 아니라면 폭동만큼 좋아하는 것이 없는 사람. 언제라도 유리창을 깨뜨리고, 그런 뒤 거리의 포석들을 들어내고, 그런 뒤 정부를 무너뜨릴 용의가 있고, 그 결과를 보고자 하는 사나이. 그는 십일 년간이나 대학을 다녔다. 그는 법률의 냄새를 맡고 있었으나 공부는 하지 않았다. 그는 '결코 변호사가 되지 않을 것'을 좌우명으로 삼고 있었고, 침대 옆 탁자를 옷장으로 쓰고 있었는데, 그 속에서 각모가 내다보였다. 법률 학교 앞을 지나가는 일은 드물었으나, 그럴 때마다 그는 프록코트의 단추를 잘 채웠고, 외투는 아직 발명되어 있지 않았으며, 그는 위생상의 주의를 했다. 그는 학교 성문을 보고는, "썩 보기 좋게 늙었군." 하고 말하고, 학장 델뱅쿠르 씨를 보고는, "굉장한 기념비인걸!" 하고 말했다. 그는 강의 속에서 노랫거리를 보고, 교수들 속에서 만홧거리를 보았다. 그는 꽤 큰 하숙비를, 3000프랑이나 되는 것을 무위도식하고 있었다. 소박한 부모가 있었는데 그는 그들에게 그들의 아들을 존경하게 할 줄을 알았다.

그는 그들에 관해 이렇게 말했다. "그분들은 농부이지 부르주아가 아니다. 그 때문에 그분들은 지혜가 있다."

변덕쟁이인 바오렐은 여러 카페들에 드나들었다. 남들은 단골집이 있었으나, 그에게는 그런 것이 없었다. 그는 산책했다. 방랑하는 것은 인간적이고, 산책하는 것은 파리 풍이다. 요컨대 통찰력이 있고, 겉으로 보기보다는 더 사색가였다.

그는 ABC의 벗들과, 아직은 형성되지 않았으나 나중에 구성될 다른 그룹과의 사이에 다리 노릇을 했다.

이 젊은 머리들의 회합에는 대머리 회원 하나가 있었다.

루이 18세가 외국으로 망명한 날 그가 삯마차에 오르는 것을 도왔기 때문에 공작이 된 아바레 후작이 이런 이야기를 했다. 1814년, 왕이 프랑스에 돌아와서 칼레에 상륙할 때, 한 사나이가 왕에게 청원서를 바쳤다. "무엇을 원하는가?" 하고 왕이 말했다. "폐하, 우체국이올시다." "이름이 무엇인가?" "레에글이라 하옵니다."*

왕이 눈살을 찌푸리고 청원서의 서명을 들여다본즉, 그 이름은 '레글'이라고 씌어 있었다. 왕은 별로 보나파르트적이 아닌 그 철자에 감동하여 빙그레 웃기 시작했다. 청원서를 올린 사나이는 말을 이었다. "폐하, 신의 선조에 레퀼**이라는 별명을 가진 개 지기가 있었는데, 그의 별명이 신의 이름이 되었나이다. 신의 이름은 레퀼인데, 그것을 줄여서 레글이라 하고, 고쳐서 레에글이라 하는 것이올시다." 그래서 왕은 결국 미소를 지었다. 후일, 일부러였는지 아니면 잘 모르고서였는지, 왕은 그 사나이에게 모의 우체국을 주었다.

이 그룹의 대머리 회원은 이 레글 또는 레에글의 아들이었는데, 레에글(드 모)이라고 서명했다. 그의 동무들은 그를 간단히 보쉬에라고 불렀다.***

보쉬에는 불행하면서도 쾌활한 총각이었다. 그의 특수성은 아무것에도 성공하지 않는 것이었다. 반대로 그는 모든 것을 비웃었다. 그는 스물다섯 살에 대머리였다. 그의 아버지는 마침내 집 한 채와 밭 한 뙈기를 가졌다. 그러나 아들인 그가

---

* '레에글'은 독수리라는 뜻으로 나폴레옹의 문장(紋章)이었다.
** 짐승의 입이라는 뜻.
*** 17세기의 유명한 설교의 웅변가 보쉬에는 모의 주교를 지냈는데, '레에글 드 모'(모의 독수리)라는 별명을 가지고 있었다.

무엇보다도 더 성급하게 손을 댄 잘못된 투기로 그 집과 그 밭을 날려 버렸다. 그에게는 아무것도 남아 있지 않았다. 그는 학식과 재치는 있었으나, 실패했다. 만사가 틀어지고, 만사가 빗나갔다. 그가 쌓아 올린 것이 그 위에 허물어졌다. 장작을 패면 손가락을 다쳤다. 그가 정부를 가지면 그는 이내 그녀에게 남자 친구 하나가 있는 것을 발견했다. 끊임없이 어떤 불행이 그에게 닥쳐 왔다. 그로 인해 그의 쾌활함이 생겨났다. "나는 기와가 떨어지는 지붕 밑에서 살고 있다."라고 그는 말했다. 변고가 일어날 줄을 미리 알고 있는지라, 별로 놀라지도 않고 태연히 그 불운을 맞이하여, 농담을 듣는 사람처럼, 운명의 장난을 비웃었다. 그는 가난했으나, 그의 쾌활의 호주머니는 무궁무진했다. 돈은 이내 떨어져 버리지만, 웃음소리는 끊어질 줄 몰랐다. 불운이 그의 집에 들어왔을 때, 그는 이 옛 친구에게 정답게 인사했고, 재앙의 배를 쳤다. 그의 '불운'을 그의 이름을 부를 정도로 그것과 친했다. "안녕, 악운아." 하고 그는 말했다.

이러한 운명의 박해는 그를 발명가로 만들었다. 그는 수단이 무궁무진했다. 돈 한 푼 없었으나, 마음만 내키면 '진탕 돈을 쓰는' 꾀를 알고 있었다. 어느 날 밤, 한 말괄량이하고 저녁밥을 먹다가 '100프랑어치'나 먹어 버렸는데, 이러한 잔치판에 그는 다음과 같은 비상한 말을 생각해 냈다. "생 루이의 아가씨야, 내 장화를 벗겨라."*

* 생 루이는 100프랑인 동시에 성(聖) 루이 왕을 가리킴.

보쉬에는 변호사직을 향해 나아가는 데 조금도 서두르지 않았다. 그는 바오렐과 같은 식으로 법률 공부를 하고 있었다. 보쉬에는 숙소가 별로 없었는데, 때로는 전혀 없을 때도 있었다. 어떤 때는 이 집에서 묵고 또 어떤 때는 저 집에서 묵었는데, 대개의 경우 졸리의 집에서 묵었다. 졸리는 의학 공부를 하고 있었다. 그는 보쉬에보다 두 살 아래였다.

졸리는 젊은 노이로제 환자였다. 그가 의학에서 얻은 것은 의사보다도 병자가 되는 것이었다. 나이 스물세 살에, 그는 자기 자신을 병약자라고 생각하고 거울로 혀를 들여다보는 데 생애를 보내고 있었다. 그는 인간도 바늘처럼 자기(磁氣)에 감응한다고 단언하며, 밤에 혈액순환이 지구의 큰 자기의 흐름에 거슬리지 않게 하기 위해, 방 안에 침대를 머리는 남쪽으로, 발은 북쪽으로 가게 놓았다. 천둥이 치고 비바람이 불 때 그는 자기의 맥을 짚어 보았다. 그러나 모두들 중에서 가장 쾌활했다. 젊고, 괴벽스럽고, 허약하고, 유쾌하고, 이런 모든 어울리지 않은 것들이 함께 의좋게 지냈는데, 그 결과 괴상하고 유쾌한 인간이 생겨났고, 이러한 그를 그의 동무들은 경쾌한 자음 'L'을 많이 써서, Jolllly(졸르를리)라고 불렀다. "너는 네 개의 'L'을 타고 날아오를 수 있다."라고 장 플루베르는 말했다.

졸리는 그의 지팡이 끝을 자기의 코에 갖다 대는 버릇이 있었는데, 이는 예민한 정신의 표시이다.

아주 다양한 이 모든 젊은이들에 관해서는 요컨대 오직 진지하게만 말해야 하는데, 그들은 '진보'라는 하나의 똑같은 종교를 가지고 있었다.

그들은 모두 프랑스혁명에서 직접 태어난 아들들이다. 가장 경박한 자들도 89년이라는 해를 말할 때는 엄숙해졌다. 그들의 육신의 아버지들은 당시 또는 그 이전에 1792년의 혁명 클럽 회원이거나, 왕당파, 정리론자 들이었다. 하지만 그건 상관없었다. 젊은 그들 이전의 그러한 혼잡은 그들에게는 아무런 관계도 없었다. 원칙들의 순수한 피가 그들의 혈관에 흐르고 있었다. 그들은 중간적 미묘한 차이 없이 불가침의 권리와 절대적 의무에 결부돼 있었다.

그 원칙들에 가맹하고 입회한 그들은 은밀히 이상을 그리고 있었다.

이 모든 정열과 신념의 인물들 중에 하나의 회의주의자가 있었다. 그는 어떻게 거기에 들어왔는가? 구색으로였다. 이 회의주의자는 그랑테르라는 사람이었는데 언제나 동음이어인 R 자로 서명을 했다.* 그랑테르는 어떤 것을 믿지 않도록 무척 조심하는 사나이였다. 그는 그러나 파리 유학 중 가장 많은 것을 배운 학생의 하나였다. 그는 제일 좋은 커피는 랑블랭 다방에 있고, 제일 좋은 당구장은 볼테르 다방에 있다는 것을 알고 있었고, 멘 가로수 길의 에르미타즈에는 맛있는 팬케이크와 좋은 매춘부들이 있고, 사게 아주머니의 집에는 뼈를 발라내 구운 영계가 있고, 퀴네트 성문에는 썩 좋은 생선 스튜가 있고, 콩바 성문에는 토종 백포도주가 있다는 것을 알고 있었다. 모든 것을 위해 그는 좋은 장소들을 알고

---

* 그랑테르라는 소리는 대문자 'R'을 나타낸다.

있었다. 그 밖에도 걷어차기와 쇼송*, 몇 가지의 댄스들도 할 줄 알았으며, 대단한 막대기 운동가였다. 게다가 술고래였다. 그는 엄청 못생겼다. 당시의 가장 예쁜 반장화 봉제공인 이르마 부아시라는 여자는 그의 못생김에 분개하여, "그랑테르는 어찌해 볼 도리가 없다."고 결정을 내렸다. 그러나 거드름을 피우는 그랑테르는 당황하지 않았다. 그는 모든 여자들을 정다운 시선으로 뚫어지게 바라보고, 모든 여자들에 관해서 "만약 내가 원한다면!"이라고 말하는 것 같았으며, 자기가 여자들에게 두루 인기가 있다는 것을 동무들에게 믿게 하려고 애썼다.

민중의 권리, 인간의 권리, 사회 계약, 프랑스혁명, 공화국, 민주주의, 인류, 문명, 종교, 진보 등 이 모든 말들은 그랑테르에게는 전혀 아무런 뜻도 없는 것과 비슷했다. 그는 그것들을 비웃었다. 회의주의라는 이 지성의 메마른 골저창(骨疽瘡)은 그의 정신 속에 완전한 관념을 하나도 남겨 놓지 않았다. 그는 야유와 더불어 살았다. 이것이 그의 명백한 사실이었다. '오직 한 가지 확실한 것밖에 없다. 나의 가득 찬 술잔.' 그는 모든 당파들에서의 모든 헌신들을, 형제도 아버지도, 아우 로베스피에르도 루아즈롤도 마찬가지로 다 비웃었다. "그들이 죽은 건 대단히 진보한 거야." 하고 그는 외쳤다. 그리스도의 수난상에 관해서는 "저건 성공한 교수대다."라고 말했다. 배회자, 노름꾼, 자유 사상가, 흔히 주정뱅이인 그는 끊임없이 이러한

---

* 발길질로 하는 펜싱 비슷한 경기.

콧노래를 불러, 그 젊은 몽상가 친구들에게 불쾌감을 주었다. "계집애들이 나는 좋아, 좋은 술이 나는 좋아." 그 곡조는 '앙리 4세 만만세.'

그러나 이 회의주의자는 하나의 광신을 가지고 있었다. 이 광신은 하나의 관념도 아니고, 하나의 교리도 아니고, 하나의 예술도 아니고, 하나의 학문도 아니었다. 그것은 하나의 인간, 앙졸라였다. 그랑테르는 앙졸라를 찬미하고 사랑하고 숭배했다. 이 무정부적 회의주의사가 그 설대 정신들의 결사 속에서 누구에게 가담하고 있었던가? 가장 절대적인 자에게. 어떻게 앙졸라는 그의 마음을 사로잡았는가? 사상으로? 아니다. 성격으로다. 흔히 관찰되는 현상이다. 한 신자의 신봉자가 되는 회의주의자, 그건 보색(補色)의 법칙처럼 단순하다. 우리들에게 결핍된 것은 우리들을 끌어당긴다. 아무도 햇빛을 장님처럼 사랑하지 않는다. 여자 난장이는 고수장(鼓手長)을 대단히 좋아한다. 두꺼비는 늘 하늘을 우러러본다. 왜? 새가 나는 것을 보기 위해서. 속에서 회의가 기어다니고 있는 그랑테르는 앙졸라 속에서 믿음이 날아다니는 것을 보기를 좋아했다. 그는 앙졸라가 필요했다. 그는 그 이유를 뚜렷이 이해하지도 않았고 그 이유를 자기 자신에게 설명할 것을 생각하지도 않았으나, 그 순결하고, 건전하고, 확고하고, 정직하고, 엄격하고, 소박한 성질에 매료되었다. 그는 본능적으로 자기와 반대되는 것을 찬미했다. 그의 연약하고, 나긋나긋하고, 조리 없고, 병적이고, 기형적인 사상들은 하나의 척추처럼 앙졸라에게 매여 있었다. 그의 정신적 척추는 그 꿋꿋함에 의지하고 있었다. 그랑테르는 앙졸라의 곁에서 다시 상당한 인물이 되어 있었다. 그는 또 한편으로는 그 자신이 외관상 양립할 수 없을 것 같은 두 요소들로 이루어져 있었다. 그는 냉소적이고도 다정했다. 그의 냉담 속에는 사랑이 있었다. 그의 정신은 믿음 없이도 지낼 수 있었으나, 그의 가슴은 우정 없이는 지낼 수 없었다. 심한 모순이다. 왜냐하면 애정은 신념이기 때문이다. 그의 성질은 그러했다. 세상에는 남의 뒤가 되고 안이 되고 등이 되기 위해 태어난 것 같은 사람들이 있다. 그들은 폴뤽스, 파트로클, 니쥐스, 유다미다스, 에페스티온, 페크메야이다.* 그들은 남에게 등을 기대고 있는 조건만으로 살았다. 그들의 이름은 수종꾼들이고 '와'('과')라는 접속사 뒤에밖에 적히지 않으며, 그들의 존재는 그들 자신의 것이 아니고, 그들의 것이 아닌 한 운명의 다른 쪽이다. 그랑테르는 그러한 사람의 하나였다. 그는 앙졸라의 뒤쪽이었다.

친화 관계는 알파벳 글자들에서 시작된다고도 거의 말할 수 있으리라. 이러한 부류에서 O와 P는 떼어 놓을 수 없다. 당신이 그러고 싶다면, O와 P, 또는 오레스트와 필라드를 발음해 보면 좋을 것이다.**

앙졸라의 진짜 추종자인 그랑테르는 그 젊은이들의 모임에서 거주하고 있었다. 그는 거기서 생활했다. 그의 마음에 드는 곳은 거기뿐이었다. 그는 어디고 그들을 따라다녔다. 그의 기

---

* 모두 헌신적인 우정으로 유명한 고대의 인물들.
** 오레스트와 그의 친구 필라드의 첫 글자는 O와 P, 앙졸라와 그랑테르의 첫글자는 E와 G.

뿜은 취기 속에서 그들의 모습들이 오락가락하는 것을 보는 것이었다. 사람들은 그가 쾌활하기 때문에 그를 너그럽게 봐주었다.

신자인 앙졸라는 이 회의주의자를 깔보았고, 절제하는 사람으로서 이 주정뱅이를 멸시했다. 그는 그에게 약간의 거만한 연민의 정을 주었다. 그랑테르는 조금도 인정을 받지 못하는 필라드였다. 항상 앙졸라에게 학대받고 가혹하게 배척당하고 내쫓겨도 되돌아와서, 앙졸라에 대해 이렇게 말했다. "얼마나 아름다운 대리석인가!"

2. 블롱도에 대한 보쉬에의 추도문

어느 날 오후, 곧 보게 되듯이, 이때는 위에서 이야기한 사건들과 좀 일치하는데, 레에글 드 모는 뮈쟁 다방의 문설주에 관능적인 자세로 등을 기대고 서 있었다. 그는 휴가 중인 여인상주(女人像柱) 같았다. 그는 몽상에 잠겨 있었다. 그는 생미셸 광장을 바라보고 있었다. 등을 기대고 서 있는 것, 그것은 서서 누워 있는 것과 같아서, 몽상가들이 조금도 싫어하는 바가 아니다. 레에글 드 모는 전전날 법률 학교에서 그에게 일어난 한 작은 사고를 생각하고 있었는데, 침울하지는 않았지만, 그것은 꽤 막연한 계획으로, 장래의 개인적 계획을 변화시켰다.

몽상은 한 대의 이륜마차가 지나가지 못하게 하지는 않고,

그 몽상가는 그 마차가 눈에 띄지 못하게 하지는 않는다. 여기저기 정처 없이 거닐듯이 방황하던 레에글 드 모의 눈에는 그러한 비몽사몽 상태 속에, 광장으로 굴러 들어오는 이륜마차 하나가 보였는데, 그 마차는 평보(平步)로 망설이듯 가고 있었다. 저 이륜마차는 누구를 원망하고 있는 것일까? 왜 평보로 가고 있을까? 레에글은 그 속을 보았다. 그 안에는 마부 옆에 한 청년이 앉아 있었고, 그 청년 앞에는 꽤 육중한 여행 가방 하나가 놓여 있었다. 그 가방의 천에 꿰매 붙인 표 딱지에는 큰 검은 글씨로 이런 이름이 적혀 있는 것을 행인들은 보았다. '마리우스 퐁메르시.'

그 이름을 보자 레에글의 태도가 변했다. 그는 벌떡 몸을 일으켜 이륜마차의 청년에게 불쑥 말을 걸었다.

"마리우스 퐁메르시 씨!"

말이 걸려온 이륜마차는 멈춰 섰다.

깊이 생각에 잠겨 있는 것 같던 청년도 역시 눈을 들었다.

"예?" 하고 그는 말했다.

"당신이 마리우스 퐁메르시 씨요?"

"그렇소."

"난 당신을 찾고 있었소." 하고 레에글 드 모는 말을 이었다.

"그건 왜지요?" 하고 마리우스는 물었다. 왜냐하면 그것은 정말 그였고, 그는 할아버지 집에서 나오고 있었는데, 그의 앞에 서 있는 것은 생면부지의 얼굴이었기 때문이다. "난 당신을 모르는데요."

"나 역시 당신을 몰라요." 하고 레에글은 대꾸했다.

마리우스는 길 한복판에서 익살꾼을 만나 속임수를 당하기 시작한 것만 같았다. 그는 이때 편안한 기분이 아니었다. 그는 눈살을 찌푸렸다. 레에글 드 모는 태연히 말을 이었다.

"당신은 그저께 학교에 안 나왔죠?"

"그랬을지도 몰라요."

"아니, 확실히 그랬어요."

"당신은 학생이오?" 하고 마리우스는 물었다.

"예, 그렇습니다. 당신처럼요. 그저께 어쩌다가 학교에 들러 봤죠. 아시겠지만, 이따금 그런 생각이 나는 때가 있어요. 교수가 출석을 부르던 중이었어요. 당신도 모르지 않겠지만, 그럴 때면 그들은 참 우스꽝스러워요. 연달아 세 번을 불러서 대답이 없으면, 등록을 지워 버리거든요. 그러면 60프랑이 날아가 버려요."

마리우스는 귀를 기울이기 시작했다. 레에글은 계속했다.

"출석을 부르는 것은 블롱도였어요. 당신도 블롱도를 아시지만, 그는 아주 삐쭉하고 아주 심술궂은 코를 하고서, 결석자들을 알아내고는 고소해하죠. 그는 엉큼하게도 P 자부터 시작했어요. 난 그런 글자로는 조금도 화를 입을 게 없으니까 듣지도 않고 있었지요. 점호는 잘돼 갔어요. 지워지는 사람은 하나도 없었어요. 모두 출석했으니까요. 블롱도는 서글픈 얼굴을 했어요. 난 속으로 이렇게 말했지요. '어이 블롱도, 오늘은 제명 처분할 게 조금도 없겠구나.' 갑자기 블롱도가 '마리우스 퐁메르시.' 하고 부르는 거예요. 아무도 대답하지 않았어요. 블롱도는 잔뜩 희망을 안고 더 큰 소리로 '마리우스 퐁메르시.' 하고 되풀이하는 거예요. 그러고는 펜을 들었어요. 그런데요, 나는 인정이 있거든요. 나는 속으로 얼른 이런 생각을 했죠. '좋은 녀석 한 놈이 곧 이름이 지워지려 한다. 가만 있자. 이건 시간을 엄수하지 않는 진짜 쾌락을 좋아하는 놈이야. 이건 좋은 학생이 아니야. 이건 전혀 방 안 장식품 같은 놈이 아니야. 공부하는 학생이 아니야. 과학에도, 문학에도, 신학에도, 지혜에도 무불통지한다고 자랑하는 현학적인 애송이가 아니야. 잔뜩 멋부리고 있는 저 멍텅구리의 하나가 아니야. 이 학교 저 학교 들락거리는 놈이 아니야. 이건 훌륭한 게으름뱅이, 어디서 빈둥거리고 있거나 휴양을 취하고 있거나, 바람둥이 여공과 시시덕거리고 있거나, 미녀들에게 수작을 걸고 있거나, 어쩌면 이 순간 내 정부의 집에 가 있을지도 몰라. 그를 구해 주자. 블롱도에게 죽음을!' 이렇게 생각하고 있을 때, 블롱도는 삭제의 검은 펜을 잉크에 찍고, 그의 황갈색 눈으로 청강자 일동을 둘러보고, 세 번째로 '마리우스 퐁메르시!' 하고 되풀이했어요. 내가 '네!' 하고 대답했지요. 그래서 당신은 삭제되지 않았어요."

"아 그래요······." 하고 마리우스는 말했다.

"그런데 내가 삭제되었지요." 하고 레에글 드 모는 덧붙였다.

"무슨 말씀인지 모르겠는데요."

"아주 뻔한 얘기죠! 나는 대답하기 위해 교단 가까이 있었고, 도망하기 위해 문 가까이 있었어요. 교수는 나를 뚫어지게 바라보았어요. 블롱도는 부알로가 말하는 그 심술궂은 코빼기임에 틀림없어요. 그는 느닷없이 L 자로 건너뛰는 거예요.

자, 그건 내 이름 글자거든요. 나는 모 출신이고, 내 이름은 레
에글입니다.”

“레에글! 참 좋은 이름입니다!” 하고 마리우스가 말을 중단
시켰다.

“블롱도는 이 아름다운 이름에 이르러, ‘레에글!’ 하고 외
치는 거예요. 나는 ‘네!’ 하고 대답했지요. 그러자 블롱도는
호랑이의 상냥한 얼굴을 하고 나를 바라보며 빙그레 웃고 말
하는 거예요. “자네가 퐁메르시라면 자네는 레에글이 아니
야.” 이 말은 당신에게는 불쾌감을 주는 것 같지만, 내게만은
처참했죠. 그렇게 말하고 나서 그는 내 이름을 지워 버리는
거예요.”

마리우스는 탄성을 질렀다.

“거 참 안타깝습니다……”

“무엇보다도 먼저.” 하고 레에글이 그의 말을 가로막았다.
“나는 몇 마디 실감나는 찬사로 블롱도의 시체에 방부제를 뿌
려 주고 싶어요. 나는 그를 죽었다고 가정합니다. 본디 빼빼
말라 빠지고, 얼굴은 시체처럼 창백하고, 쌀쌀맞은 데다, 더
없이 딱딱하고, 고약한 냄새가 나는지라, 죽어서도 별로 달라
질 건 없을 거예요. 그래서 나는 이렇게 말합니다. ‘땅을 재판
하는 자여 기억하라.’ 여기에 블롱도 잠들다. 코쭝배기의 블
롱도, 블롱도 나지카(코빼기 블롱도), 징계의 황소, ‘보스디시
플리네’(징계의 소), 명령의 몰로스 개, 점호의 천사, 그는 꼿꼿
하고, 네모반듯하고, 정확하고, 꼿꼿하고, 정직하고, 징글맞은
자였노라. 그가 나의 이름을 삭제했듯이 하느님은 그의 이름

을 삭제하셨노라."

마리우스가 다시 말을 이었다.

"미안합니다……."

"젊은이여." 하고 레에글 드 모는 말했다. "이것이 당신에게 교훈이 되기를. 장래에는 시간을 엄수하시오."

"정말 죄송합니다."

"당신의 이웃 사람 이름을 삭제하게 하는 일이 다시는 없도록 하시오."

"대단히 죄송합니다."

레에글은 너털웃음을 웃었다.

"그런데 나는 기뻐요. 나는 변호사가 되는 길로 가고 있었는데, 이 삭제가 나를 구해 준 거예요. 나는 변호사업의 대성공을 포기합니다. 나는 조금도 과부를 변호하지 않을 것이고, 고아에 대해 조금도 이의를 제기하지 않을 것이오. 변호사복도 일없고, 실습 근무도 일없어요. 이제 나는 제명 처분을 얻었소. 이건 당신 덕택이오, 퐁메르시 씨. 나는 정식으로 당신에게 사례의 방문을 드리고 싶습니다. 어디서 살고 계시죠?"

"이 이륜마차 속입니다."

"호사스러운 생활이군요." 하고 레에글은 태연히 받아넘겼다. "축하합니다. 거기서라면 일 년에 9000프랑의 집세를 내시겠군요그려."

이때 쿠르페락이 다방에서 나왔다.

마리우스는 쓸쓸히 미소를 지었다.

"나는 두 시간 전부터 이 셋집에 있는데 여기서 나가기를 갈망하고 있어요. 하지만 이게 문제인데, 나는 어디로 가야 할지 모릅니다."

"그럼 우리 집으로 갑시다." 하고 쿠르페락이 말했다.

"내게 우선권이 있겠지만, 난 내 집이 없어요." 하고 레에글이 말했다.

"넌 가만 있어, 보쉬에." 하고 쿠르페락이 말을 이었다.

"보쉬에라고?" 하고 마리우스는 말했다. "하지만 당신 이름은 레에글이라고 한 것 같았는데."

"모의 레에글이죠." 하고 레에글은 대꾸했다. "비유해서 보쉬에랍니다."

쿠르페락은 이륜마차에 올라탔다.

"마부." 하고 그는 말했다. "포르트 생 자크 여관으로 가요."

그리하여 바로 그날 저녁, 마리우스는 포르트 생 자크 여관의 방 하나에 쿠르페락과 나란히 정주했다.

3. 마리우스의 놀람

며칠 동안 마리우스는 쿠르페락의 친구가 되었다. 청년 시절에는 이내 친밀해지고 받은 상처도 쉬이 아문다. 마리우스는 쿠르페락 곁에서 자유로이 숨을 쉬고 있었다. 그것은 그에게 꽤 신기한 일이었다. 쿠르페락은 그에게 아무것도 묻지 않았다. 그는 그런 건 생각조차도 하지 않았다. 그 또래에는 얼굴만 보아도 대번에 모든 것을 알게 된다. 말은 소용없다. 그의 용모가 지껄이고 있다고 말할 수 있는 그런 청년이 있다. 서로 바라보면 서로를 알게 된다.

그렇지만 어느 날 아침 쿠르페락은 느닷없이 그에게 이런 질문을 했다.

"그런데, 자넨 어떤 정치적 의견을 갖고 있는가?"

"뭐라고!" 마리우스는 그 물음에 기분이 좀 상해서 말했다.

"자넨 무슨 파냐는 말일세."

"민주주의적 보나파르트 파야."

"안심한 생쥐의 회색분자군." 하고 쿠르페락은 말했다.

이튿날 쿠르페락은 마리우스를 뮈쟁 다방으로 인도했다. 그러고는 빙그레 웃으며 그의 귀에 대고 소곤거렸다. "내가 자네에게 혁명의 입장권을 줘야겠어." 그러면서 그를 ABC의 벗들의 방으로 데리고 갔다. 그는 마리우스를 다른 동무들에게 소개하면서, 나지막한 목소리로 간단히 "생도야."라고 말했는데 마리우스는 그게 무슨 말인지 몰랐다.

마리우스는 한 떼의 말벌 같은 정신들의 벌집 속에 빠졌다. 그러나, 그는 과묵하고 진중했지만, 가장 덜 날개가 돋쳐 있지도, 가장 덜 무장되어 있지도 않았다.

마리우스는 그때까지 고독했고, 습관과 취미에 의해 독백과 방백(傍白)으로 기울어져 있었으므로, 자기 주위의 그 청년들의 무리에 약간 겁을 먹었다. 그 모든 다양한 창의들이 한꺼번에 그를 자극하고 끌어당겼다. 자유로이 활동하는 그 모든 정신들의 소란스러운 교류는 그의 사상들을 소용돌이치게 했다. 때로는 혼란 속에서 그의 사상들이 그에게서 하도 멀리 가

버려 그것들을 되찾기가 힘들었다. 그는 철학, 문학, 예술, 역사, 종교에 관해 의외로 이야기하는 것을 들었다. 그는 이상한 광경들을 언뜻언뜻 보았다. 그런데 그는 그것들을 조금도 전망하지 못했으므로 혼돈을 보는 것이 아닌지 확실치 않았다. 그는 아버지의 의견을 위해 할아버지의 의견을 버림으로써 자기는 확고부동하다고 생각했는데, 지금은 자기가 그렇지 않지 않은가 싶어서 불안스러웠으나, 차마 그렇다고 자인할 수도 없었다. 그가 모든 것을 보고 있던 각도는 다시금 흔들리기 시작했다. 어떤 진동이 그의 두뇌의 모든 지평들을 뒤흔들고 있었다. 내면의 야릇한 동란이었다. 그는 그것을 거의 괴로워했다.

이 청년들에게는 '성스러운 것들'이 없는 것 같았다. 마리우스는 어떠한 주제에 관해 기발한 말들을 들었는데, 그것들은 아직 소심한 그의 정신에는 거슬렸다.

이른바 고전주의라는 옛 레퍼토리의 한 비극 제목이 붙은 연극 광고가 나 있었다. "부르주아들에게 소중한 비극은 집어치워라!" 하고 바오렐이 외쳤다. 그러자 콩브페르가 이렇게 응수하는 걸 마리우스는 들었다.

"넌 틀렸어, 바오렐. 부르주아 계급은 비극을 좋아한다. 그점에 관해서는 부르주아 계급을 편안하게 두어야 한다. 가발을 쓰는 비극도 그 존재 이유가 있는데, 나는 아이스킬로스의 이름으로, 그 존재 권리에 이의를 제기하는 그런 축에 끼는 사람은 아니야. 자연 속에는 희미한 형태들이 있고, 창조 속에는 틀에 박힌 모방들이 있다. 부리가 아닌 부리, 날개가 아닌 날개,

지느러미가 아닌 지느러미, 발이 아닌 발, 웃음을 자아내는 고통스러운 우는 소리, 이런 것은 집오리야. 그런데, 가끔은 새 옆에 존재하니까, 고전주의 비극이 고대 비극 앞에 존재하지 말라는 이유가 어디 있겠느냐 말이다."

또는 어쩌다가 마리우스는 앙졸라와 쿠르페락 사이에서 장자크 루소 거리를 지나가는 수가 있었다.

쿠르페락이 그의 팔을 잡았다.

"주의하게. 이건 플라트리에르 거리인데, 한 육십 년 전에 이상한 부부가 살고 있었기 때문에 오늘날 장 자크 루소 거리라고 불리고 있어. 그것은 장 자크와 테레즈였다네. 때때로 거기서는 어린애들이 태어났지. 테레즈는 그들을 낳고, 장 자크는 그들을 버려 버렸어."

그러자 앙졸라는 쿠르페락을 얀정없이 대했다.

"장 자크 앞에서는 입 닥쳐! 그 사람은 내가 숭배하거든. 그는 자기 아이들이 아니라고 했지. 좋아. 하지만 그는 민중을 양자로 삼았어."

이 청년들은 아무도 '황제'라는 말을 입에 올리지 않았다. 오직 장 플루베르만이 이따금 나폴레옹이라고 말했다. 다른 사람들은 모두 보나파르트라고 말했다. 앙졸라는 '부오나파르트'라고 발음했다.

마리우스는 약간 놀라고 있었다. '지혜의 시작이니라.'*

---

* 신을, 제왕을 두려워함은 지혜의 시작이니라.

4. 뮈쟁 다방의 뒷방

이 청년들의 대화들에는 마리우스도 참석하여 때로는 말참 견을 했는데, 그런 대화들 중 하나는 그의 정신에 진정한 동요 를 주었다.

그것은 뮈쟁 다방의 뒷방에서 일어난 일이었다. 그날 저녁 ABC의 벗들이 거의 다 모여 있었다. 켕케식 양등이 성대하게 켜져 있었다. 사람들은 이 얘기 저 얘기, 흥분하지는 않았으나 왁자지껄하게 지껄이고 있었다. 앙졸라와 마리우스는 예외로 잠자코 있었으나, 다들 저마다 조금 되는 대로 기염을 토하고 있었다. 동무들끼리의 잡담에는 종종 그런 평온한 법석이 있 다. 그것은 하나의 놀이이고 대화인 동시에 혼란이었다. 사람 들은 서로 말을 주고받았다. 그들은 이 구석 저 구석에서 이야 기하고 있었다.

여자는 아무도 이 뒷방에 들어오지 못하게 되어 있었는데, 루이종이라는 커피 잔 씻는 여자는 예외여서, 때때로 그릇 씻 는 데서 '실험실'로 가기 위해 그 방을 건너다녔다.

그랑테르는 완전히 거나해 가지고 그가 차지한 구석을 먹 먹하게 하고 있었다. 그는 되는 소리 안 되는 소리 목이 터져 라 떠들어 대며 이렇게 외쳤다.

"나는 목이 마르다. 인간들이여, 난 이런 꿈을 꾼다. 하이델 베르크의 술통이 뇌졸중에 걸려서, 열두어 마리의 거머리를 거기에 갖다 댔으면 하는 거다. 난 술을 마시고 싶다. 인생을 잊고 싶다. 인생은 누군지 알 수 없는 자가 꾸며 낸 끔찍스러운 발명품이다. 그건 전혀 오래 가지도 않고 아무 가치도 없다. 사람들은 살다가 크게 다친다. 인생은 실물 장치가 별로 없는 무대 장식이다. 행복은 한쪽에만 색칠된 낡은 틀이다. 《전도서》*에 가로되, 모든 것은 허무하다고 했는데, 나도, 아마 결코 실존하지 않았을 이 영감처럼 생각한다. '무(無)'는 아주 발가벗고 가고 싶지 않으므로 허영의 옷을 입었다. 오, 허영심이여! 과장된 말들로 모든 것의 겉모양이 바뀌어졌다! 부엌은 실험실이고, 무용수는 교사이고, 곡예사는 체육가이고, 권투 선수는 투사이고, 약장수는 화학자이고, 이발사는 미술가이고, 미장이는 건축가이고, 경마 기수(騎手)는 운동가이고, 쥐 며느리는 날벌레이다. 허영심에는 표리가 있다. 표면은 어리석고, 유리구슬들을 차고 있는 흑인이고, 이면은 바보이고, 누더기를 걸치고 있는 철학자다. 나는 한쪽을 슬퍼하고 또 한쪽을 비웃는다. 이른바 권세와 고위직이라고 하는 것은, 그리고 명예와 위엄마저도** 대체로 인조금(人造金)으로 돼 있다. 왕들은 인간의 자존심을 노리개로 삼고 있다. 칼리굴라 황제***는 한 마리의 말을 집정관으로 삼았고, 샤를 2세는 한 덩어리의 쇠

---

* 'L'Ecclesiaste', 즉 'le livre de l'Ecclésiaste(에클레지아스트의 책)'는 《구약성서》의 지혜의 책(BC 3세기). 이 책의 저자(그의 이름은 히브리어로 Qôhéléth(대중 집회에서 말하는 자), 그리스어로 Ekklêsiastês라고 하는데, 번역은 그를 Solomon과 동일하고 있다)는 인간 행위의 절대적인 허무에 관해 명상한다.
** 프랑스에서 'honneur'와 'diqnité'는 '명예'와 '위엄'이라는 뜻이지만 같은 말의 복수인 'honneurs'와 'diqnités'는 '권세'와 '고위직'이라는 뜻을 갖는다.
*** 칼리굴라(Caligula, 12~41). 로마의 가혹한 폭군.

고기를 기사로 삼았다. 그러므로 이제 너희들은 집정관 '인시타투스'*와 준남작(准男爵) '로스트비프'** 사이를 뻐기고 다녀라. 사람들의 진가로 말하자면, 그건 더 이상 별로 존경할 만한 게 못 된다. 이웃이 이웃에 대해 하는 찬사를 들어 보라. 흰빛 위의 흰빛은 강력하다. 만약에 백합이 말을 한다면, 백합은 얼마나 비둘기를 만족시킬까! 독신자(篤信者)를 비방하는 맹신자(盲信者)는 살무사와 푸른 독사보다도 더 독살스럽다. 내가 무식쟁이인 건 유감이다. 왜냐하면 나는 너희들에게 많은 것들을 예로 들겠지만, 난 아무것도 모른다. 예컨대 말인데, 난 언제나 재치가 있었지. 내가 그로의 문하생이었을 때, 난 그림 나부랭이를 끼적거리는 대신 사과를 훔쳐 먹는 데 시간을 보냈어. 라팽(엉터리 화공)은 라핀(약탈)의 남성이다.*** 나는 그런 놈이다. 하지만 너희들은 어떤가 하면, 너희들도 나와 막상막하다. 너희들의 완전무결함과 우월성, 장점들 같은 건 난 아랑곳하지 않는다. 어떤 장점도 다 결점으로 빠져 들어간다. 절약은 인색과 가깝고, 너그러움은 낭비와 잇닿고, 용기는 허세와 이웃한다. 매우 독실하다는 것은 곧 좀 위선적이라는 것을 의미한다. 디오게네스의 망토에 구멍들이 있는 것과 꼭 같은 정도로 미덕 속에도 악덕들이 있다. 너희들은 누구를

---

* 칼리굴라의 말.

** 구운 쇠고기.

*** 라팽(rapin)은 형태로는 라핀(rapine)의 남성형이지만 전혀 다른 뜻을 가진 단어. 'Rapin'은 아틀리에에서 허드렛일을 하는 화가의 제자 또는 환쟁이를 뜻하고, 'rapine'은 약탈, 횡령이라는 뜻.

찬미하는가, 피살자인가 살해자인가, 카이사르인가 브루투스인가? 일반적으로 사람들은 살해자의 편이다. 브루투스 만세! 그는 죽었다. 미덕이란 그런 것이다. 미덕? 좋아. 하지만 그것은 또한 광기이기도 하다. 그러한 위인들에게는 괴이한 오점이 있다. 카이사르를 죽인 브루투스는 어린 사내 아이의 입상에 반해 있었다. 그 상은 그리스의 조각가 스트롱질리옹이 만든 것이었다. 이 조각가는 또 '예쁜 다리'라고 불린 그 여장부 유크네모스의 조상(彫像)도 조각했는데 네로는 그것을 여행 중에 갖고 다녔다. 이 스트롱질리옹은 브루투스와 네로의 생각을 일치시킨 두 개의 조상밖에 남겨 놓지 않았는데, 브루투스는 하나에 반했고, 네로는 또 하나에 반했다. 모든 역사는 장황한 중언부언에 불과하다. 한 시대는 또 한 시대의 모방이다. 마렝고 전투는 피드나 전투의 복사고, 클로비스 왕의 톨비악 전투와 나폴레옹의 아우스터리츠 전투는 두 방울의 피처럼 흡사하다. 나는 승리를 별로 존중하지 않는다. 이기는 것처럼 어리석은 것은 아무것도 없다. 참다운 영광은 설득하는 것이다. 그러니 뭔가를 좀 논증하도록 애써 보아라! 너희들은 성공하는 것으로 만족하지만, 얼마나 시시한 일이냐! 그리고 또 정복하는 것으로 만족하지만, 얼마나 비참한 일이냐! 오호라, 도처에 허영과 비겁. 모든 것이 성공을 따른다. 심지어 문법까지도. "만인이 성공을 원한다."고 호라티우스는 말했다. 그러므로 나는 인류를 경멸한다. 이제 전체에서 부분으로 내려가 볼까? 너희들은 내가 국민들을 찬미하기 시작하기를 바라는가? 어느 국민을 말인가? 그리스인가? 저 옛날의 파리 사람들인 아테네 사람들은, 파리 사람들이 콜리니*를 죽인 것처럼 포시옹을 죽이고, 아나세포라스가 피지스트라투스에 관해 "그의 오줌은 꿀벌을 부른다"고 말했을 정도로 폭군들에게 아첨했다. 오십 년간 그리스에서 가장 저명한 인물은 문법학자 필레타스였다. 그는 어찌나 땅딸보이고 어찌나 말라깽이였는지, 바람에 휩쓸려 가지 않도록 신발에 납을 달아 놓지 않으면 안 되었다. 코린트의 대광장에는 실라니온이 조각하고 플린이 배치한 조상 하나가 서 있었는데, 그것은 에피스타테스의 입상이었다. 에피스타테스는 무엇을 했는가? 그는 다리 걸어 넘어뜨리기를 발명했다. 그리스와 영광은 이것으로 요약된다. 다른 나라들로 넘어가자. 나는 영국을 찬미할까? 프랑스를 찬미할까? 프랑스를? 왜? 파리 때문에? 옛날의 파리인 아테네에 관한 나의 의견은 방금 너희들에게 말했다. 영국을 찬미할까? 왜? 런던 때문에? 나는 옛날의 런던인 카르타고를 싫어한다. 그리고 또 사치의 수도 또한 빈궁의 주도(主都)다. 채링 크로스 교구에만 한 해에 백 명의 아사자가 있다. 알비온**이란 그런 곳이다. 게다가 또 나는 한 영국 여자가 장미꽃 관과 푸른 안경을 쓰고 춤추는 것을 내가 보았다는 말도 덧붙여 둔다. 그러므로 영국으로선 추한 얼굴이다. 내가 존 불***을 찬

---

* 콜리니(Amiral Gaspard de Coligny, 1521~1569). 종교개혁 때 개종하고 개신교파 수장의 한 사람이 되어 있다가 생 바르텔레미의 학살(1572년 8월 24일의 신교도 학살) 때 첫 희생자들 중 하나가 되었다.
** 고대 그리스인이 영국에 붙인 이름.
*** 영국 국민의 별명.

미하지 않는다면, 그럼 형제인 조너선*을 찬미할까? 나는 이 노예들이 있는 형제를 별로 좋아하지 않는다. '시간은 돈'이란 말을 제거한다면 영국에 무엇이 남는가? '목화는 왕'이란 말을 제거한다면 미국에 무엇이 남는가? 독일은 임파액이고, 이탈리아는 담즙이다. 우리는 러시아에 경탄할 것인가? 볼테르는 러시아를 찬미했다. 그는 중국도 찬미했다. 러시아가 여러 가지 미점을, 특히 강력한 전제주의를 가지고 있다는 것을 나는 인정하지만, 전제군주들을 불쌍하게 여긴다. 그들은 몸이 약하다. 알렉시란 자는 참수당했고, 피타란 자는 척살당했고, 폴이란 자는 교살당했고, 또 하나의 폴은 구두 뒤축으로 짓밟혀 죽었고, 여러 명의 이반이란 자들은 교수형을 당했고, 여러 명의 니콜라와 바질이란 자들은 독살당했다. 이 모든 것은 러시아 황제들의 궁전이 명백한 불건강 상태에 있다는 걸 나타낸다. 모든 개화된 나라 국민들은 사상가의 찬미거리로 전쟁이라는 그 하찮은 일을 제시한다. 그런데 전쟁은, 개화된 전쟁은, 약사 산 협곡의 산적들의 노략질에서 파스 두퇴즈의 코망슈 토착민들의 밭 도둑질에 이르기까지, 비적질의 모든 형태들을 다 원용하고 다 합쳐 놓고 있다. 너희들은 내게 이렇게 말하겠지. "쳇! 그렇지만 유럽은 아시아보다 낫지 않은가?"라고. 나도 아시아가 우습다는 데는 동감이야. 하지만 너희들에게 달라이라마를 비웃을 수 있는 건덕지는 별로 없을 것 같다. 너희들 서양 나라 국민들은 이자벨라 여왕의 더러운

---

* 미국 국민의 별명.

속옷에서부터 프랑스 황태자의 요강에 이르기까지 위엄 어린 모든 오물들을 유행과 풍류 속에 뒤섞어 놓지 않았는가? 인간들 여러분, 나는 당신네들에게 틀렸다!라고 말하오. 가장 많은 맥주를 소비하는 것은 브뤼셀, 가장 많은 브랜디를 소비하는 것은 스톡홀름, 가장 많은 초콜릿을 소비하는 것은 마드리드, 가장 많은 진을 소비하는 것은 암스테르담, 가장 많은 포도주를 소비하는 것은 런던, 가장 많은 커피를 소비하는 것은 콘스탄티노플, 가장 많은 압생트 술을 소비하는 것은 파리다. 이것이 모든 유익한 기초 지식이다. 요컨대 파리가 제일 우세하다. 파리에서는 넝마주이들 자체가 게으름뱅이들이다. 디오게네스는 피레우스에서의 철학자와 같은 정도로 모베르 광장에서 넝마주이가 되기를 좋아했을 것이다. 그리고 또 이런 것도 알아 두어라. 넝마주이들의 술집은 싸구려 술집이라고 부른다. 그중 가장 유명한 것은 '카스롱'과 '아바투아르'다. 그런데, 오, 선술집들아, 주막집들아, 대폿집들아, 저속한 술집들아, 목로술집들아, 카페들아, 카바레들아, 주점들아, 넝마주이들의 싸구려 술집들아, 칼리프들의 대상(隊商)들아, 내가 너희들에게 증언하노니, 나는 주색꾼이다. 나는 리샤르 집에서 한 사람 몫이 40수짜리 식사를 한다. 발가벗은 클레오파트라를 굴리기 위해서는 페르시아의 양탄자가 있어야 한다! 클레오파트라는 어디 있는가? 아! 너로구나, 루이종. 잘 있었느냐."

취흥이 도도한 그랑테르는 뮈쟁 다방의 뒷방 한쪽 구석에서 지나가던 접시 씻는 여자를 붙잡고 그렇게 지껄여 대고 있었다.

보쉬에는 그쪽으로 손을 뻗쳐 그를 침묵케 해 보려고 했지만, 그랑테르는 더욱더 떠들어 댔다.

"레에글 드 모, 앞발을 내려라. 아르타크세르크세스의 골동품을 거절하는 히포크라테스 같은 시늉을 해 봤자 난 아무렇지도 않다.* 넌 나를 진정시키지 못한다. 더구나 난 침울하다. 내가 너희들에게 무슨 말을 하기를 바라는 거야? 인간은 고약하다. 인간은 보기 흉하다. 나비는 성공했다. 인간은 실패했다. 신은 이 동물을 잘못 만들었어. 한 군중은 골라 놓은 추물들이다. 어느 놈이고 다 불쌍한 놈이다. 깔치는 파렴치와 운(韻)을 이룬다. 그렇다, 난 우울증에 걸려 있다. 멜랑콜리에 시달리고, 노스탤지어에 시름하고, 게다가 히포콘드리아다. 그리고 나는 화가 나고, 나는 골이 나고, 나는 하품이 나고, 나는 싫증이 나고, 나는 답답증이 나고, 나는 따분해한다! 신도 뒈져 버려라!"

"글쎄 입 좀 닥치라니까, 대문자 R(그랑테르)!" 하고 보쉬에가 말을 이었다. 그는 옆 사람들과 권리 문제에 관해 토론하느라고 재판 용어의 문장 속에 허리까지 잠겨 있었는데 그 끝은 이러했다.

"……나로 말하자면 법률가라고는 거의 할 수 없고, 기껏했자 아마추어 검사밖에 안 되겠지만, 나의 주장은 이렇다. 노르망디 지방의 관습법 조문에 따르면, 생 미셸에서는, 매년, 재

---

* 페르시아 왕 아르타크세르크세스는 군대 내에 창궐하는 유행병을 저지하려고 막대한 선물을 보내 명의 히포크라테스를 불렀으나 그는 적군을 도울 수 없다며 거절했다.

산 소유자 및 유산 수리자(受理者) 들의 전원 및 각인에 의하여, 영주에게 다른 세금은 제외하고 '대가(代價)'가 지불되지 않으면 안 되었는데, 이는 일체의 장기 임대차, 전세, 봉건시대의 자유지, 관공유(官公有) 계약, 저당권 설정 계약 등등에 대해서 모두 해당했다."

"메아리여, 한탄하는 님프들이여." 하고 그랑테르는 콧노래를 불렀다.

그랑테르 바로 옆에는, 기의 잠잠해진 식탁 위에, 두 개의 작은 컵 사이에 한 장의 종이와 잉크병, 펜이 있었는데, 그것은 보드빌의 초안이 잡혀 가고 있음을 예고하고 있었다. 이 큰일은 나지막한 목소리로 다루어지고 있었고, 작업 중인 두 사람은 서로 머리를 맞대고 있었다.

"우선 이름을 생각해 내기로 하자. 이름이 나오면 주제도 발견되거든."

"옳아. 불러 봐. 내가 적을게."

"도리몽 씨라고 할까?"

"연금 생활자인가?"

"그럴 거야."

"그의 딸은 셀레스틴."

"…… 틴. 그다음은?"

"생발 대령."

"생발은 진부해. 난 발생이라고 하고 싶어."

이 미래의 보드빌 작가들 옆에는 또 하나의 그룹이 역시 그 떠들썩한 틈을 타서 나지막한 목소리로 결투 이야기를 하고 있었다. 서른 살 연장자가 열여덟 살 연소자에게 조언을 하면서, 상대가 어떤 놈인가를 설명해 주고 있었다.

"저런! 조심하게. 이건 훌륭한 칼 솜씨야. 그의 솜씨는 깨끗하거든. 그는 공격에 능하고, 양격(佯擊)은 백발백중이고, 손목이 유연하고, 기습, 전격술(電擊術)에 능란하고, 방어와 반격에 정확 무비하단 말이야! 그리고 놈은 왼손잡이야."

그랑테르의 맞은편 구석에서는 졸리와 바오렐이 도미노 놀이를 하면서 연애 얘기를 하고 있었다.

"행복한 놈이야, 너는." 하고 졸리가 말했다. "네 정부는 노상 웃고 있거든."

"그건 그 여자의 잘못이야." 하고 바오렐은 대답했다. "어떤 사람의 정부가 웃는 건 잘못이야. 그런 짓을 하면 그 여자를 속여 먹고 싶어지거든. 그녀가 쾌활한 걸 보면 뉘우치지 않게 되는데, 그녀가 슬퍼하는 걸 보면 양심이 생기거든."

"배은망덕한 놈 같으니! 참 좋아, 웃는 여자는! 그리고 너희들은 결코 안 싸우잖아!"

"그건 우리가 맺은 조약 때문이야. 우리는 조그만 신성동맹을 맺고, 우리가 결코 넘어가지 않는 우리들의 국경을 우리들 각자에게 정해 주었어. 삭풍이 부는 쪽에 있는 것은 보에 속하고 연풍(軟風)이 부는 쪽에 있는 것은 젝스에 속해 있어. 거기서 평화가 오는 거야."

"평화야말로 절실한 행복이야."

"그런데 졸르를리, 너 그 아가씨하고의 불화는 어떻게 됐나? 누구 말인지 알겠지."

"그 여자는 지긋지긋하게도 내게 늘 토라져 있어."

"그렇지만 넌 측은할 정도로 사랑 때문에 수척해졌어."

"아아!"

"나 같으면 그런 건 차 버리겠다."

"말로야 쉽지."

"그리고 행동으로도. 그 여자 이름이 뭐지셰 아니야?"

"맞아. 아! 바오렐. 이건 굉장한 처녀야. 매우 문학적이고, 발이 작고, 손도 작고, 옷을 잘 입고, 살결이 희고, 포동포동하고, 카드 점쟁이 같은 눈을 하고 있어. 난 그 여자에게 미쳐 버렸어."

"그렇다면 넌 그 여자의 환심을 사고, 멋을 부리고, 무릎뼈의 효과를 내야 해. 스톱의 상점에서 근사한 모직 가죽 바지를 한 벌 사 오게나. 도움이 될 테니까."

"얼마나 할까?" 하고 그랑테르는 외쳤다.

셋째 구석은 시의 토론에 빠져 있었다. 이교도 신화가 기독교 신화와 서로 주먹질을 하고 있었다. 올림푸스 산의 신들이 문제였는데, 장 플루베르는 낭만주의 자체에 의해 그들의 편을 들고 있었다. 장 플루베르는 쉴 때밖에는 수줍지 않았다. 일단 흥분하면 그는 폭발했고, 일종의 쾌활이 그의 열정을 북돋았으며, 그는 동시에 명랑하고 서정적이었다.

"신들을 욕하지는 말자." 하고 그는 말했다. "신들은 아마가 버리진 않았을 것이다. 제우스는 나에겐 전혀 죽은 이 같은 인상을 주지 않는다. 신들은 꿈이다, 라고 너희들은 말한다. 그런데 심지어 오늘날 있는 그대로의 자연 속에서도, 그 꿈이

사라져 버린 뒤에도, 사람들은 모든 위대한 이교도적 옛 신화를 다시 발견한다. 예컨대 성채(城砦) 같은 모양을 하고 있는 비뉴말 산*은 내가 보기엔 아직도 시벨 여신**의 모자 같고, 목신(牧神)***이 밤에 와서 버드나무 줄기의 움푹 들어간 구멍들을 손가락들로 번갈아 막으면서 피리를 불지 않는다고는 아무도 내게 증명하지 못했고, 나는 늘 이오 여신****이 피스바슈 폭포와 뭔가 관계가 있다고 생각했어.”

마지막 넷째 구석에서는 정치를 논하고 있었다. 사람들은 양여(讓與) 헌장을 혹평하고 있었다. 콩브페르는 그것을 조용히 지지하고 있었고, 쿠르페락은 맹렬하게 공격하고 있었다. 탁자 위에는 공교롭게도 그 유명한 투케 헌법 한 부가 놓여 있었다. 쿠르페락은 그것을 움켜잡고 흔들어 종이 소리를 내면서 자기의 논지를 전개하고 있었다.

“첫째, 나는 왕을 원치 않는다. 경제적인 견지에서만 보더라도 나는 그런 건 원치 않는다. 왕은 기생충이야. 왕은 거저 있는 것이 아니다. 이 말을 들어라. 왕들은 값비싼 거라고. 프랑수아 1세가 죽었을 때, 프랑스의 공채 연리(年利)는 3만 리브르였고, 루이 14세가 죽었을 때는 28리브르 배당의 것이 26억

---

* 피레네 산맥의 높은 봉우리.

** 시벨(Cybel). 하늘의 딸. 땅의 여신.

*** 목신(Pan)은 머리에 뿔이 있고 하체가 염소와 같으며 손에 갈대 피리를 들고 있는 것으로 그려지는 목동들의 신(그리스신화).

**** 이오(Io)는 제우스의 애인인데, 헤라(주노)를 속이기 위해 그는 그녀를 암송아지로 변신시켰다(그리스신화).

이 있었는데, 그것은 데마레의 말에 의하면, 1760년에는 45억에 상당하고, 오늘날에는 120억에 상당하리라는 것이다. 둘째로, 콩브페르에게는 미안한 얘기지만, 양여 헌장은 문명의 나쁜 편법이다. 과도기를 수습하고, 추이를 원활히 하고, 동요를 가라앉히고, 입헌 의제(擬制)를 실시함으로써 국민을 군주제에서 민주제로 서서히 옮아 가게 한다는 그 따위 이론은 모두 돼먹지 못한 이론이야! 안 돼! 안 돼! 결코 가짜 빛으로 민중을 비추진 말자. 원칙들은 그러한 헌법의 지하실 속에서는 시들고 이울어져 버린다. 위축은 금물이다. 타협은 불가하다. 국민에 대한 왕의 양여는 안 된다. 그 모든 양여들에는 제14조 같은 하나의 조항이 있다. 주는 손 옆에는 되찾아 가는 발톱이 있다. 나는 단연코 너희들이 말하는 헌장은 거절한다. 그런 헌장은 가면이다. 그 아래에는 거짓이 있다. 헌장을 받아들이는 국민은 양보한다. 권리는 완전할 때밖에는 권리가 아니다. 안 돼! 그런 헌장은 안 된다!"

때는 겨울이었다. 두 개비의 장작이 벽난로 속에서 토닥토닥 타고 있었다. 그것이 유혹적이어서, 쿠르페락은 그것을 견뎌 내지 못했다. 그는 그 가엾은 투케 헌장을 주먹 속에서 구겨 불에 던져 버렸다. 종이는 타올랐다. 콩브페르는 루이 18세의 걸작이 타는 것을 철학자처럼 바라보고 이렇게 말하는 것으로 만족했다.

"불꽃으로 변신한 헌장."

그리하여 풍자, 재담, 야유, 활기라고 불리는 그 프랑스적인 것, 유머라고 불리는 그 영국적인 것, 좋고 나쁜 취미, 좋고 나쁜 이유들 등 대화의 그 모든 굉장한 꽃불들이 방 안 여기저기서 동시에 올라오고 엉클어져, 사람들의 머리 위에 일종의 즐거운 폭격들을 하고 있었다.

5. 시야의 확대

젊은 정신들끼리의 충돌은 참 놀라운 것이어서, 결코 불꽃을 예견하고 섬광을 짐작하지 못한다. 금세 무엇이 솟아오를까? 그것은 아무도 모른다. 감동하는가 하면 폭소가 터진다. 익살을 떠는 때에 진지한 태도가 들어온다. 아무렇게나 지껄인 말에도 자극을 받는다. 저마다의 훌륭한 재치가 최고의 효력을 거둔다. 한마디 해학이 뜻밖의 일에 시야를 열기에 족하다. 그것은 관점이 갑자기 바뀌는 급격한 전환기의 대화들이다. 우연이 이러한 회화들의 운전자다.

낱말들의 부딪침에서 기묘하게 나오는 한 엄격한 생각이, 그랑테르와 바오렐, 푸르베르, 보쉬에, 콩브페르, 그리고 쿠르페락이 어수선하게 격론을 벌이는 혼전을 갑자기 지나갔다.

어떻게 하나의 문장이 뜻밖에 대화 속에 튀어나오는가? 어찌하여 그 문장이 그것을 듣는 사람들의 주의 속에서 갑자기 스스로 강조되는가? 아까 말했지만 그것은 아무도 모른다. 그렇게 한창 와자지껄하던 판에, 보쉬에가 콩브페르에게 불쑥 어떤 질문을 던지고는 이런 날짜로 끝을 맺었다.

"1815년 6월 18일, 워털루."

이 워털루라는 말에, 식탁 위의 물컵 옆에 팔꿈치를 짚고 있던 마리우스는 턱밑에서 주먹을 떼고 청중을 뚫어지게 바라보기 시작했다.

"그렇고말고!" 하고 쿠르페락이 외쳤다. "이 18이라는 숫자는 신기해. 그리고 내게 감명을 준다. 보나파르트에겐 치명적인 숫자야. 앞에다 루이*를 놓고 뒤에다 무월(霧月)**을 놓아 봐.*** 그러면 거기에는 시초에 끝장이 바싹 뒤따라오는 그 의미 있는 특이성을 가진 이 인간의 전 운명을 볼 수 있을 것이다."

앙졸라는 이때까지 잠자코 있다가 침묵을 깨고, 쿠르페락에게 이런 말을 했다.

"네 말은 범죄에 속죄가 뒤따라왔다는 뜻이지."

불현듯이 워털루가 상기되어 이미 매우 감동했던 마리우스는 이 '범죄'라는 말을 듣고 더 이상 참을 수 없었다.

그는 일어나서, 벽에 펼쳐져 있는 프랑스 지도 쪽으로 천천히 걸어가, 따로 분리된 구획 안에 하나의 섬이 보이는 지도 아래의 그 구획 위에 손가락을 놓고 말했다.

"코르시카 섬. 이 작은 섬이 프랑스를 썩 위대하게 만들었어요."

싸늘한 바람이 불었다. 모두들 말을 뚝 끊었다. 금세 무엇인가가 시작될 것만 같았다.

---

* 루이 18세를 가리킴.
** 혁명력의 둘째 달. 10월 22일부터 11월 21일까지.
*** 공화 8년 무월(霧月) 18일은 나폴레옹이 이집트에서 돌아와 쿠데타를 단행한 날. 그리고 1815년 6월 18일은 나폴레옹이 워털루에서 패전한 날.

바오렐은 보쉬에게 말대꾸를 하면서, 그가 애착을 느끼는 한 흉상의 자세를 취하고 있는 중이었다. 그는 그런 자세를 그만두고 귀를 기울였다.

그 푸른 눈으로 아무도 보지 않고 허공을 응시하는 것 같던 앙졸라는 마리우스를 보지도 않고 대답했다.

"프랑스는 위대하기 위해 어떠한 코르시카도 필요치 않아요. 프랑스는 프랑스이기 때문에 위대한 거요. '내 이름은 사자이므로 사자이니라.'"

마리우스는 물러설 생각을 추호도 느끼지 않았다. 그는 앙졸라 쪽으로 몸을 돌려, 오장육부를 쥐어짜서 나오는 듯한 떨리는 목소리로 외쳤다.

"리나는 결코 프랑스의 가치를 떨어뜨리진 않겠소! 하지만 프랑스에 나폴레옹을 혼합시키는 것은 조금도 프랑스를 떨어뜨리는 것이 아니오. 다들 얘기 좀 합시다. 나는 당신들 사이에서 신참이지만, 여러분에게 놀랐다는 걸 고백합니다. 우리는 어떤 처지에 있는가? 우리는 어떤 사람들인가? 당신들은 어떤 사람들이며, 나는 어떤 사람인가? 황제에 관해 따져 봅시다. 나는 당신들이 왕당파처럼 '우(부)'에 힘을 주어 부오나파르테라고 말하는 걸 듣고 있어요. 당신들에게 알리거니와, 우리 할아버지는 그보다도 더 잘 그렇게 하십니다. 할아버지는 부오나파르테라고 하십니다. 나는 당신들을 젊은이라고 생각했소. 당신들은 대체 어디에 열정을 쏟고 있는 거요? 열정을 뭐에 쓰고 있는 거요? 황제를 숭배하지 않는다면 당신들은 누구를 숭배하는 거요? 당신들은 그 이상 무엇이 더 필요한 거요? 이러한 위인을 바라지 않는다면 어떤 위인을 바라는 거요? 그는 모든 것을 가지고 있었소. 그는 완전무결했소. 그는 그의 두뇌에 인간 능력의 세 곱을 지니고 있었소. 그는 유스티니아누스처럼 법전들을 만들었고, 카이사르처럼 구술을 하였고, 그의 담화들은 파스칼의 번갯불을 타키투스의 뇌성벽력에 섞어 놓았으며, 그는 역사를 공부하고 그것을 쓰고 있었고, 그의 전황 보고서들은 『일리아드』 같은 서사시들이고, 뉴턴의 수(數)를 마호메트의 비유에 결합했고, 피라미드들처럼 위대한 말들을 근동에 남겨 놓았소. 틸시트*에서 그는 황제들에게 위엄을 가르쳤고, 학술원에서는 라플라스에게 응답했고, 참의원에서는 메를랭에게 대항했고, 어떤 사람들의 기하학에, 그리고 또 어떤 사람들의 트집에 어떤 정신을 주고, 검사들과 더불어서는 법률가고, 천문학자들과 더불어서는 성학자(星學者)였소. 두 촛불 중 하나를 불어 끄는 크롬웰처럼, 그는 탕플 수도원에 가서 휘장의 술 하나를 흥정했소. 그는 모든 것을 보고 모든 것을 알고 있었소. 그래도 역시 그는 자기 아기의 요람에는 호인다운 웃음을 웃었소. 그리고 갑자기 유럽은 대경실색하여 귀를 기울였고, 군대들은 전진하기 시작했고, 포창(砲廠)은 굴렀고, 선교(船橋)들은 강들 위에 길게 뻗어 있었고, 구름떼 같은 기병들은 선풍 속을 질주했고, 함성, 나팔 소리, 도처에 흔들리는 왕좌들, 왕국들의 국경들이 지도 위에서 흔

---

* 현재 소비에츠크라는 이름의 러시아 도시. 여기서 나폴레옹은 러시아 황제 알렉산더 1세와 대영 동맹 및 프러시아의 패전을 인정하는 조약에 서명했다 (1807년 7월 7일).

들렸고, 칼집에서 나오는 초인적인 칼 소리가 들렸고, 사람들은 그가 손에 횃불을 들고 눈을 번쩍거리고, 그의 두 날개인 대육군과 노련한 근위군을 천둥 속에 펼치며, 지평선 위에 쑥 일어서는 것을 보았는데, 그건 전쟁의 천사장이었소!"

모두들 말이 없었고, 앙졸라는 고개를 수그리고 있었다. 침묵은 언제나 조금 동의나 굴복 같은 인상을 준다. 마리우스는 거의 숨도 돌리지 않고, 더욱 열을 내어 계속했다.

"올바른 사람들이 됩시다, 친구들이여! 이러한 황제의 제국이라는 것, 이건 한 국민에게는 얼마나 빛나는 운명인가, 이 국민이 프랑스고 이 국민이 그의 천분을 이 인물의 천분에 보태는 때는! 출현하여 군림하고, 전진하여 승전하고, 모든 나라 수도들을 숙영지로 삼고, 자기의 척탄병들을 데려다 왕들을 만들고, 왕조의 몰락들을 선포하고, 돌격보(步)로 유럽을 변모시키고, 쳐들어갈 때에는 신검(神劍)의 칼자루를 잡는 듯한 느낌을 갖게 하고, 한니발과 카이사르와 샤를마뉴를 한 몸에 구현하고 있는 자를 따르고, 잠 깨는 새벽마다 혁혁한 승전 소식을 가져다주는 대단한 인물의 국민이 되고, 잠을 깨게 하는 아침의 소음으로서 앵발리드 광장의 대포를 갖고 있고, 마렝고, 아르콜라, 아우스터리츠, 이에나, 와그람 등 영원히 번쩍거리는 비상한 승전의 이름들을 빛의 심연들에 던지고! 수세기의 절정에서 줄곧 별처럼 반짝이는 승리들을 꽃피게 하고, 프랑스 제국을 로마제국과 비견케 하고, 위대한 국민이 되고 대육군을 낳고, 하나의 산이 그의 독수리들을 사방으로 날려 보내듯이 온 지구상에 그의 군대들을 날려 보내고, 정복하고, 지배하고, 무찌르고, 유럽에서 많은 영광으로 황금 옷을 입은 것 같은 국민이 되고, 역사를 통해 거인들의 군악을 울리고, 정복과 눈부심으로 두 번 정복하는 것, 이건 희한한데, 뭐가 이보다도 더 위대한 것이 있겠는가?"

"자유가 있다." 하고 콩브페르가 말했다.

이번에는 마리우스가 고개를 수그렸다. 이 단순하고 쌀쌀한 말은 강철 칼날처럼 그의 서사시적 격정의 토로를 꿰뚫었고, 그는 그 격정이 가슴속에서 스러지는 깃을 느꼈다. 그가 눈을 들었을 때 콩브페르는 더 이상 그 자리에 없었다. 마리우스의 예찬에 대한 그 한마디의 응수에 아마 만족하여, 그는 방금 떠났고, 앙졸라를 제외하고 모두 그를 따라가 버렸다. 방은 텅 비어 있었다. 앙졸라는 마리우스와 혼자 남아서 그를 엄숙하게 바라보았다. 마리우스는 그동안 자기의 생각들을 가다듬고, 자기를 패배당한 것으로는 여기지 않았다. 그의 가슴속에는 아직도 끓어오르는 격정이 남아 있어서 아마 앙졸라에 대해 삼단논법의 진을 펴려고 했을 것인데, 그 때 갑자기 누군가 가다가 계단에서 노래를 부르는 소리가 들렸다. 그것은 콩브페르였는데, 그가 부르는 것은 이러했다.

만약에 카이사르가 나에게
영광과 전쟁을 주었다면,
그리고 내가 우리 어머니의 사랑을
버려야 했다면,
나는 말하리라, 위대한 카이사르에게,

그대의 왕홀과 전차를 되가져가라,

나는 우리 어머니를 더 사랑하노라, 얼싸 좋구나!

나는 우리 어머니를 더 사랑하노라.

콩브페르가 노래하는 부드럽고도 사나운 곡조는 이 노래에 일종의 이상한 장엄함을 주었다. 마리우스는 생각에 잠겨 천장을 쳐다본 채, 거의 기계적으로 되풀이했다, "우리 어머니?"

이때 그는 자기 어깨에 앙졸라의 손이 놓인 것을 느꼈다.

"동지." 하고 앙졸라는 그에게 말했다. "우리 어머니, 그건 공화국이야."

6. 빈궁

그날 저녁은 마리우스에게 심각한 동요를, 그리고 그의 마음속에 슬픈 그늘을 남겼다. 그가 느낀 것은 밀 씨를 뿌리려고 쇠 연장으로 땅을 팔 때 아마 땅이 느낄지도 모를 그런 느낌이었다. 땅은 그때 타격만을 느끼고, 싹트는 몸부림과 열매 맺는 즐거움은 나중에야 온다.

마리우스는 음울했다. 그는 이제야 겨우 하나의 믿음을 갖게 되었는데 그것을 벌써 버려야만 했는가? 그는 아니라고 자신에게 단언했다. 그는 의심하고 싶지 않다고 선언했으나 본의 아니게 의심하기 시작했다. 하나는 아직 나오지 않았고 또하나는 아직 들어가지 않은 두 종교 사이에 있는 것은 견딜 수 없는데, 그러한 어스름은 박쥐 같은 사람들에게밖에는 마음에 들지 않는다. 마리우스는 하나의 순수한 눈이어서, 그에게는 진짜의 빛이 필요했다. 의심의 흐릿한 빛은 그를 아프게 했다. 아무리 여태까지 있던 자리에 있고 싶고, 그 정도로 그치고 싶었어도 그는 어찌할 수 없이 계속하고, 전진하고, 탐구하고, 사색하고, 더 멀리 걸어가지 않을 수 없었다. 그것은 장차그를 어디로 이끌어갈 것인가? 그토록 많은 걸음을 해서 아버지에게 접근했는데, 그런 뒤 이제 와서 다시금 아버지를 멀리하는 걸음을 하는 것이 그는 두려웠다. 그에게 일어나는 모든반성들로 말미암아 그의 불안이 커져 갔다. 낭떠러지가 그의주위에 솟아나오고 있었다. 그는 할아버지하고도 친구들하고도 의견이 맞지 않았다. 한 사람에게는 경솔했고, 다른 사람들에게는 뒤떨어졌으며, 노년 쪽에서도, 청년 쪽에서도, 자기가이중으로 고립되어 있음을 자인했다. 그는 뮈쟁 다방에 가기를 그만두었다.

그의 의식이 빠져 있는 그러한 동요 속에서, 그는 생활의 어떤 진지한 쪽들은 더 이상 별로 생각지 않고 있었다. 삶의 현실들은 잊히지 않는다. 그것들이 느닷없이 와서 그에게 팔꿈치질을 했다.

어느 날 아침 여관 주인이 마리우스의 방에 들어와 그에게 말했다.

"쿠르페락 씨가 당신을 보증해 주었지요."

"그렇습니다."

"하지만 난 돈이 필요한데요."

"쿠르페락에게 나랑 얘기하게 좀 와 달라고 하세요." 하고 마리우스는 말했다.

쿠르페락이 오자 주인은 떠났다. 마리우스는 아직 그에게 말하려고 생각하지 않던 것을, 자기는 이 세상에 혈혈단신이고 부모가 없는 것과 같다는 것을 그에게 이야기했다.

"당신은 무엇이 되려고 하시오?" 하고 쿠르페락이 물었다.

"통 모르겠어요." 하고 마리우스는 대답했다.

"뭘 하려고 하시는데?"

"그것도 모르겠어요."

"돈은 있소?"

"15프랑 있어요."

"내가 꾸어 드릴까요?"

"천만에."

"옷은 있소?"

"저거요."

"장신구는 있소?"

"시계가 하나 있어요."

"은시곈가?"

"금시계요. 이거요."

"내가 아는 헌 옷 장수 하나가 있는데 그는 당신의 프록코트와 바지를 가져갈 거요."

"좋소."

"당신은 이제 바지와 조끼, 모자, 예복 한 벌씩밖에 없게 되겠군요."

"그리고 장화도 있어요."

"뭐! 당신은 맨발로 다니지 않을 거요? 얼마나 호사스러운가!"

"그만하면 충분하겠지요."

"당신의 회중시계를 사 줄 시계 상인 하나를 내가 알고 있소."

"좋아요."

"아니, 좋지 않아요. 당신은 다음에 뭘 하실 거요?"

"필요한 건 뭐든지. 어쨌든 웬만한 건 뭐든지."

"영어는 아시오?"

"아니요."

"독일어는?"

"몰라요."

"할 수 없지."

"왜요?"

"출판업자인 내 친구 하나가 백과사전 같은 걸 만들고 있는데, 그것을 위해 당신이 독일어나 영어 항목들을 번역할 수도 있을 거요. 보수는 나쁘지만, 살아는 가요."

"영어와 독일어를 배우겠소."

"그동안은 어떡하고?"

"그동안은 내 옷과 시계로 먹고 살 거요."

헌 옷 장수를 불렀다. 그는 헌 옷을 20프랑에 샀다. 시계점에 갔다. 시계 장수는 시계를 45프랑에 샀다.

"나쁘진 않은데." 하고 마리우스는 여관에 돌아오면서 쿠르페락에게 말했다. "먼저 돈 15프랑을 보태면 80프랑이 되오."

"그리고 여관에 치를 돈은?" 하고 쿠르페락이 지적했다.

"이런, 내가 잊고 있었네." 하고 마리우스는 말했다.

"저런." 하고 쿠르페락이 말했다. "당신은 영어를 배우는 동안 5프랑을 먹고, 독일어를 배우는 동안 5프랑을 먹을 거요. 그건 하나의 언어를 무척 빨리 삼키거나 100수짜리 한 닢을 무척 천천히 삼키는 것이 되겠군요."

그러는 동안에, 불행한 경우 마음속으로는 꽤 착한 사람인 질노르망 이모가 마침내 마리우스의 숙소를 뒤져냈다. 어느 날 오전, 마리우스가 학교에서 돌아왔을 때, 그는 밀봉한 상자 속에서 이모의 편지 한 통과 60피스톨, 즉 금화 600프랑을 발견했다.

마리우스는 한 통의 정중한 편지와 함께 그 30루이*를 이모에게 되돌려 보냈는데 편지에서 그는 자기는 차후 자기의 모든 필요를 충족시킬 수 있다고 말했다. 이때 그에게는 3프랑이 남아 있었다.

이모는 할아버지를 극도로 화나게 할까 두려워서 그렇게 거절당한 것을 그에게 전혀 알리지 않았다. 게다가 할아버지는 말하지 않았던가, "그 흡혈귀 얘기를 다시는 내 앞에서 하지 마!"라고.

마리우스는 빚을 지고 싶지 않았기 때문에 포르트 생 자크의 여관에서 나왔다.

---

* 루이는 20프랑 금화.

5
불행의 효험

1. 궁박한 마리우스

마리우스의 생활은 궁해졌다. 자기의 의복과 시계를 먹는
다는 것, 그것은 아무것도 아니었다. 그는 이른바 '성난 암소'
라는 그 형언할 수 없는 것을 먹었다.* 그것은 실로 무서운 일,
빵 없는 나날, 잠 못 자는 밤, 촛불 없는 저녁, 불 없는 벽난로,
일거리 없는 주간, 희망 없는 장래, 팔꿈치에 구멍난 옷, 처녀
들의 웃음을 사는 낡은 모자, 방세를 못 치러 저녁이면 잠겨
있는 문, 문지기와 싸구려 식당 주인에게서 받는 모욕, 이웃들
의 조롱, 굴욕, 짓밟힌 자존심, 좋든 싫든 해야 하는 일, 혐오,
고초, 낙담, 이러한 것들이 거기에 있었다. 마리우스는 어떻게

---

* 성난 암소를 먹는다는 것은 궁해 빠진 것을 말한다.

사람들이 그 모든 것을 감수하는지, 그리고 어떻게 그것이 사람들이 흔히 감수해야 하는 유일한 것들인지 알았다. 사나이가 사랑이 필요하기 때문에 자존심이 필요한 생존의 그 시기에, 그는 옷차림이 궁상맞기 때문에 조롱당하고, 가난하기 때문에 웃음거리가 된 것을 느꼈다. 젊음이 오만한 긍지로 사람의 가슴을 부풀어 오르게 하는 그 나이에, 그는 그의 구멍 뚫린 장화 위에 눈을 푹 수그린 적이 한두 번 아니었고, 빈궁으로 인한 부당한 창피와 얼굴이 붉어지는 비통함을 겪었다. 훌륭하고 무서운 시련, 약자들은 거기서 비루해져서 나오고 강자들은 거기서 숭고해져서 나온다. 운명이 파렴치한이나 반신(半神)을 갖고 싶을 때마다 사람을 던져 넣는 도가니.

왜냐하면 작은 투쟁들 속에서 많은 위대한 행위들이 이루어지기 때문이다. 궁핍과 치욕 들의 피할 수 없는 침입에 대하여 어둠 속에서 한 걸음 한 걸음 저항하는 남 모를 끈덕진 용맹들이 있다. 아무 눈도 보지 않고, 아무 명성도 얻지 않고, 아무 갈채도 받지 않는 고결하고 은밀한 승리들. 실생활, 불행, 고립, 고독, 빈곤은 그들의 영웅을 가지고 있는 싸움터들인데, 이 영웅들은 때로는 고명한 영웅들보다 더 위대한 무명의 영웅들이다.

견실하고도 희귀한 성격들은 그렇게 만들어지고, 거의 언제나 계모인 빈궁은 때로는 어머니고, 궁핍은 얼과 정신의 힘을 낳고, 궁박은 자존심의 유모며, 불행은 관대한 마음들에 좋은 젖이다.

마리우스의 생활에는 한때 그가 자기의 층계참을 쓸고, 과

일 상점에서 브리 치즈를 1수어치씩 사고, 땅거미 지기를 기다려서 빵집에 들어가, 한 덩어리의 빵을 사 가지고, 마치 훔치기라도 한 것처럼 살금살금 자기 고미다락 방으로 가져간 적도 있었다. 때로는 장난꾸러기 식모들 틈새기에서 팔꿈치질을 당하면서 길 모퉁이의 고깃간에 슬그머니 들어가는 어색한 청년 하나를 사람들은 보았다. 그는 겨드랑이에 책들을 끼고, 수줍으면서도 노기 어린 듯한 얼굴을 하고, 가게에 들어오면서 구슬처럼 땀이 맺힌 이마에서 모자를 벗고, 어리둥절한 고깃간 안주인에게 깊이 머리를 숙여 인사하고, 고깃간 꼬마둥이에게도 또 인사하고, 작은 목소리로 양갈비 한 대를 달라고 하여 6, 7수를 치르고, 종이에 싸서 책갈피에 끼워 겨드랑이에 끼고 갔다. 그것은 마리우스였다. 그는 한 대의 갈비를 손수 쪄서 사흘을 살았다.

첫날은 고기를 먹고, 둘째 날은 기름을 먹고, 사흘째는 뼈를 갉아먹었다.

여러 번 되풀이하여 질노르망 이모는 그에게 그 60피스톨을 보냈다. 마리우스는 아무것도 필요 없다고 말하면서 그것을 한결같이 되돌려 보냈다.

내가 이야기한 혁명이 그의 마음속에 일어났을 때 그는 아직도 아버지의 상복을 입고 있었다. 그때부터 그는 상복을 벗지 않았다. 그렇지만 그의 상복이 그에게서 떠났다. 그가 더이상 예복이 없는 날이 왔다. 바지는 아직도 괜찮았다. 어떻게 할까? 마리우스 쪽에서도 쿠르페락을 몇 가지 돌보아 주었는데, 이 쿠르페락이 마리우스에게 헌 예복 한 벌을 주었다. 마리우스는 30수를 주고 어떤 문지기를 시켜 그것을 뒤집었고, 그것은 새 예복이 되었다. 그러나 그 예복은 녹색이었다. 그러자 마리우스는 해가 진 뒤밖에는 외출하지 않았다. 그렇게 해서 그의 예복은 검은 것이 되었다. 노상 상복을 입고 있기를 원해 그는 밤의 옷을 입었던 것이다.

이 모든 것을 거쳐 그는 변호사 자격을 얻었다. 그는 쿠르페락의 방에서 사는 것으로 여겨지고 있었는데, 그 방은 적당하였고 거기에는 몇 권의 헌 법률 책들이 일부가 결여된 소설들로 품위 있게 보충되어, 규정에 의해 요구된 장서 같은 모양을 하고 있었다. 그는 자기의 편지들을 쿠르페락의 주소로 보내게 했다.

마리우스는 변호사가 되었을 때, 쌀쌀하지만 지극히 공손하고 정중한 편지로 그것을 할아버지에게 알렸다. 질노르망 씨는 와들와들 몸을 떨며 그 편지를 들고 읽고 나서는 네 조각으로 짝짝 찢어 휴지통에 처넣어 버렸다. 이삼 일 후에 질노르망 양은 방 안에 혼자 있는 아버지가 큰 소리로 말하는 것을 들었다. 그것은 그가 매우 흥분할 때마다 있는 일이었다. 질노르망 양은 귀를 기울였다. 노인은 이렇게 말하고 있었다. "네가 바보 천치가 아니라면, 남작인 주제에 동시에 변호사가 될수 없다는 것쯤은 알고도 남을 것이다."

2. 가난한 마리우스

빈궁도 다른 모든 것과 마찬가지다. 그것은 견딜 만하게 된다. 그것은 마침내 하나의 형태를 취하고 제 모양을 꾸민다. 사람은 근근히 살아간다. 다시 말해서 신통치 못하지만 살아가기에는 충분하게 발전해 간다. 마리우스 퐁메르시의 생활이 어떻게 꾸려져 갔는가는 아래와 같다.

그는 가장 좁은 길에서는 나왔고, 협로는 그의 앞에서 조금 넓어져 갔다. 많은 근로와 용기, 인내, 의지로써 그는 그의 일에서 1년에 약 700프랑을 벌게 되었다. 그는 독일어와 영어를 배웠다. 그의 출판업자 친구와 관계를 맺어 준 쿠르페락 넉분에 마리우스는 문학 출판부에서 시시한 '조역' 노릇을 수행하고 있었다. 그는 광고문들을 작성하고, 신문들을 번역하고, 출판물들에 주를 달고, 전기들을 편집하는 등 여러 가지 일을 했다. 순수입 연 평균 700프랑. 그것으로 그는 살아가고 있었다. 그리 나쁘진 않았다. 어떻게? 그걸 말하겠다.

마리우스는 1년에 30프랑으로 고르보 누옥에서 좁고 지저분한 방 하나를 차지했는데, 그 방은 명색이 서재이지 벽난로도 없고, 가구라고는 꼭 필요불가결한 것밖에 없었다. 그 가구들은 그의 것이었다. 그는 다달이 셋집 주인 노파에게 3프랑씩 주어 방을 쓸게 하고, 아침마다 약간의 더운 물과 날 계란 한 개, 1수짜리 빵 한 덩어리를 가져오게 했다. 그 빵과 계란으로 그는 점심을 먹었다. 그의 점심은 달걀들이 싸고 비싸고에 따라서 2수에서 4수까지 변했다. 저녁 6시에 생 자크 거리로 내려와서 마튀랭 거리의 모퉁이에 있는 판화상 파세 맞은편의 루소 식당에서 저녁을 먹었다. 그렇지만 수프는 먹지 않았다. 그가 먹는 것은 6수짜리 고기 한 접시와 3수짜리 채소

반 접시, 3수짜리 디저트였다. 3수에 빵을 실컷 먹었다. 포도주는 어떤가 하면 그는 맹물을 마셨다. 계산대에는 그 무렵에도 여전히 뚱뚱하고 여전히 싱싱한 루소 부인이 의젓하게 자리잡고 있었는데, 마리우스가 거기서 밥값을 치르고, 종업원에게 1수를 주면, 루소 부인은 그에게 쌩긋 웃어 보였다. 그런 뒤에 그는 떠났다. 이처럼 16수로 그는 따뜻한 미소와 배부른 저녁식사를 얻었다.

이 루소 식당은 술을 마시는 사람은 거의 없고 맹물을 마시는 사람들만 많아서, 음식점이라기보다는 오히려 휴게소였다. 이 음식점은 지금은 존재하지 않는다. 주인은 근사한 별명을 가지고 있었는데, 사람들은 그를 '맹물 루소'라고 불렀다.

이렇게 점심에 4수, 저녁에 16수, 식사 값으로 그는 하루에 20수가 들었다. 그리하여 1년에 365프랑이 되었다. 이에 더하여 30프랑의 방세와 노파에게 지불되는 36프랑, 그리고 몇 가지 자질구레한 비용들. 450프랑을 마리우스는 식대와 방세, 잡용으로 쓴 셈이다. 의복에 100프랑, 내의에 50프랑, 세탁에 50프랑이 들었다. 모두 해서 650프랑을 넘지 않았다. 그에게는 50프랑이 남았다. 그는 풍족했다. 때로는 10프랑을 친구에게 빌려주었다. 쿠르페락은 한 번은 그에게서 60프랑을 빌려 쓸 수 있었다. 난방에 관해서는 벽난로가 없었으므로, 마리우스는 그것을 '간소화'했다.

마리우스는 항상 옷이 두 벌 있었는데, 한 벌은 헌것으로 일상용이고, 또 한 벌은 아주 새 것으로 특별용이었다. 두 벌 다 검정색이었다. 셔츠는 셋밖에 없었는데, 하나는 입고 있고, 또 하나는 옷장에 넣어 두고, 셋째 것은 세탁집에 가 있었다. 그는 셔츠들이 해지면 새것으로 바꾸었다. 그것들은 보통 찢어져 있었기 때문에 그는 늘 턱까지 윗도리 단추를 채우고 있었다.

마리우스가 이렇게 번영한 처지에 이르는 데는 몇 해가 걸렸다. 고된 세월. 어떤 해는 건너기 어려웠고, 또 어떤 해는 기어오르기 어려웠다. 마리우스는 단 하루도 결코 할 일을 저버리지 않았다. 그는 빈궁에서는 만사를 참아냈고, 빚을 지는 것을 제외하고는 모든 것을 다 해냈다. 그는 자기가 아무에게도 단 돈 한 푼 빚진 적이 없는 것을 스스로 자랑스럽게 여겼다. 그의 생각으로 부채는 예속의 시작이었다. 그는 심지어 채권자는 주인보다도 더 고약하다고 생각했다. 왜냐하면 주인은 단지 남의 신체만을 지배하지만, 빚쟁이는 남의 자존심을 지배하고 그것을 모욕할 수 있기 때문이다. 빚을 지느니보다 차라리 그는 먹지를 않았다. 그는 여러 날 굶었다. 모든 극단은 상통하고 그 점에 주의하지 않으면 재산의 쇠퇴는 영혼의 비열함을 초래할 수도 있다고 느끼고, 그는 자기의 자존심을 조심스럽게 보살폈다. 다른 어떤 상황에서 겸양이라고 생각되었을 그런 말투나 행동도 그에게는 비굴함 같았다. 그는 의연한 태도를 취했다. 그는 무모한 짓은 아예 하지 않았고, 머뭇거리지 않았다. 그의 얼굴에는 일종의 준엄한 홍조(紅潮)가 감돌았다. 그는 사나울 만큼 소심했다. 어떠한 시련에서도 그는 자신 속에 있는 어떤 은밀한 힘에 의해 격려되고 또 때로는 떠받쳐지고 있다고까지 느꼈다. 영혼은 육체를 돕고, 또 어떤 때는 그것을 들어올린다. 새장을 지탱하는 것은 오직 그 새일 뿐이다.

아버지의 이름 옆에 또 하나의 이름이 마리우스의 가슴속에 새겨져 있었다. 테나르디에라는 이름이. 열렬하고 진중한 성질인 마리우스는 일종의 후광으로 그 사람을 둘러싸고 있었는데, 그의 생각 속에서, 그는 아버지의 생명의 은인이요, 워털루의 포화와 총탄 속에서 대령을 구출한 대담한 상사였다. 마리우스는 여태껏 아버지의 추억에서 그 사람의 추억을 떼어 본 적이 없었으며, 그들을 경애 속에 결합하고 있었다. 그것은 대령을 위한 큰 제단과 테나르디에를 위한 작은 제단 두 제단을 가진 예배와도 같았다. 그의 고마운 마음을 더해 주는 것, 그것은 테나르디에가 불운에 빠져 허덕이고 있다는 생각이었다. 마리우스는 몽페르메유에서 그 불행한 여관 주인의 파산과 몰락을 알았다. 그 후 그는 비상한 노력을 기울여 테나르디에의 자취를 찾아내 그가 사라져 버린 그 빈궁의 어두운 구렁텅이에서 그에게 다다르려고 애썼었다. 마리우스는 안 간 데 없이 샅샅이 뒤졌다. 셸에도, 봉디에도, 구르네에도, 노장에도, 라니에도 갔다. 삼 년 동안 그는 거기에 골몰하여, 저축한 약간의 돈을 그러한 탐색에 다 써 버렸다. 아무도 그에게 테나르디에의 소식을 알려 줄 수 없었다. 사람들은 그가 외국에 갔다고 생각했다. 그의 빚쟁이들 역시, 마리우스만큼 애정은 없었으나 그만큼 악착스럽게 찾았지만 그를 발견할 수 없었다. 마리우스는 수색에 성공하지 못한 것을 자책하고 거의 원망했다. 그것은 대령이 그에게 남겨 놓은 유일한 부채로, 그는 그것을 갚는 데 명예를 걸고 있었다. 그는 생각했다. "원 세상에! 아버지가 전쟁터에 빈사 상태로 누워 계실 때, 그는 포연탄우 속에서 용케 아버지를 발견하여 어깨에 메고 갈 수 있었다. 그렇지만 그는 아버지에게서 아무 덕도 보지 않았다. 그런데 나는, 테나르디에에게 그렇게도 많이 덕을 보고 있는 나는, 그가 죽어 가고 있는 그 암흑 속에서 그를 만나 이번에는 내가 그를 죽음에서 삶으로 데리고 나오지 못한단 말인가! 오! 나는 그를 찾아내리라!' 정말 마리우스는 테나르디에를 찾아내기 위해서는 팔 하나를 잃어도 아깝지 않고, 그를 빈궁에서 끌어내기 위해서는 피를 다 흘려도 개의치 않았으리라. 테나르디에를 만나, 테나르디에에게 어떤 도움을 주고, '당신은 저를 모르시겠지만 저는 당신을 압니다! 제가 여기 있으니 뭐든지 분부하십시오!'라고 말하는 것, 이것이 마리우스의 가장 감미롭고 가장 찬란한 꿈이었다.

3. 성장한 마리우스

그때 마리우스는 스무 살이었다. 그가 할아버지와 헤어진 것은 삼 년 전이었다. 그들은 양쪽 모두 같은 관계에 있으면서 서로 접근하려고 해 보지도 않고 서로 다시 만나 보려고 힘쓰지도 않았다. 게다가 다시 만나 본들 무슨 소용이랴? 서로 충돌하기 위해? 어느 쪽이 다른 쪽을 이기겠는가? 마리우스는 청동 병이었지만, 질노르망 영감은 쇠 항아리였다.

여기서 말해 두거니와, 마리우스는 할아버지의 마음을 오해했다. 그는 질노르망 씨가 자기를 결코 사랑하지 않았다고, 그리고 욕지거리를 하고 호통을 치고 노발대발하고 지팡이

를 쳐드는 이 퉁명스럽고 엄격하고 유쾌한 노인은 기껏해야
희극의 제롱트 같은 그 경미하고도 엄격한 애정밖에 자기에
게 품고 있지 않다고 생각했다. 마리우스는 잘못 생각하고 있
었다. 세상에 자기 아이들을 사랑하지 않는 아버지들은 있지
만, 자기 손자를 매우 사랑하지 않는 할아버지는 전혀 없다.
앞서 말한 바와 같이, 요컨대 질노르망 씨는 마리우스를 열렬
히 사랑하고 있었다. 그는 자기 식으로 손으로 툭툭 치고 심
지어 뺨을 때리기까지 하면서 그를 열렬히 사랑했다. 이 아이
가 없어지자 그는 가슴속에 음울한 허탈감을 느꼈다. 그는 자
기에게 다시는 그 아이 얘기를 하지 말라고 일렀으나 그렇게
도 자기 말을 잘 들어준 것을 은근히 섭섭해했다. 초기에 그는
이 부오나파르테 당원이, 이 자코뱅 당원이, 이 테러리스트가,
이 학살 혁명아*가 돌아오기를 바랐다. 그러나 몇 주가 가고,
몇 달이 가고, 몇 해가 가도, 이 흡혈귀가 다시는 나타나지 않
아 질노르망 씨는 크게 절망했다. "그렇지만 난 그 녀석을 쫓
아내는 수밖에 달리 도리가 없었다." 하고 할아버지는 생각하
고, 이렇게 자문했다. "만약에 내가 또 그렇게 해야 한다면 내
가 또 그렇게 할까?" 그의 자존심은 당장에 "그렇다."고 대답
했으나, 말없이 끄덕거리는 그의 늙은 머리는 애달프게도 "아
니다."라고 대답했다. 그는 의기소침할 때가 있었다. 마리우
스가 그리웠다. 늙은이들은 햇빛처럼 애정이 필요하다. 그것

---

* 원어는 'Septembriseur'. 이 말은 1792년 9월 2~6일에 걸쳐 혁명 분자들이
파리 감옥에 수감 중인 왕당파를 학살한 사건(septembrisades)에 가담한 혁명
파를 가리킨다.

은 따스함이다. 그가 아무리 강한 성질이라 하더라도, 마리우스의 부재는 그의 마음속에서 뭔가를 변화시켰다. 세상에 무슨 일이 있더라도, 그는 이 '몹쓸 놈' 쪽으로 한 걸음도 나아가려 하지 않았을 것이나 그는 고민하고 있었다. 그는 결코 그의 소식을 묻지 않았으나 늘 그를 생각하고 있었다. 그는 마레에서 더욱더 은둔 생활을 하고 있었다. 그는 아직도 옛날처럼 쾌활하고 괄괄했으나, 그의 쾌활함은 마치 그것이 고통과 분노를 내포한 것처럼 경련적인 퉁명스러움이 있었고, 그의 괄괄함은 언제나 일종의 조용하고 음울한 의기소침으로 끝났다. 그는 이따금 이렇게 말했다. "오냐! 돌아오기만 해 봐라. 요놈, 따끔하게 따귀를 한 대 갈겨 줄 테다!"

이모로 말하자면, 그녀는 너무 적게 생각하는지라 많이 사랑할 수 없었다. 마리우스는 그녀에게는 더 이상 일종의 흐릿한 검은 그림자밖에 되지 않았다. 그리고 그녀는 마침내 십중팔구 그녀가 가지고 있었을 고양이나 앵무새보다 훨씬 덜 그에게 관심을 가졌다.

질노르망 영감의 은밀한 번민을 증가시킨 것은 그가 그 비밀을 고스란히 감추고 그것을 아무도 알아차리게 두지 않기 때문이다. 그의 비애는 제 연기를 태워 버리는 그 새로이 발명된 아궁이 같은 것이었다. 때로 참견하기 좋아하는 귀찮은 사람들이 그에게 마리우스의 이야기를 하며 그에게 묻는 일이 있었다. "손자 분은 뭘 하십니까?" 또는 "어떻게 되셨습니까?"라고. 이 부르주아 노인은 너무 슬플 적에는 한숨을 쉬면서, 또는 쾌활해 보이고 싶을 적에는 손가락으로 소맷부리를 툭툭 튕기면서 대답했다. "퐁메르시 남작께서는 어느 구석에서 시시한 변론을 하고 있답니다."

늙은이가 그리워하는 동안 마리우스는 기뻐했다. 마음씨착한 사람들에게서는 모두 그러하듯이, 불행은 그에게서 슬픔을 앗아가 없애 주었다. 그는 질노르망 씨를 온화로운 마음으로밖에 생각하지 않았으나, '아버지에게 모질게 굴었던' 사람에게서 더 이상 아무것도 받지 않겠다고 굳게 마음먹었다. 그것은 그의 처음의 분노가 이제 꽤 누그러졌음을 나타내는 것이었다. 뿐만 아니라 그는 고생한 것이, 그리고 아직도 고생하고 있는 것이 기뻤다. 그것은 아버지를 위해서였다. 그의 생활의 쓰라림은 그를 만족시키고 그를 즐겁게 했다. 그는 일종의 기쁜 마음으로 이렇게 생각했다. '이건 정말 하찮은 거야.' 이건 하나의 속죄다. 이런 게 없었더라면, 아버지에게, 그렇게 훌륭한 아버지에게 자기의 불효한 무관심의 벌을 후일 다르게 받았으리라. 아버지는 갖은 고초를 받았는데, 자기는 아무것도 받지 않았다는 건 옳지 않았으리라. 게다가 대령의 영웅적인 일생에 비하면 그의 노동과 궁핍은 무엇이었겠는가? 마지막으로 아버지에게 접근하고 아버지를 닮는 유일한 방법은, 아버지가 적에 맞서 용감했던 것처럼 자기도 적빈에 맞서 씩씩하다는 것이었다. 이것이야말로 아마 대령이 "내 아들이 이것을 받아 마땅하리라."라고 한 그 말로 말하고 싶었던 것이리라. 이 말은 마리우스가 노상 품고 다니던 것, 대령의 유서가 없어졌기 때문에 가슴 위는 아니지만 마음속에 품고 있었던 것이다.

게다가 할아버지가 그를 쫓아냈던 날 그는 아직 어린애에 불과했으나 지금은 성인이었다. 그는 그것을 느끼고 있었다. 강조하거니와, 빈궁은 그에게 유익했다. 젊었을 때의 가난은 잘만 되면, 모든 의지를 노력 쪽으로 돌려주고 모든 마음을 희망 쪽으로 돌려주는 그런 훌륭한 면을 가지고 있다. 가난은 즉시 물질 생활을 벌거벗겨 그것을 보기 흉하게 만든다. 그로 말미암아 이상적인 삶을 향한, 말로 형언할 수 없는 비약이 이루어진다. 돈 많은 젊은이는 오만 가지 화려하고 육체적인 오락들을 즐긴다. 경마, 사냥, 개들, 담배, 노름, 맛좋은 식사 등등. 영혼의 고결하고 우아한 면을 희생시켜서 하는 영혼의 야비한 면의 일들. 가난한 젊은이는 빵을 얻기 위해 고생한다. 그는 먹는다. 먹었을 때 그에게는 더 이상 명상밖에 없다. 그는 신이 주는 공짜 구경거리들을 보러 간다. 그는 하늘을, 공간을, 별들을, 꽃들을, 어린애들을 보고, 그 속에서 고통을 겪고 있는 인류를, 그 속에서 빛나고 있는 삼라만상을 본다. 그는 마냥 인류를 바라봄으로써 영혼을 보고, 마냥 삼라만상을 바라봄으로써 신을 본다. 그는 몽상에 잠기고, 자기가 위대함을 느낀다. 그는 또 몽상에 잠기고 자기가 다정다감함을 느낀다. 그는 고통받는 인간의 이기주의에서 깊이 생각하는 인간의 동정심으로 간다. 그의 마음속에서 찬탄할 만한 감정이 활짝 꽃핀다. 자신의 망각과 만인에 대한 연민의 정이. 대자연이 열린 영혼들에게 제공하고 부여하고 아낌없이 주되 닫힌 영혼들에게는 거절하는 그 무수한 즐거움들을 생각하면서, 예지의 백만장자인 그는 금전의 백만장자들을 한없이 가련하게 여기게 된다. 그의 정신 속에 온갖 광명이 비쳐 들어옴에 따라 그의 가슴속에서는 온갖 증오심이 사라져 간다. 그런데 그는 불행한가? 아니다. 젊은이의 빈궁은 결코 가엾거나 불쌍한 것이 아니다. 젊은 총각이면 누구라도, 그가 아무리 가난할지라도, 그의 건강, 힘, 활발한 걸음걸이, 반짝이는 눈, 뜨겁게 순환하는 피, 검은 머리, 싱싱한 뺨, 발그레한 입술, 하얀 이, 깨끗한 호흡으로써 항상 늙은 황제도 부럽게 할 것이다. 그리고 또 아침마다 그는 다시 생활비를 벌기 시작한다. 그의 손이 생활비를 버는 동안 그의 척추는 자존심을 벌고, 그의 두뇌는 사상을 번다. 일이 끝나면 그는 이루 말할 수 없는 황홀경으로, 명상으로, 환희로 되돌아온다. 그는 발이 불행 속에, 장애물들 속에, 포도 위에, 형극 속에, 때로는 진창 속에 있고, 머리는 광명 속에 있음을 본다. 그는 견실하고, 명랑하고, 온화하고, 평온하고, 조심성 있고, 진지하고, 사소한 것에 만족하고, 친절하며, 많은 부자들에게는 모자란 두 가지의 재산을, 즉 그를 자유롭게 해 주는 일과 그를 가치 있게 해 주는 사상을 그에게 준 신에게 감사한다.

마리우스 속에 일어났던 것은 그러했다. 한마디로 잘라 말하자면, 그는 명상 쪽으로 좀 너무 기울어졌다. 거의 확실하게 생활비를 벌 수 있게 된 날부터 그는 거기에 멈춰 서서, 가난한 것을 좋게 여기고, 사색을 하기 위해 일을 줄였다. 다시 말해서 그는 때때로 몽상가처럼 황홀과 내적 광휘의 무언의 쾌락에 빠져 들어 며칠이고 온종일 생각에 잠겨 날을 보냈다. 그는 그의 생활 문제를 이렇게 내놓았다. 즉 가능한 한 가장 많은 무형의 일을 하기 위해 가능한 한 가장 적은 유형의 일을 할 것. 바꾸어 말하자면, 몇 시간을 현실 생활에 바치고 나머지는 무한 속에 던질 것. 그는 아무것도 모자라는 것이 없다고 생각하고 있었으므로, 그렇게 이해한 명상은 결국 게으름의 한 형태가 된다는 것을 깨닫지 않았고, 자기가 초기 생활의 궁핍을 극복한 데 만족했다는 것을, 그리고 자기가 너무 일찍 쉰다는 것을 깨닫지 않고 있었다.

이런 정력적이고 관대한 성질에서는, 그것은 과도적 상태일 수밖에 없었고, 운명의 불가피한 어려움에 처음으로 부딪힐 때 마리우스가 잠을 깨리라는 것은 분명했다.

그동안, 그는 변호사였지만, 그리고 질노르망 영감이야 어떻게 생각하든지 간에, 그는 변호하지 않았고 시시한 변론마저도 하지 않았다. 명상은 그를 구두 변론에 등을 돌리게 했다. 소송대리인들 집에 드나들고, 재판소들을 쫓아다니고, 사건들을 찾아다니는 건 따분한 일이다. 왜 그런 걸 한단 말인가? 그는 생계 수단을 바꿀 아무런 이유도 없었다. 그 어수룩한 출판사 일은 마침내 그에게는 확실한 일거리가, 그다지 힘들지 않는 일거리가 되었는데, 아까 설명했듯이, 그는 그것으로 족했다.

그가 일하던 출판업자 중 한 사람인 마지멜 씨는 그를 고용하여 훌륭한 숙소와 정규적인 일, 연봉 1500프랑을 제공하겠다고 제의했다. 훌륭한 숙소! 1500프랑! 틀림없겠지. 하지만 자유를 포기한다는 것! 임금 노동자가 된다는 것! 일종의 문사가 된다는 것! 마리우스의 생각으로는, 수락함으로써 그의 지위는 더 좋아지는 동시에 더 나빠지고, 그는 안락을 얻고 위엄을 잃을 것이었다. 그것은 완전하고 아름다운 불행이 추악하고 가소로운 부자유로 바뀌는 것이었다. 소경이 애꾸눈이 되는 것 같은 것. 그는 거절했다.

마리우스는 고독하게 살았다. 모든 것의 국외(局外)에 있고 싶은 그의 취향 때문이었지만, 또한 너무도 겁이 났기 때문에, 앙졸라가 주재하는 그룹에도 딱 부러지게 들어가지 않았다. 그들은 여전히 사이좋게 지냈고, 필요한 경우에는 가능한 모든 방법을 다해 서로 도울 준비가 되어 있었으나, 그 이상은 아무것도 없었다. 마리우스에게는 두 친구가 있었다. 하나는 청년 쿠르페락이고, 또 하나는 노인 마뵈프 씨였다. 그중에서도 그는 노인 쪽으로 기울어져 있었다. 처음에 그는 그의 덕택으로 마음속에서 혁명이 일어났고, 그의 덕택으로 아버지를 알고 사랑하게 됐다. "그는 내 백내장을 수술해 주었다."고 그는 말했다.

확실히 이 교회 집사는 결정적이었다.

마뵈프 씨는 하늘의 뜻을 대신하여 조용하고 태연하게 일을 수행한 것에 지나지 않았다. 그는 우연히 그런 줄도 모르고 마리우스를 비추었다. 마치 누군가가 가져다주는 촛불이 그렇게 하듯이. 그는 그 촛불이었지 그 누군가가 아니었다.

마리우스의 마음속에 일어난 정치적 혁명으로 말하자면, 마뵈프 씨는 전혀 그것을 이해하지도, 그것을 바라지도, 그것을 지도하지도 못했다.

마뵈프 씨는 나중에 다시 보게 될 테니까 여기에 몇 마디 해 두는 것도 헛일은 아닐 것이다.

4. 마뵈프 씨

마뵈프 씨가 마리우스에게 "확실히 정치적 의견도 좋겠지만,"이라고 말하던 날, 그는 그의 진정한 정신 상태를 나타내고 있었다. 모든 정치적 의견들은 그에게는 아무래도 좋았으며, 그를 조용히 있게 해 주는 의견들이라면 그는 무엇이고 가리지 않고 좋다고 생각했다. 마치 그리스 사람들이 복수의 세 여신을 "미의 여신, 선의 여신, 매혹의 여신*"이라고, '에우메니데스**'라고 부르던 것처럼. 마뵈프 씨의 정치적 의견이라고 하면 식물을, 그리고 특히 책을 열렬히 좋아하는 것이었다. 그 당시 사람들은 누구나 '주의자'라는 끝말이 붙지 않고는 살 수 없었으므로, 그도 역시 모든 사람들처럼 '주의자'라는 끝말을 가지고 있었지만, 그는 왕정주의자도, 보나파르트주의자도, 헌장주의자도, 오를레앙주의자도, 무정부주의자도 아니고, 그는 고서주의자(古書主義者)였다.

이 세상에는 사람들이 볼 수 있는 온갖 이끼와 풀, 관목 들이 있고, 대충 훑어볼 수 있는 이절판(二折判)과 삼십이절판 책이 수두룩하게 있는데, 헌장이다, 민주주의다, 정통 왕위 계승권이다, 군주제다, 공화제다 하는 객스러운 일들에 관해서 사람들이 서로 미워하기를 일삼는 것을 그는 이해할 수 없었다. 그는 무용지물이 되지 않도록 몹시 조심했고, 책들을 가지

---

* 반어법으로.
** Euménides, 그리스어로서 '친절한 여신들'이라는 뜻인데 복수의 세 여신을 반어법으로 그렇게 부른 것.

고 있다고 해서 그가 독서하는 것을 막지 않았고, 식물학자라고 해서 그가 정원사 노릇을 하는 것을 막지 않았다. 그가 퐁메르시 대령을 알았을 때, 대령이 꽃들을 위해 하는 것을 그는 과실들을 위해 하고 있다는 그런 공감이 대령과 그 사이에 있었다. 마뵈프 씨는 생 제르맹의 배들만큼 맛좋은 묘목의 배들을 생산할 수 있었는데, 오늘날 유명한, 여름의 자두 못지않게 향기로운 10월의 자두가 태어난 것도 그의 여러 가지 배합 중 하나에서였다. 그가 미사에 나간 것은 신앙심에서보다는 오히려 온화로움에서였고, 게다가 그는 사람들의 얼굴을 좋아했으나 그들의 소란은 싫어했는지라, 사람들이 모여 있어도 조용한 곳은 교회밖에 없었기 때문이다. 직업에서 상당한 인물이돼야겠다고 느끼고 그는 교회 집사라는 직업을 선택했다. 그런데 그는 어떤 여자를 튤립 뿌리만큼이라도 사랑하거나 또는어떤 남자를 엘제비르*판(版)의 책만큼도 사랑하는 데 한 번도 성공하지 못했다. 그는 오래전에 예순을 넘겼는데 그때 어느 날 누가 그에게 "한 번도 결혼한 적 없습니까?" 하고 묻자그는 "잊었습니다." 하고 말했다. 이런 일은 누구에게나 있는일이 아니겠느냐만은, 때때로 그는 "오! 만약에 내가 부자라면!" 하고 말하는 일이 있었는데, 그럴 때 그는 질노르망 영감처럼 어여쁜 처녀에게 곁눈질하면서 그러는 게 아니라, 한 권의 헌책을 들여다보면서 그렇게 했다. 그는 늙은 가정부 하나와 함께 홀로 살고 있었다. 그는 손에 통풍이 좀 걸려서 잘 때

---

* 네덜란드의 인쇄업자.

면, 류머티즘으로 관절불수가 된 그의 늙은 손가락들이 침대보의 주름 속에서 벌버듬했다. 그는 『코트레 근방의 특산 식물지(誌)』라는 채색판이 든 책을 만들어 출판했는데, 이 저서는 꽤 평이 좋았으며, 그가 그 동판을 소유하고 그 책도 그 자신이 팔았다. 그 때문에 메지에르 거리의 그의 집에 와서 초인종을 울리는 사람이 하루에 두세 명은 있었다. 그는 거기서 일 년에 2000프랑 남짓한 수입을 얻었는데, 그것이 거의 그의 총재산이었다. 그는 가난했으나, 많은 인내와 절약, 오랜 세월의 덕택으로 모든 종류의 귀중한 진서(珍書)들을 수집해 놓은 재간이 있었다. 그는 외출할 적에는 꼭 책 한 권을 겨드랑이에 끼고 나갔는데 돌아올 적에는 흔히 두 권이 돼 있었다. 그의 주택은 1층의 방 넷과 작은 정원 하나로 이루어져 있었는데, 방 안의 유일한 장식은 틀에 넣은 식물 표본과 옛 거장들의 판화였다. 군도나 총 한자루만 보아도 그는 몸이 오싹해졌다. 평생 동안 그는 대포 가까이에, 심지어 앵발리드 가까이에도 가본 적이 없었다. 그의 위장은 꽤 튼튼하고, 사제인 형이 한 분 있고, 머리는 호호백발이고, 입속에도 마음속에도 이가 없고, 온몸을 떨고, 피카르디 사투리에, 어린애 같은 웃음을 웃고, 걸핏하면 무서워하고, 늙은 양 같은 얼굴을 하고 있었다. 게다가 루아욜이라는 포르트 생 자크의 늙은 책점 주인밖에 살아 있는 사람들 중에 다른 친구나 다른 교제는 조금도 없었다. 그는 쪽을 프랑스에 순화(馴化)시키는 것이 꿈이었다.

그의 하녀 역시 순박한 여자였다. 이 가련한 착한 노파는 평생을 처녀로 지냈다. 식스틴 예배당에서 알레그리의 성가(聖

歌)라도 야옹하고 부를 수 있었음 직한 쉴탕이라는 그녀의 수고양이가 그녀의 가슴을 가득 채우고 있어서 그녀 속에 있는 정열을 만족시켜 주고 있었다. 그녀의 어떤 꿈도 인간에게까지 가지 않았다. 그녀는 결코 그녀의 고양이를 넘어설 수 없었다. 그녀도 고양이처럼 수염이 나 있었다. 그녀의 영광은 언제나 하얀 그녀의 모자들에 있었다. 그녀는 주일에 미사에서 돌아오면 고리짝 속의 내의를 세어 보고, 사다 놓고 짓지 않은 옷감을 침대 위에 늘어 놓는 데 시간을 보냈다. 그녀는 읽을 줄 알았다. 마뵈프 씨는 그녀에게 '플뤼타크 할멈'이라는 별명을 붙여 놓았었다.

마뵈프 씨는 마리우스에게 호감을 갖고 있었다. 왜냐하면 마리우스는 젊고 온화해서 촐싹거림 없이 그의 수줍음과 늙음을 포근하게 해 주었기 때문이다. 온화한 젊음은 노인들에게 바람 없는 태양 같은 인상을 준다. 마리우스는 무공과 대포 화약, 진격과 퇴각, 그리고 그의 아버지가 그렇게도 큰 군도의 타격들을 주고받고 한 그 모든 굉장한 전투들에 신물이 나 있을 때면 마뵈프 씨를 찾아가곤 했는데, 그러면 마뵈프 씨는 그에게 꽃들의 견지에서 그 영웅 이야기를 해 주었다.

1830년경에 사제인 그의 형이 죽었다. 즉시 밤이 오는 것처럼, 마뵈프 씨에게는 온 시계가 캄캄해졌다. 공증인의 파산이 그의 형과 그가 공동 명의로 소유하고 있던 전 재산인 1만 프랑이라는 금액을 그에게서 앗아 갔다. 7월 혁명은 서적 판매업의 위기를 초래했다. 어려운 때 팔리지 않는 첫 번째 것, 그것은 '식물지'였다.『코트레 근방의 특산 식물지』는 판매가 뚝 그쳐 버렸다. 몇 주일이 흘러도 사 가는 사람이 하나도 없었다. 이따금 초인종 소리가 날 때면 마뵈프 씨는 기쁨으로 마음이 설렜다. 그러면 플뤼타크 할멈이, "선생님, 물장수예요." 하고 서글프게 말하는 것이었다. 결국 마뵈프 씨는 어느 날 메지에르 거리에서 떠나고, 집사직을 내놓고, 생 쉴피스를 버리고, 그의 책들은 그대로 두었으나 그의 판화들의 일부를 팔고(이것은 그가 가장 덜 아끼던 것들이었다.), 몽파르나스 가로수 길의 작은 집 한 채에 가서 머물렀지만, 그는 거기서 석 달밖에 살지 않았는데, 두 가지 이유에서였다. 첫째로, 아래층과 정원에 300프랑의 돈이 들었는데, 그는 집세로 200프랑 이상은 감히 쓸 수 없었고, 둘째로, 파투 사격장 옆이어서 온종일 피스톨 쏘는 소리가 들렸는데, 그는 그것을 참아 낼 수가 없었기 때문이다.

그는 그의 식물지와 동판, 식물 표본, 종이 끼우개, 책 들을 가지고 가서, 살페트리에르 양로원 근처에 있는, 아우스터리츠 마을의 초가집에 거처를 정했는데, 거기서 그는 1년에 50에퀴*로 방 셋과 울타리를 둘러친 우물 딸린 정원 하나를 가질 수 있었다. 그는 이 이사를 계기로 거의 모든 가구들을 팔아 버렸다. 이 새 숙소에 들어온 날, 그는 매우 즐거워했고, 판화와 식물 표본을 걸기 위해 손수 못을 박았으며, 나머지 시간에는 그의 정원을 곡괭이로 파고, 저녁에 플뤼타크 할멈이 시름 없이 생각에 잠겨 있는 것을 보고, 그녀의 어깨를 툭툭 치고 방그레

___

* 150프랑.

웃으며 말했다. "이봐! 이젠 쪽을 가꾸게 됐어!"

오직 두 방문객, 포르트 생 자크의 서적상과 마리우스만이 이 아우스터리츠의 초가집에서 그를 만나 보도록 허용되었는데, 한마디로 잘라 말하자면, 아우스터리츠라는 이 요란한 이름은 그에게는 꽤 불쾌했다.

그런데 아까도 지적했듯이, 하나의 지혜에, 또는 하나의 강한 정열에, 또는 이것은 흔히 있는 일이거니와, 동시에 그 두 가지에 골똘한 지식인들은 세상사를 매우 느리게밖에 받아들이지 않는다. 그들 자신의 운명이 그들에게서 멀리 떨어져 있다. 그러한 집중들에서 수동성(受動性)이 생기는데, 만약에 이 수동성이 이론적으로 설명된다면, 그것은 철학을 닮을 것이다. 사람들은 쇠퇴하고, 추락하고, 흘러가고, 무너지기까지 하는데, 그들은 그것을 별로 알아차리지 못한다. 이런 것은 마침내 언제나 거기서 깨어나게 되는데, 그것은 사실이지만, 뒤늦게야 그렇게 된다. 그러는 동안 사람들은 우리들의 행복과 불행 사이에서 벌어지는 노름에서 국외자인 것 같다. 사람들은 노름판의 내깃돈인데 그들은 승부를 무관심하게 바라다본다.

이렇게 마뵈프 씨는 자기 주위에서 짙어져 가는 그 어두움 너머로 그의 모든 희망이 하나씩 스러져 가고 있는데도, 좀 어린애처럼, 그러나 매우 심하게, 태연스럽게 있었다. 그의 정신적 습관들은 시계추의 왕복 운동을 보였다. 일단 하나의 환상으로 태엽이 감기면, 그 왕복 운동은 매우 오랫동안, 심지어 그 환상이 사라졌을 때조차도 갔다. 시계는 열쇠를 잃어버리는 바로 그 순간에 뚝 멈춰 서지 않는다.

마뵈프 씨는 순진한 즐거움들을 가지고 있었다. 그 즐거움들은 값싼 것이고 뜻밖의 것이었는데, 사소한 우연에서도 그는 그것들을 얻었다. 어느 날 플뤼타크 할멈이 방 한쪽 구석에서 소설을 읽고 있었다. 그녀는 큰 소리로 읽고 있었는데, 그렇게 하면 더 잘 이해된다고 생각했다. 큰 소리를 내 읽는 것, 그것은 자기 자신에게 자기가 읽고 있다는 것을 확인해 주는 것이다. 매우 큰 소리로 읽으면서 자기들이 읽는 것을 자신에게 약속이라도 하는 것 같은 그런 사람들이 있다.

플뤼타크 할멈은 손에 쥐고 있는 소설을 그렇게 정력적으로 읽고 있었다. 마뵈프 씨는 들으려는 생각도 없이 듣고 있었다.

읽어 가다가, 플뤼타크 할멈은 다음과 같은 구절에 이르렀다. 그것은 한 용기병(龍騎兵)과 미녀의 이야기였다.

"……아름다운 부다와 드라공……."

여기서 그녀는 안경을 닦기 위해 중단했다.

"부다(부처)와 드라공(용)……." 하고 마뵈프 씨는 입속말로 뇌었다. "그래, 사실이야. 용 한 마리가 있었는데, 제 동굴 깊숙한 곳에서 아가리로 불꽃을 던져 하늘을 태우고 있었겠다. 여러 별들이 이미 이 괴물에 의해 불타 버렸는데, 괴물은 더구나 호랑이의 발톱들을 가지고 있었지. 부다는 그의 굴 속으로 들어가 용을 개심시키는 데 성공했어. 당신이 지금 읽고 있는 건 좋은 책이야, 플뤼타크 할멈. 이보다도 더 아름다운 전설은 없어."

그러고 마뵈프 씨는 달콤한 몽상에 빠졌다.

5. 가난, 곤궁의 착한 이웃

마리우스는 이 순진무구한 노인을 좋아했는데, 노인은 자기가 시나브로 궁핍해지는 것을 보고 조금씩 놀라게 됐으나 아직 슬퍼하지는 않았다. 마리우스는 쿠르페락도 만나고 마뵈프 씨도 찾아보았다. 그렇지만 썩 드문드문, 한 달에 한두 번이 고작이었다.

마리우스의 즐거움은 교외의 가로수 길이나 연병장, 또는 뤽상부르 공원의 사람이 가장 덜 다니는 통로들을 혼자서 오래오래 산책하는 일이었다. 그는 이따금 채소 재배자의 정원이며 네모진 샐러드용 채소밭, 두엄자리의 닭들, 무자위 바퀴를 돌리는 말을 바라보며 한나절을 보냈다. 통행인들은 그를 놀란 눈으로 주시하고, 어떤 이들은 그의 옷차림이 수상하고 그의 얼굴이 침울하다고 생각했다. 그것은 목적 없이 몽상에 잠긴 한 가난한 젊은이에 지나지 않았다.

그가 고르보의 누옥을 찾아낸 것은 그러한 산책을 하다가였는데, 외딴 집인 데다가 염가인 데 마음이 끌려 그는 거기에 거처를 정했다. 사람들은 거기서 그를 마리우스 씨라는 이름으로만 알고 있었다.

옛 장군들이나 아버지의 옛 친구들 중에는, 그를 알아보았을 때, 그에게 자기들을 보러 오라고 권하는 이들도 있었다. 마리우스는 조금도 사양하지 않았다. 그것은 아버지의 얘기를 하는 기회였다. 그는 그렇게 때때로 파졸 백작 댁에, 벨라벤 장군 댁에, 프리리옹 장군 댁에, 앵발리드에 갔다. 사람들은 거기서 음악도 하고 춤도 추었다. 그런 날 저녁에 마리우스는 그의 새 예복을 입었다. 그러나 그는 땅이 꽁꽁 얼어붙은 날이 아니면 그러한 야회나 무도회에 결코 나가지 않았다. 왜냐하면 그는 마차 삯을 치를 수 없었고 거울 같은 장화를 신고 거기에 가고 싶진 않았기 때문이다.

그는 가끔 이런 말을 했으나 가시 돋친 말은 아니었다. "사람들은 이렇게 돼 있다. 즉 객실에서 당신은 신발을 제외하고는 온통 진흙 투성이라도 괜찮다. 사람들은 거기서 당신을 잘 접대하기 위해서 당신에게 흠잡을 수 없는 것 한 가지밖에 요구하지 않는다. 양심인가? 아니야, 장화다."

모든 정열은, 가슴의 정열을 제외하고는, 몽상 속에 사그라진다. 마리우스의 정치 열도 몽상 속에 사라져 버렸다. 1830년의 혁명은 그를 만족시키고 그를 진정시킴으로써 몽상을 도왔다. 그는 분노를 제외하고는 한결같았다. 그의 의견은 다만 완화되었을 뿐이지 여전히 하나도 변함이 없었다. 적절하게 말하자면, 그는 의견이 없었고, 그는 공감을 갖고 있었다. 그는 무슨 당파에 속했던가? 인류의 당에. 인류 중에서 그는 프랑스를 택하고, 국민 중에서 민중을 택하고, 민중 중에서 여성을 택했다. 그의 연민의 정이 가는 것은 특히 거기였다. 이제 그는 하나의 사실보다는 하나의 관념을 좋아했고, 한 사람의 영웅보다는 한 사람의 시인을 좋아했으며, 마렝고 같은 하나의 사건보다는 「욥기」 같은 한 권의 책을 한결 더 찬미했다. 게다가 또 하루의 명상이 끝난 뒤, 저녁에 가로수 길을 통해 돌아올 때, 그리고 나뭇가지들 사이로 가없는 공간을, 말할 수 없는 빛들을, 심연을, 어둠을, 신비를 볼 때, 인간적이기만 한 것은 모두 그에게 아주 대수롭지 않은 것 같았다.

그는 자기가 인생의 진리와 인간 철학의 진리에 도달했다고 생각했는데 어쩌면 정말 도달했는지도 모른다. 그리고 마침내 그는 하늘밖에 더 이상 거의 아무것도 보지 않았는데, 하늘만이 진리가 그의 우물 밑바닥에서 볼 수 있는 유일한 것이었다.*

그렇다고 해서 그가 장래의 구상과 고안, 조직, 계획 들을 늘려 가지 않은 것은 아니다. 그러한 몽상 상태에서, 하나의 눈이 마리우스의 내부에 세심한 주의를 했다면, 그 눈은 그 영혼의 순수함에 눈이 부셨으리라. 사실, 만약에 우리들의 육안이 남의 심중을 들여다보는 것이 가능하다면, 사람들은 한 인간을 그가 사색하는 것에 의해서보다도 그가 몽상하는 것에 의해서 훨씬 더 확실하게 판단할 것이다. 사상에는 의지가 있지만, 몽상에는 그것이 없다. 몽상은 아주 자발적인 것으로, 거대한 것과 이상적인 것에서조차도 우리들의 정신의 모습을 취하고 간직한다. 찬란한 운명을 향한 우리들의 무분별하고 무제한적인 동경보다도 더 직접적이고 더 솔직하게 우리 영혼의 밑바닥 자체에서 나오는 것은 아무것도 없다. 그러한 동경에서 사람들은, 꾸며지고 이론적이고 정리된 사상들에서보다도 훨씬 더 각자의 참다운 성격을 찾아낼 수 있다. 우리들의

---

* 프랑스어에 이런 속담이 있다. '진리는 우물 밑바닥에 있다.(La vérité est au fond d'un puits)' 진리는 깊이 숨겨져 있다는 뜻.

공상은 우리들을 가장 잘 닮는다. 사람은 저마다 제 성격에 따라 미지의 것과 불가능한 것을 꿈꾼다.

이 1831년의 중간 무렵에, 마리우스의 시중을 두는 노파가 그에게 그녀의 이웃에 사는 종드레트라는 불쌍한 세대가 바야흐로 쫓겨날 지경에 있다는 이야기를 해 주었다. 거의 날마다 하루 종일 바깥에서 지내는 마리우스는 이웃 사람들이 있다는 것도 잘 모르고 있었다.

"왜 쫓겨나는 겁니까?" 하고 그는 말했다.

"방세를 안 치렀기 때문이죠. 이 기분이나 밀렸어요."

"얼만데요?"

"20프랑이에요." 하고 노파는 말했다. 마리우스는 30프랑을 서랍 속에 저축하고 있었다.

"옛소." 하고 그는 노파에게 말했다. "25프랑이오. 그 불쌍한 사람들을 위해 지불하고 그들에게 5프랑을 주시오. 내가 준다는 말은 마시오."

6. 후계자

테오뒬 중위가 소속돼 있는 연대가 우연히 파리에 와서 주둔하게 되었다. 이것은 질노르망 고모에게 두 번째 생각의 계기가 되었다. 그녀는 먼젓번에는 테오뒬을 시켜 마리우스를 감시하게 하려고 생각했는데, 이제 테오뒬에게 마리우스의 뒤를 잇게 할 음모를 꾸몄다.

요행히, 어찌 됐든, 그리고 만약 할아버지가 집 안에 젊은이의 얼굴 하나를 필요로 한다면, 그 서광은 때로는 폐인들에게 따사로운 것이니, 또 하나의 마리우스를 찾아오는 것은 적절한 일이었다. "좋아." 하고 그녀는 생각했다. "이건 내가 책에서 보는 것 같은 단순한 오식이야. 마리우스를 테오뒬이라고 읽으면 돼."

종손은 손자와 거의 다를 게 없다. 변호사가 없으므로 창기병을 취하는 것이다.

어느 날 아침 질노르망 씨가 《코티디엔》지인지 뭔지를 읽고 있는데, 딸이 들어오더니, 더없이 정다운 목소리로 그에게 말했다. 왜냐하면 자기의 귀염둥이에 관한 일이었으니까!

"아버지, 오전에 테오뒬이 인사드리러 올 거예요."

"그게 누구야, 테오뒬이?"

"아버지 종손이에요."

"아 그래!" 하고 할아버지는 말했다.

그러고는 다시 신문을 읽기 시작하고, 테오뒬이니 뭐니 하는 그 종손은 더 이상 생각하지 않았으며, 무얼 읽을 때면 거의 언제나 그러하듯이, 그는 이내 흥분하기 시작했다. 그가 쥐고 있는 '신문지'는 물론 왕당파의 것인데, 당시의 파리에서 날마다 일어나고 있던 작은 사건 하나가 다음 날 일어난다는 것을 신랄한 논조로 보도하고 있었다. 법률 학교와 의학교 학생들이 정오에 팡테옹 광장에서 집합할 예정이었다. 토의하기 위하여. 그것은 당시의 문제 중 하나, 즉 국민군의 포병에 관한 것으로, 루브르 궁 안뜰에 집결해 놓은 대포들에 관해서

육군 대신과 '시민군' 사이의 알력에 관한 것이었다. 학생들은 그 점에 관해 '토의할' 예정이었다. 이것만으로도 질노르망 씨의 가슴을 부풀어 오르게 하기에 족했다.

그는 마리우스를 생각했다. 학생인 마리우스도 십중팔구 다른 학생들처럼 '정오에 토의하기 위하여 팡테옹 광장에' 가리라.

그가 이러한 가슴 아픈 생각에 잠겨 있을 때, 테오뒬 중위가 평복을 하고, 평복을 입은 건 약삭빠른 일이었는데, 질노르망 양에게 조심스럽게 인도되어 들어왔다. 창기병은 이렇게 추론했다. "이 완고한 영감이 설마 전 재산을 종신 연금에 깡그리 넣어 버리진 않았겠지. 국물만 있다면 때때로 평복을 입는 것도 좋은 일이야." 질노르망 양은 큰 목소리로 아버지에게 말했다.

"종손 테오뒬이에요."

그러고 나직한 목소리로 중위에게 말했다.

"무엇이고 다 옳다고 해라."

그러고는 물러갔다.

중위는 이렇게 존경할 만한 만남들에는 별로 익숙하지 않아서 좀 주저주저하면서, "할아버지, 안녕하세요."라고 어물어물 말하고, 보통 사람의 인사로 마무리한 본의 아닌 기계적인 군대식 경례로 구성된 절충식 인사를 했다.

"오! 너냐, 잘 왔다. 앉아라." 하고 종조부는 말했다.

그렇게 말하고는 창기병을 완전히 잊었다.

테오뒬은 앉았고, 질노르망 씨는 일어났다.

질노르망 씨는 두 손을 호주머니에 넣고 방 안을 이리저리 거닐기 시작하고, 양쪽 안 호주머니에 있는 두 개의 회중시계를 떨리는 늙은 손가락으로 만지작거리며 큰 소리로 말했다.

"요 코흘리개 새끼들이! 팡테옹 광장에서 집합한다! 기가 차서! 어제까지도 젖을 빨던 것들이! 코를 누르면 젖이 나올 것들이! 그런 주제에 내일 정오 토의를 한다고! 대관절 어떻게 돼 가는 거야? 어떻게 돼 가는 거야? 파멸로 가는 건 뻔해. 혁명 공화당 놈들이 우리들을 이끌고 간 것도 거기야! 시민 포병이라! 시민 포병에 관해서 토의를 한다고! 국민군의 대포 소리에 관해서 옥외에 나가서 지껄인다고! 그런데 어떤 놈들이 거기에 나온다는 거야? 자코뱅주의(과격 민주주의)가 어디로 끌고 가는지 좀 봐라. 나는 뭐든지 원하는 대로, 백만금이라도 내기에 걸겠지만, 이런 데 나올 놈은 전과자와 석방된 죄수 들뿐이야. 공화당원과 복역수 들은 썩 잘 어울리거든. 카르노가, '나보고 어떡하라는 거야, 배반자야?' 하고 말한즉, 푸셰*는, '네멋대로 하렴, 바보야!' 하고 대답했다. 이게 공화당 놈들이 하는 짓이야."

"옳은 말씀입니다." 하고 테오뒬은 말했다.

질노르망 씨는 고개를 좀 돌려 테오뒬을 보더니 다시 계속했다.

"요 몹쓸 놈이 카르보나리 당원이 되는 악랄한 짓을 하다니! 너는 왜 내 집을 나간 거야? 공화당원이 되려고. 이것 봐

---

* 백일 정치 후 나폴레옹을 배반하고 왕정복고에 협력했다.

라! 첫째 국민은 공화제 같은 건 바라지 않아. 그런 건 바라지 않아. 국민은 양식이 있어. 항상 왕들이 있었고 앞으로도 항상 있으리라는 걸 잘 알고 있어. 국민은 결국 국민에 불과하다는 걸 국민은 잘 알고 있어. 국민은 너의 그 공화제 같은 건 비웃고 있어. 알겠느냐? 이 천치야! 그런 변덕은 참 끔찍스럽다! 《뒤센》*에 반하고, 단두대에 추파를 던지고, 1793년의 발코니 아래서 연가를 부르고, 기타를 뜯고, 그런 모든 젊은이들에게는 침을 뱉어 줄 만하다. 그만큼 그 녀석들은 바보다! 그놈들은 모두 그 지경이야, 한 놈도 예외 없이. 거리에 흐르는 공기만 마셔도 미쳐 버리기에 충분해. 19세기는 독(毒)이야. 어떤 장난꾸러기라도 염생이 수염이 나기 시작하면, 제가 정말 뭐라도 된 듯이 늙은 부모를 버려 버리거든. 그게 공화당원이고, 그게 낭만주의자라는 거야. 대체 낭만주의자라는 게 뭐야? 그게 뭔지 제발 내게 말 좀 해 주었으면 좋겠다! 부릴 수 있는 광기란 광기는 다 부리고 있어. 일 년 전에 「에르나니」가 있었겠다.** 이 「에르나니」란 게 뭔지 좀 묻고 싶다. 프랑스어로 씌어지지조차 않은 대구(對句)들, 혐오스러운 것들! 게다가 또 루브르 궁 안뜰에 대포들이 있고. 이 시대의 불한당들이란 이렇단 말이야."

"지당하신 말씀이에요, 할아버지." 하고 테오될은 말했다.

---

* 'le pére Duchêne'. 프랑스대혁명 때, 그리고 그 이후에도 격렬하고 노골적인 수많은 정치 팸플릿 및 신문의 제목으로 사용되었다.
** 빅토르 위고의 희곡, 1830년에 처음 상연되어 낭만주의자와 고전주의자 사이에 큰 싸움이 벌어졌다.

질노르망 씨는 말을 이었다.

"박물관 안뜰에 대포들이 있다니! 뭐하러? 대포야, 그대는 뭘 바라느냐? 그래 벨베데르의 아폴로에게 산탄을 퍼붓겠다는 거냐? 탄약통들이 메디치 가의 비너스하고 무슨 할 일이 있다는 거야? 오! 현재의 이 젊은이들은 모두 건달이야! 그들의 뱅자맹 콩스탕은 얼마나 시시한 사람인가! 그리고 악당이 아닌 자들은 백치들이야! 그들은 추악하기 위해서 할 수 있는 것은 무슨 짓이고 다 하고, 복장이 단정하지 않고, 여자들에겐 쩔쩔매고, 여자들 곁에서는 구걸하는 꼴을 하여 식모들의 웃음거리를 산다. 정녕코 이 불쌍한 녀석들은 사랑도 부끄러워하는 것 같다. 놈들은 보기 흉한 데다가 설상가상으로 멍텅구리야. 놈들은 치에르슬랭과 포티예의 재담들을 되풀이하고, 자루 같은 저고리에 마부 같은 조끼, 투박한 베 셔츠, 투박한 나사 바지, 투박한 가죽 장화를 착용하고, 말소리는 깃털 같다. 그들의 알아들을 수 없는 말은 그들의 헌신 구두창 가는 데나 쓰면 좋을 거야. 그런데 이 모든 어리석은 조무래기들은 정치적 의견을 가지고 있어. 정치적 의견을 갖는 걸 엄중히 금지해야 돼. 그들은 제도들을 만들어 내고, 사회를 개조하고, 군주제를 전복하고, 모든 법률들을 땅바닥에 내던지고, 고미다락 방을 지하실 자리에 갖다 놓고 내 문지기를 임금 자리에 갖다 놓고, 유럽을 완전히 뒤엎고, 세계를 고쳐 세우고, 수레에 다시 올라타는 세탁부들의 다리를 엉큼하게 바라보는 걸 다행으로 여긴다! 아! 마리우스! 아! 거지 같으니! 광장에 가서 고래고래 소리를 지른다. 의논한다. 토론한다. 조치를 취한다! 그들은 그것을 조치라고 부른다, 원 같잖게! 혼란도 작아져서 좀생이가 된다. 나는 혼돈을 보았는데, 이제 진창을 본다. 학생들이 국민군에 관해서 토의한다, 그런 건 오지브와와 카도다슈의 토인들한테도 있지 않을 것이다! 배드민턴의 깃털 공 같은 걸 대가리에 쓰고, 앞발에 작대기를 들고 완전히 발가벗고 다니는 미개인들도 저 바칼로레아 합격자들보다는 덜 야만적이다! 한 푼어치도 못 되는 풋내기들! 그런 것들이 아는 제하고 위세를 부리는 쏠이라니, 원! 고것들이 그래, 토의를 하고 궤변을 논한다! 이건 말세야! 이건 확실히 이 불쌍한 지구의 끝장이야. 마지막 딸꾹질이 필요했는데, 프랑스가 지금 그걸 하고 있는 판이야. 토의를 해라, 내 건달들아! 이런 일들은 녀석들이 오데옹의 회랑 아래에 가서 신문을 읽는 한 일어날 거야. 그들은 한 푼을 쓰고, 그들의 양식(良識)을, 지성을, 애정을, 영혼을, 정신을 얻는 거야. 사람들은 거기서 나와서는 제 가정에서 도망쳐 버려. 모든 신문들이 유해물이야. 모두가, 《백기》마저도! 마르탱빌이란 기자는 자코뱅 당원이었거든. 아! 정의로운 하늘이여! 너는 네 할아비를 절망시킨 걸 자랑할 수 있겠구나, 너는!"

"분명합니다." 하고 테오뒬은 말했다.

그러고 질노르망 씨가 숨을 돌리고 있는 틈을 타 창기병은 위엄 있게 덧붙였다.

"《세계 신보》이외의 신문과 『군사 연감』이외의 책은 있어서는 안 됩니다."

질노르망 씨는 계속했다.

"이건 그들의 시에예스* 같은 거야! 끝내 상원 의원이 되는 시역자(弑逆者)! 왜냐하면 그들은 언제나 마침내 그렇게 되니까. 그들은 백작님이라고 불리게 되기 위해 서로 동지라고 너나들이로 말하면서 상대방의 얼굴에 칼자국을 낸다. 팔뚝처럼 통통한 백작님, 9월**의 학살자들! 철학자 시에예스! 다행히도 난 그 모든 철학자들의 철학을 티볼리의 광대 구경거리만큼도 알아주지 않았다! 어느 날 나는 상원 의원들이 꿀벌 무늬의 자줏빛 비로드 망토를 걸치고 앙리 4세식의 모자를 쓰고 말라케 강둑을 지나가는 걸 보았는데, 참 꼴불견이었다. 영락없이 호랑이 왕을 모시고 있는 원숭이들이었다. 동지들아, 나는 너희들에게 언명하노니, 너희들의 진보는 광기요, 너희들의 인의(仁義)는 꿈이요, 너희들의 혁명은 범죄요, 너희들의 공화제는 괴물이라고, 너희들의 순결한 젊은 프랑스는 사창굴에서 나온다. 그리고 나는 너희들 모두에게 그것을 주장한다. 너희들이 누구이든 간에, 신문기자든, 경제학자든, 법률가든, 너희들이 자유와 평등과 박애를 단두대의 칼날보다도 더 잘 아는 사람들이든 말이다! 나는 너희들에게 그걸 분명히 밝혀 둔다, 얘들아!"

"그렇고말고요." 하고 중위는 외쳤다. "그건 절대로 옳은 말씀입니다."

---

* 시에예스(Emmanuel Joseph Sieyès, 1748~1836). 혁명 당시의 정치이론가로서 여러 요직을 차지했다.
** 1792년.

질노르망 씨는 하기 시작하던 손짓을 뚝 그치고 홱 돌아서
더니, 테오뒬 창기병의 얼굴을 똑바로 응시하며 말했다.

"넌 멍텅구리구나."

6
두 별의 접촉

1. 별명, 성(姓)의 유래

이 무렵 마리우스는 중키의 아름다운 청년이었다. 숱이 많은 매우 새카만 머리, 훤칠하고 지적인 이마, 확 열린 정열적인 콧구멍, 진실하고 침착한 표정, 그리고 얼굴 전체에 감도는 뭔지 알 수 없는 품위있고 생각에 잠긴 듯하고 순진한 빛. 그의 옆모습은 모든 선이 동그스름하면서도 꿋꿋한 맛이 있어서, 저 알자스와 로렌을 통해 프랑스인들의 용모에 스며들어 온 게르만족 같은 부드러움이 풍기고 있었고, 로마 사람들 사이에서 뚜렷이 알아볼 수 있는 옛 게르만족의 특징처럼, 그리고 사자족과 독수리족 사이의 차이처럼 모난 데라고는 전혀 없었다. 그는 사색하는 사람들의 정신이 거의 똑같은 비율로 심오함과 순진함으로 이루어지고 있는 그런 인생의 시기에 있었다. 어떤 중대한 상황을 당하면 미련하기 짝이 없었을 것이나, 한 번만 더 스패너를 돌리면 그는 뛰어난 솜씨를 보일 수도 있었다. 그의 태도는 신중하고, 냉정하고, 정중하며, 되바라지지 않았다. 그의 입은 매력적이고, 그의 입술은 더없이 새빨갛고, 그의 이는 더없이 새하얬으므로, 그의 미소는 그의 용모가 가지고 있는 근엄한 것을 누그러뜨렸다. 어떤 때 그 청순한 이마와 육감적인 미소는 이상한 대조를 이뤘다. 그의 눈은 작았으나 시야는 넓었다.

매우 궁해 빠졌을 때, 그가 지나가면 처녀들이 돌아다 보는 것을 알아보고, 그는 가슴이 뭉클해져서 도망치거나 숨어 버렸다. 그는 그녀들이 그의 헌 옷을 보고 비웃는 것이라고 생각했는데, 사실은 그녀들은 그의 아리따운 맵시 때문에 그를 보고 그를 동경했던 것이다.

스쳐 가는 어여쁜 처녀들과 그 사이의 그 말 없는 오해 때문에 그는 사귐성 없는 사람이 돼 버렸다. 모든 처녀들 앞에서 달아나 버린다는 그 훌륭한 이유로 그는 아무도 고르지 못했다. 그는 그렇게 막연하게 살았다. 바보같이, 라고 쿠르페락은 말했다.

쿠르페락은 그에게 또 이렇게까지도 말했다. "그렇게 군자연하지 마. (그들은 말을 트고 있었다. 말을 트는 것은 젊은이들이 곧잘 하는 우정의 표시다.) 충고 한마디 하겠는데, 그렇게 책만 읽지 말고 계집애들을 좀 더 보란 말이야. 말괄량이들에게도 좋은 데가 있어. 오 마리우스여! 그렇게 자꾸 도망하고 얼굴을 붉히고 하다간 바보가 된다."

또 어떤 때 쿠르페락은 마리우스를 만나 이렇게 말했다.

"신부님 안녕하시오."

쿠르페락에게서 그런 종류의 말을 들었을 때는 마리우스는 일주일이나 젊든 늙든 여자들을 어느 때보다도 더 피했고, 게다가 쿠르페락까지도 피했다.

그렇지만 광막한 천지 만물 중에 마리우스가 달아나지도 않고 조금도 경계하지 않는 여자가 둘 있었다. 그것이 여자라고 만약에 누가 그에게 말했다면, 정말 그는 무척 놀랐을 것이다. 하나는 그의 방을 쓰레질해 주는 수염 있는 노파였는데, 그녀를 보고 쿠르페락은 이렇게 말했다. "그의 하녀가 수염을 달고 있는 걸 보고 마리우스는 조금도 수염을 달고 있지 않는다." 또 하나는 일종의 소녀였는데, 그는 그녀를 매우 자주 보지만 그녀를 결코 바라보지 않았다.

일 년도 더 전부터 뤽상부르 공원의 한 인적 드문 통로에, 페피니에르의 흉벽(胸壁) 옆을 따라 뻗어 있는 통로에, 한 남자와 아주 어린 처녀 하나가 거의 언제나 웨스트 거리 쪽에, 가장 호젓한 통로 맨 끝의 늘 같은 벤치에 나란히 앉아 있는 것이 마리우스의 눈에 띄었다. 마음속으로 눈을 돌리고 있는 사람들의 산책에 끼어드는 그 우연이 마리우스를 이 통로로 이끌어 갈 때마다, 그리고 그건 거의 날마다 그러했는데, 그는 거기서 그 한 쌍을 발견했다. 남자는 예순쯤 됐을 것이다. 그는 침울하고 진실해 보였다. 그의 몸 전체가 제대 군인들의 그 건장하고 피곤한 모습을 나타내고 있었다. 만일 그가 훈장을 달고 있었다면, 마리우스는 "제대 장교군." 하고 말했을 것이다. 그는 호호야 같으면서도 접근하기 어려워 보였으며, 결코 남의 시선에 자기 시선을 맞추지 않았다. 그는 푸른 바지에 푸른 프록코트를 입고, 늘 새로워 보이는 널따란 차양의 모자에 검은 넥타이를 매고, 새하야면서도 거친 퀘이커 교도나 입을 법한 셔츠를, 다시 말해서 눈부시게 희지만 굵은 베 셔츠를 입고 있었다. 어느 날 한 젊은 여공이 그의 옆을 지나가다가 "아주 깔끔한 홀아비구나." 하고 말했다. 그의 머리는 호호백발이었다.

처음에, 그 남자를 따라온 서너가 그들이 성해 놓은 것 같은 벤치에 와서 그와 함께 앉았을 때, 그녀는 열서너 살의 소녀 같았는데, 거의 못생겨 보일 만큼 빼빼 마르고, 어색스럽고, 평범했으며, 아마 꽤 아름다운 눈을 갖게 될 것 같았다. 다만 그 눈을 불쾌할 만큼 자신만만한 듯이 줄곧 쳐들고 있었다. 그녀는 수도원의 기숙생처럼 늙은이 같으면서도 어린애 같은 차림새로, 서투르게 마른 투박한 검정 메리노 나사 옷을 입고 있었다. 그들은 부녀간 같았다.

마리우스는 이삼 일 동안 아직은 노인이 아닌, 나이가 많은 이 늙은 남자와 아직은 성인이 아닌 이 소녀를 유심히 살펴보았으나, 그런 뒤에는 그들에게 더 이상 아무런 주의도 하지 않았다. 그들 쪽에서도 마리우스를 거들떠보지 않는 것 같았다. 그들은 평온하고 무관심한 모습으로 그들끼리 얘기했다. 소녀는 쉴 새 없이 유쾌하게 재잘거렸다. 늙은 남자는 별로 말하지 않으나, 때때로 이루 말할 수 없는 어버이다운 애정으로 가득 찬 눈을 그녀에게 보내곤 했다.

마리우스는 이 통로에서 소요하는 기계적인 습관이 들었

다. 그는 그들을 거기서 변함 없이 다시 보곤 했다.

어떻게 그 일이 일어나고 있었는가는 아래와 같다.

마리우스는 보통 그들의 벤치의 반대쪽 통로 끝으로 왔다. 그는 그 통로를 죽 걸어서 그들 앞을 지나고, 그런 다음 그가 왔던 통로 끝까지 돌아갔다가, 다시 시작했다. 그는 산책 중에 그러한 왕복을 대여섯 번 되풀이하고, 매주 그러한 산책을 대여섯 번씩이나 했지만, 그들은, 그 사람들과 그는 인사를 나누는 일이 없었다. 그 인물과 그 처녀는 사람들의 눈을 피하는 것 같기는 했지만, 그리고 아마 피하는 것 같았기 때문에, 근면한 학생들은 그들의 강의가 끝난 뒤에, 다른 학생들은 당구를 친 뒤에, 종종 페피니에르의 길을 따라서 산책하던 대여섯 명의 학생들의 주의를 자연히 좀 끌었다. 쿠르페락은 한때 당구를 치는 축이었는데, 한동안 그들을 관찰했으나, 소녀가 못생겼다고 생각하고, 그들에게서 아주 재빨리 조심스럽게 떨어져 버렸다. 그는 그들에게 별명 하나를 던지면서 파르티 사람처럼 달아났다. 소녀의 옷과 노인의 머리가 유독 인상적이었는지라, 그는 소녀를 '라누아르(黑) 양'이라 부르고 아버지를 '르블랑(白) 씨'라 불렀다. 그래서 아무도 그들을 몰랐고, 이름이 없었으므로, 그 별명이 통용됐다. 학생들은 "아! 르블랑 씨가 벤치에 있네!" 하고 말했고, 마리우스도 다른 학생들처럼 그 알 수 없는 양반을 르블랑 씨라고 부르는 것을 편리하게 여겼다.

나도 그들처럼 하고, 나는 이 이야기의 편의상 르블랑 씨라고 말할 것이다.

마리우스는 첫해 동안 거의 날마다 같은 시간에 그렇게 그들을 보았다. 그는 남자는 마음에 들었으나 소녀는 꽤 따분하다고 생각했다.

2. '빛이 있었느니라'

둘째 해에, 이 이야기에서 독자가 도달한 바로 그 시점에, 마리우스 자신도 어찌된 까닭인지 잘 몰랐으나, 그 뤽상부르 공원의 산책 습관이 중단되어, 그는 근 반년 동안이나 그의 통로에 발을 들여놓지 않게 되었다. 어느 날 마침내 그는 거기에 돌아갔다. 그것은 어느 청명한 여름날 아침 나절이었는데, 날씨가 좋으면 누구나 그러하듯이 마리우스는 즐거웠다. 그는 들려오는 온갖 새소리며 나뭇잎들 사이로 조각조각 보이는 푸른 하늘을 가슴속에 갖고 있는 것같이 느껴졌다.

그는 곧장 '그의 통로'로 갔는데, 그 끝에 이르자, 그 낯익은 한 쌍의 남녀가 여전히 같은 벤치에 앉아 있는 것이 눈에 띄었다. 다만 다가가 보니, 확실히 똑같은 남자였으나, 더 이상 같은 소녀가 아닌 것 같았다. 그가 지금 보는 사람은 키가 큰 어여쁜 여자인데, 그 자태가 아직도 어린애의 천진난만한 맵시를 고스란히 간직하고 있고, 오직 '십오 세'라는 한마디만이 나타낼 수 있는 그 덧없고 청순한 시기의 여자에서 볼 수 있는 더없이 매혹적인 자태를 모두 갖추고 있었다. 금빛 어린 아름다운 밤색 머리에, 대리석 같은 이마, 장미 꽃잎 같은 뺨, 헬쑥

한 살빛, 눈부시게 흰 살결, 번개처럼 미소가 떠오르고 음악처럼 말소리가 흘러나오는 아리따운 입, 라파엘이 성모 마리아에게 주었음 직한 머리와 그 아래에 장 구종이 비너스에게 주었음 직한 목. 그리고 그 고혹적인 얼굴이 완전무결하기 위해 코는 아름다운 게 아니라 귀여웠다. 반듯하지도 구부렁하지도 않고, 이탈리아 형도 그리스 형도 아니고, 파리 형의 코였다. 다시 말하면 뭔지 재기발랄하고, 세련되고, 불규칙적이고, 순수한 것, 화가를 쩔쩔 매게 하고 시인을 매혹시키는 것이었다.

마리우스는 그 여자 옆을 지나갈 때 줄곧 내리뜨고 있는 그녀의 눈을 볼 수 없었다. 그가 본 것은 그늘과 수줍음이 스며들어 있는 그녀의 기다란 밤색 속눈썹뿐이었다.

이 아름다운 소녀는 자기에게 말하는 백발의 남자에게 귀를 기울이면서도 미소를 지었는데, 눈을 내리뜨고서 짓는 그 맑은 미소처럼 매혹적인 것은 아무것도 없었다.

처음에 마리우스는 그게 그 남자의 다른 딸이려니, 아마 먼젓번 그 소녀의 언니려니 했다. 그러나 언제나 변함없는 산책의 습관대로 그가 두 번째로 벤치 옆에 가서 그녀를 유심히 살펴보았을 때, 그는 그게 같은 여자라는 걸 알아보았다. 여섯 달 동안에 그 소녀는 처녀가 됐다. 그게 전부였다. 이런 현상은 아주 흔히 있는 일이다. 소녀들은 눈 깜짝할 사이에 피어나서 갑자기 장미꽃이 되는 때가 있다. 어제는 그녀들을 어린애들로 놓아 두었는데, 오늘은 그녀들을 다시 만나 보니 걱정스럽다.

이 여자는 단지 컸을 뿐 아니라 미화되었다. 4월에는 사흘이면 어떤 나무들을 꽃들로 뒤덮이게 하기에 충분하듯이, 여섯 달이면 그녀를 아름다움으로 뒤덮이게 하기에 충분했다. 그녀의 4월이 그녀에게 왔던 것이다.

가난하고 인색한 사람들이 잠을 깨는 것 같고, 졸지에 궁색에서 호사로 변하고, 온갖 낭비를 다하고, 갑자기 빛이 나고, 돈을 헤프게 쓰고, 사치를 좋아하게 되는 것을 사람들은 때때로 본다. 그건 정기 급여금을 받았기 때문이다. 어제 기간 만료된 금액이 있었던 것이다. 처녀는 그녀의 반년치 금액을 받은 것이다.

그리고 또 그녀는 이제 벨벳 모자에 메리노 모직의 드레스를 입고 학생 구두를 신고 빨간 손을 한 기숙생이 아니었다. 고상한 취미가 그녀에게 미모와 함께 왔다. 그녀는 수수하면서도 화려하고 꾸밈없는 일종의 우아함을 가진 좋은 옷차림을 한 여자였다. 그녀는 검정 비단 드레스에 같은 색 비단 케이프를 걸치고, 흰 크레이프 모자를 쓰고 있었다. 그녀의 흰 장갑은 중국 상아로 만든 파라솔 자루를 만지작거리는 그녀의 섬섬옥수를 보여 주었고, 그녀의 비단 반장화는 그녀의 작은 발의 윤곽을 나타내고 있었다. 그녀의 옆을 지나면, 그녀의 모든 몸치장이 젊고 짙은 향기를 발산하고 있었다.

남자로 말하자면 언제나 똑같았다.

두 번째로 마리우스가 그녀 가까이 갔을 때 처녀는 눈을 들었다. 그녀의 눈은 짙은 하늘색이었으나, 그 흐린 하늘에는 아직 어린애의 눈길밖에 없었다. 그녀는 무심코 마리우스를 보았다. 마치 단풍나무들 아래를 뛰어가는 어린애라도 본 듯이, 또는 벤치 위에 그림자를 드리우는 대리석 수반(水盤)이라도 본 듯이. 그리고 마리우스는 마리우스대로 딴생각을 하면서 산책을 계속했다.

그는 처녀가 있는 벤치 옆을 또 너덧 번 지났으나, 그녀 쪽으로 눈도 돌리지 않았다.

다음 날도, 또 다음 날도 그는 여느 때처럼 뤽상부르 공원에 돌아왔는데, 여느 때처럼 거기에 두 '부녀'가 있는 것을 보았지만, 거기에 더 이상 주의하지 않았다. 그는 그녀가 못생겼을 때 그녀를 생각하지 않은 것과 마찬가지로 이 처녀가 아름다웠을 때도 그녀를 생각하지 않았다. 그는 항상 그녀가 있는 벤치 바로 옆을 지나다녔다. 그것은 그의 습관이었으니까.

3. 봄의 힘

어느 날, 날씨는 따스하고, 뤽상부르 공원은 햇빛과 그늘이 넘쳐흐르고, 하늘은 아침에 천사들이 씻은 듯이 맑고, 참새들은 마로니에 숲 속에서 재잘거리고 있었다. 마리우스는 자연에 마음을 활짝 열고, 아무것도 생각하지 않고, 살아 숨쉬면서, 그 벤치 옆을 지나갔는데, 처녀가 그를 향해 눈을 들어 그들의 두 시선이 마주쳤다.

이번에 처녀의 시선엔 무엇이 있었던가? 마리우스는 그것을 말할 수 없었을 것이다. 거기에는 아무것도 없었고, 거기에는 모든 것이 있었다. 그것은 이상한 번갯불이었다.

그녀는 눈을 수그렸고, 그는 그의 길을 계속 갔다.

그가 아까 본 것, 그것은 어린애의 순진하고 단순한 눈이 아니었다. 그것은 방긋이 열렸다가 갑자기 닫혀 버린 신비로운 심연이었다.

어떤 처녀라도 그렇게 바라보는 날이 있다. 거기에 있는 자는 불행할진저!

아직 자신을 알지 못하는 영혼의 그 첫 시선은 하늘 속의 여명 같은 것이다. 그것은 무엇인가 빛나는 미지의 것의 눈뜸이다. 열렬히 사랑할 만한 암흑을 갑자기 어렴풋이 비추고 현재의 모든 순진함과 장래의 모든 정열로 이루어진 이 뜻밖의 빛의 위험한 매력은 어떤 것으로도 표현할 수 없으리라. 그것은 우연히 나타나서 기다리는 일종의 막연한 애정이다. 그것은 천진난만함이 부지불식간에 쳐 놓은 올가미요, 그러기를 바라지도 그렇게 할 줄도 모르고 사람들의 마음을 사로잡는 올가미다. 그것은 성숙한 여자처럼 바라보는 숫처녀다.

하나의 깊은 몽상이 그러한 눈길이 떨어지는 곳에서 그것으로부터 생겨나지 않는 일은 드물다. 모든 순결과 모든 열정이 이 천상의 숙명적인 빛 속에 집중되어 있는데 이 빛은 요염한 여인들의 가장 잘 꾸며 낸 추파보다도 더, 이른바 사랑이라는 향기와 독으로 가득 찬 그 검은 꽃을 갑자기 한 영혼 속에서 피어나게 하는 신통력을 가지고 있다.

저녁에 그의 고미다락 방으로 돌아온 마리우스는 자기 옷을 훑어보고 비로소 그 '일상복'을 입고 뤽상부르 공원에 산책하러 가는 것이 얼마나 불결하고 얼마나 부적당하고 얼마나 어리석은 짓인가를 깨달았는데, 이 일상복이란 장식끈 옆이 찢어진 모자와 수레꾼의 투박한 장화, 무릎이 희뜩희뜩한 검은 바지, 팔꿈치께가 희번드르르한 검은 윗도리였다.

4. 큰 병의 시작

이튿날, 여느 때와 같은 시간에, 마리우스는 옷장에서 새 예복과 새 바지, 새 모자, 새 장화를 꺼내어, 이 한 벌의 의복을 완전히 갖추어 입고, 장갑을 끼고, 호화찬란하게, 뤽상부르 공원으로 갔다.

도중에 그는 쿠르페락을 만났으나 못 본 체했다. 쿠르페락은 집에 돌아가서 친구들에게 말했다. "아까 마리우스의 새 모자와 새 예복을 만났는데, 마리우스는 그 속에 있었어. 아마 시험을 치르러 가는 것 같더라. 아주 바보 같은 얼굴을 하고 있었어."

뤽상부르 공원에 이르러, 마리우스는 못을 한바탕 돌며 백조들을 바라보고, 그런 뒤 이끼가 끼어 머리가 새카매지고 한쪽 궁둥이가 없어진 입상 앞에서 오랫동안 명상에 잠겨 있었다. 못 가에는 배가 불룩 나온 사십 대 시민이 다섯 살짜리 꼬마의 손을 잡고 이런 말을 하고 있었다. "뭐고 지나친 것은 피해야 한다. 전제주의와 무정부주의에서 똑같은 거리에 있어야 한다." 마리우스는 이 시민의 얘기를 듣고 있었다. 그런 뒤 다시 한 번 못을 돌았다. 이윽고 그는 '그의 통로' 쪽으로 천천히, 그리고 마지 못해 거기에 가는 것처럼 걸어갔다. 그가 거기에 가는 것을 강요당한 것 같기도 하고 금지당한 것 같기도 했다. 그는 그 모든 것을 조금도 깨닫지 못하고 날마다 하듯이 그렇게 한다고 생각했다.

통로로 들어서면서 그는 반대쪽 끝 '그들의 벤치'에 르블랑 씨와 처녀가 있는 것을 보았다. 그는 예복 위까지 단추를 채우고, 상반신에 주름이 잡히지 않도록 예복을 잡아당기고, 약간 자기 만족감을 느끼면서 바지의 윤나는 광택을 살펴보고, 벤치를 향해 전진했다. 그 전진에는 공격적인 것이 있었는데 확실히 정복한다는 속마음이 있었다. 그러므로 나는, "한니발은 로마를 향해 전진했다."고 말하듯이 "그는 벤치를 향해 전진했다."고 말한 것이다.

그러나 그의 모든 움직임들에는 기계적인 것밖에 아무것도 없었고, 그의 정신과 학구적 몰두에는 아무런 중단도 없었다. 그는 이때 이런 생각을 하고 있었다. '『바칼로레아 핸드북』은 어리석은 책이다. 인간 정신의 걸작으로서 라신의 비극은 세 편이나 개요를 써 놓고 몰리에르의 희극은 한 편밖에 써 놓지 않은 걸 보면 대단한 숙맥이 쓴 것임에 틀림없다.' 그의 귓속 에서는 날카로운 휙휙 소리가 나고 있었다. 벤치에 다가가면 서도 그는 예복의 주름살을 폈고, 그의 눈은 처녀에게 쏠려 있었다. 그녀는 통로의 끝 전체를 아련한 푸른 빛으로 가득 채우고 있는 것 같았다.

접근해 감에 따라 그의 발걸음은 더욱더 느려졌다. 벤치에 서 조금 떨어진 곳에 이르자, 아직도 통로 끝까지는 상당한 거리가 있었는데도, 거기서 그는 걸음을 멈추고, 어찌된 영문인지 그 자신도 알 수 없었으나, 가던 길을 되돌아왔다. 그는 자기가 끝까지 가지 않았다는 것은 조금도 생각하지 않았다. 처녀는 멀리서 그를 거의 알아보지 못했고 새 옷을 입고 있는 아름다운 모습도 보지 못했다. 그러는 동안 그는 자기 뒤에 있는 누군가가 자기를 보는 경우에 좋은 외양을 보이려고 자세를 똑바로 하고 있었다.

그는 길 반대편 끝에 다다랐다가 다시 되돌아왔는데, 이번에는 벤치에 조금 더 가까이 접근했다. 그는 세 그루의 나무들을 사이에 둔 거리에까지 도달했으나, 거기서부터는 어쩐지 더 멀리 가지 못할 것 같아서 망설였다. 그는 처녀의 얼굴이 자기 쪽으로 기울어지는 것을 본 것만 같았다. 그러는 동안 그는 씩씩하고 격렬한 노력을 하고, 망설임을 억제하고, 전진을 계속했다. 잠시 후에 그는 벤치 앞을 지나갔다. 몸을 꼿꼿하고 꿋꿋하게, 귓불까지 새빨개져서, 감히 왼쪽도 오른쪽도 보지 못하고, 정치가처럼 예복 호주머니에 손을 넣고. 요새의 대포 아래를 지나갈 때 그는 가슴이 무섭게 두근거리는 것을 느꼈다. 그 여자는 전날처럼 비단옷에 크레이프 모자를 쓰고 있었다. 그는 '그 여자의 목소리'임에 틀림없는, 이루 말할 수 없는 목소리를 들었다. 그녀는 조용히 이야기하고 있었다. 그녀는 퍽 예뻤다. 그는 그녀를 보려고 하지 않았지만 그렇게 느꼈다. 그는 이렇게 생각했다. '만약에 프랑수아 드 뇌샤토 씨가 『질 블라스』판의 첫머리에 자기 것인 것처럼 실어 놓은 마르코 오브르공 드 라 롱다에 관한 논설의 진짜 필자가 나라는 걸 저 여자가 안다면 저 여자는 나에게 경의와 존경을 표하지 않

을 수 없으리라!'

그는 벤치를 지나고, 거기서 아주 가까이 있는 통로의 끝까지 갔다가, 도로 되짚어 와서, 다시 한 번 그 아름다운 처녀 앞을 지났다. 이번에 그는 매우 창백했다. 뿐만 아니라 그는 심한 불쾌감밖에 아무것도 느끼지 않았다. 그는 벤치와 처녀에게서 멀어졌다. 그리고 그녀 쪽으로 등을 돌리면서도 그녀가 자기를 보고 있으리라 상상하면서 비트적거렸다.

그는 더 이상 벤치 가까이 가 보려고 하지 않고, 통로의 중간쯤에서 걸음을 멈추고, 거기에, 이런 일은 한 번도 하지 않았는데, 앉아서, 곁눈질을 하고, 지극히 몽롱한 마음속으로 이런 생각을 했다. '결국 내가 황홀하게 바라보는 저 흰 모자와 검은 드레스 차림의 분들이 내 윤나는 바지와 새 예복에 전혀 무감각할 수는 없을 것이다.'

십오 분 후에 그는 일어났다. 마치 후광에 둘러싸인 그 벤치 쪽으로 다시 걸어가기 시작하려는 듯이. 그렇지만 서서 움직이지 않고 있었다. 십오 개월 이후 처음으로 그는 이런 생각을 했다. '날마다 딸과 함께 저기에 앉아 있는 저 양반 쪽에서도 아마 나를 주목했을 것이고, 나의 꾸준한 출현을 십중팔구 이상하게 여기고 있을 것이다.'

그리고 또 처음으로 그는 저 알 수 없는 분을 은밀히 마음속으로라도 르블랑 씨라는 별명으로 가리키는 것은 좀 실례라고 느꼈다.

그는 이렇게 한참 동안 고개를 숙이고서 손에 들고 있는 막대기로 모래 위에 그림을 그리고 있었다.

그런 뒤에 그는 갑자기 벤치와 르블랑 씨 부녀의 반대쪽으로 몸을 돌려 자기 집으로 되돌아와 버렸다.

이날 그는 저녁 먹으러 가기를 잊어버렸다. 저녁 8시에야 그걸 깨달았으나, 이미 생 자크 거리까지 내려가기에는 너무 늦었으므로, "에라!" 하면서 빵 한 조각만 먹고 말았다.

그는 예복에 솔질을 하고 그것을 정성 들여 갠 뒤에야 비로소 잠자리에 들었다.

5. 부공 할멈에게 떨어진 여러 가지의 벼락

이튿날 부공 할멈은, 이 여자는 고르보 누옥의 문지기이자, 셋집 주인이요, 가정부인 노파인데, 사실은 앞서 우리가 확인한 바와 같이 뷔르공 부인이라는 이름이었지만, 아무것도 존경하지 않는 그 장난꾸러기 쿠르페락이 그렇게 불렀는데, 이 부공 할멈은 마리우스가 또 새 예복을 입고 나가는 것을 보고 어리둥절했다.

마리우스는 뤽상부르 공원에 다시 갔으나, 통로 중간에 있는 그의 벤치에서 조금도 더 가지 않았다. 그는 전날처럼 거기에 앉아서, 멀리서 그 흰 모자와 검은 드레스, 그리고 특히 그 푸른 빛을 멀리서 주시하고 뚜렷이 보았다. 그는 거기서 옴짝달싹 않고 앉아 있다가 뤽상부르 공원의 문이 닫힐 때에야 비로소 집에 돌아왔다. 그는 르블랑 씨 부녀가 집에 돌아가는 것을 보지 못했다. 그래서 그는 그들이 공원에서 웨스트 거리의 철문으로 나간 것이라고 결론지었다. 그 후 몇 주가 지나서 이 때 일을 생각했을 때, 그는 그날 저녁 어디서 저녁밥을 먹었는 지 통 생각이 나지 않았다.

이튿날, 그건 사흘째였는데, 부공 할멈은 다시 경악했다. 마리우스가 또 새 예복을 입고 나간 것이다.

"사흘 연속!" 하고 노파는 외쳤다.

노파는 뒤를 밟아 보려 했으나, 마리우스는 날쌔게 성큼성큼 걸어갔다. 그것은 한 마리의 영양을 뒤쫓아가기를 시도하는 한 마리의 하마였다. 노파는 이내 마리우스를 놓쳐 버리고 헐떡거리며 되돌아왔는데, 천식 때문에 거의 숨이 막히고 몹시 화가 나 있었다. 그녀는 넋두리했다. "날마다 그 좋은 옷을 입고 이렇게 사람들을 달음박질 치게 하다니, 그래도 옳은 거야!"

마리우스는 뤽상부르 공원에 갔다.

처녀는 르블랑 씨와 함께 거기에 있었다. 마리우스는 책을 읽는 체하면서 되도록 가까이 갔으나, 아직도 그들에게서 썩 멀리 떨어져 있었다. 그런 뒤에 그의 벤치로 돌아와 앉아서, 참새들이 좁은 통로에서 자유롭게 뛰노는 것을 바라보며 네 시간을 보냈는데 참새들이 그를 비웃는 것같이 보였다.

두어 주일이 그렇게 흘러 갔다. 마리우스는 뤽상부르 공원에 더 이상 산책하러 가는 것이 아니라, 늘 거기 똑같은 자리에 앉으려고 갔는데 왜 그러는지는 알 수 없었다. 거기에 도착하면 그는 더 이상 움직이지 않았다. 그는 아침마다 새 예복을 입었으나 모습을 나타내기 위해서가 아니었으며, 이튿날도 되풀이했다.

그 여자는 확실히 굉장한 미인이었다. 비평 비슷한 지적을 딱 한 가지만 할 수 있다면, 그녀의 애수 어린 눈과 즐거운 미소 사이의 모순이 그녀의 얼굴에 무엇인지 조금 이성을 잃은 듯한 것을 주고 있어, 그 때문에 어떤 때에는 그 온화한 얼굴이 여전히 매력적이면서도 이상해 보였다.

6. 포로가 되어

둘째 주도 다 간 어느 날, 마리우스는 여느 때와 같이 그의 벤치에 앉아서 손에 책을 펴 들었으나, 두 시간 전부터 한 장도 넘기지 않고 있었다. 갑자기 그는 소스라쳤다. 통로의 맨 끝에서 한 사건이 일어나고 있었다. 르블랑 씨와 그의 딸이 방금 그들의 벤치를 떠나, 딸이 아버지의 팔을 잡고, 둘이서 마리우스가 있는 통로 중간 쪽으로 천천히 오고 있었다. 마리우스는 책을 덮었다가 다시 펼쳐 읽으려고 애썼다. 그는 떨고 있었다. 서광이 그에게 곧장 오고 있었다. '아이고! 이걸 어쩌나! 자세를 가다듬을 겨를도 없네.' 하고 그는 생각했다. 그러는 동안에도 백발의 남자와 처녀는 걸어오고 있었다. 그는 그 사이가 백 년만큼이나 긴 것 같기도 하고 한순간에 불과한 것 같기도 했다. '저이들이 뭐하러 이리로 올까?' 하고 그는 자문했다. '저런! 저 여자가 저길 지나가겠다! 저 여자의 발이 내게서 바로 가까이 이 통로의 이 모래 위를 걸어가겠다!' 그는 정신이 아찔했다. 그는 미남이 되고 싶었다. 훈장을 달고 싶었다. 그들이 다가오는 발소리가 조용히 고르게 들려왔다. 그는 르블랑 씨가 자기에게 성난 시선을 던지리라고 상상했다. '저 양반이 내게 말을 걸까?' 하고 그는 생각했다. 그는 머리를 숙였다. 그가 다시 머리를 들었을 때 그들은 바로 그의 옆에 와 있었다. 처녀는 지나갔는데, 지나가면서 그를 바라보았다. 그녀는 생각에 잠긴 듯한 부드러운 눈으로 그를 지그시 바라보았는데, 그 눈길에 마리우스는 머리에서 발끝까지 오싹했다. 그녀는 그가 그토록 오랫동안 자기에게까지 오지 않은 것을 책망하는 것 같았고, '그래서 제가 온 거예요.'라고 말하는 것 같았다. 마리우스는 그 빛과 심연으로 가득 찬 눈동자에 현혹되었다.

그는 머릿속이 타오르는 것만 같았다. 그 여자가 자기에게 와 주다니, 얼마나 기쁜 일이냐! 게다가 그 여자는 또 얼마나 자기를 바라보았던가! 그녀는 그가 여지껏 보았던 것보다도 더 아름다워 보였다. 여성답고도 동시에 천사다운 아름다운 미인, 페트라르카로 하여금 노래하게 하고, 단테로 하여금 무릎 꿇게 할 완전무결한 아름다움의 미인. 그는 자기가 푸른 하늘 높이 두둥실 떠 있는 것 같았다. 동시에 그는 자기의 장화에 먼지가 묻어 있었기 때문에 몹시 난처했다.

그는 그녀도 역시 자기의 장화를 보았음에 틀림없으리라고 생각했다.

그는 그녀가 사라질 때까지 눈으로 그녀의 뒤를 따라갔다. 그런 뒤 미친 사람처럼 뤽상부르 공원에서 걷기 시작했다. 그는 십중팔구 때때로 혼자서 웃기도 하고 큰 소리로 지껄이기도 했으리라. 그는 아기 보는 하녀들 옆에서 하도 꿈꾸는 듯한 얼굴을 하고 있었기 때문에 그녀들은 저마다 그가 저에게 반한 줄 알았다.

그는 거리에서 그녀를 다시 보기를 바라면서 뤽상부르 공원에서 나왔다.

그는 오데옹의 회랑 아래서 쿠르페락을 만나, "나랑 저녁 먹으러 가자." 하고 말했다. 그들은 루소네 식당에 가서 6프랑을 썼다. 마리우스는 게걸스럽게 먹었다. 그는 종업원에게 6수를 주었다. 디저트를 먹을 때 그는 쿠르페락에게 말했다. "너 신문 읽었니? 오드리드 뷔이라보의 연설은 참 근사하더라!"

그는 홀딱 반해 있었다.

저녁 식사 후에 그는 쿠르페락에게, "연극을 보여 주마."고 말했다. 그들은 포르트 생 마르탱에 가서 〈아드레의 여관〉의 프레데릭을 보았다. 마리우스는 엄청 즐겼다.

동시에 그는 아주 야성적이었다. 극장에서 나올 때, 한 여성 옷 장수가 도랑을 건너다가 양말 밴드를 드러냈는데, 그는 그것을 보려고 하지 않았다. "난 저런 여자도 기꺼이 내 컬렉션에 넣겠다."고 쿠르페락은 말했는데, 이 말은 그를 소름 끼치게 했다.

쿠르페락은 이튿날 그를 볼테르 다방에 초대했다. 마리우스는 거기에 가서 전날보다 한층 더 많이 먹었다. 그는 골똘히 생각에 잠긴 듯하고 매우 쾌활했다. 그는 기회만 있으면 웃음을 터뜨렸다. 어떤 시골 사람에게 소개되자 그는 그를 정답게 끌어안았다. 한 패의 학생들이 식탁 주위에 둘러앉아서, 나라가 일부러 돈을 내어 소르본 대학에서 팔고 있는 어리석은 강의들을 얘기했고, 이어서 대화는 사전들과 키슈라*의 '운율법(韻律法)의 오류와 결함에 떨어졌다. 마리우스는 토론을 가로막고 외쳤다. "그렇지만 상을 타는 건 퍽 유쾌한 일이야!"

"자식 괴상한데!" 하고 쿠르페락이 장 플루베르에게 나직한 목소리로 말했다.

"아니야, 저건 진정이야." 하고 장 플루베르는 대답했다.

그것은 정말 진정이었다. 마리우스는 큰 정열이 불타기 시작하는, 그 격렬하고 매력적인 첫 시기에 있었던 것이다.

하나의 시선이 그 모든 것을 말했다.

갱도에 화약이 쟁여져 있을 때, 화재가 준비되어 있을 때, 그보다 더 간단한 것은 없다. 하나의 시선은 곧 하나의 불똥이다.

이제 끝장이다. 마리우스는 한 여자를 사랑하고 있었다. 그의 운명은 미지의 것으로 들어가고 있었다.

여자들의 눈길은 겉으로는 잠잠하나 실상은 무시무시한 어떤 톱니바퀴와 같다. 사람들은 날마다 조용히 아무 탈 없이 전혀 그런 줄도 모르고 옆을 지나간다. 한때는 그런 것이 거기에 있다는 것을 잊어버리기까지 한다. 사람들은 가고, 오고, 꿈꾸고, 지껄이고, 웃는다. 그러다가 갑자기 사로잡힘을 느낀다. 일은 끝났다. 톱니바퀴는 그대를 붙잡고, 시선은 그대를 잡았

---

* 키슈라(Louis Quicherat, 1799~1884). 프랑스의 언어학자이자 사전 편집자. 『Dictionnair qrauçais Latuis』과 『Dictionnaire latiu qrauçais』의 저자.

다. 그것은 그대를 잡았다, 어디서든지 어떻게든지 어슬렁거리는 그대 생각의 어떤 한 부분에서든지, 그대가 빠진 방심에서든지. 그대는 파멸이다. 그대는 송두리째 그리로 끌려가리라. 신비로운 힘의 사슬이 그대의 마음을 사로잡는다. 버둥거려도 소용없다. 인간의 힘으로는 더 이상 구제 불능이다. 그대는 빠져 간다, 톱니바퀴에서 톱니바퀴로, 고민에서 고민으로, 고문에서 고문으로. 그대도, 그대의 정신도, 그대의 운명도, 그대의 장래도, 그대의 영혼도. 그리고 그대가 심술궂은 여자의 힘에 빠지는가, 아니면 고결한 마음의 힘에 빠지는가에 따라 그대가 이 무서운 기계에서 나올 적에 치욕에 의해 흉한 꼴이 되어 있거나, 아니면 정열에 의해 변모되어 있거나 할 뿐이다.

7. 추측에 맡겨진 U 자 사건

고독, 모든 것에서의 초탈, 긍지, 독립, 자연에 대한 취미, 나날의 물질적 활동의 결핍, 내면 생활, 동정(童貞)의 은밀한 투쟁, 삼라만상 앞에서의 호의적인 도취, 이런 것들은 마리우스에게 이른바 뜨거운 사랑이라고 불리는 그 여자의 육체적 소유를 준비시켜 놓았다. 아버지에 대한 그의 숭배는 차차 하나의 종교가 되어서, 어떤 종교도 다 그러하듯이, 영혼 밑바닥으로 물러났다. 전면에 무엇인가가 필요했다. 사랑이 왔다.

꼬빡 한 달이 흘렀고, 그동안 마리우스는 날마다 뤽상부르 공원에 갔다. 시간이 되면 아무것도 그를 붙들 수 없었다. "저 자식 출근을 하는군." 하고 쿠르페락은 말했다. 마리우스는 황홀경 속에서 살고 있었다. 처녀가 그를 보고 있었던 것은 확실했다.

그는 마침내 대담해졌고, 그 벤치에 다가갔다. 그렇지만 더이상 그 앞을 지나가지는 않고, 소심한 본능과 연애하는 사람의 신중한 본능을 따랐다. 그는 '아버지의 주의'를 조금도 끌지 않는 것이 유익하다고 판단했다. 그는 비상한 권모술수를 써서 조상(彫像)의 대석(臺石)과 나무들 뒤에 자리를 잡고는, 처녀에게는 되도록 잘 보이되 늙은 양반에게는 되도록 잘 안 보이게 하고 있었다. 때때로 꼬빡 반 시간 동안을 레오니다스나 어떤 스파르타쿠스의 입상 그늘에 꼼짝않고 있으면서, 손에 든 책 위로 조용히 눈을 들어 그 아름다운 소녀를 찾았고, 그녀 쪽에서도 아련한 미소를 지으며 그 귀여운 옆얼굴을 그에게로 돌렸다. 세상에 더없이 자연스럽고 더없이 태연스럽게 그 백발의 사나이와 이야기를 하면서도 그녀는 그 처녀다운 정열적이고 꿈꾸는 듯한 눈길을 마리우스에게로 보냈다. 이브가 천지개벽의 첫날부터 알고 있었고 어떤 여성도 다 인생의 첫날부터 알고 있는 아득한 태곳적부터의 술책이다! 그녀의 입은 한쪽 사람에게 대답을 하고, 그녀의 눈길은 다른 쪽 사람에게 대답을 했다.

그렇지만 르블랑 씨도 마침내 무엇인가를 눈치챘다고 생각하지 않을 수 없다. 왜냐하면 마리우스가 나타나면 그는 흔히 자리에서 일어나 걷기 시작했으니까. 그는 흔히 늘 앉아 있던 그들의 자리를 떠나 통로의 다른 쪽 맨 끝에 있는, 글라디아퇴르 조상 옆의 벤치에 가서 앉아, 마치 마리우스가 거기까지 그들을 따라오는지 보려고 하는 것 같았다. 마리우스는 전혀 그런 줄도 모르고 그런 실수를 저질러 버렸다. '아버지'는 불규칙해지기 시작하여, 더 이상 '딸'을 매일 데리고 오지 않았다. 이따금 혼자서 오기도 했다. 그럴 적에 마리우스는 머물러 있지 않았다. 또 하나의 실수였다.

마리우스는 그러한 징후에 조금도 주의하지 않았다. 소심의 단계에서 그는 불가피한 자연적 발전으로서 맹목의 단계로 옮겨 갔었다. 그의 연정은 커 갔다. 그는 밤마다 사랑의 꿈을 꾸었다. 그리고 또 그에게 뜻밖의 행복 하나가 찾아왔는데, 그것은 불에 기름이요, 그의 눈에 어둠을 더해 주는 것이었다. 어느날 해 질 무렵, '르블랑 씨 부녀'가 금방 떠난 벤치 위에서 그는 손수건 하나를 발견했다. 수도 놓지 않은 아주 수수한 손수건, 그러나 희고, 고급스럽고, 이루 말할 수 없는 향기를 풍겨 주는 것 같았다. 그는 기쁨에 벅찬 마음으로 후다닥 그것을 움켜잡았다. 손수건에는 U. F.라는 글자가 씌어 있었다. 마리우스는 그 아름다운 아이에 관해서는 아무것도 모르고 있었다. 그녀의 가족도, 이름도, 주소도. 이 두 글자는 그가 그 여자에 관해 파악한 최초의 것이었는데, 이 사랑스러운 머리글자 위에 그는 이내 상상의 누각을 쌓아 올리기 시작했다. U는 분명히 이름이었다. "위르쉴! 얼마나 근사한 이름이냐!" 하고 그는 생각했다. 그는 낮에는 그 손수건에 입을 맞추고, 그 냄새를 맡고, 그것을 가슴 위에, 살 위에 올려놓고, 밤에는 입술에 올려

놓고 잠이 들었다.

"난 여기에서 그녀의 모든 영혼을 느낀다!" 하고 그는 외쳤다.

이 손수건은 노인 양반의 것이었는데, 그저 어쩌다가 호주 머니에서 떨어뜨렸을 뿐이다.

손수건을 주운 다음 날부터 그는 그것에 입을 맞추고 그것을 가슴에 갖다 대고서밖에는 더 이상 뤽상부르 공원에 나타나지 않았다. 그 아름다운 소녀는 그런 건 아무것도 모르고 눈에 띄지 않는 표적으로 그것을 그에게 남겨 놓은 것이다.

"오 수줍음이여!" 하고 마리우스는 말했다.

8. 장애자도 행복할 수 있다

나는 '수줍음'이란 말을 했으니까, 그리고 나는 아무것도 숨기지 않으니까, 그렇지만 한 번은 '그의 위르쉴'이 황홀경에 있는 마리우스에게 매우 심각한 불만을 준 적이 있었다는 것을 나는 말해야겠다. 그것은 그녀가 르블랑 씨에게 벤치를 떠나 통로를 걷도록 결심케 한 어느 날의 일이었다. 늦은 봄바람이 세차게 불어 플라타너스들의 가지 끝을 흔들고 있었다. 두 부녀는 서로 팔을 끼고 마리우스의 벤치 앞을 지나갔다. 마리우스는 그 어쩔 줄 모르는 마음의 상태에서, 예의 바르게, 그들 뒤에서 일어나 그들을 눈으로 따라가고 있었다.

갑자기, 다른 바람들보다도 더 거나하게 취한, 그리고 아마 봄 일을 하는 임무를 띠고 있었을 한바탕의 바람이 묘판에서 불어 올라 통로로 떨어져서, 베르길리우스의 요정들과 테오크리토스의 목신(牧神)들에게 어울리는 매혹적인 흔들림 속에 처녀를 에워싸고, 그녀의 드레스를, 이지스 신의 드레스보다도 더 신성한 그 드레스를 거의 양말대님 높이까지 들어올렸다. 우아한 형태의 다리 하나가 나타났다. 마리우스는 그것을 보았다. 그는 격분하고 몹시 화가 났다.

처녀는 심히 당황하여 얼른 드레스를 내렸으나, 그래도 역시 그는 분노했다. 그는 통로에 혼자 있었다. 그것은 사실이다. 그러나 누군가가 있었을지도 모른다. 그런데 만약에 누군가가 있었다면! 그런 일이 있을 수 있을까! 그녀가 아까 거기서 한 짓은 끔찍한 일이다! 오호라! 이 가엾은 소녀는 아무 짓도 하지 않았다. 하나의 죄인밖에, 바람밖에 없었다. 그러나 셰뤼뱅 속에 있는 바르톨로*적인 기질이 어렴풋이 움직이고 있던 마리우스는 아무래도 불만일 수밖에 없었으며, 자기의 시기심에 집착하고 있었다. 육체의 쓰라리고 기이한 질투는 정말 이렇게 사람의 마음속에서 눈을 뜨고 부당하게까지 힘을 쓴다. 그런데 그 매혹적인 종아리를 보고도 그는 그러한 질투심 외에는 아무런 쾌감도 느끼지 않았는데, 아무나 오다가다 만난 여자의 흰 양말은 그에게 더 많은 즐거움을 주었으리라.

'그의 위르쇨'이 통로 끝까지 갔다가 르블랑 씨와 함께 되

* 모두 보마르셰의 『피가로의 결혼』에 나오는 인물인데, 전자는 부인을 사랑하는 매혹적인 소년, 후자는 호기심 많은 후견인.

짚어 와서, 마리우스가 도로 앉았던 벤치 앞을 지났을 때, 마리우스는 그녀에게 퉁명스럽고 사나운 눈길을 던졌다. 처녀는 뒤로 좀 몸을 젖히며 눈썹을 추켜올렸는데 그것은 "어머나, 저이가 대체 웬일일까?" 하는 뜻이었다.

이것이야말로 그들의 '첫 싸움'이었다.

마리우스가 그런 눈싸움을 끝냈을까 말까 했을 때 어떤 사람이 통로를 건너갔다. 그것은 허리가 심히 꼬부라지고, 얼굴이 주름투성이고, 완전히 백발인 상이군인이었는데, 루이 15세 식 군복을 입고, 가슴에는 군인의 성 루이 회원장(章)인, 엇갈린 군도들이 그려져 있는 붉은 나사의 작은 타원형 표찰을 달고 있었으며, 게다가 예복 한쪽 소매 속에는 팔이 없고, 턱에는 수염이 하얗고, 한쪽 다리는 의족이었다. 마리우스는 이 인간이 지극히 만족스러워 보이는 것을 분명히 알아보았다고 생각했다. 그는 심지어 이 얌치 없는 늙은이가 자기 옆을 절름거리고 지나가면서도 그에게 매우 친근하고 매우 즐거운 눈짓을 한 것 같았다. 마치 어떤 우연으로 인해서 자기들은 서로 뜻을 통할 수 있었고 어떤 행운을 공동으로 맛보게 됐다는 듯이. 대관절 뭐가 그렇게 만족할 일이 있다는 거냐, 저 전쟁의 폐물은? 저 나무다리와 처녀의 종아리 사이에 대관절 무슨 일이 있었다는 거냐? 마리우스는 질투의 절정에 달했다. "저 녀석도 아마 거기에 있었을 거야! 저 녀석도 아마 봤을 거야!" 하고 그는 생각했다. 그리고 그 상이군인을 없애 버리고 싶었다.

시간이 가면 어떠한 뾰족한 끝도 무디어진다. '위르쉴'에 대한 마리우스의 그 분노는, 그것이 아무리 옳고 정당했더라

도, 지나가 버렸다. 마침내 그는 용서했다. 그러나 그건 몹시
힘이 들었다. 그는 사흘 동안 그녀에게 토라져 있었다.

그렇지만 이 모든 일을 겪으면서, 그리고 이 모든 일 때문에
정열은 커 가고 열렬해졌다.

9. 잠적

그 여자의 이름이 '위르월'이라는 것을 어떻게 마리우스가
발견했는가 또는 발견했다고 생각했는가는 아까 보았다.

사랑하면 욕망이 생긴다. 그녀의 이름이 위르월이라는 걸
아는 것만 해도 벌써 대단한 일이지만, 그것은 하찮은 일이었
다. 마리우스는 서너 주 동안에 그 행복을 다 먹어 버렸다. 그는
다른 행복을 원했다. 그는 그녀가 어디에 사는지 알고 싶었다.

그는 첫 번째 실수를 했었다. 즉 글라디아퇴르 벤치의 함정
에 빠진 것. 그는 두 번째 실수를 했었다. 즉 르블랑 씨가 혼자
왔을 적에 뤽상부르 공원에 머물러 있지 않은 것. 그는 세 번
째 실수를 했다. 엄청난 실수. 그는 '위르월'의 뒤를 밟았다.

그녀는 웨스트 거리의, 사람 왕래가 가장 드문 곳에서, 보매
조촐한 사 층 새 집에 살고 있었다.

이때부터 마리우스는 뤽상부르 공원에서 그녀를 보는 행복
에다가 그녀의 집까지 그녀를 따라가는 행복을 더하였다.

그의 허기증은 사뭇 불어 가고 있었다. 그는 그녀의 이름을
알고 있었다. 적어도 그녀의 이름을, 그 매력적인 이름을, 한

여자의 진짜 이름을. 그는 그녀가 어디에 살고 있는지 알고 있었다. 그는 이제 그녀가 어떤 사람인가 알고 싶었다.

어느 날 저녁, 집까지 그들 뒤를 따라가서 그들이 정문 아래로 사라지는 것을 본 뒤, 그는 그들에 뒤이어 들어가서 대담하게도 문지기에게 말했다.

"방금 돌아오신 양반은 2층에 사십니까?"

"아니오." 하고 문지기는 대답했다. "4층에 사시는 분입니다."

한 걸음 더 나아간 것이다. 이 성공은 마리우스를 대담하게 만들었다.

"앞쪽으로 난 방입니까?" 하고 그는 물었다.

"그럼요! 집이란 으레 길거리를 향해서 세워져 있는 겁니다." 하고 문지기는 말했다.

"그런데 그 양반의 직업은 뭡니까?" 하고 마리우스는 말을 이었다.

"금리 생활자입니다. 퍽 인자하신 분으로, 부자는 아니지만, 불쌍한 사람들에게 적선을 하십니다."

"그분 이름은 뭡니까?" 하고 마리우스는 말을 이었다.

문지기는 고개를 들고 말했다.

"당신은 탐정인가요?"

마리우스는 꽤 겸연쩍었으나 무척 기뻐하면서 거기서 떠났다. 그는 진전하고 있었다.

"됐어." 하고 그는 생각했다. "이름이 위르쉴이라는 것도 알았고, 금리 생활자의 따님이라는 것도 알았고, 웨스트 거리

4층에서 산다는 것도 알았으니, 됐어."

이튿날 르블랑 씨 부녀는 잠깐밖에 뤽상부르 공원에 머물지 않았다. 그들은 한낮인데 떠났다. 마리우스는 여느 때처럼 웨스트 거리까지 그들을 따라갔다. 정문에 이르자 르블랑 씨는 딸을 먼저 들여보내고, 자기는 문에 들어가기 전에 걸음을 멈추고, 돌아서서 말끄러미 마리우스를 바라보았다.

그 다음 날 그들은 뤽상부르에 오지 않았다. 마리우스는 하루 내 기다렸으나 헛수고였다.

해가 저물어 웨스트 거리에 가서 보니 4층 창들에 불빛이 보였다. 그는 불이 꺼질 때까지 그 창들 아래서 얼쩡거렸다.

다음 날 뤽상부르 공원에는 아무도 없었다. 마리우스는 하루 종일 기다리다가 그 창들 아래에 가서 밤의 보초를 섰다. 그것이 밤 10시까지 계속되었다. 그의 저녁 식사는 될 대로 돼 버렸다. 신열은 병자의 밥이 되고, 사랑은 연인의 밥이 된다.

이렇게 일주일이 지나갔다. 르블랑 씨 부녀는 다시는 뤽상부르 공원에 나타나지 않았다. 마리우스는 이런저런 슬픈 억측을 했지만, 낮에는 차마 숨어서 정문을 지켜볼 수 없었다. 저녁에 가서 유리창에 비치는 불그레한 불빛을 주시하는 것으로 만족했다. 그는 거기에 가끔 그림자가 지나가는 것을 보고 가슴이 울렁거렸다.

여드레째 날 그가 창 아래 도착했을 때 불빛이 없었다. "저런! 아직 등불이 안 켜졌네. 밤이 다 됐는데. 외출했을까?" 하고 그는 말했다. 그는 기다렸다. 10시. 12시. 드디어 밤 1시가 다 되었다. 그러나 4층 유리창에는 불빛 하나 보이지 않고 집 안에는 누구 하나 들어가지 않았다. 그는 몹시 침울해서 떠났다.

이튿날도, 왜냐하면 그는 오직 이튿날에서 또 이튿날로만 살고 있었고, 말하자면 그에게는 더 이상 오늘이 없었으니까, 이튿날도 그는 뤽상부르 공원에서 아무도 못 보고, 거기서 기대하고 있었다. 그는 해가 저물어서 집으로 갔다. 창들에는 불빛 하나 없었고, 겉창들은 닫혀 있어서 4층은 온통 캄캄했다.

마리우스는 정문을 두드리고 들어가서 문지기에게 물었다.

"4층 양반은?"

"이사 갔습니다." 하고 문지기는 대답했다. 마리우스는 비트적거리며 가물거리는 목소리로 말했다.

"대체 언제부텁니까?"

"어저께요."

"지금은 어디서 사십니까?"

"저는 아무것도 몰라요."

"그럼 새 주소를 전혀 남겨 놓지 않았군요."

"네."

그러면서 문지기는 코를 들고 마리우스를 알아보았다.

"이런! 당신이구려! 그럼 당신은 정말로 형사군요." 하고 그는 말했다.

7

파트롱 미네트

1. 갱도와 광부들

인류 사회들에는 모두 극장들에서 말하는 '밑바닥'*이라는 것이 있다. 사회의 땅은 어떤 때는 선을 파내기 위해, 또 어떤 때는 악을 파내기 위해 그 밑 도처에 갱도가 파여 있다. 이러한 공사들은 서로 겹쳐져 있다. 상부의 갱도들과 하부의 갱도들이 있다. 이 캄캄한 하층토(下層土)에는 상부와 하부가 있는데, 그것은 때로는 문명 아래에서 무너지고, 우리들의 무관심과 돈단무심(頓斷無心)이 그것을 발 아래 짓밟는다. 18세기에, 『백과전서』는 거의 지상에 드러난 갱도였다. 원시 기독교의

---

* 트루아지엠 드수(Troisième dessous), '드수'는 무대 밑에 설치된 움직이는 널빤지 층, 지하실을 가리킨다. '트루아지엠 드수'는 '매우 나쁜 처지, 밑바닥'이라는 뜻으로 쓰인다.

그 어두운 부화기였던 암흑은 로마 황제들의 치하에 폭발하여 인류를 빛으로 흠뻑 적시기 위해 하나의 기회만을 기다리고 있었다. 왜냐하면 성스러운 암흑 속에는 잠재적인 빛이 있으니까. 화산들은 불길이 타오를 수 있는 어둠으로 가득 차 있다. 어떤 용암도 애초에는 어둠이다. 최초의 미사를 올렸던 지하 묘지는 다만 로마의 지하실이었을 뿐 아니라 세계의 지하였다.

이 경탄할 만한 복잡한 누옥인 사회구조 아래에는 온갖 굴착들이 있다. 종교의 갱도, 철학의 갱도, 정치의 갱도, 경제의 갱도, 혁명의 갱도가 있다. 어떤 사람은 사상의 곡괭이로 파고, 어떤 사람은 숫자의 곡괭이로 파고, 어떤 사람은 분노의 곡괭이로 판다. 사람들은 하나의 묘지에서 또 하나의 묘지로 서로 부르고 서로 대답한다. 이상향들이 지하에서 그러한 도관들 속에서 뻗어 간다. 그것들은 거기서 사방으로 가지를 뻗친다. 그것들은 이따금 거기서 서로 만나고, 거기서 서로 친해진다. 장 자크 루소는 자기의 곡괭이를 디오게네스에게 빌려 주고, 디오게네스는 자기의 제등(提燈)을 그에게 빌려 준다. 간혹 그것들은 거기서 서로 싸운다. 칼뱅은 소시니아스의 머리카락을 잡는다. 그러나 아무것도 목적을 향한 그 모든 활력의 긴장을 지지하지도 중단시키지도 않고, 그 암흑 속을 오가고, 오르내리고, 다시 오르면서, 서서히 위아래를 바꾸어 놓고 안팎을 뒤집어 놓는 그 동시적인 광범한 활동을 저지하지도 중단시키지도 않는다. 알려지지 않은 엄청난 득실거림. 사회는 그 표면은 그대로 둔 채 그 내장을 변화시키는 이 굴착을 거의 알아차리지 못한다. 지하의 층들이 많은 만큼 공사들도 가지가지, 굴착들도 가지각색. 이 모든 깊은 발굴 작업들에서 무엇이 나오는가? 미래가.

깊이 들어가면 들어갈수록 더 일꾼들은 신비로워진다. 사회철학자가 알아볼 수 있는 단계까지 그 일은 좋다. 그 단계를 넘어서면 그것은 수상쩍고 혼성이다. 더 아래로 가면 그것은 무시무시해진다. 어떤 깊이에서 굴착들은 문명의 정신이 더 이상 뚫고 들어갈 수 없고, 인간이 호흡할 수 있는 한계를 넘어서고, 괴물들의 시작이 가능하다.

내려가는 사닥다리는 이상하다. 그리고 그 가로장들의 하나하나는 철학이 발판으로 삼을 수 있는 하나의 층에 부합하고, 거기서 때로는 신성하고 때로는 보기 흉한 그런 노동자들의 하나를 만난다. 존 하스 아래에 루터가 있고, 루터 아래에 데카르트가 있고, 데카르트 아래에 볼테르가 있고, 볼테르 아래에 콩도르세가 있고, 콩도르세 아래에 로베스피에르가 있고, 로베스피에르 아래에 마라가 있고, 마라 아래에 바뵈프*가 있다. 그리고 그것은 계속된다. 더 아래로 가서, 눈에 보이는 것과 안 보이는 것 사이의 경계에는 또 다른 사람들의 검은 그림자가 어렴풋이 보이는데, 그들은 아마 아직은 이 세상에 존재하지 않을 것이다. 어제의 사람들은 유령들이고, 내일의 사람들은 유충들이다. 심안(心眼)은 그들을 어렴풋이 알아본다.

---

* 바뵈프(Gracénus Babeuf, 1760~1797). 프랑스의 혁명가, 보보비즘 (bobovisme, 일종의 공산주의)의 창시자. 프랑스 혁명정부의 집정 내각에 대해서 꾸민 '평등자들의 음모'(1796)의 수령. 고발되어 처형되었다.

미래의 초기 연구는 철학자의 비전 중 하나다.

태아 상태에 있는 혼돈 속의 세계, 이건 얼마나 놀라운 모습인가!

생시몽, 오언, 푸리에 역시 거기에, 측면 대호(對壕) 속에 있다.

이 모든 지하의 개척자들은 거의 언제나 자기들이 외떨어져 있다고 생각하지만 그렇지 않고, 눈에 보이지 않는 신성한 사슬로 자기들도 모르는 사이에 서로 연결되어 있지만, 확실히 그들의 연구는 퍽 다양하고, 어떤 이들의 빛은 다른 이들의 불길과 대조를 이루고 있다. 어떤 사람들은 즐겁고 다른 사람들은 비장하다. 그렇지만 그 차이가 무엇이든 간에, 이 모든 일꾼들은 가장 높은 자에게서 가장 캄캄한 자에게 이르기까지, 가장 현명한 자에게서 가장 경박한 자에게 이르기까지 하나의 유사점이 있는데, 그것은 무사무욕이다. 마라도 예수처럼 자기를 희생했다. 그들은 자신은 무시하고, 자신은 빼고, 자신은 조금도 생각하지 않는다. 그들은 자기 외의 것을 본다. 그들은 하나의 눈을 가지고 있고, 그 눈은 절대를 찾는다. 최상위자는 눈 속에 하늘 전체를 담고 있다. 최하위자는 아무리 이해할 수 없는 사람이라도 아직 눈썹 아래 무한의 희미한 빛을 가지고 있다. 그가 무엇을 하든지, 그러한 표적을, 즉 별의 눈을 가지고 있는 사람은 누구나 숭배하라.

그늘진 눈은 또 다른 표적이다.

그런 눈에서 악이 시작된다. 눈에 빛이 없는 사람 앞에서는 경계하고 두려워하라. 사회계층에는 검은 광부들이 있다.

어떤 지점에서는 굴착이 매몰이 되고 거기서 빛이 꺼져 버린다.

방금 지적한 그 모든 갱도들 아래, 그 모든 탄갱들 아래, 진보와 이상향의 그 모든 지하의 광대한 정맥계(系) 아래, 땅속 아주 더 깊은 곳에, 마라보다도 더 아래, 바뵈프보다도 더 아래, 더 아래, 훨씬 더 아래, 상부층과는 아무런 관계도 없는 곳에, 마지막 갱도가 있다. 무시무시한 곳. 그곳이 우리가 밑바닥이라고 부르는 곳이다. 그곳은 암흑의 구덩이다. 그것은 '장님들의 지하실'이다. '하계(下界).'

그것은 심연으로 통한다.

2. 밑바닥

거기서 무사무욕은 사라진다. 악마가 어렴풋이 윤곽을 드러내고, 저마다 저만을 생각한다. 눈 없는 자아가 으르렁거리고, 찾고, 더듬고, 갉아먹는다. 사회의 우골리노*가 이 구렁텅이 속에 있다.

이 구덩이 속에서 얼쩡거리는 영독스러운 인간의 영상들은 거의 짐승들이고 거의 유령들, 세상의 진보에는 관심이 없고, 사상과 말을 무시하고, 오직 개인적인 욕망의 만족밖에 걱정

---

* 우골리노는 기아의 탑 속에 유폐되어 굶어 죽은 제 아이들의 해골바가지를 갉아먹은 사람. 단테의 『신곡』 참조.

하지 않는다. 그들은 거의 무분별하고, 그들의 마음속에는 일종의 굉장한 소멸이 있다. 그들에게는 두 어머니가 있는데, 둘다 못된 어머니들, 무지와 빈궁이다. 그들은 욕구라는 하나의 안내자를 갖고 있고, 만족의 모든 형태들로서 식욕을 갖고 있다. 그들은 난폭하게 탐욕스럽다. 즉 사납다. 폭군처럼이 아니라 호랑이처럼. 이 인간 쓰레기들은 고통에서 범죄로 간다. 그것은 필연적인 연관, 대단한 발생, 그늘의 논리. 사회의 밑바닥에서 기어 나니는 것, 그것은 더 이상 절대의 숨막힌 요구가 아니다. 그것은 물질의 항의다. 인간은 거기서 용*이 된다. 배고프다, 목마르다, 이것이 출발점이다. 사탄이 되는 것, 이것이 도달점이다. 이러한 지하실에서 대도 라스네르가 나온다.

우리는 아까 제4편에서 상부 갱도의 한 구획, 즉 정치, 혁명, 철학의 큰 갱도를 보았다. 거기서는, 방금 말했듯이, 모든 것이 고결하고, 순수하고, 위엄있고, 정직하다. 거기서도 확실히 과오를 범할 수 있고, 실제로 범하고 있지만, 과오에 영웅적인 것이 들어 있는 한 과오는 거기서 존경할 만하다. 거기서 행해지는 일의 전체는 '진보'라는 이름을 가지고 있다. 이제 우리는 다른 심층을, 그 끔찍한 심층을 일별할 때가 왔다.

이 점 강조하거니와, 사회 아래에는, 그리고 무지가 사라지는 날까지는 악의 소굴이 있을 것이다.

이 지하실은 모든 지하실들 아래에 있고, 모든 지하실들의 적이다. 그것은 예외 없이 증오다. 이 지하실은 철학자들을 알

---

* 용(dragon)은 기독교 도감에서 악마의 표상이다.

지 못하며, 그의 단도는 일찍이 깃털 펜을 깎아 본 적이 없다. 그의 검은 얼룩은 글 쓰는 테이블의 숭고한 검은 얼룩과 아무런 관계도 없다. 그 숨막힐 듯한 천장 아래서 경련하는 밤의 손가락들은 일찍이 책 한 장 넘겨 보지 않았고 신문 한 번 펴 보지 않았다. 바뵈프는 카르투슈에 비해서는 탐험가고, 마라는 신데르한네스에 비해서는 귀족이다. 이 지하실은 모든 것의 전복을 목적으로 삼고 있다.

모든 것의 전복을. 그중에는 지하실이 저주하는 상부 갱도들도 포함된다. 이 지하실은 그 끔직한 준동 속에서 단지 현재의 사회질서를 서서히 파괴할 뿐 아니라, 철학을 서서히 파괴하고, 과학을 서서히 파괴하고, 법률을 서서히 파괴하고, 인류의 사상을 서서히 파괴하고, 문명을 서서히 파괴하고, 혁명을 서서히 파괴하고, 진보를 서서히 파괴한다. 그 이름은 그저 간단하게 도둑질이고, 매음이고, 살인이고, 암살이다. 그것은 암흑이고, 그것은 혼돈을 바란다. 그의 궁륭은 무지로 만들어져 있다.

다른 모든 지하실들은, 상부의 지하실들은 하나의 목적밖에 없다. 즉 이 동굴을 제거하는 일이다. 철학과 진보가 동시에 그들의 모든 수단에 의해, 현실의 개선과 절대의 정관에 의해 목표로 삼고 있는 것은 바로 그 점이다. '무지'의 지하실을 파괴하라. 그러면 당신은 '범죄'의 소굴을 파괴한다.

내가 방금 쓴 것의 일부분을 몇 마디로 요약하자. 사회의 유일한 위험, 그것은 '어두움'이다.

인류, 그것은 동일성이다. 모든 인간들은 다 똑같은 점토다.

적어도 이승에서는 신이 미리 정해 놓은 운명에 아무런 차이도 없다. 전생에는 다 똑같은 어두움, 생시에는 다 똑같은 육신, 사후에는 다 똑같은 재. 그러나 인간의 반죽에 섞여 든 무지는 그것을 검게 한다. 이 불치의 검은 반점이 인간의 내부에 번져 거기서 '악'이 된다.

3. 바베와 괼메르, 클라크수, 몽파르나스

클라크수와 괼메르, 바베, 몽파르나스의 사인조 불한당이 1830년에서 1835년까지 파리의 밑바닥을 지배하고 있었다.

괼메르는 마치 떨려 난 헤라클레스 같은 사나이였다. 그는 아르슈 마리용의 하수도를 소굴로 삼고 있었다. 6척 장신에, 대리석 같은 흉곽, 청동 같은 팔, 동굴 같은 호흡, 거인 같은 체구, 거기에 참새 같은 두골. 마치 파르네즈의 헤라클레스 상이 무명 바지에 목 우단 저고리를 입고 나선 꼴이다. 그러한 조각 같은 체격을 가진 괼메르는 괴물들이라도 정복할 수 있었을 것이다. 그는 괴물 하나가 되는 것이 더 빠르다고 생각했다. 좁은 이마에 널따란 관자놀이, 나이 마흔도 안 됐는데 눈꼬리에 잔주름이 잡히고, 짧고 뻣뻣한 더벅머리, 구레나룻이 더부룩한 뺨, 멧돼지 같은 수염, 이런 것만으로도 대강 이 사람의 됨됨이를 상상할 수 있으리라. 그의 근육은 노동을 촉구했으나, 그의 어리석음은 그것을 원치 않았다. 이 게으름뱅이는 힘이 장사였다. 그는 살인을 하고도 태연했다. 사람들은 그를 열대지방의 옛 식민지 태생의 백인이라고 생각했다. 그는 1815년 아비뇽에서 짐꾼 노릇을 했으니, 아마 브륀 원수*에게도 조금 손을 댔을 것이다. 그러한 실습기를 거쳐서 그는 강도가 되었다.

바베의 작은 몸집은 괼메르의 거대한 육체와 좋은 대조를 이루었다. 바베는 수척하고 유식했다. 그는 투명했으나, 속이 들여다보이지는 않았다. 사람은 그 뼈를 통해 햇볕을 보았으나, 그 눈동자를 통해서는 아무것도 보이지 않았다. 그는 자기가 화학자라고 공언했다. 보베슈** 극단에서 어릿광대 노릇을 하고 보비노 극단에서 익살 광대 노릇을 했다. 생 미엘에서는 보드빌을 연출했다. 그는 확고한 의도를 가진, 구변 좋은 사람으로, 두드러지게 미소를 짓고, 유난스럽게 몸짓을 했다. 그의 생업은 '국가원수'의 석고 흉상과 초상화를 야외에서 파는 일이었다. 게다가 그는 사람들의 이도 빼 주었다. 그는 장터에서 진기한 것들을 보여 주었고, 나팔과 함께 바라크를 하나 가지고 있었는데, 거기에는 다음과 같은 광고가 붙어 있었다. '아카데미 회원 겸 치과의 바베, 금속 및 비금속에 관하여 물리 실험을 행하고, 이를 빼고, 동료 의사들이 하지 못하는 치근(齒根) 치료를 시행함. 가격은 이 한 개에 1프랑 50상팀, 두 개에 2프랑, 세 개에 2프랑 50상팀. 이 기회를 이용하시오.' ('이

---

* 브륀(Guillaume Marie Anne Brune, 1763~1815). 1815년에 아비뇽에서 암살되어 강 속에 던져진 사람.
** 보베슈(Mandelard Bobèche, 1791~1840?). 제국 시대와 왕정복고 시대에 유명했던 어릿광대.

기회를 이용하시오.'라는 것은 '가능한 한 많이 이를 빼시오'라는 뜻
이었다.) 그는 결혼을 했고 아이들이 있었으나, 자기 아내와 아
이들이 어찌됐는지도 모르고 있었다. 사람들이 손수건을 잃어
버리듯이 그는 그들을 잃어버렸다. 바베는 신문을 읽을 줄 알
았는데, 그것은 그가 속한 미천한 사회에서는 대단한 예외였
다. 어느 날, 바퀴 달린 이동식 바라크에서 가족과 함께 살고
있던 때인데,《메사제》신문에서 어떤 부인이 송아지 같은 상
판대기를 한 아기를 낳았는데 아이가 정상적으로 자라날 수
있다는 기사를 읽고, 그는 소리를 질렀다. "이건 행운이다! 한
데 우리 여편네는 내게 이 같은 아이 하나도 낳아 주는 재간이
없단 말이야!"

그 후 그는 "파리를 '도모하기' 위해 모든 것에서 손을 뗐
다."그의 표현이다.

클라크수는 어떤 사람이었는가? 그는 밤이었다. 그는 하늘
이 새카맣게 칠해지기를 기다렸다가 비로소 나타났다. 저녁이
면 구멍에서 나왔다가 날이 새기 전에 도로 그리로 들어갔다.
그 구멍은 어디에 있었는가? 아무도 몰랐다. 지척을 분간 못
할 어둠 속에서, 자기의 공범자들에게도 등을 돌리고서밖에 말
하지 않았다. 그의 이름이 정말 클라크수였을까? 아니다. 그는
"내 이름은 파 뒤 투다.(전혀 아니다.)"라고 말했다. 갑자기 촛불
이 켜지면 그는 탈을 썼다. 그는 복화술사였다. 바베가 말했다.
"클라크수는 두 가지 목소리를 내는 밤짐승이다." 클라크수는
방심한 듯하고, 종잡을 수 없고, 무시무시했다. 클라크수는 별
명이었으니, 그에게 이름이 있었는지 확실치 않았고, 그의 배

가 입보다 더 자주 말했으니 그에게 목소리가 있었는지도 확실치 않았고, 아무도 결코 그의 탈밖에 본 일이 없었으니 그에게 얼굴이 있었는지도 확실치 않았다. 그는 유령처럼 홀연히 사라지고, 나타날 때는 불쑥 땅에서 튀어나오는 것 같았다.

침울한 인간, 그것은 몽파르나스였다. 몽파르나스는 어린 애였다. 나이는 스물이 못 되고, 예쁜 얼굴, 버찌 같은 입술, 매력적인 검은 머리, 봄빛 어린 눈을 지녔다. 그는 모든 악덕들을 가지고 있었고, 모든 범죄들을 갈망하고 있었다. 악의 소화는 그에게 최악의 악의 욕망을 부채질했다. 그는 건달에서 깡패가 되고, 깡패에서 불한당이 되었다. 그는 귀엽고, 야들야들하고, 맵시 있고, 건장하고, 부드럽고, 잔인했다. 그는 1825년의 스타일 그대로, 모자의 왼편 테를 좀 까 올려서 머리털을 드러내 보였다. 그는 강도질을 해서 살았다. 그의 프록코트는 훌륭하게 재단된 것이었으나 해져 있었다. 몽파르나스, 이건 빈궁을 겪고 있고 살인을 범하고 있는 패션의 판화였다. 이 청년의 모든 범죄 원인은 옷을 잘 입고 싶은 욕망이었다. "너는 미남이다."라고 그에게 말한 어떤 바람기 있는 여공이 그의 가슴속에 암흑의 얼룩을 던졌고, 이 아벨을 카인으로 만들었다. 자신이 예쁘다고 생각한 그는 멋쟁이가 되고 싶었다. 그런데 첫째의 멋, 그것은 무위도식이요, 빈자의 무위도식, 그것은 범죄다. 어떠한 부랑배도 몽파르나스만큼 사람들이 두려워한 부랑자는 별로 없었다. 열여덟 살에 그는 벌써 여러 구의 시체를 자기 뒤에 가지고 있었다. 이 무지막지한 놈의 그늘에, 얼굴이 피투성이가 되어 두 팔을 뻗치고 누워 있는 행인이 한둘 아니었다. 곱슬머리에 포마드를 바르고, 홀쭉한 허리, 여자 같은 엉덩이, 프러시아 장교 같은 상반신, 그의 주위에서 속삭이는 거리의 여자들의 감탄성, 멋들어지게 맨 넥타이, 호주머니 속에 감추어 놓은 곤봉, 단춧구멍에 꽂고 다니는 한 송이의 꽃, 이러한 것이 이 무덤의 멋쟁이였다.

4. 동아리의 조직

그들 넷이서, 이 무뢰한들은 프로테우스* 같은 것을 형성하여, 경찰 사이를 요리조리 다니고, '나무, 화염. 샘 등 여러 가지 형상 아래' 비독**의 빈틈없는 눈에서 벗어나려고 애쓰고, 그들의 이름과 꾀를 서로 빌려 주고, 그들 자신의 어둠 속에 모습을 감추고, 비밀 은신처에 서로서로 숨겨 주고, 가장무도회에서 자기의 가짜 코를 떼 내듯이 그들의 됨됨이를 흐트러뜨리고, 때로는 더 이상 한 사람밖에 안 될 정도로 줄어들어 보이고, 또 때로는 명경찰(名警官) 코코 라쿠르 자신도 그들을 여러 명으로 착각할 정도로 많아지고 했다.

이 네 사람은 전혀 네 사람이 아니었다. 그들은 파리에서 대

---

* 프로테우스(Proteus). 마음대로 형태를 바꾸는 능력을 가진 바다의 신(그리스신화).
** 비독(François vidocg, 1775~1857). 프랑스의 협잡꾼. 탈옥수인 그는 경찰의 탐정이 되고 치안의 수장이 되었다. 그가 남긴 『회상기』(Mémoires, 1828~1829)는 베스트셀러가 되었다.

규모로 일하는 네 머리를 가진 신비로운 도적 같은 것이었고, 사회의 지하실에서 서식하는 악의 기괴한 산호충 같은 것이었다.

하부 조직과 그들의 겉으로 드러나지 않은 연고 관계의 망(網) 덕분에, 바베와 괼메르, 클라크수, 몽파르나스는 센 도의 매복 청부를 도맡아 가지고 있었다. 그들은 행인에 대해 아래서부터의 쿠데타를 행했다. 이러한 종류에서 아이디어를 찾아낸 사람들은, 밤중의 일을 착상한 사람들은 그들에게 그 실행을 부탁했다. 사람들이 이 네 악당들에게 골자를 제공하면, 그들은 그 연출을 맡았다. 그들은 각본에 따라 일을 했다. 거들어 줄 필요가 있고 충분히 벌이가 되는 모든 범죄에 그들은 언제나 거기에 알맞은 적당한 사람들을 빌려 줄 수 있었다. 조력자를 찾고 있는 범죄자에게는 공범자들을 빌려 주었다. 그들은 깊은 지하실의 모든 비극들에 마음대로 사용할 수 있는 한 무리의 암흑의 배우들을 가지고 있었다.

그들은 보통, 그들이 잠을 깰 때인 해 질 무렵에, 살페트리에르 양로원 근처의 들판에서 모였다. 거기서 그들은 상의를 했다. 그들은 그들 앞에 열두 시간을 갖고 있고, 그들은 그것을 어떻게 쓸 것인가를 결정했다.

'파트롱 미네트', 이것이 지하 사회에서 이 네 명의 결사에 주어진 이름이었다. 날마다 점점 사라져 가는 이상한 옛 속어에서 파트롱 미네트(주인 아가씨)라는 말은 아침을 의미하는데, '개와 늑대 사이'라는 말이 저녁을 의미하는 것과 같다. 이 파트롱 미네트라는 호칭은 십중팔구 그들의 일이 끝나는 시간에서 온 것이리라. 새벽녘은 유령들이 사라지고 도적들이 헤어지는 때이니까. 이 네 사람들은 그러한 이름으로 알려져 있었다. 중죄 재판장이 라스네르를 그의 감옥으로 찾아갔을 때, 그는 라스네르가 부인하는 범죄에 관해 신문했다. "그럼 누가 그걸 했느냐?" 하고 재판장이 물었다. 라스네르는 법관에게는 수수께끼 같지만 경찰들은 빤히 알 수 있는 이런 대답을 했다. "그건 아마 파트롱 미네트일 겝니다."

사람들은 때때로 등장인물들의 이름을 보고 그게 어떤 희곡인가를 짐작하는데, 그와 마찬가지로 비적들의 명단을 보고 그게 어떤 적당(賊黨)인가를 대충 알 수 있다. 파트롱 미네트의 주된 가담자들이 어떤 이름을 가지고 있었던가 그 이름을 아래에 들어 본다. 이 이름들은 특수한 기록들에 남아 있다.

팡쇼, 별명 프랭타니에, 또는 비그르나유.

브뤼종.(브뤼종이라는 한 계통이 있었는데, 이에 관해서 한마디 하는 걸 포기하지 않겠다.)

불라트뤼엘, 앞서 잠깐 본 도로 수리공.

라뵈브.

피니스테르.

오메르 오귀, 흑인.

마르디수아르.

데페슈.

퐁틀루아, 별명 부크티에르.

글로리외, 전과자.

바르카로스, 별명 뒤퐁 씨.

레스플라나드 뒤 쉬드.

푸사그리브.

카르마뇰레.

크뤼이드니에, 별명 비자로.

망즈당텔.

레 피예 장 레르.

드미 리아르, 별명 되 밀리야르.

등등.

이만 해 두자. 최고 악질들은 아니다. 이 이름들에는 얼굴들이 있다. 그것들은 단지 인물들을 나타낼 뿐만 아니라 종류도 나타낸다. 이 이름들 하나하나는 문명 밑바닥의 그 보기 흉한 버섯들의 한 변종에 해당한다.

이 인간들은 좀처럼 얼굴을 나타내지 않으므로, 우리가 거리에서 보는 지나가는 사람들 중에는 있지 않았다. 낮에는 그들의 흉포한 밤일에 지쳐서, 어떤 때는 석회 가마솥 속으로, 또 어떤 때는 몽마르트르나 몽루즈의 폐지된 채석장으로, 또 때로는 하수도 속으로 자러 갔다. 그들은 지하의 굴에 숨었다.

이 사람들은 어찌되었는가? 그들은 여전히 존재한다. 그들은 항상 존재했다. 호라티우스는 그들을 이렇게 말했다. "창부, 약장사, 거지, 익살광대." 그리고 사회가 현상대로 있는 한 그들 역시 현상대로 있으리라. 그들의 지하실의 컴컴한 천장 밑에서 그들은 사회적 삼루(滲漏)에서 영원히 다시 태어난다. 그들은 언제나 똑같은 유령으로 되돌아온다. 다만 그들은 더 이상 같은 이름을 갖고 있지 않고, 더 이상 같은 겉모양을 갖고 있지 않을 뿐이다.

개인들은 소멸해도 종족은 존속한다.

그들은 언제나 똑같은 능력을 가지고 있다. 거지에서 부랑배에 이르기까지 이 족속은 순수하게 지속된다. 그들은 호주머니 속의 지갑을 알아채고, 조끼 호주머니 속의 회중시계를 맡아 낸다. 금은은 그들에게 냄새를 풍긴다. 훔칠 수 있는 것 같다고 말할 수 있는 어수룩한 시민들도 있다. 이런 시민들을 그 사람들은 참을성 있게 따라간다. 외국 사람이나 시골뜨기가 지나가는 때, 그들은 거미처럼 몸을 떨며 좋아한다.

오밤중에, 인적 드문 가로수 길에서 그 사람들을 만나거나 그 사람들이 어렴풋이 보이면 몸이 오싹해진다. 그들은 사람들 같지 않고, 살아 있는 안개로 만들어진 형상들 같다. 그들은 보통 암흑과 한 덩어리가 되어서 그 암흑과 구별되지 않고, 어둠 이외의 영혼을 갖고 있지 않으며, 그들이 밤에서 빠져나온 것은 일시적이고, 잠시 동안 흉악한 삶을 살기 위해서인 것 같다.

이 인간쓰레기들을 없애기 위해서는 무엇이 필요한가? 빛이다. 넘쳐흐르는 빛. 서광에 대항하는 박쥐는 한 마리도 없다. 밑바닥 사회를 비추어라.

8
악독한 가난뱅이

1. 마리우스, 한 처녀를 찾아다니다 한 남자를 만나다

여름도 가고 가을도 지나 겨울이 왔다. 르블랑 씨도 처녀도 다시는 뤽상부르 공원에 나타나지 않았다. 마리우스는 그 정답고 사랑스러운 얼굴을 다시 한 번 보았으면 하는 한 가지 생각밖에 없었다. 그는 노상 찾아다녔다. 어디고 찾아다녔다. 그러나 아무것도 찾아내지 못했다. 그는 이제 열광적인 몽상가 마리우스가 아니고, 과감하고 확고하고 열렬한 사나이도 아니고, 운명에 대한 대담한 도전자도 아니고, 미래 위에 미래를 쌓아 올리는 두뇌도 아니고, 계획과 연구, 긍지, 사상, 의지에 충만한 젊은 정신도 아니었다. 그는 한 마리의 헤매는 개였다. 그는 암담한 슬픔에 빠졌다. 다 끝났다. 일에도 싫증이 나고, 산책에도 지치고, 고독에도 염증이 났으며, 예전에는 온갖 형

269

상, 빛, 소리, 조언, 경치, 지평선, 교훈으로 그렇게도 가득 차 있던 광막한 자연이 이제 그의 앞에 텅 비어 있었다. 그에게는 모든 것이 사라져 버린 것 같았다.

그는 늘 생각했다. 왜냐하면 그는 달리 할 수 없었으니까. 그러나 그는 더 이상 자신의 생각들을 좋아하지 않았다. 그것들이 그에게 끊임없이 아주 나직한 소리로 제안하는 모든 것에 그는 그늘에서 "그게 무슨 소용이냐?" 하고 대답했다.

그는 백 번이고 스스로를 탓했다. 왜 그 여자의 뒤를 밟았던고? 그녀를 보는 것만으로도 나는 그렇게 행복했는데! 그녀도 나를 보고 있었는데, 그건 굉장한 일이 아니었던가? 그녀도 나를 사랑하고 있는 것 같았다. 그게 전부가 아니었던가? 나는 무얼 가지고 싶었던가? 그러고 나서 아무것도 없다. 난 어리석었다. 그건 내 잘못이다 등등. 쿠르페락에게 그는 그의 성질상 아무것도 속내 얘기를 하지 않았지만, 모든 것을 대강 알아챈 쿠르페락은 역시 그의 성질상 처음에는 마리우스가 사랑에 빠진 것을 놀라면서도 축하해 주었는데, 그 후 마리우스가 그렇게 우울해진 것을 보자 마침내 그에게 이렇게 말했다. "넌 단지 짐승 같은 놈이었나 보다. 이봐, 쇼미에르에 가자."

한 번은 9월의 한 화창한 날, 마리우스는 쿠르페락과 보쉬에, 그랑테르에게 이끌려 소의 무도장에 갔는데, 참으로 꿈같은 이야기지만, 아마 거기서 그 여자를 찾아낼지도 모르겠다고 기대했다. 물론 그는 거기서 찾고 있는 여자를 볼 수 없었다. "그렇지만 잃어버린 여자들은 모두 여기서 찾아냈는데." 하고 그랑데르는 혼잣말처럼 중얼거렸다. 마리우스는 친구들을 무도장에 남겨 둔 채, 혼자 걸어서 돌아갔다. 지치고, 열이 나고, 어둠 속에서 흐릿하고 침울한 눈을 하고, 향연에서 되돌아오는 노래하는 인간들을 가득 싣고 그의 옆을 지나가는 즐거운 마차들의 소음과 먼지로 얼떨떨하고, 맥이 탁 풀려, 머리를 식히기 위해 길가의 호두나무들의 자극적인 냄새를 들이마시면서.

그는 다시 살기 시작했다. 더욱더 외롭게, 정신이 나가고, 몸은 허탈하고, 가슴속 고민에 완전히 사로잡혀, 덫에 치인 이리처럼 괴로움 속에서 오락가락하고, 보이지 않는 그 여자를 사방으로 찾아다니고, 사랑 때문에 얼이 빠져서.

또 한 번은 어떤 사람을 만나 이상한 인상을 받았다. 그는 앵발리드 가로수 길 근처의 작은 거리에서 한 사나이와 마주쳤는데 그 사람은 노동자 같은 옷차림을 하고 챙이 기다란 모자를 쓰고 있었고 그 모자 아래로 새하얀 머리털 타래들이 흘러 내리고 있었다. 마리우스는 그 흰 머리의 아름다움에 강한 인상을 받고 그 사람을 자세히 살펴보았는데, 그는 천천히 걸어가고 있었고 괴로운 명상에 빠져 있는 것 같았다. 이상한 일인데, 마리우스에게는 그 사람이 꼭 르블랑 씨인 것만 같았다. 모자 아래로 보이는 똑같은 머리에 똑같은 옆모습이었고, 걸음걸이도 똑같은데, 다만 더 쓸쓸해 보였다. 하지만 그는 왜 노동자 옷을 입고 있었을까? 그것은 무슨 뜻이었을까? 그 변장은 무슨 의미였을까? 마리우스는 매우 놀랐다. 제정신으로 돌아왔을 때 그의 첫 충동은 그 사나이의 뒤를 밟기 시작하는 것이었다. 그가 찾고 있는 종적을 마침내 잡지 않을지 누가 알랴? 어쨌든 그 사나이를 자세히 다시 보고 수수께끼를 풀어야 했다. 그러나 그가 그런 생각을 했을 때는 너무 늦었다. 그 사나이는 벌써 거기에 없었다. 그는 어떤 좁은 옆길로 들어가 버렸고, 마리우스는 그를 찾아 낼 수 없었다. 이 만남이 며칠 동안 그의 머리에서 떠나지 않았으나, 그런 뒤 스러져 버렸다. 그는 이렇게 생각했다. "결국, 그건 십중팔구 꼭 닮은 사람이었을 뿐이야."

2. 습득물

마리우스는 고르보 누옥에서 계속해서 살았다. 그는 거기서 아무에게도 주의하지 않았다.

사실 이 무렵에 고르보 누옥에는 마리우스와 그 종드레트 일가 이외에 다른 사람들은 살고 있지 않았는데, 그는 한 번 종드레트 일가의 방세를 치러 주었으나, 아버지에게도, 어머니에게도, 딸들에게도 말해 본 적이 한 번도 없었다. 다른 셋방살이들은 이사 갔거나 죽었거나, 아니면 돈을 못 내 쫓겨났다.

그 해 겨울 어느 날, 오후에 해는 좀 비쳤다. 하지만 그날은 성촉절(聖燭節)이라는 오래된 축일인 2월 2일로, 여섯 주간의 추위를 예고하는 그 태양은 마티외 렌스베르에게 다음과 같은 두 줄의 고전적인 시구의 영감을 주었다.

해는 비치거나 반짝여도

곰은 제 굴로 돌아간다.

마리우스는 지금 막 제 굴에서 나왔다. 날이 저물어 가고 있었다. 저녁밥을 먹으러 가는 시간이었다. 왜냐하면 그는 저녁밥을 다시 먹기 시작해야 했으니까. 아아, 슬프도다! 오, 이상적인 정렬의 무력함이여!

그가 막 문밖으로 나오자, 바로 그때 부공 할멈이 문 앞을 쓸면서 다음과 같은 넋두리를 혼자 중얼거리고 있었다.

"요새 값싼 게 뭐가 있어? 모두가 비싸. 값싼 건 사람들의 근심 걱정밖에 없어. 그건 공짜야, 사람들의 근심 걱정은!"

마리우스는 생 자크 거리로 가려고 성문께를 향해 가로수 길을 천천히 올라가고 있었다. 그는 생각에 잠겨 머리를 숙이고 걸어가고 있었다.

갑자기 그는 안개 속에서 누군가 자기를 팔꿈치로 치는 것을 느꼈다. 돌아서서 보니 누더기를 걸친 두 계집애였는데, 하나는 키가 크고 빼빼 말랐고, 또 하나는 조금 덜 컸는데, 겁을 먹고, 헐레벌떡 도망치듯 빨리 지나갔다. 그녀들은 마리우스의 맞은편에서 오면서 그를 보지 못한 채 지나가다가 그와 부딪쳤던 것이다. 마리우스는 어스름 속에서 그녀들의 창백한 얼굴과 맨머리, 헝클어진 머리, 꾀죄죄한 모자, 남루한 치마, 맨발을 분명히 알아보았다. 달음박질을 치면서도 그녀들은 서로 말을 하고 있었다. 큰애가 아주 나직한 목소리로 말했다.

"개들이 왔어. 하마터면 내가 잡힐 뻔했지 뭐냐."

또 하나의 계집애가 대답했다. "나도 개들을 봤어. 나는 냅다 뛰었지, 냅다 뛰고 또 뛰었지!"

마리우스는 이 끔찍한 결말을 통해, 헌병이나 경찰 들이 두 계집애를 잡을 뻔했으나 이 두 계집애들은 줄행랑을 쳤다는 것을 알았다.

계집애들은 그의 뒤 가로수 길의 나무들 아래로 들어가, 얼마 동안 어둠 속에서 희끄무레하게 보이다가 스러져 버렸다.

마리우스는 잠깐 멈춰 섰다.

그가 계속 길을 가려고 했을 때 발 아래 땅바닥에 조그만 뽀얀 꾸러미 하나가 떨어져 있는 것이 눈에 띄었다. 그는 몸을 구부려 그것을 주웠다. 그것은 봉투 같은 것인데 그 속에 서류가 들어 있는 것 같았다.

"옳아, 아까 그 불쌍한 계집애들이 이걸 떨어뜨렸을 거야!" 하고 그는 말했다.

그는 되짚어 오면서 불러 보았으나, 그녀들은 이미 온데간데없었다. 그는 그녀들이 벌써 멀리 갔다고 생각하고, 그 꾸러미를 호주머니에 넣고 저녁밥을 먹으러 갔다.

길을 가다가 그는 무프타르 거리의 샛길에서 어린아이의 관 하나를 보았는데 그것은 검은 관포(棺布)에 덮여, 세 개의 의자 위에 놓인 채 촛불 하나로 비쳐 있었다. 황혼의 그 두 처녀들이 그의 머리에 다시 떠올랐다.

"가련한 어머니들!" 하고 그는 생각했다. "제 아이들이 죽는 걸 보는 것보다도 더 슬픈 일이 있다. 그것은 자기 아이가 잘못 사는 걸 보는 일이다."

그런 뒤 그의 슬픔에 변화를 주던 그 그림자들은 그의 생각에서 나가고, 그는 그의 일상의 관심사에 다시 빠져들었다. 그는 뤽상부르 공원의 아름다운 나무들 아래에서 맑은 공기와 밝은 햇빛을 가득 쐬며 보낸 그의 사랑과 행복의 반 년을 다시 생각하기 시작했다.

"내 생활은 얼마나 침울해졌는가!" 하고 그는 생각했다. "처녀들은 여전히 내 앞에 나타난다. 다만 예전엔 천사들이었는데, 지금은 흡혈귀들이다."

3. 한 몸의 네 얼굴

그날 밤 마리우스는 자려고 옷을 벗다가, 예복 호주머니에 넣어 둔 가로수 길에서 주운 꾸러미에 손이 닿았다. 그는 그것을 잊고 있었다. 그는 그것을 열어 볼 필요가 있다고 생각했다. 그리고 실제로 그 꾸러미가 그 처녀들의 것이라면, 그 속에 아마 그녀들의 주소가 들어 있을 것이라고, 어쨌든 그것을 잃어버린 사람에게 돌려주기 위해 필요한 정보가 들어 있을 것이라고 생각했다.

그는 봉투 속의 것을 꺼냈다.

그 봉투는 봉해져 있지 않았고, 역시 봉하지 않은 네 통의 편지가 그 속에 들어 있었다.

편지에는 제각기 받아 볼 사람의 주소와 성명이 적혀 있었다.

네 통이 모두 몹시 고약한 담배 냄새를 풍기고 있었다.

첫 번째 편지의 주소 성명은 이러했다.

하원 앞 광장 ×××번지, 그뤼슈레 후작 부인님 전.

마리우스는 십중팔구 거기에 그가 찾고 있는 정보를 발견
할 뿐만 아니라, 편지가 봉해 있지 않으니까 남이 읽어도 사실
지장이 없을 것이라고 생각했다.

그 사연은 이러했다.*

후작 부인님

인자와 신앙심의 덕은 사회를 더 밀접하게 통합하는 거시로
소이다. 충의를 위하고 정통 왕위 계승권의 성스러운 대의명분
에 충실하기 위해 일신을 희생하고, 그 명분을 지키기 위해 피
를 흘리고, 그의 재산, 전 재산을 바쳤는데도, 오늘날 극도의 빈
궁에 빠져 있는 이 불운한 스페인 인에게 원컨대 부인님의 기독
교적 정신을 베푸으시사 동정의 눈길을 던저 주소서. 만신 상처
투성인 이 교양 있고 명예로운 군인으로 하여금 그 고생이 막심
한 생을 계속 부지해 나가게 하기 위하여 존귀하신 부인님께서
구원의 손길을 뻣처 주시리라고 믿어 의심하지 않는 바이로소
이다. 후작 부인님을 부추기는 인자하심과 이토록 불행한 한 국
민에게 베푸시는 동정심에 대하야 미리 기대를 걸고 있나이다.
그들의 기도는 헛되지 않을 거시고, 그들의 감지덕지하는 마음
은 부인님의 아름다운 추억을 길이길이 보전하오리다.

─────────────
* 아래 네 통의 편지에는 원문에 군데군데 오자가 보이는데, 이는 편지 쓴 사
람의 무식함을 나타내기 위해 일부러 그렇게 한 것이므로 역자도 그것을 반영
하여 그만큼의 오자를 만들어 넣었음.

삼가 경의를 표하나이다.

　프랑스에 망명하얏다가 목하 그의 조국에 도라가는 중 여행
을 계속하기 위한 노자가 떠러진 스페인의 왕당파 기병 대위
　　돈 알바레스 재배

　아무런 주소도 서명에 붙어 있지 않았다. 마리우스는 두 번
째 편지에서 주소를 발견하리라 기대했는데, 겉봉의 주소 성
명은 이러했다. '카세트 거리 9번지, 몽베르네 백작 부인님
전'. 마리우스가 거기서 읽은 것은 아래와 같았다.

　백작 부인님 전 상서
　소첩은 여섯 어린애를 가진 불쌍한 에미이온데, 막둥이는 이
제 겨우 여덜 달밖에 안 됏나이다. 막내 아들을 해산한 뒤 소첩
은 여태껏 병에 걸려 있었던 데다가, 업친 데 덥치는 격으로 다
섯 달 전 남편한테 버림을 당하야 세상에 돈 한 푼 업시 헐수할
수 업는 신세가 돼 버렷사옵니다.
　백작 부인님께 일루의 희망을 걸고, 심심한 경의를 표하옵나
이다.

　　　　　　　　　　　　　　　발리자르의 아내 올림

　마리우스는 세 번째 편지를 읽어 보았는데, 이것 역시 애원
하는 편지로서, 그 사연은 다음과 같았다.

페르 거리 모퉁이의 생 드니 거리, 의류 도매상, 선거인, 바부르조 씨 귀하

당돌함을 무릅쓰고 삼가 이 글월을 올리어, 최근 프랑스 극장에 히곡 한 편을 보낸 바 있는 한 문인에게 귀하의 고귀하신 츠근지심과 동정심을 베풀어 주시옵기를 간절히 바라는 바입니다. 이 히곡의 주제는 역사에 관한 거시며, 이야기는 제국 시대의 오베르뉴에서 일어나는 거십니다. 문체는 자연스럽고도 간결하며, 제 반에 다소의 가치는 있으리라 생각하는 바입니다. 네 군데 노래로 부를 시가 있습니다. 히극미와 진실성과 기상(奇想)은 각양각색의 인물과 어울리고, 전편에 흐르는 낭망주의의 가벼운 색조와 교착하고 있으며, 이야기의 줄거리는 신비롭게 진행하야, 감동할 만한 변전(變轉)들을 거쳐서, 현란한 장면들로 전개해 갑니다.

소생의 주안점은 현대인이 시시로 요구하는 바를 만족시켜 줌에 있습니다. 다시 말하면, 새로운 바람이 불 때마다 방향을 바꾸는 저 변덕스럽고 우스꽝스러운 바람깨비라고 해도 과언이 아닌 '유행'을 만족시켜 줌에 있는 겁니다.

이러한 장점이 있는데도, 이 극장의 단골 작가들의 질투심과 이기심은 소생을 배척하지나 않을까 하는 의심을 이르켜 주는 바입니다.

귀하는 지고하신 교양으로 말미암아 항상 문인을 보호해 주신다는 그런 성화 말씀을 듣고 있는 터인지라, 당돌하오나 딸년을 보내어, 이 겨울철에 먹을 것도 땔 것도 업는 폐가의 궁상을 여쭙도록 하는 바입니다. 간절히 바라노니, 금번의 히곡 및 차

후의 작품을 귀하에게 바치려는 소생의 미충을 가납하시옵기를. 그리하야 소생이 귀하의 보호를 받고, 소생의 졸작을 귀하의 존함으로 장식하는 영광을 입기를 얼마나 갈망하는가를 알아주시기를. 만약 귀하께서 사소한 희사라도 베풀어 주신다면 소생은 귀하에게 사의를 표하기 위하야 당장에라도 한 편의 시를 지으렵니다. 소생은 힘을 다하야 그 시를 완전무결하게 만들어서, 희곡의 서두에 삽입하야 무대에 올리기 전 귀하에게 증정하오리다.

페부르조 씨 및 영부인에게 심심한 경의를 표하나이다.

문사(文士) 장 폴로 재배

추신, 40수만이라도.

여식을 보내고 소생 자신이 진배치 못함을 용서해 주시기 바랍니다. 하지만 한심스러운 일이오나 복장 사정으로, 오 슬프도다! 외출을 못 할 지경입니다.

마리우스는 마지막으로 네 번째 편지를 열었다. 거기에는 '생 자크 뒤 오 파 성당의 인자하신 양반에게'라고 적혀 있었다. 거기에는 다음과 같은 몇 줄의 사연이 들어 있었다.

인자하신 어르신에게

만약에 어르신께서 제 딸년을 따라 왕림하야 주신다면 폐가의 기마킨 참상을 목도하실 거시며, 소생의 신원증명서도 보여 드리겟나이다.

그러한 서류를 목격하시면, 자애로우신 어르신께서는 반다시 츠근지심을 느끼실 거십니다. 왜냐하면 진정한 철학자들은 항상 강렬한 감동을 느끼니까요.

동정심 많은 어르신이여, 저히들은 세상에서 찾아보기 어려운 가혹한 궁핍에 허더기고 있나이다. 무슨 구원을 얻기 위하여 정부에서 그 증명을 받는다는 건 얼마나 비통한 일이오이까. 마치 타인의 구원을 기다리면서 기아에 시달리고 기아로 죽는 자유조차도 업는 것만 가틉니다. 운명은 어떤 사람에겐 너무나도 냉혹하고 어떤 사람에겐 너무나도 관대하고 너무나도 친절한 것 가틉니다.

부디 왕림하야 주시거나, 만약 그래 주실 수 있으시면, 기부금을 히사해 주시기를 기다리겠습니다. 소생의 극진한 경의를 가납하야 주소서.

진실로 관대하신 어르신의

지극히 비천하고 지극히 공손한 하인,

배우 P. 파방투 상서

이 네 통의 편지를 읽고 나서도 마리우스는 전보다도 훨씬 더 많은 진전을 보지 못했다.

첫째 어느 서명에도 주소가 없었다.

다음에 이들 편지는 돈 알바레스와 발리자르의 아내, 시인 장 폴로, 배우 파방투 등 제각기 다른 네 사람이 보내는 것 같았으나, 이상하게도 네 통이 모두 똑같은 필적이었다.

그것들이 똑같은 사람이 보내는 것이 아니라면, 거기서 무슨 결론을 이끌어 낼 수 있겠는가?

그리고 또 이런 추측을 한층 더 가능케 하는 것은, 넷 다 변변치 않은 누르퉁퉁한 종이인 데다가 똑같은 담배 냄새가 나고, 분명히 문체를 바꾸려고 애썼으나, 똑같은 맞춤법의 오류가 번번이 태연스럽게 나타나 있어서, 문사 장 폴로나 스페인의 대위나 하나도 다를 것이 없었다.

이 작은 수수께끼를 풀려고 애쓰는 것은 헛수고였다. 만일 그것이 습득물이 아니라면 어떤 속임수 같았다. 마리우스는 너무 침울해서 우연의 장난을 너그럽게 받아들일 수 없었고, 거리의 포석이 그를 놀리려고 하는 것 같은 놀이에 응할 수 없었다. 그는 자기를 우롱하는 그 네 통의 편지들 사이에서 술래잡기를 하고 있는 것 같았다.

그런데 그 편지들에는 마리우스가 가로수 길에서 만난 두 처녀의 것임을 나타내는 것이 아무것도 없었다. 결국 그것은 분명히 아무런 가치도 없는 휴지였다.

마리우스는 편지를 다시 봉투에 넣어 전부 방구석에 던지고 잠자리에 들었다.

아침 7시경에 그가 막 일어나 조반을 먹고 일을 시작해 보려고 할 때 누가 조용히 문을 두드렸다.

그는 아무것도 가진 것이 없었으므로 결코 문을 잠가 두지 않았다. 이따금, 아주 드물게, 어떤 급한 일을 하는 데 힘을 기울이는 때는 예외였지만. 게다가 심지어 부재중에도 열쇠를 자물쇠에 꽂아 두었다. "그러다간 도둑을 맞으리다." 하고 부공 할멈이 말했다. "뭘요?" 하고 마리우스는 말했다. 그렇지만 사실은 어느 날 헌 장화 한 켤레를 도둑맞아, 부공 할멈이

의기양양했다.

두 번째로 문을 두드리는 소리가 처음처럼 조용히 들렸다.

"들어오시오." 하고 마리우스는 말했다.

문이 열렸다.

"무슨 일이죠, 부공 할멈?" 하고 마리우스는 탁자 위의 책과 원고에서 눈을 떼지 않고 말을 이었다.

부공 할멈의 목소리가 아닌 다른 사람의 목소리가 대답했다. "미안합니다. 저어……."

그것은 흐릿하고 잠긴 목소리, 목이 메고 쉰 목소리, 브랜디와 독주로 목이 쉰 노인의 목소리였다.

마리우스가 얼른 돌아보니 한 처녀가 보였다.

4. 빈궁 속에 핀 한 송이 장미꽃

썩 젊은 처녀 하나가 방긋이 열린 문틈에 서 있었다. 햇살이 비치는 고미다락 방의 천창이 바로 문 맞바라기에 있어서 그녀의 모습을 희멀건 빛으로 비추고 있었다. 그것은 얼굴이 창백하고, 빼빼 마르고, 뼈만 앙상한 여자였다. 떨고 있는 싸늘한 알몸뚱이에는 한 장의 슈미즈와 치마뿐. 허리띠 대신 노끈을 매고, 머리쓰개 대신으로 노끈을 매고, 삐쭉한 어깨가 슈미즈에서 나오고, 림파성의 갈색 얼굴은 해쓱하고, 쇄골은 흙빛이고, 두 손은 빨갛고, 헤벌름한 입술은 핏기가 없고, 이는 더러 빠졌고, 흐릿한 눈은 뻔뻔스럽고 천박했으며, 되다 만 처녀의 몰골에 타락한 노파의 눈. 열다섯 살과 혼합된 쉰 살. 아주 연약하면서도 동시에 무시무시하여 사람들을 울게 하지 않으면 떨게 하는 그런 인간의 하나.

마리우스는 벌떡 일어나 마치 꿈결에 지나가는 거의 유령의 형상 같은 그 인간을 어리둥절하여 주시했다.

무엇보다도 비통한 것, 그것은 이 처녀가 태어날 때부터 못생기지는 않았다는 것이다. 유년 시절에는 틀림없이 예쁘기까지 했을 것이다. 한창때의 아리따움은 방종과 빈곤으로 인한 보기 흉한 겉늙음과 아직도 싸우고 있었다. 아직도 남아 있는 아름다움이 그 열여섯 살의 얼굴 위에서, 마치 겨울날 새벽에 무시무시한 먹구름 아래 꺼져 가는 그 희멀건 태양처럼 스러져 가고 있었다.

그 얼굴은 마리우스가 전혀 모르는 얼굴 같지 않았다. 어디선가 본 것 같다는 생각이 들었다.

"무슨 일이죠, 아가씨?" 하고 그는 물었다.

처녀는 술 취한 죄수 같은 목소리로 대답했다.

"마리우스 씨한테 편지를 가져왔어요."

그녀는 마리우스의 이름을 불렀다. 그녀가 그에게 일이 있어서 온 것만은 의심할 여지가 없었지만, 이 처녀는 누구일까? 어떻게 그의 이름을 알고 있을까?

안으로 들어오라는 말을 미처 하기도 전에 그녀는 방 안으로 들어왔다. 그녀는 거침없이 들어와서, 놀랄 만큼 당돌하게 온 방 안을 둘러보고, 어질러진 침대를 바라보았다. 그녀는 맨발이었고, 숭숭 뚫린 치마 구멍으로 갸름한 정강이와 빼빼 마른 무릎이 내다보였다. 그녀는 떨고 있었다.

그녀는 정말로 손에 편지 한 통을 쥐고 있다가 마리우스에게 내주었다.

마리우스는 편지를 뜯으면서 넓게 듬뿍 바른 봉합용 풀이 아직도 축축한 것을 알아보았다. 이 서신이 썩 멀리서 왔을 리는 없었다. 그는 읽었다.

친절하신 내 이웃 청년이여!

나는 육 개월 전에 당신이 내 방세를 지불하야 주신 호의를 들어서 알고 있습니다. 당신의 행복을 축원합니다, 청년이여, 우리들 네 식구는 이틀 전부터 한 덩어리의 빵도 업고, 여편네는 병중에 있다는 것을 내 큰딸년이 말씀드릴 겁니다. 만약에 내가 잘못 생각한 거시 아니라면, 관대한 마음을 가진 당신은 그러한 사정 말씀을 듣고 마음이 누그러져서 사소한 은혜를 아끼지 않고 베풀어 주시려는 생각을 가져 주시리라고 기대하는 바입니다.

인류의 은인들에게 지극한 경의를 표하나이다.

종드레트

추신—내 여식은 당신의 분부를 기다릴 겁니다, 친해하는 마리우스 씨.

이 편지는, 전날 저녁부터 마리우스의 머릿속을 차지하고 있던 그 해괴한 사건의 와중에, 지하실 내의 촛불이었다. 모든 것이 갑자기 밝혀졌다.

이 편지는 다른 네 통의 편지와 같은 데서 온 것이었다. 필적도 같고, 문체도 같고, 맞춤법도 같고, 종이도 같고, 담배 냄새도 똑같았다.

다섯 통의 서한, 다섯 개의 이야기, 다섯 사람의 이름, 다섯 사람의 서명, 그리고 단 하나의 서명자가 있었다. 스페인의 대위 돈 알바레스, 불행한 어머니 발리자르, 극시인 장 폴로, 늙은 배우 파방투, 이 네 사람 모두의 이름은 종드레트였다. 종드레트 자신의 이름이 종드레트라면 말이다.

마리우스는 이미 꽤 오래전부터 그 누옥에서 살고 있었으나, 앞서 말한 바와 같이, 아주 드문 경우밖에 그의 이웃인 최하층민 사람들을 만나 보거나 심지어 흘끗 보는 일조차도 없었다. 그는 딴 데 정신이 팔려 있었는데, 정신이 있는 곳에 눈길이 있는 것이다. 그가 복도나 계단에서 종드레트네 식구들과 마주친 적이 틀림없이 한두 번 아니었겠지만, 그들은 그에게 그림자들에 지나지 않았으며, 그는 거기에 주의하지 않았으므로, 전날 저녁 가로수 길에서 종드레트의 두 딸과 부딪쳤지만, 왜냐하면 그것은 분명히 그 여자들이었으니까, 그럼에도 불구하고 그녀들을 알아보지 못했고, 아까 그의 방에 들어왔던 처녀는 다른 데서 그녀를 만난 막연한 기억을 혐오와 연민의 정을 통해 그에게 떠올려 주지 않았다.

이제 그는 모든 것을 똑똑히 보았다. 그는 그의 이웃인 종드레트라는 자가 궁해 빠진 나머지 자선가들의 자비심을 이용하기를 일삼고 있다는 것을 알았는데, 종드레트는 사람들의 주소를 손에 넣어, 돈 많고 동정심 많다고 생각되는 사람들에게 가명으로 편지를 써서는, 딸들에게 위험을 무릅쓰고 편지를 갖다 주게 하고 있었던 것이다. 왜냐하면 이 아비는 제 딸들을 위태롭게 할 지경에 빠져 있었으니까. 그는 운명과 한판 노름을 하고 그 노름에 딸들을 걸었다. 전날 저녁 그 처녀들이 겁을 먹고 헐레벌떡거리며 도망치던 일이며 그가 들었던 그 곁말들로 판단하건대, 십중팔구 이 불운한 처녀들이 아직도 뭔지 알 수 없는 한심한 일을 하고 있다는 것을 마리우스는 알았고, 이 모든 것으로부터, 이 현상 그대로의 인간 사회 한복판에, 어린애도 처녀도 부인도 아닌 두 불쌍한 인간들이, 빈곤의 산물인 불결하고도 순진한 일종의 괴물들이 생겨났다는 것을 알았다.

이름도 없고, 나이도 없고, 성(性)도 없는 서글픈 인간들, 그들에게는 선도 악도 더 이상 있을 수 없고, 그들은 어린 시절에서 나올 때 벌써 이 세상에 더 이상 아무것도 없고, 자유도, 덕성도, 책임도 없다. 어제 피었다가 오늘 시들어 버린 영혼들, 그것들은 마치 길거리에 떨어져서 수레바퀴 하나가 으깨기까지 모든 진창들이 시들게 하는 저 꽃들과 같다.

그러는 동안 마리우스가 놀라고 비통한 눈으로 지켜보고 있었는데, 처녀는 유령처럼 거리낌 없이 고미다락 방 안을 왔다 갔다 하고 있었다. 제 몸뚱이가 발가숭이라는 것에는 조금도 구애치 않고 수선스럽게 서성거리고 있었다. 때때로 그녀의 풀어지고 찢어진 슈미즈는 거의 허리띠까지 흘러내렸다. 그녀는 의자들을 움직이고, 의장에 놓인 화장 도구를 뒤적거리고, 마리우스의 옷을 만져 보고, 구석구석에 있는 것들을 뒤지는 것이었다.

"어머나, 거울도 있네요!" 하고 그녀는 말했다.

그러면서 마치 자기 혼자 있는 것처럼 유행가 나부랭이며 흥겨운 후렴들을 흥얼거렸는데, 그 쉰 목소리가 처량하게 들렸다. 그러한 뻔뻔스러움 아래 뭔지 알 수 없는 거북살스럽고 불안스럽고 비굴한 것이 나타나 있었다. 뻔뻔스러움은 곧 수치다.

그녀가 방 안에서 깡충거리고, 말하자면 햇빛에 놀라거나 날개가 부러진 새처럼 퍼덕거리는 것을 보는 것보다도 더 가슴 아픈 일은 아무것도 없었다. 다른 교육과 운명의 여건 아래서라면 이 처녀의 활달명랑한 행동은 뭔가 즐겁고 유쾌한 것일 수도 있었을 것이다. 짐승들 사이에서는 비둘기가 되기 위해 태어난 피조물이 결코 흰꼬리수리로 변하지 않는다. 그런 것은 인간들 사이에서밖에 보이지 않는다.

마리우스는 생각에 잠겨 그녀를 하는 대로 내버려 두었다.

그녀는 탁자로 다가왔다.

"아! 책들이 있네요!" 하고 그녀는 말했다.

그녀의 흐릿한 눈이 반짝 빛났다. 그녀는 말을 이었는데, 그녀의 말투는 어떤 인간도 느끼지 않을 수 없는, 뭔가를 자랑하는 그런 행복감을 나타냈다.

"나도 읽을 줄 알아요, 나도."

그녀는 탁자 위에 펼쳐져 있는 책을 얼른 집어 들고는 꽤 유창하게 읽었다.

"……보뒤앙 장군은 휘하 여단의 5개 대대를 거느리고 워털루 평원 복판에 있는 우고몽 성을 탈취하라는 명을 받았다……."

그녀는 읽기를 멈추었다.

"아! 워털루! 난 그걸 알아요. 그건 옛날의 전투지지요. 우리 아버지는 거기에 있었어요. 우리 아버지는 군에 복무했어요. 우리 집 사람들은 모두 훌륭한 보나파르트 파랍니다. 워털루는 영국군과 싸운 곳이지요."

그녀는 책을 놓고 깃털펜을 집어 들고 외쳤다.

"그리고 난 글씨 쓸 줄도 알아요!"

그녀는 깃털펜을 잉크에 적시고, 마리우스 쪽으로 돌아서서, "보시겠어요? 봐요, 지금 한마디 써 볼게요." 하고 말했다.

그러면서 마리우스가 대답할 겨를도 없이 탁자 가운데 있는 한 장의 흰 종이에 이렇게 썼다. '개들이 저기에 있다.'

그런 뒤 깃털펜을 던지면서 말했다.

"맞춤법에 틀림이 없지요. 봐 봐요. 우리는 공부를 했거든요. 동생이랑 나랑. 전부터 요 모양 요 꼴은 아니었어요. 우리도……."

여기서 그녀는 입을 다물고, 그 흐릿한 눈으로 마리우스를 물끄러미 바라보고, 모든 괴로움을 모든 파렴치로 억누르는 어조로 말하면서 깔깔 웃었다.

"흥!"

그리고 즐거운 곡조로 다음과 같은 노래를 흥얼거리기 시작했다.

배고파요, 아버지.

먹을 것이 없어요.

추워요, 어머니.

입을 것이 없어요.

덜덜 떨어라,

롤로트야!

흑흑 울어라,

자코야!

이렇게 한 가락 뽑고 나자마자 그녀는 외쳤다.

"마리우스 씨도 더러 극장에 가시나요? 난 가끔 가요. 우리 남동생*은 배우들하고 친해서 이따금 극장표를 갖다 주거든요. 하지만 2층 앞자리는 정말 싫어요. 비좁고, 불쾌해요. 때로는 뚱뚱보들이 있어요. 고약한 냄새를 풍기는 사람들도 있고요."

그러고는 마리우스를 말끄러미 들여다보면서 이상야릇한 얼굴을 하고 그에게 말했다.

"당신이 매우 미남이라는 걸 아세요, 마리우스 씨?"

그리고 동시에 같은 생각이 그들 두 사람 모두에게 떠올라와서, 그녀는 쌩긋 웃었으나 그는 얼굴을 붉혔다.

그녀는 그에게 다가와서 그의 어깨에 한 손을 올려놓았다.

"당신은 내게 주의하지 않지만 난 당신을 알고 있어요, 마리우스 씨. 난 당신을 여기 계단에서 만나요. 그리고 또 당신

---

* 가브로슈를 가리킴.

이 아우스터리츠 다리 쪽에서 사는 마뵈프 영감이라는 분 댁에 들어가시는 걸 나는 그쪽에서 걸어 다니다가 여러 번 봤어요. 그건 당신에게 참 잘 어울려요, 당신의 더벅머리는요."

그녀는 부드러운 목소리를 내려고 애썼으나 매우 낮아지기만 할 뿐이었다. 말소리의 일부분이 마치 음표 없는 건반 위에서처럼 후두에서 입술로 나오는 도중에 사그라졌다.

마리우스는 가만히 뒤로 물러났다.

"아가씨." 하고 그는 쌀쌀하고 근엄하게 말했다. "저기에 꾸러미가 하나 있는데 아마 당신 것일 거요. 그걸 당신에게 돌려 드립니다."

그러면서 그는 네 통의 편지가 들어 있는 봉투를 그녀에게 건넸다. 그녀는 손뼉을 치며 외쳤다.

"우리들이 사방에서 찾았는데!"

그러고는 꾸러미를 얼른 집어 봉투를 열면서 말했다.

"원 세상에! 얼마나 찾았다고요, 동생과 내가! 그런데 당신이 주웠군요그려! 가로수 길에서 주웠잖아요! 틀림없이 가로수 길에서였을 거예요. 달음박질칠 때 떨어졌어요. 내 어린 동생이 그런 바보짓을 했어요. 집에 돌아와서 보니 없어졌더란 말예요. 우리는 두드려 맞고 싶지 않으니까, 그런 건 소용이 없으니까, 그런 건 정말 하나도 소용이 없으니까, 우리는 우리 집에서 이렇게 말했지요. 편지를 그 사람들 집에 가져갔지만 퇴짜를 맞았다!라고. 여기에 있었군요, 이 불쌍한 편지들이! 그런데 이게 우리 것이라는 걸 어떻게 아셨어요? 아! 그래, 필적으로! 그럼 엊저녁에 우리가 지나가다 부딪친 건 당신이었군요. 통 보이질 않았어요! 동생에게 "저게 남자냐?" 하고 말했더니 동생은 "남잔 것 같아." 라고 말했어요."

그동안에 그녀는, '생 자크 뒤 오 파 성당의 인자하신 양반에게' 보낼 애원서를 펼쳤다.

"이건 미사에 나가시는 노인 양반에게 갖다 줄 편지예요." 하고 그녀는 말했다. "마침 시간이 됐네요. 갖다 주고 와야지. 아마 아침거리쯤은 주시겠지."

그러고는 다시 깔깔거리기 시작하면서 덧붙였다.

"우리가 오늘 아침밥을 먹으면 그게 뭐가 될지 아시겠어요? 그게 우리들의 그저께 아침밥, 그저께 저녁밥, 어제 아침밥, 어제저녁밥, 그것을 죄 한꺼번에 오늘 아침에 먹은 셈이 될 거예요! 암! 그렇고말고! 너희들이 만족하지 않으면, 뒈져라, 개들아!"

이런 말을 듣고서야 마리우스는 이 가엾은 여자가 자기에게 무엇을 바라고 왔는지 생각이 났다.

그는 조끼 속을 뒤졌으나 아무것도 없었다.

처녀는 계속 지껄여 댔는데, 마치 마리우스가 거기에 있다는 것을 더 이상 의식하지 않는 것처럼 말했다.

"이따금 나는 저녁에 나가요. 이따금 집에 돌아오지 않아요. 여기에 있기 전에, 작년 세안에, 우리는 교호(橋弧) 아래서 살고 있었어요. 얼지 않도록 서로 몸을 바싹 붙이고 있었어요. 내 어린 동생은 울고 있었어요. 물은, 얼마나 그건 슬픈 것인가! 물에 빠져 죽으려고 생각했을 때 나는 말했어요. '아니야, 이건 너무 추워.' 라고. 난 그러고 싶은 때엔 혼자 다니고, 이따금 도랑에서 자요. 아시겠어요, 밤에 거리를 거닐면 나무들이 쇠스랑처럼 보이고, 새카맣고 육중한 집들이 노트르담의 탑처럼 보이고, 흰 담벼락을 냇물이라 상상하고, 저런 저기에 물이 있네! 하고 생각해요. 별들은 조명용 램프 같아서, 연기가 났다 바람에 꺼졌다 하는 것 같고, 마치 말들이 내 귓속에 숨을 불어넣는 것처럼 나는 어리둥절하고, 밤인데도 나는 바르바리의 풍금 소리며 제사 공장들의 기계 소리, 또 뭔지 모를 소리를 들어요. 누가 돌멩이를 던지는 것 같아서 허둥지둥 달아나면, 세상이 빙빙 돌아요. 모든 것이 빙빙 돌아요. 굶주렸을 때는 참 이상해져요."

그러면서 그녀는 얼빠진 듯이 그를 바라보았다.

마리우스는 호주머니마다 샅샅이 뒤질 대로 뒤진 결과 마침내 5프랑 16수의 돈을 긁어모았다. 이것이 이때 그가 가지고 있는 전부였다. "어쨌든 이것만 가지면 오늘 저녁은 먹을 것이고, 내일은 어떻게 되겠지." 이렇게 생각하고, 16수만 내놓고, 5프랑을 처녀에게 주었다.

그녀는 돈을 잡았다.

"좋아. 햇볕이 났네!"

그리고 마치 그 햇볕이 그녀의 머릿속에서 곁말의 눈사태를 녹이는 특성이라도 가지고 있듯이 그녀는 계속 지껄였다.

"5프랑짜리 동그라미! 막 번득거리네! 임금님 한 분이! 이 방 안에! 참 멋지다! 당신은 참 좋은 도련님이셔! 난 홀딱 반했어요! 우리 식구들도 수가 났네! 이틀 동안은 술이랑 고기랑 스튜랑 몽땅 먹고, 근사한 국물도 맘껏 먹겠다!"

그녀는 슈미즈를 어깨 위로 치켜올리고, 마리우스에게 깍듯이 인사한 뒤에, 정답게 손짓을 하고는 문 쪽으로 가면서 말했다.

"안녕히 계세요. 어쨌든 아버지한테 가 봐야겠어요."

지나가다가 그녀는 바싹 마른 빵 껍질이 서랍장 위에서 먼지 속에 곰팡이 슬어 있는 걸 보고 달려들어 그것을 깨물면서 중얼거렸다.

"아이 맛있어! 아이 딱딱해! 이가 부러지겠네!"

그러고는 나갔다.

5. 운명적인 들여다보는 구멍

마리우스는 오 년 이래 가난, 곤궁, 심지어 고뇌 속에서 살았지만, 진정한 비참은 몰랐다는 걸 깨달았다. 진정한 비참, 그는 방금 그것을 보았다. 그것은 아까 그의 눈 아래를 지나간 그 인간 쓰레기였다. 정말 남자의 비참밖에 보지 않은 자는 아무것도 보지 않은 것이고, 여자의 비참을 보지 않으면 안 되며, 여자의 비참밖에 보지 않은 자는 아무것도 보지 않은 것으로, 어린애의 비참을 보지 않으면 안 된다.

인간이 막다른 궁지에 빠졌을 때 그는 동시에 궁여지책을 쓰게 된다. 그의 주위에 있는 무방비의 인간들은 불행할진저! 그는 모든 것이, 일거리도, 품삯도, 시량(柴糧)도, 용기도, 선의도, 모든 것이 동시에 그에게는 없다. 햇빛은 밖에서 꺼지는 것 같고, 정신의 빛은 안에서 꺼진다. 그러한 어둠 속에서 그 사람은 연약한 여자와 어린애를 만나고, 그들을 난폭하게 수치스러운 일들에 굴복시킨다.

그때에는 모든 끔찍스러운 일들이 가능하다. 절망은 모두 악덕이나 범죄를 향한 취약한 칸막이들로 둘러싸여 있다.

건강, 젊음, 명예, 아직 새로운 육신의 정결하고 야성적인 경묘함, 애정, 처녀성, 수줍음, 이 영혼의 표피는 곤란을 타개하는 수단을 찾고 지욕을 만나고 그것을 감수하는 그 모색에 의해 처참하게 다루어진다. 아버지, 어머니, 형제, 자매, 남자, 여자, 딸 들이 성(性), 일가친척, 연령, 치욕, 결백의 그 어두운 혼잡 속에 뒤엉키고, 마치 광석이 형성되듯 한 덩어리로 응결된다. 그들은 일종의 운명의 움집 속에서 서로 몸을 기대고 쭈그리고 있다. 그들은 슬픈 눈으로 서로 바라다본다. 오, 불운한 자들이여! 얼마나 그들은 창백한가! 얼마나 그들은 싸늘한가! 그들은 우리보다도 태양에서 훨씬 먼 유성 속에서 살고 있는 것 같다.

그 처녀는 마리우스에게는 마치 암흑세계에서 보내진 사람 같았다. 그녀는 그에게 암야의 무서운 일면을 보여 주었다.

마리우스는 공상과 정열에만 열중하여 여태까지 이웃들을 거들떠보지도 않은 것을 거의 자책했다. 그들의 방세를 치러 준 것은 기계적인 행동이었고, 누구라도 그런 일은 했을 것이지만, 자기 마리우스는 더 잘해야 했다. 세상 사람들의 테두리 밖에서 어두운 밤 속을 더듬거리며 살고 있는 이 버림받은 인간들하고는 한 겹의 벽으로밖에 격리되어 있지 않았다! 자기는 그들과 소매를 스치며 살아왔다. 자기는 말하자면 그들이 접촉하는 인류의 마지막 사슬 고리였다. 자기는 바로 곁에서 그들이 살고 있는 소리라기보다는 오히려 죽어 가는 소리를 듣고 있었다! 그런데도 거기에 전혀 주의하지 않았다! 날이면 날마다, 시시때때로, 벽을 통해, 그들이 왔다 갔다 걸어 다니고 말하는 소리를 들었으나 귀도 기울이지 않았다! 그 말소리에는 신음 소리가 있었으나 들어 보려고조차 하지 않았다! 그의 생각은 다른 데 있었다. 몽상에, 불가능한 명성에, 공중에 뜬 사랑에, 터무니없는 일들에 있었다. 그런데 그동안에도 그의 옆에서는 같은 인간들이, 예수 그리스도 속에서의 형제들이, 민중 속에서의 형제들이 죽어 가고 있었다! 쓸데없이 죽어 가고 있었다! 그는 그들의 불행의 일부가 되기까지 하여 그 불행을 가중시켰다. 왜냐하면, 만약 그들의 이웃이 다른 사람이었다면, 그보다 덜 공상적이고, 더 주의 깊은 사람이었다면, 보통의 동정심 있는 사람이었다면, 분명히 그들의 빈궁과 참상은 그의 눈에 띄어서, 아마 이미 오래전부터 그들은 구제받고 구원받았을 것이다! 아마 그들은 몹시 퇴폐하고, 몹시 부패하고, 몹시 비천하고, 몹시 역겨워 보였겠지만, 영락한 사람들이 타락하지 않는 경우는 드물다. 게다가 불우한 사람들과 파렴치한 사람들이 단 한마디의 말속에, 불쌍한 사람들이라는 불길한 말 속에 섞이고 합쳐지는 상태가 있는데, 그것은 누구의 잘못인가! 그리고 또 추락이 더 깊을 때는 자비심이 더 커야 하지 않겠는가?

이렇게 마리우스는 자신에게 훈계했는데, 그건 그가 정말 정직한 사람들이 모두 그러하듯이, 스스로 자신의 교육자가 되어 필요 이상으로 자책을 하는 경우가 있었기 때문인데, 그렇게 자신에게 훈계를 하면서도 그는 종드레트네 방과 자기 방 사이의 벽을 주시하고 있었다. 마치 연민의 정으로 가득 찬 그의 눈으로, 그 칸막이를 뚫고 가서 그 불쌍한 사람들을 포근하게 해 줄 수 있을 듯이. 벽은 각목과 외(椳) 위에다 엷게 새 벽을 바른 것이어서, 방금 읽었듯이 이야깃소리나 목소리가 뚜렷이 들렸다. 어태껏 그것도 모르고 있었다니 마리우스도 참 지독한 몽상가였음에 틀림없다. 종드레트네 방 쪽에도 마리우스의 방 쪽에도 벽지 한 장 발라져 있지 않아, 그 허술한 구조가 벌거숭이로 드러나 보이고 있었다. 마리우스는 거의 무의식 중에 그 칸막이를 살펴보았다. 때로는 몽상도 사상이 하듯이 조사하고 관찰하고 탐사한다. 갑자기 그는 일어섰다. 위쪽으로 천장 가까이에, 세 가막쇠 사이에 난 빈틈에 생긴 세모진 구멍 하나를 알아보았던 것이다. 그 빈틈을 막았음에 틀림없는 석고가 없었으므로, 서랍장에 올라가면, 그 구멍으로 종드레트네의 고미다락 방을 들여다볼 수 있었다. 동정심에는 호기심이 있고, 또 있게 마련이다. 그 구멍은 일종의 엿보는 구멍 노릇을 했다. 불운을 구원하기 위해서는 그것을 몰래 보는 것도 허용된다. "이 사람들은 뭔가, 그리고 어떤 지경에 있는가 어디 좀 보자." 하고 마리우스는 생각했다. 그는 서랍장 위로 기어 올라가 눈을 그 틈새기 가까이 대고 들여다보았다.

6. 소굴 속의 야성인

도시들에도 수풀들처럼 그것들의 가장 흉악하고 가장 무서운 모든 것이 숨어 있는 동굴들이 있다. 다만 도시들에서는, 그렇게 숨어 있는 것은 사납고, 더럽고, 왜소하고, 다시 말해서 추하지만, 숲들 속에서는 숨어 있는 것이 사납고, 야생이고, 웅대하고, 다시 말해서 아름답다. 양자의 소굴을 견주어 보면 짐승들 것이 사람들 것보다 좋다. 동굴들은 빈민굴들보다 낫다.

마리우스가 보고 있는 것은 하나의 빈민굴이었다.

마리우스는 가난하고 그의 방은 초라했으나, 그의 빈곤이 고결하듯이 그의 고미다락 방은 조촐했다. 그가 이때 들여다 보는 방은 누추하고, 더럽고, 악취를 풍기고, 불쾌하고, 어두컴컴하고, 불결했다. 세간이라고는 다만 짚 의자 하나, 부서진 탁자 하나, 몇 개의 깨어진 헌 그릇, 그리고 두 구석에 형언할 수 없는 두 대의 초라한 침대뿐. 밝은 빛이라고는 다만 거미줄 친 넉장의 유리를 끼운 고미다락 방 창호. 이 채광창에서는 사람 얼굴을 도깨비 얼굴처럼 보이게 하는 데 꼭 알맞을 만한 햇빛이 들어오고 있었다. 벽들은 곰팡이가 슬어 있고, 마치 어떤 무서운 병 때문에 흉해진 사람 얼굴처럼 긁히고 할퀸 자국들로 덮여 있었다. 축축한 습기가 배어 나왔다. 거기에 숯으로 괴발개발 그려 놓은 외설스러운 그림들을 분명히 알아볼 수 있었다.

마리우스가 차지하고 있는 방은 깨어진 것이나마 벽돌이 깔려 있었다. 이 방에는 타일도 널빤지도 깔려 있지 않았고, 사람들은 거기서 발 아래 새카맣게 된 누옥의 오래된 석고 위를 직접 걸어 다녔다. 이 울퉁불퉁한 땅바닥에는 먼지가 달라붙어 있는 것 같았고, 비 한 번 대어 본 적이 없었으며, 군데군데 헌 실내화며, 헌 신발, 더러운 누더기 들이 제멋대로 흩어져 있었다. 그러나 이 방에는 벽난로가 있었다. 그러므로 방세가 한 해에 40프랑이었다. 이 벽난로에는 온갖 것이 다 있었다. 풍로, 냄비, 부러진 널조각, 못에 걸린 누더기, 새장, 재, 그리고 불까지도 조금 있었다. 거기에는 두 개의 깜부기불이 처량하게 연기를 내고 있었다.

이 고미다락 방을 더욱 혐오스럽게 하고 있는 한 가지 것, 그것은 방이 크다는 것이었다. 거기에는 툭 불거진 데, 모난 데, 새카만 구멍들이 있는가 하면, 지붕의 하부가 보이고, 만(灣)도 있고 곶(岬)도 있었다. 그렇기 때문에 속을 알 수 없는 무시무시한 구석들이 생겨서, 주먹처럼 굵직굵직한 거미들이며, 사람 발처럼 큼직큼직한 쥐며느리들, 그리고 아마 뭔지 알 수 없는 흉악한 인간들까지도 거기에 웅크리고 있음에 틀림없을 것 같았다.

초라한 침대 하나는 문 옆에 있고, 또 하나는 창 옆에 놓여 있었다. 둘 다 그 한쪽 끝이 벽난로에 잇닿아 있어 마리우스의 맞은바라기가 되어 있었다.

마리우스가 들여다보고 있는 구멍의 옆구석 벽에는 검은 나무틀에 든 채색 판화가 걸려 있는데, 그 아래에는 커다란 글씨로 '꿈'이라고 씌어 있었다. 이 그림에는 잠들어 있는 한 여자와 잠들어 있는 한 어린아이, 여자 무릎 위의 어린아이, 부리에 왕관을 물고 구름 속을 날고 있는 독수리 한 마리가 그려져 있는데, 여자는 잠을 깨지 않은 채 어린아이의 머리에서 왕관을 벗겨 내고 있었고, 그림 안쪽에는 영광에 싸인 나폴레옹이 누런 기둥머리가 달린 육중한 푸른 기둥에 기대고 있는데, 거기에는 다음과 같은 글씨가 새겨져 있었다.

마렝고
아우스터리츠
이에나
와그람
엘로트

이 그림틀 아래에는 갸름한 널빤지 같은 것이 벽에 비스듬히 기대어 땅바닥에 놓여 있었다. 그것은 돌려놓은 그림이거나, 또는 아마 다른 쪽에 아무렇게나 그려 놓은 그림틀이거나, 벽에서 떼어 놓은 채 다시 걸 때까지 거기에 잊어버리고 둔 체경이거나 그런 것 같았다.

펜과 잉크, 종이가 놓인 탁자가 마리우스의 눈에 띄었는데, 그 옆에는 한 예순 살쯤의 사나이 하나가 앉아 있었다. 그는 키가 작고, 수척하고, 창백하고, 험상궂었으며, 교활하고, 잔인하고 불안해 보였다. 한 흉악한 무뢰한.

만약에 라바테르*가 이 얼굴을 관찰했다면 거기에 대소인

---

* 라바테르(Johann kaspar Lavater, 1741~1801). 스위스의 철학자, 신교도 신학자. 안면 구성(관상)에 기초한 성격학을 완성했다. 『관상학 단편』(1775~1778)을 저술.

(代訴人)에 덧붙여진 독수리를 발견했으리라. 맹금(猛禽)과 소송인은 서로 흉해 보이게 하고, 서로 모자람을 보태어 채워서, 소송인은 맹금을 야하게 하고, 맹금은 소송인을 무섭게 한다.

이 사나이는 기다란 반백의 수염을 달고 있었다. 그는 슈미즈를 입고 있어서, 털이 북슬북슬한 가슴과 잿빛 털이 곤두선 발가숭이 팔들이 모두 드러나 있었다. 슈미즈 아래로 흙투성이 바지가 보이고, 발가락이 삐죽삐죽 내다보이는 장화도 보였다.

그는 입에 파이프를 물고 담배를 피우고 있었다. 이 빈민굴에는 더 이상 빵이 없었지만 아직 담배는 있었다.

그는 글씨를 쓰고 있었는데, 십중팔구 마리우스가 읽었던 것들 같은 어떤 편지였으리라.

탁자 한쪽 구석에 짝짝이가 된 불그스름한 헌 책 한 권이 보였는데, 그것은 대출 도서관의 옛 십이절 판형인 것으로 미루어 보아 소설책인 것 같았다. 표지에는 굵은 대문자로 다음과 같은 표제가 박혀 있었다. '신, 왕, 명예 및 부인들. 뒤크레 뒤미닐 지음, 1814년.'

글씨를 쓰면서도 사나이는 큰 소리로 떠들어 대고 있었는데, 마리우스는 그의 말을 듣고 있었다.

"죽어서까지도 평등이 없다니! 페르 라셰즈 묘지를 좀 보라고! 고위 고관, 부자 놈들은 높은 곳에, 포장이 된 아카시아 나무 통로에 있어. 그놈들은 거기에 마차를 타고 갈 수가 있어. 약한 놈, 가난한 놈, 불쌍한 놈 들은 어떠냐 말이야! 진창이 무릎까지 빠지는 아래쪽에, 축축한 구렁 속에 있지 않은가!

어서 썩어 버리라고 그런 데다 묻는단 말이야! 성묘를 가려고 해도 흙 속에 빠지지 않고서는 못 간단 말이야."

여기서 그는 잠시 말을 끊고, 주먹으로 탁자를 치고, 이를 갈면서 덧붙였다.

"에이 빌어먹을! 요놈의 세상, 다 잡아먹어 버리면 좋겠다!"

마흔 살가량으로도 보이고 백 살가량으로도 보이는 뚱뚱한 여자 하나가 벽난로 옆에 맨발로 웅크리고 있었다.

그녀 역시 슈미즈 한 장과 헌 나사 헝겊으로 기운 메리야스 속치마 한 장만 입고 있는데, 투박한 베로 만든 앞치마가 속치마를 절반 정도 가리고 있었다. 이 여자는 쭈그리고 있었지만, 키가 퍽 커 보였다. 남편에 비해 거인 같은 여자였다. 그녀는 희끗희끗한 붉은 금발의 끔찍한 머리를 하고 있었는데, 손톱이 납작한 번들거리는 거대한 손으로 때때로 머리를 쓰다듬었다.

그녀 옆에는 다른 것과 똑같은 판형의 책 한 권이 활짝 펼쳐진 채 땅바닥에 놓여 있었는데, 십중팔구 같은 소설의 속편이었을 것이다.

마리우스는 초라한 침대 하나 위에 얼굴이 파리하고 키가 후리후리한 소녀 같은 것 하나가 거의 벌거숭이인 채 발을 아래로 늘어뜨리고 앉아 있는 것을 어렴풋이 보았는데, 듣지도 않고, 보지도 않고, 살아 있는 것 같지도 않았다.

아마 그의 방에 왔던 계집애의 동생이었으리라.

이 소녀는 열한두 살쯤 되어 보였다. 그러나 유심히 살펴보면 능히 열다섯은 된다는 것을 인정할 수 있었다. 전날 저녁에 가로수 길에서 "막 뛰었지! 뛰고 또 뛰었지!"라고 말한 것은 이 애였다.

그녀는 오래 크지 않고 있다가 갑자기 쑥 자라나 버리는 그런 종류의 허약한 애였다. 이러한 서글픈 인간 식물들을 만드는 것은 빈궁이다. 이러한 인간들은 유년 시절도 청춘 시절도 없다. 열다섯 살에도 열두 살로밖에 안 보이는가 하면, 열여섯 살에는 벌써 스무 살로도 보인다. 오늘은 소녀인가 하면 내일은 벌써 부인이다. 그녀들은 일생을 더 빨리 마치기 위해 인생을 건너뛰는 것 같다.

이때 이 인간은 어린애 같았다.

그런데 이 집에서는 무슨 일을 하고 있는 흔적이라곤 전혀 보이지 않았다. 베틀 하나 없고, 물레 하나 없고, 연장 하나 없었다. 다만 한쪽 구석에 수상한 쇠붙이들 몇 가지가 있을 뿐이었다. 이러한 서글픈 나태는 절망 뒤에 따라오고 종말에 앞서 온다.

마리우스는 한동안 무덤 내부보다도 더 무서운, 이 음산한 내부를 관찰했다. 왜냐하면 거기에 사람의 넋이 움직이고 있고 생명이 꿈틀거리는 것을 느꼈기 때문이다.

가난뱅이들이 사회 기구의 맨 밑바닥을 기고 있는 고미다락 방, 지하실, 땅굴은 완전한 무덤이 아니라 무덤의 대기실이다. 부자들이 그들의 저택 입구에 그들의 가장 큰 호화로운 물건들을 늘어 벌여 놓듯이, 빈자들의 바로 옆에 있는 죽음도 그 현관에 가장 큰 비참을 놓고 있는 것 같다.

사내는 입을 다물고 있었고, 계집은 말하지 않고 있었고, 처녀는 숨을 쉬는 것 같지 않았다. 종이 위에서 펜 소리가 나는 것이 들렸다.

사내는 쓰기를 멈추지 않고 중얼거렸다.

"야속하도다! 야속하도다! 모두가 야속하도다!"

솔로몬의 탄성*을 그대로 흉내 낸 이 한탄 소리를 듣고 여자는 한숨을 쉬었다.

"여보, 진정하세요, 네." 하고 그녀는 말했다. "당신 몸을 해치진 마요, 여보. 그 사람들에게 모두 편지를 쓰시다니, 당신은 너무 착하셔, 여보."

곤궁 속에서는 추위 속에서처럼 서로 몸을 바싹 붙이지만, 마음은 서로 멀어진다. 이 여자는 필시 그녀가 품고 있는 애정을 다하여 이 사내를 사랑했음이 틀림없었으나, 온 집 안을 짓누르는 지독한 빈궁에서 일어나는 상호간의 나날의 구박 속에, 십중팔구, 그런 것도 사그라져 버렸으리라. 그 여자 속에는 더 이상 남편에 대해 애정의 재밖에 없었다. 그렇지만 세상에서 흔히 볼 수 있듯이 정다운 호칭은 살아 남아 있었다. 그녀는 마음은 잠자코 있으면서도, 입으로는 그에게 "여보, 당신"이라고 말하고 있었다.

사내는 다시 쓰기 시작했다.

---

* 허무하도다, 허무하도다, 모두가 허무하도다!

7. 전략과 전술

마리우스는 가슴이 답답해져서, 그가 즉석에서 만든 관측소 같은 데서 막 내려오려고 했을 때, 무슨 소리에 주의가 끌려 그 자리에 그냥 있었다.

고미다락 방의 문이 방금 갑자기 열린 것이다.

큰딸이 입구에 나타났다.

그 여자는 그녀의 붉은 복사뼈까지 솟아 올라온, 진흙으로 더럽혀진 커다란 남자 구두를 신고 있었고, 몸에는 남루한 헌 망토를 걸치고 있었는데, 마리우스는 한 시간 전에 그녀에게서 그것을 보지 못했으니, 그녀는 십중팔구 더 많은 동정심을 자아내기 위해 그것을 그의 문 앞에 놓아 두었다가 나가면서 다시 걸쳤음에 틀림없었다. 그녀는 들어와서 문을 닫고, 몹시 숨이 가빴는지라, 숨을 돌리기 위해 서 있다가, 기쁘고 의기양양한 표정을 하고 외쳤다.

"그분이 와요!"

아버지는 눈을 돌리고 아내는 머리를 돌렸으나 동생은 꼼짝도 않고 있었다.

"누가?" 하고 아버지가 물었다.

"그 양반요!"

"그 자선가 말이냐?"

"네."

"생 자크 성당의?"

"네."

"그 늙은이가?"

"네."

"그래, 그가 올 거라고?"

"날 따라오고 있어요."

"확실하니?"

"확실해요."

"즉, 정말, 오는 거야?"

"삯마차로 오고 있어요."

"삯마차로. 꼭 로스차일드* 같구나."

아버지는 일어섰다.

"어떻게 확실하다는 거냐? 삯마차로 온다면 어떻게 네가 그보다도 먼저 오게 된 거냐? 어쨌든 우리 주소는 잘 말해 주었겠지? 복도 제일 안쪽 오른편 문이라고 잘 말해 두었겠지? 잘 찾아왔으면 좋겠는데! 그래, 넌 성당에서 만났겠지? 편지는 읽든? 네게 뭐라고 하더냐?"

"아, 그만 그만! 왜 그렇게 서둘러, 아버지는!" 하고 딸은 말했다. "들어 봐. 글쎄, 내가 성당에 들어가니까 그분은 언제나 있던 자리에 있었어. 내가 절을 하고 편지를 건넸더니, 그걸 읽어 보고는, '너 어디서 사느냐, 아가?' 하고 묻기에, '제가 모시고 가겠습니다, 할아버지.' 하고 대답했더니, 그분이 이렇게 말했어. '아니다, 네 주소를 다오. 내 딸이 사야 할 게 있단다.

---

* 로스차일드(Nathan Meyer Rothschild, 1777~1836). 영국의 유대계 대자본가. 나폴레옹에 대한 영국의 전쟁을 재정적으로 뒷받침했고, 1815년 맨먼저 나폴레옹의 패배를 알고 런던 주식시장에 증권 투자를 하여 막대한 돈을 벌었다.

난 곧 마차를 탈 테니, 너와 동시에 너의 집에 도착할 거다."
내가 그분에게 주소를 드렸어. 내가 그분에게 집을 말했더니,
그분은 깜짝 놀라 잠깐 망설이는 것 같더니, '어쨌든 가마.'라
고 말했어. 미사가 끝나고, 그분이 딸하고 성당을 나와 삯마차
를 타는 걸 봤어. 그리고 복도 제일 안쪽 오른편 문이라고 그
분에게 확실히 말했어."

"그런데 그가 오리라고 누가 네게 말했느냐?"

"삯마차가 프티 방키에 거리에 도착하는 걸 내가 지금 막
봤거든요. 그래서 내가 이렇게 달려온 거야."

"그게 같은 마차라는 걸 네가 어떻게 알아?"

"내가 그 마차 번호를 딱 봐 뒀거든!"

"그 번호가 뭐야?"

"440호."

"됐어, 넌 영리한 계집애다."

딸은 다부지게 아버지를 바라보았다. 그리고 발에 신고 있
는 신을 가리키며 말했다.

"영리한 계집애라, 그건 그럴지도 몰라요. 하지만 이런 신
은 더 이상 안 신겠다는 말이야. 이런 건 이제 싫다는 말이야.
첫째 건강을 위해서, 다음에 청결을 위해서. 물이 스며 들어
길을 가는 동안 내내 기기 소리를 내는 구두창보다도 더 짜증
나는 걸 난 아무것도 몰라요. 난 맨발로 다니는 게 더 좋아."

"네 말이 옳다." 하고 아버지는 대답했는데, 그 부드러운 말
투는 처녀의 무뚝뚝한 어조와 좋은 대조를 이루었다. "하지만
성당에는 맨발로 못 들어가는걸. 가난뱅이들도 신을 신지 않

으면 안 돼. 하느님 집에는 맨발로는 못 간단 말이다." 하고 그는 신랄하게 덧붙였다. 그런 뒤 그의 마음을 차지하고 있는 문제로 되돌아와서 말했다. "그래, 확실해? 그가 오는 게 확실한 게지?"

"그분은 바로 내 뒤에 있어." 하고 그녀는 말했다.

사내는 벌떡 일어섰다. 그의 얼굴이 환히 빛났다.

"마누라! 들었지. 자선가가 와. 불을 꺼."

어머니는 어리둥절하여 꼼짝도 하지 않았다.

아버지는 곡예사처럼 날쌔게, 벽난로 위에 있는 아가리가 깨진 단지를 집어 잉걸에 물을 들어부었다.

그러고는 큰딸에게 말했다.

"넌 의자의 짚을 빼!"

딸은 무슨 말인지 못 알아듣고 있었다.

아버지는 의자를 움켜잡고 발뒤꿈치로 한 번 콱 눌러 의자의 짚을 빼내 버렸다. 그의 다리가 거길 관통했다.

다리를 빼내면서 그는 딸에게 물었다.

"오늘 춥냐?"

"참 추워. 눈이 와."

아버지는 창 옆의 침대에 앉아 있는 작은딸 쪽으로 돌아서서 벼락 같은 목소리로 호령했다.

"빨리! 침대에서 내려와, 게으름뱅이야! 그래, 넌 아무것도 않고 있을 테냐! 창유리를 하나 깨라!"

작은딸은 벌벌 떨며 침대에서 뛰어내렸다.

"유리를 하나 깨란 말이다!" 하고 그는 말을 이었다.

어린애는 멍하니 서 있었다.

"못 알아들었냐?" 하고 아버지는 되풀이했다. "유리를 하나 깨란 말이다!"

어린애는 질겁을 하고 시키는 대로, 발돋움을 하고 일어서서 주먹으로 유리창을 쳤다. 유리는 큰 소리를 내며 깨어져 떨어졌다.

"됐어." 하고 아버지는 말했다.

그는 장중하고도 난폭했다. 그는 얼른 다락방 구석을 샅샅이 둘러보았다.

그의 거동은 마치 바야흐로 전쟁이 시작되려는 순간 마지막 준비를 하는 장군 같았다.

여태껏 말 한마디 않고 있던 어머니는 그제야 일어나서 느리고 무딘 목소리로 물었는데 그 말소리는 얼어서 나오는 것 같았다.

"여보, 뭘 하시려는 거예요?"

"침대에 누워 있어." 하고 사내는 대답했다.

그 말투는 상대방에게 생각할 겨를을 주지 않았다. 어머니는 시키는 대로 초라한 침대 위에 처억 드러누웠다.

그러던 중 방 한쪽 구석에서 흐느끼는 소리가 들렸다.

"뭐야?" 하고 아버지는 버럭 고함을 질렀다.

작은딸이 몸을 웅크린 그늘에서 나오지 않고, 피투성이가 된 주먹을 보였다. 창유리를 부수다가 다친 것이다. 그녀는 어머니의 침대 옆으로 가서 소리 없이 울었다.

이번에는 어머니가 벌떡 일어나서 외쳤다.

"거 봐요! 이게 다 무슨 바보짓 거리를 하시는 거예요! 그 유리를 깨다가 얘가 벴어요!"

"잘됐다! 그건 예상했던 거야." 하고 사내는 말했다.

"뭐라고요! 잘됐다고요?" 하고 아내는 말을 이었다.

"조용히 해!" 하고 아버지는 말대꾸했다. "난 언론의 자유를 금지한다."

그러고는 그가 입고 있는 슈미즈를 짝 찢어 헝겊 조각을 내서 작은딸의 피투성이가 된 주먹을 얼른 감아 주었다.

그렇게 하고 나서 만족스러운 눈으로 제 째진 슈미즈를 내려다보았다.

"슈미즈도 역시." 하고 그는 말했다. "이 모두가 훌륭해 보인다."

차가운 북풍이 유리창에 휙휙 불어 방 안으로 들어왔다. 바깥 안개도 방 안으로 흘러들어 눈에 보이지 않는 손가락들로 살짝 풀어 놓은 뽀얀 솜처럼 거기에 퍼지고 있었다. 깨진 유리창을 통해 눈 내리는 것이 보였다. 전날 성촉절(聖燭節)의 햇빛으로 전날 예상되었던 추위가 정말로 온 것이다.

아버지는 주위를 한 번 둘러보았다. 마치 아무것도 잊어버리지 않았다는 것을 확인이라도 하려는 듯이. 그는 헌 삽을 집어 들고 축축한 깜부기불에 재를 뿌려 감쪽같이 감춰 버렸다.

그러고는 일어나서 벽난로에 몸을 기대고 말했다.

"이젠 자선가 양반을 맞이해도 되겠다."

8. 빈민굴에 비친 햇살

큰딸은 아버지 옆으로 가서 그의 손 위에 자기 손을 올려놓았다.

"좀 만져 봐, 얼마나 찬지." 하고 그녀는 말했다.

"체! 난 이보다 더 찬걸." 하고 아버지는 대답했다.

어머니는 격렬하게 외쳤다.

"당신은 언제나 다른 사람들보다 훨씬 나아요! 고통마저도."

"닥쳐!" 하고 사내는 말했다.

여자는 쏘아보는 눈초리에 꿀 먹은 벙어리가 되어 버렸다.

빈민굴은 한때 고자누룩했다. 큰딸은 망토 자락에서 천연스럽게 진흙을 털고 있고, 작은딸은 계속 흐느끼고 있는데, 어머니는 그녀의 머리를 두 손 안에 그러안고 그녀에게 키스를 퍼부으면서 나직한 목소리로 속살거렸다.

"아가, 아무렇지도 않을 거야. 울지 마. 아버지가 화내실 거야."

"천만에!" 하고 아버지는 외쳤다. "그렇지 않아! 울어라! 울어! 우는 게 좋다."

그러고는 다시 큰딸에게 돌아와 말했다.

"아니, 이럴 수가! 오지 않네! 만약에 오지 않는다면! 공연히 불을 끄고, 의자를 부수고, 슈미즈를 찢고, 유리를 깨지 않았나!"

"그리고 작은애를 다치게 하고!" 하고 어머니는 중얼거렸다.

"이놈의 다락방이 왜 이렇게 지독하게 춥다지?" 하고 아버지는 말을 이었다. "만약에 그 사람이 안 온다면! 오! 젠장 맞을! 되게 기다리게 하네! 그는 이렇게 생각하겠지. '좋아! 그들은 날 좀 기다리겠지! 그들은 거기서 기다리고 있겠지!' 오! 내가 얼마나 그놈들을 증오한다고! 그리고 내가 그놈들의 모가지를 비틀어 버리면 얼마나 기쁘고 통쾌하고 신바람이 나고 가슴이 후련할까! 그 부자 놈들을! 그 모든 부자 놈들을! 그 자칭 자선가들을, 그들은 고기 조림을 만들고, 미사에 가고, 신부 놈들에게 빠져서 횡설수설 지껄이고, 성직자들을 받들고, 자기들이 우리들 위에 있다고 생각하고, 우리들에게 와서 창피나 주고, 우리들에게 의복이랍시고 말하면서 4수어치도 못 되는 누더기들이나 가져다주고, 그리고 빵을 주고! 내가 바라는 건 그게 아니야, 수많은 악당들아! 내가 바라는 건 돈이야! 아! 돈! 한데 돈은 결코 안 주거든! 그들 말로는 돈을 주면 우리가 술을 먹으러 간다는 거야. 그리고 우리가 주정뱅이고 게으름뱅이 들이라는 거야! 그럼 그네들은! 그들은 대관절 뭐야? 그들은 젊었을 때 뭘 한 거야? 도둑놈들이야! 그렇지 않고는 부자가 될 수 없었을 거야! 제기랄! 이놈의 세상을 식탁보의 네 귀퉁이로 잡고 깡그리 내동댕이쳐 버리지 않으면 안 될 거다! 그러면 모조리 깨져 버리겠지. 그럴 수 있어. 하지만 적어도 아무도 아무것도 없게 되겠지, 그것만이라도 이득이 되는 거야! 한데 도대체 뭘 하고 있는 거야, 이 개코빼기 같은 자선가 양반께서는? 올 거야, 안 올 거야! 요 짐승 같은 놈이 아마 주소를 잊어 먹은 게지! 틀림없이 요 늙은

짐승이······."

이때 가볍게 문 두드리는 소리가 들렸다. 사내는 후다닥 뛰어가서 문을 열고 공손히 절을 하고 경의에 넘치는 미소를 지으면서 외쳤다.

"들어오십시오, 선생님! 어서 들어오십시오, 저의 존경하는 은인 어르신, 그리고 어여쁜 아가씨께서도."

나이가 지긋한 남자 하나와 젊은 처녀 하나가 다락방 문 앞에 나타났다.

마리우스는 아직도 그 자리에서 떠나지 않고 있었다. 그가 이때 느낀 것은 사람의 말로는 표현할 수가 없다.

그것은 '그이'였다.

누구나 사랑을 해 본 사람이라면 이 말의 두 글자 속에 들어 있는 모든 빛나는 뜻을 알고 있다.

그것은 바로 그이였다. 마리우스는 별안간 눈앞에 퍼진 빛나는 안개를 통해 그 여자를 거의 분간할 수조차 없을 지경이었다. 그것은 그동안 자취를 감추었던 그 정다운 사람이었다. 여섯 달 동안 그에게 빛났던 그 별이었다. 그것은 그 눈동자, 그 이마, 그 입, 가 버리면서 어둠이 되었던 그 꺼져 버린 아름다운 얼굴이었다. 그 모습이 사라졌다가 다시 나타난 것이다!

그 모습이 이 어둠 속에, 이 고미다락 방에, 이 보기 흉한 빈민굴에, 이 추악함 속에 다시 나타났다.

마리우스는 얼빠진 듯이 떨고 있었다. 뭐! 이게 그이라고! 그는 가슴이 두근거려 눈이 제대로 보이지 않았다. 금세 눈물이 쏟아져 나올 것 같았다. 아아! 그토록 허구한 날 찾아다니다가 마침내 다시 만나 보게 되다니! 그는 여태껏 넋을 잃고 있다가 그것을 방금 다시 찾은 것 같았다.

그 여자는 여전히 똑같았으나, 다만 조금 창백했다. 그녀의 조촐한 얼굴은 보랏빛 비로드 모자에 둘러싸여 있고, 그녀의 허리는 검은 새틴 흑수자(黑繻子)의 외투 아래 감추어져 있었다. 그녀의 긴 드레스 아래에 비단 반장화 속에 꼭 들어맞은 그녀의 조그만 발이 희미하게 보이고 있었다.

그녀는 여전히 르블랑 씨와 동행이었다.

그녀는 방 안으로 몇 걸음 들어와서 꽤 큼직한 보퉁이 하나를 탁자 위에 내려놓았다.

종드레트의 큰딸은 문 뒤로 물러나서 그 비로드 모자와 비단 망토, 그 행복스러운 아리따운 얼굴을 음산한 눈으로 바라보았다.

9. 우는 소리를 하는 종드레트

고미다락 방은 하도 캄캄해서 밖에서 들어온 사람들은 들어왔을 때 지하실에 들어온 것 같은 느낌이었다. 그래서 새로 온 두 사람은 주위의 희미한 형체들을 분간할 수 없어서 좀 주저하면서 걸어 들어온 반면, 이 고미다락 방에서 사는 사람들의 눈은 이 어슴푸레한 방에 길들여져 있는지라, 그들을 완전히 보고 살필 수 있었다.

르블랑 씨는 친절하고 슬픈 눈을 하고 다가가서 종드레트에게 말했다.

"이 보퉁이에 새 옷과 스타킹, 담요 들이 들어 있습니다."

"저희들의 천사 같은 은인 어르신, 참으로 감사무지하옵니다." 이렇게 종드레트는 머리가 땅에 닿도록 절을 하면서 말했다. 그런 뒤 두 손님들이 이 처량한 방 안을 둘러보고 있는 동안에 그는 큰딸의 귓전에 몸을 구부리고 나직한 목소리로 재빨리 말했다.

"안 그래? 내가 뭐랬냐? 누더기뿐! 돈은 없다. 모두 똑같은 놈들이야! 그런데 이 늙다리한테 보낸 편지에 어떻게 서명을 했지?"

"파방투요." 하고 딸은 대답했다.

"응, 배우였지, 좋아!"

종드레트가 그렇게 물어본 것은 참 다행이었다. 왜냐하면 때마침 르블랑 씨는 그를 돌아보면서, 이름을 생각해 내려고 애쓰는 사람처럼 이렇게 말했으니까.

"참 딱한 사정인 것 같습니다그려, 댁은……."

"파방투라고 합니다." 하고 종드레트는 얼른 대답했다.

"파방투 씨라. 오, 참 그렇지, 이제 생각납니다."

"배우입지요. 옛날엔 인기가 좋았댔습니다만."

여기서 종드레트는 이 '자선가'의 마음을 사로잡을 때가 분명히 왔다고 생각했다. 그는 장터에서 허풍 떠는 어릿광대와 대로상에서 굽실거리는 거렁뱅이를 동시에 닮은 목소리로 외쳤다. "탈마의 제잡니다, 어르신! 저는 탈마의 제자입니다! 저도 옛날엔 행운아였습니다. 그런데, 오 슬프도다! 지금은 불행한 몸이 되었습니다. 보십시오, 제 은인이시어. 빵도 없고, 불도 없습니다. 불쌍한 어린애들은 불도 없이 떨고 있습니다! 하나밖에 없는 의자는 짚이 빠졌습니다! 이런 날씨에 창유리 하나도 깨졌습니다! 이런 날씨에! 제 아내는 누워 있고! 병이 들어서!"

"가엾은 부인이오!" 하고 르블랑 씨는 말했다.

"제 아이는 다쳤습니다." 하고 종드레트는 덧붙였다.

어린애는 낯선 사람들이 온 데 정신이 팔려, '아가씨'를 관찰하기 시작하며 흐느끼기를 그쳤다.

"울어라, 울어! 엉엉 울어라!" 하고 종드레트는 계집애에게 나지막한 목소리로 말했다.

동시에 그는 그녀의 아픈 손을 꼬집었다. 이 모든 것을 요술쟁이 같은 솜씨로.

계집애는 큰 소리를 질렀다.

마리우스가 마음속으로 '나의 위르쇨'이라고 부르던 그 사랑스러운 처녀는 얼른 그녀에게로 다가갔다.

"아이 가엾어라!" 하고 그녀는 말했다.

"어여쁘신 아가씨." 하고 종드레트는 말을 계속했다. "그애의 피투성이가 된 손목을 좀 보십시오. 하루에 6수의 돈벌이를 한다고 기계 밑에서 일하다가 이런 사고가 나지 않았겠어요? 어쩌면 팔을 끊어 내 버리지 않으면 안 될지도 모른답니다."

"정말이오?" 하고 노인은 놀라서 말했다.

어린 계집애는 그 말을 곧이듣고 더욱 심하게 울기 시작했다.

"아이고, 정말 그렇답니다, 제 은인 어르신!" 하고 아버지는 대답했다.

　조금 전부터 종드레트는 그 '자선가'를 이상한 눈으로 주시했다. 말을 하면서도 기억을 되살려 내려고 애쓰듯이 그를 유심히 살피는 것 같았다. 갑자기 그는, 이 새로 온 사람들이 소녀의 다친 손을 동정하여 그녀에게 이 말 저 말 묻고 있는 틈을 타서, 멍하니 기신없이 침상에 드러누워 있는 아내 옆으로 가서 아주 낮은 목소리로 급히 말했다.

　"저 사람을 좀 보라고!"

　그러고는 르블랑 씨 쪽으로 돌아서서 한탄을 계속했다.

　"보시다시피, 어르신, 전 옷이라곤 여편네의 슈미즈 한 장밖에 없어요! 그것도 이 한겨울에 다 찢어졌어요. 옷이 없어서 외출도 못 합니다. 옷이 조금이라도 있다면 저를 알고 저를 매우 좋아하는 마르스 양*을 보러 갈 텐데. 그분은 여전히 투르 데 담 거리에 살고 있지 않습니까? 아시겠어요, 어르신? 우리는 시골에서 함께 연극을 했지요. 저도 그분과 함께 영광을 받았답니다. 셀리멘**은 와서 저를 도와줄 겁니다. 엘미르는 벨리제르에게 적선을 할 겁니다!*** 하지만 아니요, 아무것도! 그리고 집에는 한 푼도 없어요! 여편네가 아프지만, 한 푼도 없어요! 딸년이 위험할 정도로 다쳤지만, 한 푼도 없어요! 제 아

---

* 당시의 유명한 여배우.
** 몰리에르의 희극에 나오는 아양스러운 미인. 여기서는 마르스 양을 가리킴.
*** 전자는 몰리에르의 희극에 나오는 정숙한 부인. 후자는 비잔틴의 장군인데, 전설에 의하면 나중에 거지가 되었다 한다! 각각 마르스 양과 종드레트 자신을 가리킴.

내는 가끔 숨이 막혀요. 나이 탓인 데다가 신경 계통도 곁들여 있어요. 그녀에게 구호가 필요한데, 그리고 제 딸년 역시 그렇고요! 하지만 의사는? 하지만 약국은? 어떻게 그들에게 돈을 치를 수 있겠어요? 동전 한 닢 없는데! 저는 하찮은 돈 앞에서도 무릎을 꿇을 거예요, 어르신! 예술이 요 꼴이 됐단 말이에요! 그런데 아십니까, 어여쁘신 아가씨, 그리고 어르신, 제 너그러우신 보호자님. 아십니까, 두 분께서는 덕과 친절을 내뿜어 성당을 향기롭게 하시는데, 그 성당에 제 가련한 딸년이 기도를 드리러 가서 날마다 두 분을 본다는걸? 왜냐하면 저는 제 딸들을 종교 속에서 키우고 있으니까요, 어르신. 그 애들이 극장에 가는 걸 저는 원치 않았어요. 아! 말괄량이들! 저는 얼마나 그녀들이 실수하는 걸 본다고요! 전 농담은 안 합니다! 저는 저 애들에게 늘 명예니 도덕이니 정절 같은 말만 자꾸 들려주지요! 저 애들에게 물어보세요. 똑바로 걸어가지 않으면 안 되지요. 저 애들에겐 애비가 있습니다. 저 애들은 처음부터 가정이 없다가 마침내 사람들에게 몸을 파는 그런 불쌍한 애들이 아닙니다. 애비 없는 계집애로 굴다가 아무 사내한테나 몸을 파는 계집이 되는 거지요. 체! 파방투의 가정에는 그런 건 없습니다! 저는 저 애들을 정숙하게 교육시켜서 그게 정직하게 되고, 그게 얌전하게 되고, 그게 하느님을 믿기를 원합니다! 빌어먹을! 그런데, 어르신, 훌륭하신 어르신, 내일이면 무슨 일이 있을지 아십니까? 내일은 2월 4일, 운명의 날입니다. 집주인이 말미를 준 마지막 날입니다. 만약 오늘 저녁에 그에게 돈을 치르지 않았다면, 제 큰딸과 저, 열이 있는 아내, 상처를 입은 제 아이, 저희들 네 식구는 여기서 쫓겨나, 밖으로, 거리로, 가로수 길로 내던져지고, 비가 오고 눈이 와도 집도 절도 없는 신세가 됩니다. 이렇습니다, 어르신. 사 기분의, 일 년분의 방세, 즉 60프랑을 못 내고 있는 겁니다."

종드레트는 거짓말을 하고 있었다. 사 기분의 방세는 40프랑밖에 안 될 뿐만 아니라, 마리우스가 이 기분을 지불해 준 지가 반년밖에 안 됐으므로 사 기분이 될 수 없었다.

르블랑 씨는 호주머니에서 5프랑을 꺼내어 탁자 위에 놓았다.

종드레트는 그 틈을 타서 큰딸의 귀에 대고 중얼거렸다.

"망나니 같으니! 그까짓 5프랑을 가지고 나더러 뭘 하라는 거야? 의자와 창유리 값도 안 되지 않아! 그러니 그만한 비용은 내놓아야지!"

그러는 동안 르블랑 씨는 푸른 프록코트 위에 입고 있던 커다란 갈색 프록코트 하나를 벗어서 의자 등에 던져 놓았었다.

"파방투 씨." 하고 그는 말했다. "몸에 지니고 있는 것이 이 5프랑밖에 안 되지만, 딸을 집에 데려다 주고 오늘 저녁에 다시 오리다. 방세를 치러야 하는게 오늘 저녁 아니오?"

종드레트의 얼굴이 이상한 표정으로 빛났다. 그는 얼른 대답했다.

"예, 존경하는 어르신. 저는 8시에 집주인 집에 가 있지 않으면 안 됩니다."

"그럼 여기에 6시에 오리다. 60프랑을 가져다드리리다."

"아이고 은인 어르신!" 하고 종드레트는 어쩔 줄을 모르며

부르짖었다.

그러고 아주 낮은 목소리로 덧붙였다.

"저 사람을 잘 보라고, 여보!"

르블랑 씨는 아름다운 처녀의 팔을 잡고 문 쪽으로 돌아섰다.

"오늘 저녁에 또 봅시다, 친구들." 하고 그는 말했다.

"6시라고 하셨지요?"

"예, 6시 정각에."

이때 의자 위에 있는 외투가 종드레트의 큰딸 눈에 띄었다.

"어르신, 프록코트를 잊어버리고 가시네요." 하고 그녀가 말했다.

종드레트는 부리부리한 눈초리로 딸을 노려보며 무시무시하게 어깨를 들먹거렸다.

르블랑 씨는 돌아서서 빙그레 웃으며 대답했다.

"잊어버린 게 아니라 두고 가는 거요."

"오, 저의 보호자님이시어."하고 종드레트는 말했다. 저의 존엄하신 은인이시어. 저는 마구 눈물이 쏟아집니다. 제가 어르신의 삯마차까지 배웅해 드리는 걸 허용해 주십시오."

"나오시려면 저 외투를 입으시오. 날이 정말 몹시 찹니다." 하고 르블랑 씨는 대꾸했다.

종드레트는 두 번 그런 말을 하게 두지 않았다. 그는 얼른 그 갈색 프록코트를 걸쳤다.

그러고 그들은 종드레트가 두 방문객들의 앞장을 서고 세 사람은 다 나갔다.

10. 관영(官營) 마차 삯 시간당 2프랑

마리우스는 그 광경을 하나도 놓치지 않고 다 보았지만, 사실은 아무것도 보지 않았다. 그의 눈은 처녀에게 고착되었고, 그의 가슴은 그녀가 고미다락 방에 발을 들여놓자마자 말하자면 그녀를 완전히 붙잡아 감쌌다. 그녀가 거기에 있었던 동안 내내 물질적인 지각을 정지시키고 온 영혼을 단 한 점에 몰아넣는 그런 황홀의 삶을 살았었다. 그가 응시하고 있었던 것은 그 처녀가 아니라 새틴 외투에 비로드 모자를 쓰고 있는 그 빛이었다. 시리우스 별이 방 안에 들어왔더라도 그는 그보다 더 눈이 부시지는 않았으리라.

처녀가 보퉁이를 열고, 옷가지와 담요를 펴고, 아픈 어머니에게 친절하게, 그리고 다친 소녀에게 다정하게 이런저런 말을 물어보고 있는 동안, 그는 그녀의 일거일동을 지켜보고 그녀의 말소리를 들으려고 애썼다. 그는 그녀의 눈, 이마, 아름다움, 몸맵시, 걸음걸이는 알고 있었으나, 그녀의 음성은 모르고 있었다. 그는 한 번 뤽상부르 공원에서 그녀의 목소리 몇 마디를 들어 본 성싶었으나 절대로 확실하지는 않았다. 그녀의 목소리를 듣기 위해서라면, 그 음악 소리를 조금 그의 마음속에 실어 갈 수 있기 위해서라면, 그는 십년감수도 아깝지 않았으리라. 그러나 종드레트의 애처로운 신세 타령과 나팔 터지는 소리 속에 모든 것이 사라져 버렸다. 그것이 마리우스의 황홀감에 진정한 분노를 보탰다. 그는 그녀를 지그시 바라보고 있었다. 그가 이런 끔찍스러운 빈민굴에서 저런 더러운 인간들에게 둘러싸여 있는 것을 보는 것이 정말로 그 신성한 여자라는 것을 그는 상상할 수 없었다. 그는 두꺼비들 사이에서 한 마리 벌새를 보는 것 같았다.

그녀가 나갔을 때 그는 한 가지 생각밖에 없었다. 그녀의 뒤를 밟고, 그녀의 발자취에 달라붙어, 그녀가 어디서 사는지 알기 전에는 그녀에게서 떨어지지 말자, 적어도 이렇게 기적적으로 그녀를 찾아낸 이상 그녀를 다시 잃지는 말자는 것. 그는 서랍장에서 뛰어내려 모자를 집었다. 그가 자물쇠의 빗장에 손을 대고 막 나가려 할 제 한 가지 생각이 그를 멈춰 세웠다. 복도가 길고, 계단이 가파른 데다가, 종드레트가 수다를 피우고 있으니, 르블랑 씨는 아마 아직 마차에 오르지 않았을지도 모르는데, 만약에 복도에서, 또는 계단에서, 또는 문 앞에서 몸을 돌려, 그가 그를, 마리우스를 이 집에서 본다면, 틀림없이 그는 경계하여 또 다시 그를 피하는 길을 찾을 텐데, 그렇게 되면 또 한 번 일은 끝나리라. 어떡할까? 조금 기다릴까? 하지만 그렇게 기다리는 사이에 마차가 떠날지도 모른다. 마리우스는 어쩔 줄 몰랐다. 이윽고 그는 위험을 무릅쓰고 방에서 나갔다.

복도에는 아무도 없었다. 그는 계단을 내려갔다. 계단에는 아무도 없었다. 황급히 계단을 내려 가로수 길에 이르니, 때마침 삯마차 한 대가 프티 방키에 거리 모퉁이를 돌아서 시내로 들어가는 것이 보였다.

마리우스는 그 방향으로 내달았다. 가로수 길 모퉁이에 다다르니 삯마차가 무프타르 거리를 빨리 내려가는 것이 보였는데, 삯마차가 벌써 퍽 멀리 가 있어서 도저히 따라붙을 길이 없었다. 어떻게 할까? 쫓아갈까? 불가능했다. 게다가 마차에서는 삯마차를 뒤쫓아 부리나케 달려오는 한 녀석이 확실히 보일 테니, 아버지는 그를 알아볼 것이다. 이때 놀랍고 희한하게도 뜻밖에 마리우스는 관영 마차 한 대가 빈 채로 가로수 길을 지나가는 것을 보았다. 그 이륜마차를 잡아타고 삯마차를 뒤따라가기로 결심하는 수밖에 없었다. 그것은 안전하고 효과적이고 위험이 없었다.

마리우스는 손을 들어 마부를 불러 세워 놓고 소리를 질렀다.

"시간으로!"

마리우스는 넥타이도 매지 않고, 단추가 떨어진 헌 작업복을 입고 있었으며, 셔츠는 가슴팍 주름 한 곳이 찢어져 있었다.

마부는 말을 멈추고 눈을 깜박거리면서, 마리우스 쪽으로 왼손을 내밀어 집게손가락과 엄지손가락을 가만히 문질러 보였다.

"뭐요?" 하고 마리우스는 말했다.

"선금을 주시오." 하고 마부가 말했다.

마리우스는 몸에 지니고 있는 것이 16수밖에 안 된다는 것이 생각났다.

"얼마요?" 하고 그는 물었다.

"40수."*

---

* 2프랑.

"돌아와서 치르겠소."

마부는 대답 대신 라 팔리스의 노랫가락을 휘파람으로 불고 말에 채찍질했다.

마리우스는 마차가 멀어져 가는 것을 멍하니 바라보았다. 24수가 모자란 탓에 그는 그의 기쁨을, 그의 행복을, 그의 사랑을 잃었다! 그는 다시 어둠 속에 빠졌다! 그는 눈이 보였었는데 다시 장님이 돼 버렸다! 그는 바로 그날 아침에 그 불쌍한 계집애에게 주었던 5프랑의 돈을 생각하고 마음이 쓰라렸고, 또 이런 말까지 해야겠는데, 후회가 막심했다. 만약에 그 5프랑이 있었다면, 그는 구제되고, 되살아나고, 황천과 암흑에서 나왔고, 고독, 우수, 홀몸의 신세에서 나왔으리라. 그는 그의 운명의 검은 실을 그 아름다운 금실과 엮었을 텐데, 이 금실은 아까 그의 눈앞에 떠 있다가 또 한 번 끊어져 버렸다. 그는 절망하여 누옥으로 돌아갔다.

르블랑 씨는 저녁에 또 온다고 약속했으니 이번에는 그의 뒤를 밟기 위해 더 잘 행동하기만 하면 될 것이라고 그는 생각할 수도 있었을 것이다. 그러나 명상에 빠져 있던 그는 거의 아무 이야기도 듣지 못했었다.

계단을 올라가다가 그는 가로수 길 저편에, 바리에르 데고블랭 거리의 행인이 없는 담벼락 아래에서, '자선가'의 외투로 몸을 싼 종드레트가 한 사내와 이야기하고 있는 것을 보았는데, 이 사나이는 '문밖의 부랑배'라고 사람들이 부르는 그 무시무시한 모습을 한 사람의 하나였다. 이런 사람들은 수상한 얼굴을 하고, 혼자 이상한 말을 중얼거리고, 나쁜 생각을 하고 있는 것같이 보이고, 보통 낮에는 자고, 따라서 밤에 일을 하는 것으로 추측된다.

그 두 사나이는 휘날리는 눈보라 속에서 꼼짝도 않고 서서 이야기하고 있었는데, 이 무리를 경찰이라면 틀림없이 지켜봤겠지만, 마리우스는 별로 주의하지 않았다.

그렇지만 아무리 그의 가슴이 괴로운 생각으로 가득 차 있었다 하더라도, 종드레트와 이야기하고 있는 그 성문께의 부랑배가 팡쇼라는 자를 닮았다고 생각하지 않을 수 없었는데, 별명을 프랭타니에라고도 하고 비그르나유라고도 하는 이 팡쇼라는 자는 언젠가 한 번 쿠르페락이 그에게 보여 주었던 사람으로, 그 거리에서는 밤중의 산책자에게 꽤 위험한 자로 인정받고 있었다. 독자는 전편(前編)에서 이 사나이의 이름을 보았다. 별명을 프랭타니에라고도 하고 비그르나유라고도 하는 이 팡쇼는 훗날 여러 형사 사건들에 나타나 그때부터 유명한 악한이 되었다. 당시엔 아직 화제에 오른 한 악한에 지나지 않았다. 오늘날 그는 불한당과 살인강도 들 사이에서 전설적인 상태에 있다. 그는 전 왕정 시대 말에 파를 이루었다. 그리고 저녁때 해 질 무렵에, 죄수들이 군데군데 모여서 서로 이야기할 때면, 그는 포르스 감옥의 사자 굴에서 화제에 올랐다. 사람들은 그 감옥에서, 1843년에 서른 명의 죄수들이 대낮에 전무후무한 탈옥을 했을 때 사용된 그 분뇨 토관이 순찰로 아래를 지나가고 있는 바로 그곳에서, 변소의 타일 위에서 팡쇼라는 그의 이름을 읽을 수조차 있었는데, 그것은 그가 탈옥을 꾀했을 때 대담하게도 손수 새겨 놓은 것이다. 1832년에 경찰은 벌써 그를 감시하고 있었지만, 그는 아직 본격적으로 일을 시작하지는 않았다.

11. 가난한 자, 괴로운 자를 돕다

마리우스는 누옥의 계단을 천천히 올라갔다. 그가 막 그의 독방에 들어가려는 순간, 자기를 따라오는 종드레트의 큰딸을 복도에서 자기 뒤에 얼핏 보았다. 이 계집애는 그에게 보기에 가증스러웠다. 그의 5프랑을 가지고 있는 것은 그녀였다. 그것을 돌려 달라고 하기에는 너무 늦었다. 그 관영 마차는 더이상 거기에 없었고, 그 삯마차는 썩 멀리 가 있었다. 더구나 그녀는 그 돈을 돌려주지 않을 것이다. 아까 왔던 사람들의 주거를 그녀에게 묻는 건 쓸데없는 일이었다. 그녀가 그걸 전혀 모른다는 건 분명했다. 왜냐하면 파방투라고 서명한 편지의 겉봉에는 '생 자크 뒤 오 파 성당의 자비로운 어르신께'라고 되어 있었으니까.

마리우스는 방에 들어가서 자기 뒤의 문을 밀었다.

문이 닫히지 않았다. 그가 돌아보니 방긋이 열린 문을 붙잡고 있는 손 하나가 보였다.

"뭐야! 누구야?" 하고 그는 물었다.

그것은 종드레트의 큰딸이었다.

"당신이오?" 하고 마리우스는 거의 쌀쌀하게 말을 이었다. "그래 여전히 당신이군요! 무슨 일이오?"

그녀는 생각에 잠겨 있는 것 같았고 대답하지 않았다. 그녀는 더 이상 아침의 자신감이 없었다. 그녀는 들어오지 않고 복도 그늘에 서 있었고 거기서 마리우스는 방긋이 열린 문으로 그녀를 보았다.

"자, 대답을 해야죠? 내게 뭘 원하지요?" 하고 마리우스는 말했다.

그녀는 침울한 눈으로 그를 쳐다보았는데 그 눈에는 일종의 빛이 어렴풋이 빛나고 있는 것 같았다. 그녀는 그에게 말했다.

"마리우스 씨, 슬퍼 보이시네요. 무슨 일이 있어요?"

"내가!" 하고 마리우스는 말했다.

"네, 당신이."

"난 아무 일 없소."

"그렇잖아요!"

"아니오."

"그렇지 않다고요!"

"날 괴롭히지 마요!"

마리우스는 다시 문을 밀었으나, 그녀는 계속 문을 붙잡고 있었다.

"이봐요." 하고 그녀는 말했다. "당신 잘못이에요. 당신은 부자는 아니지만 오늘 아침에 친절했어요. 지금도 또 그래 주세요. 당신은 내게 먹을 걸 주셨어요. 이젠 당신에게 무슨 일이 있는지 말해 줘요. 당신은 슬퍼요. 그게 빤히 보여요. 난 당신이 슬픈 걸 원치 않아요. 그러기 위해 뭘 해야 하지요? 내가 어떤 일에 도움이 될 수는 없을까요? 날 써 줘요. 당신의 비밀을 묻지는 않겠어요. 내게 말할 필요는 없지만, 여하튼 나도 쓸모가 있을지 몰라요. 나는 능히 당신을 도울 수 있어요. 나는 아버지를 도와드리니까요. 편지를 전한다거나, 남의 집에 간다거나, 이 집 저 집 찾아다닌다거나, 주소를 찾는다거나, 누구의 뒤를 밟는다거나, 나도 그런 일엔 도움이 돼요. 그러니 무슨 일이 있는지 얼마든지 말씀하셔도 좋아요. 내가 사람들에게 가서 말할게요. 때로는 누군가가 사람들에게 말해 주면 그것만으로도 일을 알기에 충분하고, 모든 것이 잘돼요. 나를 써 줘요."

한 가지 생각이 마리우스의 머리를 스쳐 갔다. 물에 빠진 자는 지푸라기라도 움켜잡는다.

그는 종드레트 처녀에게 다가갔다.

"내 말 들어 ……." 하고 그는 그녀에게 말했다.

그녀는 기쁨으로 눈이 반짝이면서 그의 말을 막았다.

"오! 그래요, 내게 반말을 해 줘요! 난 그게 더 좋아요."

"그래." 하고 그는 말을 이었다. "네가 그 노인을 그 딸과 함께 이리로 모시고 왔지……."

"네."

"그분들 주소를 아느냐?"

"아니오."

"나를 위해 그걸 찾아내 줘."

종드레트 처녀의 침울하던 눈은 기쁨에 빛났다가 다시금 흐려졌다.

"바라시는 건 바로 그거예요?" 하고 그녀는 물었다.

"그래."

"그분들을 아셔요?"

"아니."

"그러니까." 하고 그녀는 얼른 말을 이었다. "그 여자를 모르지만 알고 싶다는 거죠."

'그분들'이 '그 여자'가 된 그녀의 말에는 뭔지 알 수 없는 의미 있고 신랄한 것이 있었다.

"어쨌든, 할 수 있나?" 하고 마리우스는 말했다.

"그 아름다운 아가씨의 주소를 갖게 해 달라는 거죠?"

'그 아름다운 아가씨'라는 말에도 또 마리우스를 짜증나게 하는 미묘한 뜻이 있었다. 그는 말을 이었다.

"어쨌든 상관없어! 아버지와 따님의 주소. 그분들의 주소란 말이야!"

그녀는 그를 물끄러미 바라보았다.

"내게 뭘 주실 거예요?"

"뭐든지 바라는 대로!"

"뭐든지 바라는 대로요?"

"응."

"그럼 주소를 알아내 드리죠."

그녀는 고개를 숙였다. 그러고는 거친 동작으로 문을 확 잡아당겨 문이 닫혔다.

그는 의자에 털썩 주저앉아, 머리와 두 팔꿈치를 침대에 처박고, 걷잡을 수 없는 생각들에 빠졌는데, 마치 현기증에 사로잡힌 것 같았다. 아침부터 일어난 그 모든 것, 천사의 출현, 그의 사라짐, 그 계집애가 아까 그에게 말했던 것, 엄청난 절망 속에 떠 있던 희망의 빛, 이런 것들이 어수선하게 그의 머릿속을 가득 채웠다.

갑자기 그는 몽상에서 확 깨어났다.

종드레트의 높고 거친 목소리가 들렸는데 그가 하는 말은 그에게는 가장 이상한 관심거리들로 가득 차 있었다.

"그게 확실하다고. 그리고 난 그를 알아봤단 말이야!"

종드레트는 누구 얘길 하고 있었을까? 그가 누구를 알아봤을까? 르블랑 씨를? '그의 위르쉴'의 아버지를? 뭐라고! 종드레트가 그분을 알고 있었다고? 마리우스는 그 모든 정보를 이렇게 갑자기, 그리고 뜻밖에 갖게 될 것인가? 그 모든 정보 없이는 그의 삶이 그 자신에게 애매했는데 그가 사랑하는 이가 누구인가를, 그 처녀가 누구인가를, 그녀의 아버지가 누구인가를 그는 마침내 알게 되는가? 그들을 덮고 있는 그토록 짙은 어둠이 바야흐로 밝혀지려 하는 순간이었는가? 그 베일이 곧 찢어지려 하는가? 아, 하늘이여!

그는 서랍장에 올라갔다기보다는 오히려 뛰어 올라가, 칸막이의 작은 천창 옆에 다시 자리를 잡았다.

그는 종드레트의 빈민굴 내부를 다시 보았다.

12. 르블랑 씨가 준 5프랑의 용도

집 안의 외관에는 아무것도 달라진 것이 없었지만, 아내와 딸들이 보퉁이 속의 것을 죄 꺼내 놓고, 스타킹과 털 캐미솔을 입고 있는 것만이 달랐다. 두 장의 새 담요들은 두 침대 위에 던져져 있었다.

종드레트는 방금 돌아온 게 분명했다. 밖에서 들어온 그는 아직도 숨이 가빴다. 그의 딸들은 벽난로 옆에, 땅바닥에 앉아 있었는데, 큰딸은 동생의 손에 붕대를 감아 주고 있었다. 그의 아내는 벽난로 가까이 있는 초라한 침대에 드러누워서 놀란 얼굴을 하고 의기소침해 있는 것 같았다. 종드레트는 다락방에서 이리저리 성큼성큼 거닐고 있었다. 그는 이상한 눈을 하고 있었다.

아내는 남편 앞에서 겁을 먹고 어리둥절하고 있다가, 용기를 내어 그에게 말했다.

"뭐, 정말이에요? 확실해요?"

"확실하다니깐! 팔 년 전이야! 하지만 난 그를 알아봤다니깐! 암! 알아보고말고! 난 금방 알아봤어! 그런데 당신은 대번에 못 알아봤어?"

"예."

"그렇지만 내가 말했지, 주의하라고! 하지만 그 키에, 그 얼굴, 별로 더 늙지도 않았어. 세상에는 늙지 않는 사람들이 있는데, 그들이 어떻게 하는지는 몰라도. 목소리도 똑같고. 옷은 더 잘 입고 있는데, 그게 전부야! 아! 정체를 알 수 없는 늙다리야, 내가 너를 잡았다 그 말이야!"

그는 걷던 발을 멈추고 딸들에게 말했다.

"나가라, 너희들은! 당신이 그걸 대번에 못 알아본 건 이상

하군."

그녀들은 시키는 대로 하려고 일어섰다.

어머니가 중얼거렸다.

"저 애는 손이 아픈데?"

"바람을 쐬는 게 그 애에게 좋아. 어서." 하고 종드레트는 말했다.

이 사람에게는 아무도 말대꾸하지 않는 것이 분명했다. 두 딸은 나갔다.

그녀들이 문에서 막 나가려 할 때 아버지는 큰딸의 팔을 잡고 독특한 말투로 말했다.

"5시 정각에 돌아오너라. 둘 다 말이다. 너희들이 필요할 테니까."

마리우스는 더욱더 주의를 기울였다.

아내와 단 둘이 남자, 종드레트는 다시 걷기 시작해 방 안을 말없이 두세 바퀴 돌았다. 그런 뒤 한참 동안 입고 있던 슈미즈 자락을 바지의 허리띠 안으로 끼워 넣는데 몇 분을 보냈다.

갑자기 그는 여자 쪽으로 돌아서서 팔짱을 끼고 소리를 질렀다.

"그런데 내가 한 가지 말해 줄까? 그 아가씨는……."

"아니, 뭐요? 그 아가씨요?" 하고 아내는 대꾸했다.

마리우스는 의심할 여지가 없었다. 그것은 바로 그 여자 이야기임에 틀림없었다. 그는 크게 걱정하며 귀를 기울였다. 그의 온 생명이 그의 귀에 쏠렸다.

종드레트는 몸을 구부리고 아내에게 낮은 목소리로 말했

다. 그러고는 다시 몸을 일으켜 큰 소리로 말을 마쳤다.

"그 계집애야!"

"그년이라고?" 하고 아내는 말했다.

"그년이야!" 하고 남편은 말했다.

어떤 표현으로도 어머니의 '그년이라고'라는 말에 있는 것을 나타낼 수는 없으리라. 그것은 경악과 격분, 증오, 분노가 무시무시한 어조 속에 한데 섞이고 결합된 것이었다. 그녀의 남편이 그녀의 귀에 몇 마디 말한 것만으로도, 아마 처녀의 이름이었으리라, 졸고 있던 그 뚱뚱보 여자가 깜짝 깨어나, 불쾌한 여자에서 무시무시한 여자가 되기에 충분했다.

"그럴 수가 있어요!" 하고 그녀는 외쳤다. "우리 딸들은 맨발로 다니고 입을 드레스 하나도 없는 걸 생각하면! 그런데 뭐라고요! 새틴 외투에, 비로드 모자, 반장화, 그리고 모든 것! 200프랑어치도 더 되는 옷을 입고! 그녀를 귀부인이라고들 생각할 거예요! 아니오, 당신이 잘못 본 거예요! 하지만 처음에 그 계집애는 소름이 끼쳤는데, 이 애는 꽤 아름다워요! 정말 꽤 아름다워요! 그 계집애일 리 없어요!"

"그 계집애라니깐, 글쎄. 두고 봐."

이렇게 요지부동한 단정을 듣고, 종드레트의 아내는 그 금발 머리의 넓적한 붉은 상판대기를 들어, 야릇한 표정으로 천장을 쳐다보았다. 그때 마리우스에게는 남편보다도 그녀가 훨씬 더 무서워 보였다. 그것은 흡사 호랑이의 눈초리를 한 암퇘지였다.

"아니, 그래." 하고 그녀는 말을 이었다. "우리 딸들을 불쌍

하다는 듯이 바라보던 그 무섭게 어여쁜 아가씨, 그게 그 거지
새끼라고! 에기 망할! 고년의 배때기를 나막신 발로 냅다 차
서 터뜨려 버렸으면 좋겠다!"

그녀는 침대에서 뛰어내려, 머리털은 흐트러지고, 콧구멍
은 벌름거리고, 입은 헤벌어지고, 두 주먹을 발끈 쥐어 뒤로
돌리고 한참 서 있었다. 그러다가 초라한 침대에 다시 누웠다.
사내는 계집에게는 주의도 하지 않고 이리저리 걸었다.

그렇게 잠시 침묵을 지키다가, 그는 아내에게 다가가 그녀
앞에서 발을 멈추고는 조금 전처럼 팔짱을 끼었다.

"그런데 내가 또 한 가지 알려 줄까?"

"뭐예요?" 하고 그녀는 물었다.

그는 짧고 나지막한 목소리로 대답했다.

"나도 이제 수가 났단 말이야."

아내는 저이가 미쳤나? 하는 것 같은 눈으로 그를 주시했다.

그는 말을 계속했다.

"빌어먹을! 벌써 꽤 오래전부터 난 불이 있으면 굶어 죽고
빵이 있으면 얼어 죽는 그런 신세였어! 나는 이제 곤궁이 진
저리 났다! 내 짐과 다른 놈들의 짐! 난 더 이상 농담하지 않는
다. 난 더 이상 이걸 우스꽝스럽게 여기지 않는다. 말 재롱은
이제 그만, 하늘이시어! 짓궂은 장난은 이제 그만, 영원한 하
느님 아버지시여! 나도 이제 배고프면 먹고, 목마르면 마시고
싶다! 폭음폭식하고! 잠을 자고! 아무것도 하지 않을 것! 나도
내 차례를 갖고 싶다는 거야! 뒈지기 전에 나도 좀 백만장자가
되고 싶다!"

그는 빈민굴을 한 바퀴 돌고 덧붙였다.

"다른 놈들처럼."

"그게 무슨 뜻이에요?" 하고 아내가 물었다.

그는 머리를 흔들고, 눈을 깜박이고, 한 가지 실험을 하려는 네거리의 물리학자처럼 목소리를 높였다.

"무슨 뜻이냐고? 들어 봐!"

"쉬! 그렇게 큰 소리로 말하지 마요! 사람들이 들어서는 안 될 일이라면." 하고 그녀는 중얼거렸다.

"체! 듣긴 누가 들어? 옆방 녀석? 그 녀석이 방금 나가는 걸 내가 봤어. 그나마 그가 듣겠어, 그 덩치 큰 바보가? 그리고 또 그 녀석이 나가는 걸 내가 봤다고 말하지 않아."

그러면서도 일종의 본능에서 종드레트는 목소리를 낮추었지만, 그의 말소리가 마리우스에게 들리지 않을 만큼 낮추지는 않았다. 다행히도 눈이 내리고 있어서 가로수 길의 마차들 소리를 약하게 했기 때문에, 마리우스는 그 대화를 하나도 놓치지 않고 다 들을 수 있었다.

마리우스가 들은 건 이러했다.

"잘 들어. 잡혔어, 그 거부가! 그런 거나 진배없어. 일은 벌써 다 됐어. 다 마련이 됐어. 내가 사람들도 만나봤고. 그놈은 오늘 저녁 6시에 오거든. 60프랑을 가지고 온다고. 악당 같으니! 내가 어떻게 그들에게 토해 냈는지 보았나, 60프랑이니, 셋집 주인이니, 2월 4일이니 하면서 말이야! 단지 일 기분도 체납된 건 없거든! 이건 참 바보야! 그러니 녀석은 6시에 올 거야! 그건 옆방 녀석이 저녁을 먹으러 갈 시간이야. 뷔르공 할멈도 시내로 접시를 씻으러 갈 시간이고, 집 안에는 아무도 없어. 옆방 놈은 11시 전에는 결코 안 돌아와. 딸년들이 망을 볼 거야. 당신도 우리를 거들어 줘. 그놈은 순순히 말을 들을 거야."

"그런데 만일 말을 안 듣는다면?" 하고 아내는 물었다.

종드레트는 흉악한 몸짓을 하며 말했다.

"우리는 그를 해치울 거야."

그러면서 그는 깔깔 웃었다.

그가 웃는 걸 보는 것은 마리우스로서는 처음이었다. 그 웃음은 싸늘하고도 부드러워, 몸이 오싹해졌다.

종드레트는 벽난로 옆의 벽을 열고 헌 모자를 꺼내어, 소맷자락으로 먼지를 턴 뒤에 머리에 썼다.

"지금 나간다." 하고 그는 말했다. "아직도 만나 볼 사람들이 있거든. 좋은 놈들이야. 일이 어떻게 돼 갈지 보라고. 되도록 일찍 돌아올게. 이번 일은 참 근사하거든. 집 잘 지켜."

그리고 두 주먹을 바지의 두 호주머니에 넣고서 잠시 생각에 잠겨 있다가 외쳤다.

"알겠어? 그 녀석이 나를 알아보지 못한 건 천만다행이야! 만약 그 녀석 쪽에서 나를 알아봤다면 다시 오지 않을 거야. 하마터면 놓칠 뻔했지! 내 수염이 날 살렸어! 내 낭만적인 턱수염이! 귀엽고 깜찍한 내 낭만적인 턱수염이!"

그리고 다시 웃기 시작했다.

그는 창께로 갔다. 여전히 눈이 내려 잿빛 하늘을 가리고 있었다.

"날씨도 참 빌어먹겠네!" 하고 그는 말했다.

그러고는 프록코트의 깃을 여미며 말했다.

"이 외투는 너무 크다." 그는 덧붙였다. "그래도 그 늙은 악당이 이걸 내게 놓고 간 건 참 잘한 일이야! 이게 없었더라면 난 나가지 못했을 것이고 만사가 또 실패했을 텐데! 그렇지만 일들은 제대로 돼 간다!"

그러면서 모자를 눈 위로 푹 눌러쓰고 나갔다.

그가 밖에서 겨우 몇 걸음 걸었을까 말까 했을 때 문이 다시 열리고, 그 열린 사이로 그의 흉포하고 영특한 얼굴이 다시 나타났다.

"깜박 잊었는데." 하고 그는 말했다. "화로에 숯불을 피워 놔."

그리고 아내의 앞치마에 '자선가'가 그에게 놓고 간 5프랑짜리 동전을 던졌다.

"풍로에 숯불을?" 하고 아내는 물었다.

"그래."

"몇 부아소*나?"

"두어 부아소 넉넉히."

"그러려면 30수는 들 거예요. 남는 돈으론 저녁거리를 사겠어요."

"그건 안 돼."

"왜요?"

---

* 약 13리터의 분량.

"그 5프랑짜리는 쓰지 마."

"왜요?"

"내가 뭐 살 게 있으니까."

"뭘요?"

"뭘 좀."

"얼마가 필요한데요?"

"이 근처에 철물점이 어디 있지?"

"무프타르 거리요."

"아, 그래. 길 모퉁이에, 가게가 보이는군."

"하지만 당신이 살 것을 위해 얼마가 필요할지 좀 말해 달라고요?"

"50수 …… 아니, 3프랑이면 돼."

"저녁 식사값으론 많이 안 남겠네요."

"오늘은 먹는 건 문제가 아니야. 더 좋은 걸 할 일이 있어."

"그럼 됐어요, 여보."

아내의 그 말이 떨어지자 종드레트는 다시 문을 닫았고, 이번에는 그의 발소리가 누옥의 복도 속으로 멀어져 가고 계단을 빨리 내려가는 소리를 마리우스는 들었다.

이때 생 메다르 성당에서 1시의 종이 울렸다.

13. 비밀히 만나는 자는 악인이거니

마리우스는 몽상가이기는 했지만, 앞서 말한 바와 같이, 천성이 꿋꿋하고 단호했다. 그가 홀로 명상하는 버릇은 그의 마음속에 동정심과 측은지심을 발전시킴으로써 아마 화를 내는 능력을 감소시켰을지 모르지만, 분개하는 능력은 조금도 손상하지 않았다. 그는 바라문 교도의 호의와 법관의 준엄성을 가지고 있었다. 그는 두꺼비를 가엾게 여겼지만, 독사는 밟아 죽였다. 그런데 그의 눈이 아까 들여다본 것은 독사들의 소굴이었다. 그의 눈 아래 있는 것은 괴물들의 굴이었다.

"이런 악딩들은 짓밟아 버리지 않으면 안 되겠다." 하고 그는 말했다.

그가 풀리는 것을 보기 바라던 수수께끼들은 하나도 밝혀지지 않았다. 도리어 모든 수수께끼들은 아마 더 오리무중에 빠져 버린 것 같았다. 뤽상부르 공원의 그 아름다운 소녀에 관해서도, 그가 르블랑 씨라고 부르는 사나이에 관해서도, 종드레트가 그들을 안다는 것 외에 그는 아무것도 더 알지 못했다. 아까 들은 수상쩍은 이야기를 통해 그가 분명히 예감하는 것은 단 한 가지뿐이었다. 그것은 어떤 매복이, 은밀하고도 끔찍스러운 매복이 준비되고 있다는 것, 그들이 둘 다, 아버지는 확실하지만 아마 딸까지도 큰 위험에 빠져 있다는 것, 그들을 구해 내지 않으면 안 되겠다는 것, 종드레트 일당의 끔찍스러운 계략을 좌절시키고 그 거미줄을 부숴 버리지 않으면 안 되겠다는 것뿐이었다.

그는 잠시 종드레트의 아내를 지켜보았다. 그녀는 한쪽 구석에서 낡은 양철 화덕을 꺼내 놓고 나서 고철을 뒤졌다.

그는 되도록 가만가만 아무 소리도 내지 않도록 조심하면서 서랍장에서 내려왔다.

지금 꾸며지고 있는 일에 공포를 느끼고 종드레트 부부에게 증오를 느끼면서도, 그는 자기가 사랑하는 이를 위해 어쩌면 도움이 돼 줄 수 있을지도 모르겠다는 생각에 일종의 기쁨을 느꼈다.

그러나 어떻게 할까? 위협 당하고 있는 사람들에게 알려 줄까? 그들을 어디서 찾아낸다지? 그는 그들의 주소를 알지 못했다. 그들은 그의 눈앞에 잠깐 다시 나타났다 다시금 파리의 광막한 심연 속에 다시 잠겨 버렸다. 저녁 6시에, 르블랑 씨가 당도할 때, 문에서 기다리고 있다가, 그에게 함정이 있다는 걸 알려 줄까? 그러나 종드레트와 그의 일당은 그가 숨어 기다리는 걸 볼 것이고, 이곳은 행인이 없고, 그들은 그보다 힘이 셀 것이니, 그들은 무슨 수를 써서라도 그를 붙잡거나 아니면 그를 물리쳐 버릴 텐데, 그러면 마리우스가 구출하려던 사람은 파멸하리라. 금방 1시가 울렸는데, 매복은 6시에 이루어질 예정이었다. 마리우스 앞에는 그때까지 다섯 시간밖에 없었다.

할 일은 한 가지뿐이었다.

그는 웬만한 예복을 입고, 목에 비단 네커치프를 매고, 모자를 쓰고 나갔다. 맨발로 이끼 위를 걸어가는 것보다 더 큰 소리를 내지 않고.

한편으로 종드레트의 아내는 계속 고철을 뒤적거리고 있었다.

일단 집 밖으로 나가자, 그는 프티 방키에 거리에 다다랐다.

그는 그 거리의 중간쯤에 있었는데 그 가까이에 어떤 곳들에서는 뛰어넘을 수 있는 매우 낮은 담이 있고, 이 담은 공터에 면해 있다. 그는 골똘히 생각에 잠겨 천천히 걸었고, 눈이 그의 발소리를 줄였는데, 갑자기 아주 가까이에서 말하는 목소리가 들렸다. 그는 돌아다보았다. 거리에는 인기척이 없었다. 아무도 없었다. 대낮이었다. 그럼에도 불구하고 목소리가 똑똑히 들려왔다.

그는 따라가고 있던 담 위로 넘어다볼 생각이 들었다.

거기에는 정말 두 사나이가 담벼락에 등을 기대고 눈 속에 앉아서, 나지막한 목소리로 이야기하고 있었다.

둘 다 그가 알지 못한 얼굴이었다. 하나는 작업복을 입은 수염 난 사나이고, 또 하나는 누더기를 걸친 더벅머리의 사나이였다. 털보는 그리스 빵모자를 쓰고 있었고, 또 하나는 맨머리여서 머리털에 눈이 쌓여 있었다.

그들 위로 머리를 내밀고서, 마리우스는 들을 수 있었다.

더벅머리는 상대방을 팔꿈치로 쿡쿡 찌르면서 말했다.

"파트롱 미네트랑 함께라면, 일은 실패할 수 없어."

"그럴까?" 하고 털보는 말했다. 더벅머리는 대꾸했다.

"각각에게 500프랑짜리 지폐 한 장이면 될 거야. 그리고 최악의 경우가 오더라도, 오 년, 육 년, 고작해야 십 년이야!"

상대방은 좀 머뭇거리며 그리스 모자 아래를 긁적거리면서 대답했다.

"그건 실제의 문제다. 그런 꼴을 당할 수야 없지."

"일이 실패할 수는 없다니깐 그래." 하고 더벅머리는 말을 이었다. "아무개 영감의 작은 마차에도 말을 매 놓을 거야."

그런 뒤에 그들은 어제 게테 극장에서 본 멜로드라마 얘기를 하기 시작했다.

마리우스는 다시 길을 걷기 시작했다.

그렇게도 이상스럽게 담벼락 뒤에 숨어서 눈 속에 쭈그리고 앉아 있던 그 사나이들의 수상쩍은 이야기는, 아마 종드레트의 가증스러운 계획과 어떤 관계가 없지 않을 것같이 마리우스에게는 생각되었다. 바로 그 '일'임에 틀림없었다.

그는 생 마르소 문밖 쪽으로 가다가, 대뜸 눈에 띈 한 가게에 들어가 경찰서가 어디냐고 물었다.

퐁투아즈 거리 14번지라고 가리켜 주었다.

마리우스는 그리로 갔다.

빵집 앞을 지나다가, 저녁밥은 못 먹게 되리라 싶어서 2수어치의 빵을 사서 먹었다.

길을 가면서 그는 신의 섭리가 옳다고 인정했다. 그는 생각했다. 만약에 오늘 아침에 종드레트의 딸에게 그의 5프랑을 주지 않았더라면, 그는 르블랑 씨의 삯마차를 따라갔을 것이고, 따라서 아무것도 몰랐을 것이니, 종드레트 일가의 매복에는 아무런 장애도 없었을 것이고, 르블랑 씨는 파멸했을 것이고, 그리고 아마 그분의 따님도 그분과 함께 그리 되었을 것이다, 라고.

14. 경찰이 변호사에게 두 자루의 '주먹 치기 권총'을 주다

퐁투아즈 거리 14번지에 이르러, 마리우스는 위층에 올라가서 경찰서장을 찾았다.

"서장님은 부재중입니다." 하고 한 사환 아이가 말했다. "하지만 그를 대신하는 사복형사 한 분이 계십니다. 그분에게 얘기하시겠습니까? 급하십니까?"

"그렇소." 하고 마리우스는 말했다.

사환은 그를 서장실로 안내했다. 거기에는 키가 큰 남자가 살 칸막이 뒤에, 난로에 몸을 기대고, 세 겹의 깃이 달린 펑퍼짐한 망토 자락을 두 손으로 치켜들고 서 있었다. 네모진 얼굴, 얇은 입술의 야무진 입, 매우 사나운 반백의 텁수룩한 구레나룻, 상대방의 호주머니도 뒤집어 보는 듯한 눈초리. 그것은 꿰뚫어 보는 눈초리가 아니라 뒤져 보는 눈초리라고 말할 수 있었다.

이 사나이는 종드레트에 못지않게 사납고 무서워 보였다. 집 지키는 개도 때로는 만나는 사람에게 늑대 못지않게 불안을 주는 수가 있다.

"무슨 일이오?" 하고 그는 마리우스에게 불손하게 말했다.

"경찰서장님이오?"

"그는 부재중이오. 내가 그를 대신하고 있소."

"극비의 사건입니다."

"그렇다면 말하시오."

"그리고 매우 급합니다."

"그럼 빨리 말하시오."

이 사나이는 침착하고도 퉁명스러워, 사람을 두렵게 하면서도 동시에 안심시켰다. 그는 두려움과 신뢰감을 주었다. 마리우스는 그에게 이렇게 사건을 이야기했다. 자기는 얼굴밖에 모르는 사람인데 그가 바로 오늘 저녁 매복에 끌려들게 되었다. 자기는 마리우스 퐁메르시라는 변호사인데, 자기가 살고 있는 옆방이 악당의 소굴이어서, 칸막이를 통해 그 음모를 다 들었다. 함정을 생각해 낸 악한은 종드레트라는 사나이다. 공범자들이 있는 것 같은데, 아마 성문께의 부랑배들, 특히 별명을 프랭타니에라고도 하고 비그르나유라고도 하는 팡쇼라는 자가 그렇다. 종드레트의 딸들이 망을 볼 것이다. 위협을 당하고 있는 사람은 그 이름조차도 알지 못하므로, 그에게 알려 줄 길이 전혀 없다. 그리고 마지막으로 이 모든 일은 저녁 6시에, 로피탈 가로수 길에서도 가장 호젓한 지점, 50-52번지의 집에서 수행되기로 되어 있다.

그 번지수를 듣자 형사는 머리를 들고 쌀쌀하게 말했다.

"그럼 복도 안쪽 방이죠?"

"바로 그렇소." 하고 마리우스는 말하고 덧붙였다. "그 집을 아십니까?"

형사는 한참 잠자코 있다가, 장화 뒤꿈치를 난로 아궁이에 쬐면서 대답했다.

"그런 것 같군요."

그는 마리우스에게보다도 그의 넥타이에게 말하듯 입속으로 중얼거렸다.

"거기엔 틀림없이 파트롱 미네트가 조금 관계되어 있을 거야."

그 말은 마리우스를 놀라게 했다.

"파트롱 미네트." 하고 그는 말했다. "나도 정말 그런 말 하는 걸 들었소."

그러면서 그는 프티 방키에 거리의 담벼락 뒤에서, 더벅머리와 털보가 눈 속에서 얘기하고 있던 것을 형사에게 이야기했다.

형사는 중얼거렸다.

"더벅머리는 브뤼종일 것이고, 털보는 드미 리야르, 별명되 밀리야르일 거요."

그는 또 다시 눈을 내리뜨고 생각에 잠겼다.

"그 아무개 영감이라는 자도 좀 짐작이 가오. 아, 이런. 내 망토를 태워 버렸네. 이놈의 난로에는 항상 불을 너무 많이 피워 놓거든. 50-52번지렷다. 옛날의 고르보의 가옥이야."

그러고는 마리우스를 바라보았다.

"당신이 본 건 그 털보와 더벅머리뿐이오?"

"팡쇼도 보았소."

"어린 멋쟁이 같은 녀석 하나가 그 근처를 얼쩡거리고 있는 건 못 보았소?"

"아니오."

"식물원의 코끼리를 닮은 키 큰 뚱뚱보도?"

"아니오."

"옛날의 어릿광대 같은 꼴을 한 악당도?"

"아니오."

"네 번째 놈으로 말하자면 아무도 녀석을 보지 못해. 그의 부하나 부리는 놈들조차도 그래. 당신이 그 녀석을 보지 못한 건 별로 놀라운 일이 아니오."

"못 봤어요. 그 인간들은 다 어떤 놈들입니까?" 하고 마리우스는 물었다.

형사는 대답했다.

"하기야 그놈들이 나올 때는 아니지."

그는 다시 침묵을 지키다가 말을 이었다.

"50-52번지렷다. 나는 그 허술한 집을 알고 있어. 배우들이 알아차리지 않게 우리가 그 안에서 숨어 있을 수는 없어. 그러면 연극이 취소되고 별일 없이 끝날 테니까. 놈들은 어찌나 겸손한지! 관객은 놈들을 거북하게 한단 말이야. 그래선 안 되지, 그래선 안 돼. 난 놈들이 노래하는 걸 듣고 싶고, 놈들을 춤추게 하고 싶어."

이렇게 혼자 중얼거리고 나서, 그는 마리우스 쪽으로 몸을 돌이켜 그를 뚫어지게 바라보면서 물었다.

"당신은 무서워할까요?"

"무엇을?" 하고 마리우스는 말했다.

"그 사람들을?"

"당신보다 더 무서워하지는 않을 거요!" 하고 마리우스는 퉁명스럽게 대꾸했는데 그는 이 경찰의 정보원이 아직도 자기에게 공손한 말투를 쓰지 않았다는 데 주목하기 시작했다.

형사는 마리우스를 한층 더 뚫어지게 보고 점잖고도 엄숙하게 말을 이었다.

"당신은 지금 용감한 사람처럼, 그리고 정직한 사람처럼 말하는구려. 용기는 범죄를 두려워하지 않고, 정직은 권위를 두려워하지 않소."

마리우스는 그를 중단시켰다.

"좋아요. 하지만 어떡할 작정이오?"

형사는 그에게 이렇게만 대답했다.

"그 집의 세입자들은 밤에 자기 집에 돌아가기 위해 곁쇠를 갖고 있소. 당신도 틀림없이 하나 갖고 있겠죠?"

"네." 하고 마리우스는 말했다.

"그걸 지금 몸에 지니고 있소?"

"네."

"그걸 내게 주시오." 하고 형사는 말했다.

마리우스는 조끼 속에서 열쇠를 꺼내어 형사에게 건네고 덧붙였다.

"내 말을 믿는다면 많은 인원을 데리고 오시오."

형사는 마리우스를 흘낏 보았는데 볼테르가 만약 시골의 아카데미 회원에게서 하나의 운(韻)을 제안받았다면 그런 눈으로 봤을 것이다. 그는 거대한 그의 두 손을 망토의 엄청 큰 두 호주머니 속에 단 한 번의 동작으로 푹 쑤셔 넣더니, 그 '주먹 치기 권총'이라고 부르는 두 자루의 작은 강철 권총을 꺼냈다. 그는 그것을 마리우스에게 주면서 준엄하고 짧은 어조로 말했다.

"이걸 가져요. 당신 집에 돌아가요. 당신 방에 숨어 있어요.

당신이 외출했다고 사람들이 믿게 해요. 이것들은 탄환이 재어져 있소. 각각 두 개의 탄알이. 잘 지켜봐요. 벽에 구멍 하나가 있다고 내게 말했죠. 그 사람들이 오겠지. 그들을 조금 내버려 둬요. 알맞은 때라고 판단하면, 일을 중단시킬 때라고 판단하면, 피스톨을 한 방 쏘아요. 너무 빨라선 안 되오. 그 밖의 일은 내가 할 일이오. 한 방 쏘는 건 공중에든, 천장에든, 어디든지 상관없소. 무엇보다도 너무 빠르지만 않도록. 실행이 시작되기를 기다려요. 당신은 변호사니까 그게 뭔지 알겠지요."

마리우스는 두 자루의 권총을 받아 예복의 옆 호주머니에 넣었다.

"그렇게 불룩하면 그게 보일 거요." 하고 형사는 말했다. "차라리 바지 양쪽 호주머니에 넣어요."

마리우스는 권총을 바지 호주머니에 감추었다.

"이젠 누구에게나 더 이상 일 분도 낭비할 시간이 없어요." 하고 형사는 계속했다. "지금 몇 시요? 2시 반이라. 그건 7시 랬죠?"

"6십니다." 하고 마리우스는 말했다.

"아직도 시간은 있지만, 충분하다곤 할 수 없소." 하고 형사는 말했다. "아까 내가 한 말을 조금도 잊지 마요. 빵하고 한 방 피스톨을 쏘아요."

"염려 마요." 하고 마리우스는 대답했다.

마리우스가 나가려고 문 손잡이에 손을 댔을 때 형사가 그에게 소리를 질렀다.

"그런데 그전에라도 만약 내가 필요하면, 이리로 오든지 사람을 보내요. 사복형사 자베르를 찾아요."

15. 종드레트가 물건을 사다

그 후 좀 지나서, 3시경, 쿠르페락이 보쉬에와 함께 우연히 무프타르 거리를 지나가고 있었다. 눈은 더욱더 쏟아져 천지간을 메우고 있었다. 보쉬에가 쿠르페락에게 말하는 중이었다.

"이렇게 눈이 펑펑 쏟아지는 걸 보면 하늘에 흰 나비들의 유행병이 퍼져 있는 것 같아." 갑자기 보쉬에는 성문 쪽으로 거리를 올라가고 있는 마리우스를 보았는데 그의 태도가 특이해 보였다.

"저런, 마리우스야!" 하고 보쉬에는 부르짖었다.

"나도 봤어." 하고 쿠르페락은 말했다. "그에게 말 걸지 말자."

"왜?"

"그는 바빠."

"무엇 때문에?"

"넌 저 애의 외모를 못 봤니?"

"무슨 외모를?"

"그는 어떤 사람의 뒤를 밟고 있는 어떤 사람 같아."

"정말이야." 하고 보쉬에는 말했다.

"저 애의 눈을 좀 보라고!" 하고 쿠르페락이 말을 이었다.

"하지만 대체 누구의 뒤를 밟고 있는 걸까?"

"어떤 꽃 장식 모자를 쓴 귀여운 시골 처녀겠지! 그는 연애를 하고 있어."

"하지만," 하고 보쉬에는 지적했다. "나는 거리에서 꽃 장식 모자도, 귀여운 시골 처녀도 안 보인다. 여자라곤 하나도 없어."

쿠르페락은 바라보더니 외쳤다.

"한 사내 뒤를 밟고 있다!"

과연 모자를 쓴, 그리고 뒤에서밖에 보이지 않지만 그 희뜩희뜩한 수염을 분명히 알아볼 수 있는 한 사나이가 마리우스로부터 한 스무 걸음쯤 앞에서 걸어가고 있었다.

그 사나이는 너무 커서 몸에 맞지 않는 새 프록코트와 흙 투성이의 더럽고 남루한 바지를 입고 있었다.

보쉬에는 깔깔 웃었다.

"저 사람은 대체 뭐야?"

"저것?" 하고 쿠르페락이 말을 이었다. "시인이야. 시인들은 곧잘 토끼 가죽 장수들의 바지를 입고 상원 의원들의 프록코트를 입고 다니거든."

"마리우스가 어디로 가는지 보자." 하고 보쉬에가 말했다. "저 사람이 어디로 가는지 보자. 저들을 따라가자, 응?"

"보쉬에!" 하고 쿠르페락은 외쳤다. "레에글 드 모(모의 독수리)! 당신은 대단히 잔인한 사람이군. 한 사내를 따라가는 또 한 사내를 따라간다!"

그들은 오던 길을 되돌아갔다.

마리우스는 정말 종드레트가 무프타르 거리를 지나가는 것을 보고 그를 몰래 살피고 있었다.

종드레트는 벌써 자기를 붙잡고 있는 하나의 눈이 있는 줄은 꿈에도 모르고 앞으로 나아가고 있었다.

그는 무프타르 거리를 떠났고, 마리우스는 그가 그라시외즈 거리의 가장 끔찍스러운 초라한 집 하나로 들어가는 걸 보았는데, 그는 거기서 십오 분쯤 있다가 무프타르 거리로 되돌아왔다. 그는 그 당시 피에르 롱바르 거리의 모퉁이에 있던 철물점에서 발을 멈추었는데, 몇 분 후에 마리우스는 그가 흰 나무 자루가 달린 커다란 끌 하나를 프록코트 아래에 감추어 들고 나오는 걸 보았다. 프티 장티 거리의 언덕에서 그는 왼편으로 돌아 프티 방키에 거리에 재빨리 도착했다. 해가 지고 있었고, 잠시 그쳤던 눈은 다시 내리기 시작했으며, 마리우스는 여느 때와 같이 행인이 없는 프티 방키에 거리의 바로 모퉁이에서 매복을 하고, 거기서 종드레트를 더 따라가지 않았다. 그는 그렇게 하기에 잘했다. 왜냐하면, 마리우스가 더벅머리와 수염 털보가 이야기하는 걸 들었던 그 낮은 담 가까이에 이르자, 종드레트는 몸을 돌려, 아무도 자기 뒤를 밟거나 자기를 보고 있는 사람이 없는 것을 확인한 뒤에 그 담을 뛰어넘어 자취를 감추었기 때문이다.

그 담에 인접한 공터는 평판이 나쁜 옛 삯마차 집의 뒷마당과 통하고 있었는데, 이 삯마차 집은 파산했지만 아직도 헛간에 낡은 마차 몇 대를 가지고 있었다.

마리우스는 종드레트가 집에 없는 틈을 타서 돌아가는 것이 현명하다고 생각했다. 게다가 시간이 가고 있었다. 뷔르공 할멈은 저녁마다 시내에 접시를 씻으러 가기 위해 문을 닫는 습관이 있어서 해 질 무렵에는 언제나 문이 닫혀 있었다. 마리우스는 형사에게 열쇠를 주었다. 그러므로 그가 서두르는 것이 중요했다.

저녁이 되었고, 날이 거의 저물었다. 지평선과 무한한 공간에서 태양에 비쳐진 것은 더 이상 한 점밖에 없었는데, 그것은 달이었다.

달은 살페트리에르 양로원의 나지막한 둥근 지붕 뒤에서 붉게 떠오르고 있었다.

마리우스는 성큼성큼 걸어서 50-52번지로 돌아왔다. 그가 도착했을 때 문은 아직도 열려 있었다. 그는 계단을 살금살금 걸어 올라가 복도의 벽을 따라 그의 방으로 슬그머니 들어갔다. 독자는 기억하겠지만, 복도의 양쪽은 고미다락 방들인데 모두 세놓을 빈방이었다. 뷔르공 할멈은 보통 그 문들을 열어 두고 있었다. 그 문들의 하나 앞을 지나면서, 마리우스는 비어 있는 작은 방 안에 가만히 서 있는, 천창을 통해 떨어지는 한 줄기 햇빛에 약간 희게 보이는, 꼼짝도 않는 네 사람의 머리를 본 것 같았다. 마리우스는 남의 눈에 띄지 않으려고 그것을 보려고 애쓰지 않았다. 그는 들키지 않고 소리도 내지 않고 그의 방에 되돌아올 수 있었다. 꼭 알맞은 때였다. 잠시 후에 그는 뷔르공 할멈이 집을 나가면서 문을 닫는 소리를 들었다.

16. 1832년에 유행한 영국식 곡조의 노래

마리우스는 침대에 앉았다. 5시 반은 됐으리라. 일이 일어나기까지 반 시간밖에 남지 않았다. 마치 어둠 속에서 시계의 똑딱거리는 소리를 듣는 것처럼 그는 자기의 맥이 뛰는 소리를 듣고 있었다. 그는 이때 어둠 속에서 일어나고 있는 두 개의 진행, 한쪽에서 전진하고 있는 죄악과 또 한쪽에서 오고 있는 심판을 생각하고 있었다. 그는 무서워하지 않았으나, 바야흐로 일어나려는 일들을 어떤 전율 없이 생각할 수는 없었다. 갑자기 뜻밖의 사건을 당하는 사람이면 누구나 다 그러하듯이, 그는 이날 하루가 꼭 꿈만 같았고, 자기가 조금도 어떤 악몽에 사로잡혀 있는 것이 아니라고 생각하기 위해서는 바지 호주머니 속에서 두 자루의 강철 피스톨의 차가움을 느껴 볼 필요가 있었다.

눈은 더 이상 오지 않았고, 달은 더욱더 밝아지고, 안개에서 벗어나, 달빛이 떨어진 눈의 흰 반사광 때문에 방이 어스름하게 보였다.

종드레트의 빈민굴에는 불빛이 있었다. 마리우스는 칸막이의 구멍이 핏빛으로 보이는 붉은빛으로 빛나는 것을 보고 있었다.

그 빛은 촛불로 빚어질 수는 없는 것이었다. 그런데 종드레트네 방에서는 아무런 변동이 없었고, 아무도 움직이지 않았고, 아무도 말하지 않았고, 숨소리 하나 없었고, 침묵이 냉랭하고 깊었으며, 그 불빛이 없었다면 자기가 무덤 옆에 있는가

싫었을 것이다.

마리우스는 가만히 장화를 벗어서 침대 아래로 밀어 넣었다.

몇 분이 흘렀다. 마리우스는 아래층 문 돌쩌귀가 돌아가는 소리를 들었고, 무겁고 빠른 발걸음이 계단을 올라와 복도를 지나가더니, 그 빈민굴의 문빗장이 소리를 내며 벗겨졌다. 종드레트가 돌아온 것이다.

갑자기 여러 사람들의 목소리가 들렸다. 온 가족이 다락방에 있었다. 다만 그들은 주인의 부재중에 침묵을 지키고 있었던 것이다. 어미 늑대의 부재중의 새끼 늑대들처럼.

"나다." 하고 그가 말했다.

"어서 오세요, 아빠!" 하고 딸들이 소리쳤다.

"어때요?" 하고 어머니가 말했다.

"다 천천히 돼 가." 하고 종드레트는 대답했다. "한데 발이 되게 시리네. 옳지. 잘했어. 옷을 갈아입었군. 당신이 신뢰감을 불어넣을 수 있어야 할 거야."

"완전히 나갈 준비를 하고 있어요."

"내가 말한 것 아무것도 잊지 않겠지? 다 잘하겠지?"

"안심하세요."

"그런데……." 하고 종드레트는 말했다. 그러고는 말을 다 마치지 않았다.

마리우스는 그가 뭔가 묵직한 것을 탁자 위에 내려놓는 소리를 들었는데, 십중팔구 그가 산 끌이리라.

"한데, 여기선 뭘 좀 먹었나?" 하고 종드레트는 말을 이었다.

"예." 하고 어머니는 말했다. "커다란 감자 세 개와 소금이 있었어요. 마침 불이 있어서 그걸 익혔지요."

"좋아." 하고 종드레트는 말했다. "내일은 다들 데리고 나가 나랑 저녁을 먹는다. 오리 한 마리와 자질구레한 것들이 있을 거야. 샤를 10세의 식구들처럼 저녁 식사를 할 거야. 만사형통이거든!"

그러고는 목소리를 낮추어 덧붙였다.

"쥐덫은 열려 있다. 고양이들도 저기에 있다."

그는 더 목소리를 낮추어 말했다.

"저걸 불에 놓아."

마리우스는 부젓가락인지 무슨 쇠 연장이 숯에 부딪치는 소리를 들었고, 종드레트는 계속 말했다.

"소리 안 나게 문 돌쩌귀에 기름을 발라 놓았나?"

"예." 하고 어머니는 대답했다.

"몇 시야?"

"곧 6시예요. 생 메다르에서 방금 반을 쳤어요."

"저런!" 하고 종드레트는 말했다.

"계집애들은 가서 망을 봐야겠다. 오너라, 너희들은, 여기서 들어라."

속삭이는 소리가 났다.

종드레트의 목소리가 또 올라갔다.

"뷔르공 할멈은 떠났나?"

"예." 하고 어머니는 말했다.

"옆방에 아무도 없는 건 확실한가?"

"그는 온종일 돌아오지 않았어요. 그리고 당신도 잘 아시다시피 지금은 그의 저녁 식사 시간이에요."

"확실하겠지?"

"확실해요."

"하여튼," 하고 종드레트는 말을 이었다. "그가 방에 있는지 없는지 그 녀석 방에 가서 보는 건 나쁠 것 없다. 내 딸아, 촛불을 들고 가 봐라."

마리우스는 납작 엎드려서 가만가만 침대 아래로 기어들어갔다.

거기서 웅크리고 있자마자 문 틈으로 불빛이 보였다.

"아빠," 하고 하나의 목소리가 외쳤다. "나갔어요."

그는 큰딸의 목소리를 알아보았다.

"너 들어갔니?" 하고 아버지는 물었다.

"아니오." 하고 딸은 대답했다. "하지만 열쇠가 문에 있으니까 나갔어요."

아버지는 외쳤다.

"그래도 들어가 보거라."

문이 열리고, 마리우스는 종드레트의 큰딸이 촛불을 손에 들고 들어오는 걸 보았다. 그녀는 아침과 같았으나, 다만 그 불빛에 한층 더 끔찍스러웠다.

그녀는 곧장 침대로 걸어왔고, 마리우스는 형언할 수 없는 걱정의 순간을 겪었다. 침대 가까이 거울 하나가 벽에 걸려 있었는데, 그녀가 간 것은 거기였다. 그녀는 발돋움하여 거울을 들여다보았다. 옆방에서는 뒤적거리는 고철 소리가 들렸다.

그녀는 손바닥으로 머리를 쓰다듬고 거울을 향해 미소를

지어 보면서 음산하고 목쉰 소리로 콧노래를 불렀다.

　　우리의 사랑은 고작 한 주간 계속되었네.
　　정말 행복의 순간은 짧기도 하여라!
　　여드레의 열애가 그렇게도 고뇌였네!
　　사랑의 시간은 변함없이 계속돼야 할 것을!
　　변함없이 계속돼야 할 것을! 변함없이 계속돼야 할 것을!

　그러는 동안 마리우스는 떨고 있었다. 자기의 숨소리가 그녀에게 들리지 않는 것은 불가능할 것 같았다.

　그녀는 창 쪽으로 가서 밖을 내다보면서, 절반은 미친 것 같은 태도로 소리 높이 말했다.

　"파리가 흰 셔츠를 입으니 얼마나 추한가!"

　그녀는 다시 거울로 돌아와서, 또 다시 자기 얼굴을 연방 앞에서 들여다봤다가 좀 옆으로 들여다봤다가 하면서 갖가지로 얼굴 모양을 지어 보았다.

　"얘! 대체 뭐하는 거냐?" 하고 아버지는 소리를 질렀다.

　"침대 아래랑 가구들 아래를 보고 있어요." 하고 그녀는 여전히 머리를 매만지면서 대답했다. "아무도 없어요."

　"멍청아!" 하고 아버지는 호통을 쳤다. "당장 이리 와! 시간 낭비 하지 마라."

　"가요, 가." 하고 그녀는 말했다. "눈코 뜰 새가 없네!"

　그녀는 콧노래를 불렀다.

그대가 영광을 찾아 나와 헤어지면,

내 슬픈 마음은 어디고 그대의 발걸음을 따라가리라.

그녀는 마지막으로 한 번 더 거울을 보고 문을 닫고 나갔다. 잠시 후 마리우스에게 복도에서 두 처녀의 맨발 소리와 그녀들에게 외치는 종드레트의 목소리가 들렸다.

"단단히 주의해라! 하나는 성문 쪽이고, 또 하나는 프티 방키에 거리의 모퉁이다. 한시도 집 문에서 눈을 떼지 마라. 그리고 조금이라도 뭐가 보이면 즉시 이리 오너라. 후다닥 뛰어와! 돌아오기 위해 열쇠는 있겠지."

큰딸이 중얼거렸다.

"눈 속에서 어떻게 맨발로 망을 본담!"

"내일 새빨간 비단 반장화를 사 주마!" 하고 아버지는 말했다.

그녀들은 계단을 내려갔고, 잠시 후에 다시 닫히는 아래층 문소리가 그녀들이 밖에 나가 있는 것을 알렸다.

이제 집 안에 있는 것은 마리우스와 종드레트의 가시버시뿐이었다. 그리고 십중팔구, 비어 있는 다락방의 문 뒤에 어스름 속에 마리우스가 언뜻 보았던 그 수수께끼 같은 인간들도 있을 것이다.

17. 마리우스에게서 받은 5프랑짜리의 용도

마리우스는 이제 자기 관측소의 제 자리로 돌아갈 때가 왔다고 판단했다. 그는 눈 깜짝할 사이에, 그리고 젊은이답게 사뿐 뛰어 칸막이의 구멍 옆으로 갔다.

그는 들여다보았다.

종드레트의 집 내부는 괴이한 광경을 나타내고 있었으며, 마리우스는 아까 거기에 보았던 이상한 빛을 이해했다. 거기에 초 한 자루가 녹슨 촛대에 켜 있었으나, 실제로 방을 비추고 있는 것은 그것이 아니었다. 빈민굴 전체가 벽난로에 놓고 숯불을 가득 피워 놓은 꽤 큰 양철 풍로의 반사광에 의해 밝혀져 있었는데, 그것은 종드레트의 아내가 아침에 준비해 놓은 풍로였다. 숯이 타고 있어서 화로가 뻘겋고, 푸른 불꽃이 너울거리고 있어서 종드레트가 피에르 롱바르 거리에서 산 끌의 형태를 분명히 알아 볼 수 있었는데, 그 끌은 잉걸불에 꽂혀 시뻘겋게 달구어지고 있었다. 문 가까이 한쪽 구석에, 어떤 예정된 용도를 위해 배치되어 있는 것처럼, 두 개의 무더기가 보였는데, 하나는 고철 무더기 같고, 또 하나는 밧줄 무더기 같았다. 이 모든 것은, 무엇이 꾸며지고 있는가를 전혀 몰랐던 사람에게는 매우 불길한 생각과 매우 단순한 생각 사이에서 마음이 흔들리게 했을 것이다. 이렇게 불빛이 환한 다락방은 지옥의 아가리보다도 오히려 대장간을 닮았으나, 그 불빛에 비친 종드레트는 대장장이라기보다는 오히려 악마와 흡사했다.

잉걸불의 열기가 하도 뜨거워서 탁자 위의 양초는 풍로 쪽이 녹아 비스듬히 타 버렸다. 디오게네스가 카르투슈가 되었다면 잘 어울리는 낡은 구리 감등(龕燈) 하나가 벽난로 위에 놓여 있었다.

풍로는 거의 다 꺼진 깜부기불 옆에, 벽난로 아궁이에 놓여 있었기 때문에, 그 숯불의 연기를 벽난로의 굴뚝 속으로 보내고 있어 냄새를 풍기지 않았다.

달빛이 네 장의 창유리로 들어와, 고미다락 방에 흰 빛을 던지고 있었는데, 행동의 순간에조차 몽상가인 마리우스의 시적 정신에, 그것은 지상의 추한 꿈에 섞인 하늘의 한 생각 같았다.

바깥바람이 깨진 유리창으로 흘러 들어와 숯불 냄새를 흩뜨리고 풍로를 숨기는 것을 도왔다.

종드레트의 소굴은, 고르보 누옥에 관해 앞서 말한 것을 기억한다면, 은밀한 폭행의 무대가 되고 범죄의 은닉처가 되기에는 참으로 안성맞춤이었다. 그것은 파리에서 가장 호젓한 가로수 길의 가장 외딴 집의 가장 궁벽진 방이었다. 만약에 매복이 존재하지 않았다면, 사람들은 그것을 여기서 발명했으리라.

한 가옥 전체의 두께와 다수의 비어 있는 방들이 이 빈민굴을 가로수 길에서 갈라 놓고 있었고, 담장과 울타리들로 둘러싸인 광대한 공터 쪽으로 나 있었을 단 하나의 창도 갈라 놓고 있었다.

종드레트는 파이프에 불을 붙이고, 짚을 빼어 버린 의자에 앉아서 담배를 피우고 있었다. 아내가 그에게 나지막한 목소리로 말하고 있었다.

만약에 마리우스가 쿠르페락이었다면, 다시 말해서 인생의 어떠한 경우에도 웃는 그런 사람들 축에 들어 있었다면, 그의 눈길이 종드레트의 아내 위에 떨어졌을 때 그는 웃음을 터뜨렸으리라. 그녀는 샤를 10세의 즉위식에 참석한 무관들의 모자와 꽤 비슷한 깃털 달린 검은 모자를 쓰고, 메리야스 속치마 위에 엄청 큰 바둑판무늬의 숄을 걸치고, 그녀의 딸이 아침에 멸시했던 남자 신을 신고 있었다. 이 옷차림은 종드레트에게서 이런 감탄을 자아냈다. "옳지! 옷을 갈아입었군! 잘했어. 신뢰감을 줄 수 있어야 하거든!'

종드레트로 말하자면, 르블랑 씨가 준 너무 큰 새 외투를 벗지 않고 있었고, 그의 복장은 쿠르페락의 눈에 시인의 이상이 되고 있는 그 프록코트와 바지의 대조를 계속 나타내고 있었다.

갑자기 종드레트가 목소리를 높였다.

"그런데! 난 이런 생각을 한다. 날씨가 이러니 그는 삯마차로 올 거야. 초롱에 불을 켜 들고 내려가서 아래층 문 뒤에 서있어. 마차 서는 소리가 들리면, 당신은 얼른 열어 주고, 그는 올라오고, 당신은 계단과 복도에서 그에게 불을 비춰 주고, 그가 여기로 들어오는 사이에 당신은 재빨리 다시 내려가, 마부에게 돈을 치르고, 삯마차를 돌려보내라고."

"한데 돈은?" 하고 아내는 물었다.

종드레트는 바지 호주머니를 뒤져 그녀에게 5프랑을 건넸다.

"이게 뭐예요?" 하고 그녀는 외쳤다.

종드레트는 의젓하게 대답했다.

"그건 오늘 아침에 옆방 사람이 준 돈이야."

그러고 그는 덧붙였다.

"알겠어? 여기에 의자가 둘 있어야겠는데."

"왜요?"

"앉기 위해서지."

마리우스는 종드레트의 아내가 이렇게 태연히 대답하는 소리를 듣고 등골이 오싹해지는 것을 느꼈다.

"그럼! 옆방 사람 것을 가서 가져오겠어."

그러고 재빠른 동작으로 빈민굴의 문을 열고 복도로 나왔다.

마리우스는 사실상 서랍장에서 내려 침대까지 가서 거기에 숨을 겨를이 없었다.

"촛불을 들고 가." 하고 종드레트가 외쳤다.

"싫어요." 하고 그녀는 말했다. "그건 방해가 될걸요. 의자 두 개를 들고 와야 하니까. 그리고 달빛도 밝고."

마리우스는 종드레트 아줌마의 묵직한 손이 어둠 속에서 열쇠를 더듬어 찾는 소리를 들었다. 문이 열렸다. 마리우스는 놀라고 어리둥절하여 그 자리에 꼼짝도 못 하고 있었다.

종드레트의 아내가 들어왔다.

고미다락 방의 천창에서 한 줄기 달빛이 스며들어 방 안의 어둠을 커다란 두 부분으로 갈라 놓고 있었다. 그중 한쪽 부분이 마리우스가 기대고 있는 벽을 온통 덮고 있었으므로, 그는 거기서 몸을 감추고 있었다.

종드레트 아줌마는 쳐다보았으나, 마리우스를 보지 못하고, 마리우스의 둘 밖에 없는 의자를 둘 다 가지고 나가면서,

뒤로 찰카닥 문을 닫아 붙였다.

그녀는 빈민굴로 돌아갔다.

"여기 의자 둘 가져왔어요."

"그리고 저기 초롱이 있어." 하고 남편은 말했다. "잽싸게 내려가."

그녀는 황급히 복종하자, 종드레트 혼자 남았다.

그는 그 두 개의 의자를 탁자 양쪽에 배치해 놓고, 잉걸 속의 끌을 놀려놓고, 벽난로 앞에 헌 병풍을 세워서 풍로를 가리고, 그런 뒤에 밧줄 더미가 있는 구석으로 가서 거기의 무엇인가를 살펴보듯 몸을 구부렸다. 마리우스는 그때야 비로소 뭔지 몰랐던 하나의 무더기가 나무 가로장들이 붙어 있는 썩 잘 만들어진 하나의 밧줄 사닥다리와 그것을 걸기 위한 두 개의 쇠 갈고리임을 알아보았다.

그 밧줄 사다리와, 문 뒤에 쌓여 있는 고철 더미에 섞여 있는 몇 개의 큰 연장들, 진짜 쇠 곤봉들은, 그날 아침에는 종드레트의 빈민굴에 전혀 없었던 것인데, 분명히 오후에, 마리우스의 부재중에 갖다 놓았던 것이다.

"저건 날붙이 장수의 연장들이겠지." 하고 마리우스는 생각했다.

만약에 마리우스가 이런 종류에 좀 더 지식이 있었다면, 그가 날붙이 장수의 기구들이라고 생각하는 것 속에서 몇 가지 도구들을 알아보았을 것이다. 그것은 자물쇠를 부수어 열거나 문을 곁쇠질하여 열 수 있는 연장들과 그 밖에 끊고 벨 수 있는 연장들인데, 이 두 부류의 흉악한 연장들을 도둑놈들은

'막동이'와 '절단기'라고 불렀다.

두 개의 의자가 놓인 탁자와 벽난로는 바로 마리우스의 맞은바라기에 있었다. 풍로가 가려져 있어, 방은 이제 촛불로만 비쳐져 탁자나 벽난로 위에 있는 극히 작은 파편도 큰 그림자를 던지고 있었다. 주둥이가 깨진 물병 하나가 한쪽 벽을 절반이나 가리고 있었다. 이 방 안에는 뭔지 알 수 없는 모골이 송연해지는 고요함이 있었다. 거기서 뭔가 무시무시한 일이 일어날 것만 같았다.

종드레트는 아주 골똘히 무슨 생각에 잠겨 있는 모양이어서, 파이프에 불이 꺼지게 그냥 두었는데, 이는 뭔가에 몰두하고 있었다는 중대한 표시였다. 그는 잠시 뒤 다시 자리에 와서 앉았다. 그의 얼굴의 표독하고 교활한 안면각(角)이 촛불 빛에 두드러지게 눈에 띄었다. 그는 마치 불길한 내심의 독백의 마지막 조언에 대답하듯이, 눈썹을 찌푸렸다 오른손을 갑작스럽게 폈다 하고 있었다. 그렇게 속으로 자문자답하다가, 탁자 서랍을 확 잡아당겨, 그 속에 감춰져 있던 기다란 부엌칼을 꺼내어 손톱 위에서 칼날을 시험해 보았다. 그렇게 하고 나서 식칼을 다시 서랍 속에 넣고 서랍을 닫았다.

한편 마리우스는 바지 오른쪽 호주머니에 있는 피스톨을 잡아 꺼내 장전했다.

권총은 장전되면서 맑고 둔탁한 작은 소리를 냈다.

종드레트는 바르르 떨면서 의자에서 절반쯤 일어났다.

"누구야?" 하고 그는 외쳤다.

마리우스는 숨을 죽였다. 종드레트는 잠깐 귀를 기울였다가 웃기 시작하면서 말했다.

"이런 바보가! 칸막이가 삐걱거리는 소리야."

마리우스는 권총을 손에 쥐었다.

18. 마리우스의 두 의자가 마주 대하다

갑자기 멀리서 음울하게 울리는 종소리가 유리창을 흔들었다. 생 메다르 성당에서 6시를 치고 있었다.

종드레트는 종소리 하나 하나를 머리를 끄떡거리며 세었다. 여섯 번째 소리가 울리자 손가락으로 양초의 심지를 끊었다.

그런 뒤에 방 안을 걷기 시작하고, 복도에 귀를 기울이고, 걷고, 또 귀를 기울였다. "그자가 오기만 하면!" 하고 그는 중얼거렸다. 그런 뒤에 의자로 돌아갔다.

그가 의자에 앉자마자 문이 열렸다.

종드레트 아줌마가 문을 열고 몹시 찌푸린 싹싹한 얼굴을 하고 복도에 서 있었는데, 감등의 구멍 하나에서 새어 나오는 불빛이 그 얼굴을 아래서 비추고 있었다.

"들어가십시오, 어르신." 하고 그녀는 말했다.

"들어오십쇼, 은인 어르신." 하고 종드레트는 후다닥 일어나며 말했다.

르블랑 씨가 나타났다.

그는 침착한 태도를 하고 있었는데, 그것이 그를 유난히 존경스러워 보이게 했다.

그는 탁자에 네 닢의 루이 금화*를 놓았다.

"파방투 씨." 하고 그는 말했다. "이것은 방세와 우선 급한 데 쓰시오. 그다음엔 두고 봅시다."

"이 돈은 하느님이 갚아 주시리다, 너그러우신 은인 어르신!" 하고 종드레트는 말했다. 그리고 아내에게 다가가서 말했다.

"삯마차를 돌려보내!"

그녀는 남편이 르블랑 씨에게 마구 인사말을 늘어놓고 의자를 권하는 사이에 살짝 빠져나갔다. 잠시 후에 돌아와서 그의 귀에 소곤거렸다.

"끝났어요."

아침부터 끊임없이 내린 눈이 하도 많이 쌓여서 삯마차 오는 소리가 조금도 들리지 않았고, 떠나는 소리도 들리지 않았다.

그러는 동안 르블랑 씨는 앉았다.

종드레트는 르블랑 씨 맞은편 다른 의자를 차지했다.

이제, 바야흐로 일어나려는 장면을 대강 알기 위해 독자는 다음과 같은 것을 머릿속에 상상하기 바란다. 얼어붙은 겨울밤, 거대한 수의처럼 달빛 아래 눈에 덮인 하얀 살페트리에르의 적막함, 그 비극적인 가로수 길과 길게 늘어선 검은 느릅나무들을 여기저기서 붉게 비추고 있는 가로등의 약한 불빛, 1킬로미터 주위 사방에 아마 행인 하나 없을 것 같은 길거리, 극

---

* 1루이는 20프랑.

도의 고요함과 무서움, 그리고 어둠에 싸여 있는 고르보 누옥, 그 누옥 속에, 그 적막 속에, 그 어둠 한복판에, 촛불 하나 켜져 있는 종드레트의 널따란 고미다락 방, 그리고 이 빈민굴에서 탁자 앞에 앉아 있는 두 사나이, 태연자약한 르블랑 씨, 빙그레 웃고 있는 무시무시한 종드레트, 한쪽 구석의 암늑대 어미, 그리고 칸막이 뒤에, 아무도 몰래 숨어 서서, 한마디 말도 놓치지 않고, 일거일동도 놓치지 않고, 피스톨을 손에 쥐고 망을 보고 있는 마리우스.

그런데 마리우스는 혐오감만 느낄 뿐, 조금도 겁을 먹고 있진 않았다. 그는 권총 손잡이를 꼭 쥐고 안도감을 느끼고 있었다. '내가 원하면 나는 저 악당을 체포할 것이다.' 하고 그는 생각했다.

거기 어딘가에 잠복하고 있는 경찰이 약속된 신호를 기다리며 완전히 팔을 뻗칠 준비를 하고 있는 것을 그는 느끼고 있었다.

그는 종드레트와 르블랑 씨의 이 격렬한 만남에서 자기에게 아는 것이 이로운 모든 것에서 어떤 빛이 떠오르기를 바라고 있었다.

19. 어두운 안쪽에 신경을 쓰다

앉자마자 르블랑 씨는 비어 있는 그 초라한 침대 쪽을 돌아보았다.

"가엾은 다친 따님은 어떻소?" 하고 그는 물었다.

"나빠요." 하고 종드레트는 몹시 슬퍼하고 감사하는 듯한 미소를 지으면서 대답했다. "매우 나빠요, 존경하는 어르신. 제 언니가 데리고 부르브 진료소로 치료 받으러 갔지요. 그 애들을 곧 보실 겁니다. 금방 돌아올 겁니다."

"파방투 부인께서는 좀 나으신 거 같군요?" 하고 르블랑 씨는 종드레트 아내의 괴상한 옷차림을 흘끗 바라보면서 말을 이었는데, 그녀는 마치 벌써 출구를 지키듯이 문과 르블랑 씨 사이에 서서, 위협하고 거의 싸우는 자세를 하고서 그를 주시하고 있었다.

"여편네는 죽을 지경입니다." 하고 종드레트는 말했다. "하지만 어떡합니까, 어르신? 저 사람은 아주 씩씩합니다. 저 여자는요! 이건 여자가 아니에요. 이건 황소예요."

아내는 그런 칭찬에 마음이 감동해, 구슬림을 받은 괴물 같은 교태를 지으며 부르짖었다.

"당신은 언제나 제게 너무도 친절하셔요, 종드레트 씨!"

"종드레트라고." 하고 르블랑 씨는 말했다. "나는 당신 이름이 파방투인 줄 알고 있었는데요?"

"파방투의 별명이 종드레트예요!" 하고 얼른 남편은 말을 이었다. "배우의 아호(雅號)입지요!"

그리고 아내에게 어깨를 으쓱했으나 르블랑 씨는 그것을 보지 못했는데, 그는 아양스러운 힘찬 어조로 계속 지껄였다.

"아! 저 불쌍한 사람과 저는 언제나 의좋게 살아왔지요. 만약에 그렇지 않았다면, 저희에게 뭐가 남아 있겠습니까! 저희는 그토록 불행하답니다, 존경하는 어르신! 팔은 있어도 일거리가 없어요! 용기는 있어도 직업이 없어요! 정부는 어떻게 이걸 처리하는지 모르겠어요. 그렇지만 명예를 걸고 맹세하지만 어르신, 저는 급진 공화주의자가 아니에요, 어르신, 저는 민주주의파 사람도 아니고, 정부를 원망하지도 않아요. 하지만 제가 만약 장관이라면, 맹세코 일이 이렇게 돼 가지는 않을 겁니다. 이를테면 말예요, 전 딸년들에게 판지 상자 만드는 직업이라도 배우게 해 주고 싶었죠. '뭐! 직업이라고?' 그래요, 직업이죠! 단순한 직업요! 밥벌이 수단요! 밥벌이 수단요! 이렇게도 몰락하다니, 은인 어르신! 저희가 예전에 어떠했던가를 생각할 때 얼마나 놀라운 타락입니까! 오 슬프도다! 저희가 잘살던 때의 것은 아무것도 남아 있지 않아요! 단 한 가지밖에는, 제가 소중히 여기는 한 폭의 그림밖에는. 하지만 그것도 처분해야 할 신셉니다. 입에 풀칠을 해야 하니까. 역시, 입에 풀칠을 해야 하니까!"

이같이 종드레트가 얼굴에는 여전히 신중하고 교활한 표정을 잃지 않으면서도 눈에 띄게 횡설수설하는 동안, 마리우스는 눈을 들어 방 안쪽에 이제껏 보이지 않았던 어떤 사람을 보았다. 한 사나이가 방금 들어왔는데, 하도 조용히 들어와서 문돌쩌귀 돌아가는 소리를 아무도 듣지 못했던 것이다. 이 사나이는 자줏빛 메리야스 조끼를 입고 있었는데, 그것은 낡고, 해지고, 때 묻고, 끊기고, 주름마다 구멍이 숭숭 뚫려 있었다. 게다가 펑퍼짐한 비로드 바지를 입고, 발에는 나막신을 신고, 셔츠도 입지 않고, 목에는 아무 장식도 없고, 문신을 한 두 팔을 발가숭이로 드러내고 있었으며, 얼굴은 새카맣게 칠하고 있었다. 그는 팔짱을 끼고서 가까운 쪽의 침대 위에 묵묵히 앉아 있었는데, 종드레트의 아내 뒤에 있었기 때문에 희미하게밖에 보이지 않았다.

사람의 시선을 알리는 그 자력(磁力)적인 본능 같은 것으로 르블랑 씨는 마리우스와 거의 동시에 뒤를 돌아다보았다. 그는 놀란 기색을 나타내지 않을 수 없었는데 그것이 종드레트의 눈에 띄지 않을 수 없었다.

"아! 난 또 뭐라고! 제게 주신 외투를 보시는 거죠?" 하고 종드레트는 아양스러운 얼굴을 하고 단추를 채우면서 외쳤다. "내게 맞습니다! 정말, 내게 맞습니다!"

"저 사람은 누구요?" 하고 르블랑 씨는 말했다.

"저놈요?" 하고 종드레트는 말했다. "이웃 사람입니다. 개의치 마십시오."

그 이웃 사람은 괴상한 모습을 하고 있었다. 그렇지만 생마르소 성문 밖에는 화학품 제조 공장들이 많다. 많은 공장 직공들이 새카만 얼굴을 하고 있을 수 있다. 르블랑 씨는 순진하고도 담대한 신뢰감을 풍기고 있었다. 그는 말을 이었다.

"미안하오만, 내게 뭐라고 하셨더라, 파방투 씨?"

"제가 하던 말은, 어르신, 그리고 친애하신 보호자님." 하고 종드레트는 대꾸했다. 탁자에 팔꿈치를 짚고 왕뱀의 눈과 꽤 닮은 부드러운 눈으로 르블랑 씨를 응시하면서. "제가 하던 말은 제가 팔 그림을 한 폭 갖고 있다는 거였습니다."

문에서 경미한 소리가 났다. 두 번째 사나이가 들어와서 종드레트의 아내 뒤 침대에 앉았다. 그 역시 첫 번째 사나이처럼 맨팔이었고, 잉크인지 숯인지 얼굴에 칠하고 있었다.

이 사나이도 문자 그대로 살그머니 방에 들어왔지만, 르블랑 씨의 눈에 띄지 않을 수 없었다.

"조금도 괘념하실 것 없습니다." 하고 종드레트는 말했다. "이 집에 사는 사람들입니다. 제가 하던 말은 제게 그림 한 폭이, 귀중한 그림 한 폭이 남아 있었다는 거예요. ⋯⋯자, 보세요, 어르신."

그는 일어나서 벽으로 갔는데 그 벽 아래에는 앞서 말한 널빤지가 놓여 있었다. 그는 그것을 돌려 역시 벽에 기대어 놓았다. 그것은 정말 뭔지 그림 비슷한 것인데 촛불 빛에 간신히 비쳐 보였다. 마리우스는 종드레트가 그 그림과 자기 사이에 서 있었으므로, 아무것도 분명히 알아볼 수 없었다. 다만 언뜻 보기에 조잡하고 서툰 그림 같았는데, 그 주요 인물 같은 것에는 순회 극단의 간판 그림이나 병풍 그림에서 보는 것 같은 칙칙한 빛깔이 칠해져 있었다.

"그게 뭐요?" 하고 르블랑 씨는 물었다.

종드레트는 탄성을 질렀다.

"대가의 그림입니다. 굉장한 값이 나가는 그림입니다, 은인 어르신! 저는 제 두 딸년을 소중히 여기듯이 이걸 소중히 여기고 있지요. 이건 저에게 추억을 떠올려 주거든요! 하지만 아까 말씀 드렸는데 저는 제가 한 말을 취소하지 않을 겁니다. 저는 몹시 불행하기 때문에 이걸 처분할 겁니다⋯⋯."

우연이었는지, 그가 좀 걱정이 되기 시작했는지, 르블랑 씨는 그 그림을 살펴보면서도 방 안쪽으로 다시 시선을 던졌다. 거기에는 이제 네 사나이가 있었다. 셋은 침대에 앉아 있고, 하나는 문틀 옆에 서 있었는데, 네 사람이 모두 맨팔이고, 꿈쩍도 않고 있었으며, 얼굴을 새카맣게 칠해 놓고 있었다. 침대에 앉아 있는 세 사람 중 하나는 벽에 기대어 눈을 감고 있었는데, 마치 자고 있는 것 같았다. 이 사람은 늙은이였다. 그 새카만 얼굴에 하얀 머리는 끔찍했다. 다른 두 사나이는 젊어 보였다. 하나는 털보고, 또 하나는 더벅머리였다. 아무도 신을 신지 않고 있었다. 실내화가 없는 자들은 맨발이었다.

종드레트는 르블랑 씨의 눈이 그 사람들에게서 떨어지지 않고 있는데 주목했다.

"친구들입니다. 저놈들은 이웃에 있지요." 하고 그는 말했다. "얼굴이 더러운 건 저놈들이 석탄 속에서 일하기 때문이죠. 난로공들이죠. 신경 쓰지 마세요, 은인 어르신. 그건 그렇고 제 그림을 사 주세요. 이 불쌍한 놈을 동정해 주세요. 비싸게 팔지는 않겠습니다. 이걸 얼마로 평가하십니까?"

"하지만," 하고 르블랑 씨는 경계하는 사람처럼 종드레트를 똑바로 보면서 말했다. "이건 어떤 술집 간판이군요. 족히 3프랑은 나가겠죠."

종드레트는 부드럽게 대답했다.

"지금 지갑을 갖고 있습니까? 1000에퀴*로 만족하겠습니다만."

---

* 에퀴는 옛 금(은)화, 5프랑 은화.

르블랑 씨는 일어서서 벽에 몸을 기대고 얼른 방 안을 둘러보았다. 왼편으로 창 쪽에는 종드레트가 있고, 오른편으로 문쪽에는 종드레트의 아내와 네 사나이가 있었다. 네 사나이는 움직이지 않고 있었고, 그를 보는 것 같지도 않았다. 종드레트가 하도 멍한 눈을 하고 하도 애처로운 어조로 다시 말하기 시작했으므로 르블랑 씨는 자기 눈앞에 있는 것이 단지 가난 때문에 정신이 돈 사람일 뿐이라고 생각했을지도 모른다.

"만약에 세 그림을 안 사 주신다면, 친애하는 은인 어르신." 하고 종드레트는 말했다. "저는 어찌할 도리가 없습니다. 저는 이제 냇물에 직접 몸을 던지는 수밖에 없습니다. 저는 두 딸년들에게 중형 판지 상자 만드는 일을, 새해의 선물 상자 만들기를 배우게 해 주려고 했다는 걸 생각하면. 좋아, 그렇다면, 유리가 땅바닥에 떨어지지 않도록 안쪽으로 널조각이 붙은 탁자 하나가 필요하지요. 특수한 화로며, 나무와 종이 또는 헝겊 등으로 분간해서 쓸 강도가 다른 풀을 따로따로 넣어 놓기 위한 세 칸짜리 단지며, 판지를 끊는 칼, 본을 뜨기 위한 틀, 강철 못을 박기 위한 망치, 집게 등이 필요한데, 제기랄, 내가 알게 뭐야, 내가? 그 모든 것이 하루에 4수를 벌기 위해 필요하다고요! 그리고 열네 시간이나 일을 하고! 그리고 상자마다 열세 번이나 여직공 손들을 거쳐요! 그리고 종이를 적시고! 그리고 조금도 얼룩지게 하지 않고! 풀을 식지 않게 하고! 제기랄, 말이지, 하루에 4수라! 어떻게 살아가란 말입니까?"

말하면서도 종드레트는 자기를 지켜보는 르블랑 씨를 보지 않았다. 르블랑 씨의 눈은 종드레트를 응시하고 있었고, 종드레트의 눈은 문을 응시하고 있었다. 마리우스의 숨 가쁜 주의는 한 사람에게서 또 한 사람에게로 가곤 했다. 르블랑 씨는 자문하는 것 같았다. "이건 백치인가?" 종드레트는 단조롭고 애원하는 듯한 어조에 온갖 다양한 억양으로 두세 번 되풀이했다. "저는 이제 냇물에 몸을 던지는 수밖에 없습니다! 저는 일전에 그럴 양으로 아우스터리츠 다리 쪽으로 세 걸음이나 내려갔지요!"

별안간 그의 흐린 눈이 무섭게 타오르는 불길처럼 이글거리고, 그 작은 사람이 쑥 일어서서 무시무시해지고, 르블랑 씨 쪽으로 한 걸음 내딛고, 그에게 천둥 같은 목소리로 부르짖었다.

"이런 건 다 문제가 아니오! 당신은 나를 알아보는가?"

20. 매복

다락방의 문이 갑자기 열렸고, 푸른 베 작업복에 검은 종이 탈을 쓴 세 사나이가 나타났다. 첫 번째 사나이는 수척하고 쇠를 붙인 긴 곤봉을 들고 있었고, 두 번째 사나이는 일종의 거인인데, 자루 한가운데를 잡고 도끼를 아래로 하여, 소 잡는 도끼 하나를 들고 있었다. 세 번째 사나이는 똥똥한 어깨에, 첫 번째 사나이보다 덜 수척하고, 두 번째 사나이보다 덜 육중한데, 어떤 감옥의 문에서 훔친 거대한 열쇠 하나를 주먹 가득히 쥐고 있었다.

종드레트가 기다리고 있던 것은 그 사나이들의 도착이었던 것 같다. 곤봉을 가진 사나이, 그 수척한 사나이와 종드레트 사이에 빠른 대화가 벌어졌다.

"다 준비됐나?" 하고 종드레트가 말했다.

"응." 하고 수척한 사나이는 대답했다.

"한데 몽파르나스는 어덨나?"

"그 색골은 오다가 서서 네 딸과 얘기하고 있더라."

"어느 애하고?"

"큰애."

"아래에 삯마차는 와 있겠지?"

"응."

"그 작은 마차에 말은 매 놓았겠지?"

"매 놓았어."

"좋은 말 두 마리를?"

"썩 좋은 놈들이야."

"내가 기다리라고 말한 데서 기다리고 있겠지?"

"응."

"됐어." 하고 종드레트는 말했다.

르블랑 씨는 매우 창백해졌다. 그는 자기가 어디에 빠졌는 가를 잘 아는 사람처럼 그 빈민굴 안의 자기 주위에 있는 모든 것을 샅샅이 살펴보고 있었고, 그를 둘러싸고 있는 모든 머리들 쪽으로 차례차례 돌려지는 그의 머리는, 주의 깊게 그리고 놀란 듯이 그의 목 위에서 천천히 움직이고 있었으나, 그의 얼굴에 두려움 같은 것은 아무것도 없었다. 그는 탁자로 즉석의 방어 진지를 구축했다. 그리고 조금 전까지만 해도 인자한 노인으로밖에 보이지 않았던 이 사람은 별안간 일종의 투기자(鬪技者)가 되어, 의자 등에 그의 건장한 주먹을 올려놓고서 무시무시하고 놀라운 몸짓을 했다.

이런 위험 앞에서 그렇게도 단호하고 그렇게도 용감한 이 노인은, 용이하고 단순하게, 담대하면서도 품위 있는 그런 성품의 사람 같았다. 자기가 사랑하는 여인의 아버지는 자기에게 결코 남이 아니다. 마리우스는 그 알 수 없는 늙은이를 자랑스럽게 생각했다.

종드레트가, "난로공들이죠."라고 말했던 맨팔을 드러내 놓고 있는 사나이들 중 세 사람은 고철 더미를 뒤져서, 한 사람은 커다란 가위를 꺼내고, 또 한 사람은 장도리를 꺼내고, 세 번째 사람은 망치를 꺼내 들고서, 말 한마디 없이 문을 가로막고 섰다. 늙은이는 그대로 침대에 있으면서 단지 눈만 떴다. 종드레트의 아내는 그 옆에 앉았다.

마리우스는 몇 초 안 가서 개입할 때가 오리라고 생각했다. 그는 복도 쪽으로 천장을 향해 오른손을 들고 권총을 쏠 준비를 했다.

종드레트는 곤봉 든 사나이와 대화를 마치고, 다시 르블랑 씨 쪽으로 몸을 돌려, 그 특유의 감정을 드러내지 않는 무시무시한 그 나직한 웃음을 지으면서 같은 질문을 되풀이했다.

"그래 나를 못 알아본단 말이지?"

르블랑 씨는 그를 똑바로 바라보고 대답했다.

"그렇소."

그러자 종드레트는 탁자까지 왔다. 그는 촛불 위로 몸을 구부리고, 팔짱을 끼고, 그의 모나고 표독한 턱을 르블랑 씨의 침착한 얼굴 가까이 한껏 앞으로 내밀었으나, 르블랑 씨는 물러나지 않았는데, 그렇게 바야흐로 물어뜯으려는 야수 같은 자세를 하고서 그는 외쳤다.

"내 이름은 파방투도 아니고, 종드레트도 아니고, 내 이름은 테나르디에요! 나는 몽페르메유의 여관 주인이오! 잘 알겠소? 테나르디에요! 이젠 나를 알아보겠는가?"

경미한 붉은 빛이 르블랑 씨의 이마 위를 지나갔고, 그는 평소의 침착한 태도로 대답했는데, 그의 목소리는 떨리지도 않고 높아지지도 않았다.

"역시 모르겠는데."

마리우스에게는 그 대답이 들리지 않았다. 누가 이때 그 어둠 속에서 그를 보았다면, 그가 당황하고, 얼이 빠지고, 혼비백산해 있는 것을 그는 보았으리라. 종드레트가 "내 이름은 테나르디에요!"라고 말한 순간, 마리우스는 마치 싸늘한 칼날로 심장을 꿰뚫린 것처럼 사지를 떨며 벽에 몸을 기댔다. 그러고는 신호의 총을 쏘려던 오른팔이 서서히 내려지고, 종드레트가 "잘 알겠소, 테나르디에라는 걸?"이라고 되풀이했을 적에는, 마리우스의 맥빠진 손가락이 하마터면 권총을 떨어뜨릴 뻔했다. 종드레트는 자기가 누구인가를 밝힘으로써 르블랑 씨의 마음을 움직이지는 않았으나 마리우스의 마음을 뒤흔들었다. 르블랑 씨가 알지 못하는 것 같은 그 테나르디에라는 이름을 마리우스는 알고 있었다. 그 이름이 그에게 무엇이었는가를 독자는 상기하시라. 그 이름, 아버지의 유언에 적혀 있었던 그 이름을 그는 늘 가슴에 품고 다녔었다. 그는 그 이름을·그의 생각 속 깊이, 기억 속 깊이, "테나르디에라는 사람이 내 목숨을 구했느니라. 만일 나의 아들이 그를 만나면 그에게 할 수 있는 모든 도움을 주라"고 한 그 신성한 분부 속에 품고 있었던 것이다. 그 이름은, 독자도 기억하다시피, 그의 마음의 효성의 하나였다. 그는 그것을 그의 숭배 속에서 아버지의 이름에 섞고 있었다. 그런데 바로 저이가 테나르디에라니! 바로 저이가 허구한 날 헛되이 찾아다니던 몽페르메유의 여관 주인이라니! 그는 드디어 그 사람을 찾아냈는데, 어이 된 일이냐! 아버지의 생명의 은인이 불한당이라니! 마리우스가 몸을 바쳐 섬기기를 갈망하던 그 사람이 괴물이라니! 퐁메르시 대령의 그 구원자가 폭행을 범하고 있는 중인데, 마리우스는 이 폭행의 형태를 아직 똑똑히 알 수는 없었지만 그것은 암살인 것 같았다! 그런데 그게 누구에 대해서인가, 원 세상에! 얄궂은 숙명이여! 무슨 운명의 가혹한 우롱인가! 아버지는 그의 관 속 깊숙이서 테나르디에에게 가능한 모든 도움을 주라고 그에게 명령하고 있었고, 사 년 이래 마리우스는 아버지의 그 부채를 갚는 것밖에 다른 생각이 없었는데, 관헌으로 하여금 범죄 중인 악한을 체포케 하려는 순간, 운명은 그에게 외쳤다. "저것이 테나르디에다!"라고. 워털루의 영웅적인 싸움터에서 빗발치는 산탄을 무릅쓰고 아버지의 목숨을 구해 준 데 대해, 마침내 그는 그 사람에게 그 보답을 하려 했는데, 그런데 교수대로써 그 보답을 하려 하고 있었던 것이다! 만약에 언젠가 그 테나르디에를 찾아낸다면, 그는 그의 발 아래 몸을 던지고서 그에게 다가가 말을 걸기로 결심했는데, 그리고 실제로 그를 찾아냈는데, 그런데 그를 사형집행인에게 넘겨 줘야 하는가! 아버지는 그에게, "테나르디에를 도우라!"고 말했는데, 그런데 그는 테나르디에를 파멸시키면서 그 숭배하는 신성한 목소리에 답하고 있었다! 그 사람은 목숨을 내걸고 아버지를 죽음에서 구해 냈고, 아버지는 그를 아들인 마리우스에게 유증했는데, 마리우스는 그 사람을 생 자크 광장에서 처형시켜 무덤 속의 아버지에게 구경거리로 준다! 그리고 손수 적어 놓은 아버지의 마지막 뜻을 그토록 오랫동안 가슴에 품어 왔는데 끔찍하게도 그 정반대의 짓을 하다니 무슨 우롱인가! 그러나 또 한편으로, 이 매복을 목격하고도 그것을 막지 않는다! 뭐라고! 희생자를 비난하고 살해자를 용서한다! 저런 악당에게 감사하는 마음을 꼭 가져야 했겠는가? 사 년 이래 마리우스가 품고 있는 모든 생각들은 이 뜻밖의 타격에 꿰뚫리는 것 같았다. 그는 떨고 있었다. 만사가 그에게 달려 있었다. 그는 거기 그의 눈 아래에서 움직이고 있는 저 인간들을 저희들도 모르는 사이에 그의 손안에 쥐고 있었다. 그가 권총을 쏘면, 르블랑 씨는 구출되고 테나르디에는 파멸한다. 쏘지 않으면, 르블랑 씨는 희생되고, 테나르디에는 도망가지 않을까? 한쪽을 떨어뜨린다, 아니면 다른 쪽을 떨어뜨린다! 양쪽이 다 후횟거리다. 어찌할까? 어느 쪽을 선택할까? 더없이 절대적인 기억들, 자기 자신과 한 그렇게도 많은 깊은 맹세들, 가장 신성한 의무, 가장 존엄한 문서, 이런 것들을 저버린다! 아버지의 유언을 저버린다! 아니면 범죄가 이루어지게 내버려 둘 것인가! 그는 한쪽에서는 '그의 위르쉴'이 아버지를 위해 애원하는 소리가 들리는 것 같고, 또 한쪽에서는 대령이 테나르디에를 부탁하는 소리가 들리는 것 같았다. 그는 미칠 것만 같았다. 그의 무릎에서 힘이 빠져 갔다. 그런데 눈앞의 장면이 너무나도 절박하여 그는 숙고할 겨를조차 없었다. 그것은 마치 자기 자신이 마음대로 하고 있다고 믿었던 회오리바람에 자신이 휩쓸려 가는 것 같았다. 그는 곧 기절할 것만 같았다.

그러는 동안 테나르디에는, 앞으로는 그를 이 이름으로만 부르겠는데, 마치 정신착란에 빠진 듯이, 그리고 승리에 취한 듯이 탁자 앞을 이리저리 거닐고 있었다.

그는 초를 움켜잡고 그것을 벽난로 위에 어찌나 난폭스럽게 놓았던지 심지의 불이 꺼질 뻔했고 기름이 벽에 튀어 붙었다.

그러고는 무시무시한 형상을 하고 르블랑 씨 쪽으로 돌아서서 이렇게 씹어뱉었다.

"불에 그슬렸다! 구웠다! 삶았다! 통구이다!"

그리고 마구 격발하여 다시 걷기 시작했다. 그는 외쳤다.

"아! 난 드디어 당신을 찾아냈소, 자선가 양반! 꾀죄죄한 백만장자 양반! 인형 수여자 양반! 늙은 얼간이! 아! 당신은 날 못 알아본다고! 암, 팔 년 전에, 1823년 크리스마스 날 저녁에, 몽페르메유의 내 여관에 온 건 당신이 아니었지. 우리 집에서 팡틴의 딸 '종달새'를 데려간 건 당신이 아니었지! 누런 외투를 입고 있던 것도, 그리고 오늘 아침 우리 집에서처럼 누더기들이 가득한 보퉁이를 들고 있던 것도 당신이 아니었지! 이봐, 마누라, 사람들 집에 털양말이 가득한 보퉁이를 날라다 주는 것이 이 사람의 버릇인 모양이야! 이 인정 많은 늙은이야! 당신은 양품 장수인가, 백만장자 양반? 당신은 가난뱅이들에게 당신 가게의 밑천을 갖다 주는군, 성인군자여! 참 대단한 줄타기 곡예사로다! 아! 당신은 날 몰라봐? 그런데, 나는 당신을 알아봤단 말이야, 나는! 당신이 여기에 코빼기를 내밀자마자 나는 곧 당신을 알아봤거든. 그게 여관이라는 구실로 그렇게 사람들 집에 가서, 초라한 옷을 입고, 돈이라도 한 푼 주었음직한 가난뱅이 같은 꼴을 하고 가서 말이야, 사람들을 속이고, 선심을 쓰고, 그들에게서 그들의 밥벌이 수단을 빼앗고, 숲 속에서 위협하고, 그런 뒤에, 사람들이 망했을 때, 너무 큰 외투 하나와 시시껄렁한 병원 담요나 두어 장 갖다 주고는 그만이라고 생각하겠지만, 그런 것이 즐겁지만 않다는 걸 마침내 보게 될 것이다. 요 늙은 거지야, 어린애 도둑놈아!"

그는 걸음을 멈추고 잠시 혼잣말을 하는 것 같았다. 그의 분노는 론 강처럼 어떤 구멍 속으로 떨어지는 것 같았다. 그러더니 방금 아주 낮은 소리로 혼잣말을 했던 것을 큰 소리로 끝마치듯이, 탁자를 주먹으로 한 번 치고 외쳤다.

"제가 아주 호인인 체하고서 말이야!"

그러고 르블랑 씨에게 불쑥 말을 걸었다.

"암, 그렇고말고! 당신은 옛날에 날 우롱했어. 당신은 내 모든 불행의 원인이야. 당신은 1500프랑으로 내가 갖고 있던 계집애를 가져갔는데, 그 애는 확실히 부잣집 애여서 내게 벌써 많은 돈을 가져다줬고, 나는 그 애에게서 평생 먹고 살 걸 끌어내야만 했다! 이 계집애는 그 가증스러운 싸구려 식당에서 내가 잃어버린 것을 모두 내게 배상해 줬을 것인데, 이 식당에서 사람들은 호화판 잔치를 벌이곤 했고, 난 바보같이 내 거룩한 재산을 죄 털어먹어 버렸지! 빌어먹을! 내 집에서 술을 먹은 녀석들에겐 그 술이 죄다 독이 됐으면 좋겠다! 하지만 상관없다! 그런데 말이야! 당신은 '종달새'를 데리고 갔을 때 날 웃기는 놈이라고 생각했겠지! 당신은 숲 속에서 당신의 곤봉을 갖고 있었지! 당신이 나보다 강했다. 복수다. 오늘은 내게 승산이 있다! 당신은 볼 장 다 봤어, 노인장! 하 참 우습다. 정말 우습다! 녀석은 감쪽같이 속아 넘어갔단 말이야! 내가 그 녀석에게 말했것다, 나는 배우입니다, 내 이름은 파방투입니다, 마르스 양하고, 뮈슈 양하고 함께 연극을 했습니다, 내일 2월 4일에는 집주인한테 방세를 치러야 합니다, 라고. 그런데 셋방 기한이 2월 4일이 아니라 1월 8일이라는 걸 녀석은 상상조차 하지 않았거든! 바보 천치 같으니! 그리고 그따위 시시한 필립* 네 닢을 갖다 줘! 이런 얌체 같으니! 녀석은 100프랑까지는 엄두도 못 냈단 말이야! 그런데 녀석은 내 평범한 수에 잘도 걸려들었다! 그건 재미있었다. 난 생각했지. '이 숙맥아! 자, 난 너를 쥐고 있다. 오늘 아침엔 네놈의 발을 핥아 주마! 오늘 저녁엔 네 염통을 씹어 줄 테다!'라고."

테나르디에는 지껄이기를 멈추었다. 그는 숨이 가빴다. 그의 좁고 작은 가슴은 대장간의 풀무처럼 헐떡거렸다. 그의 눈은 그 비열한 행복감으로 가득 차 있었는데, 그것은 두려워했

---

* 루이 필립 왕의 초상이 있는 20프랑짜리 금화.

던 것을 마침내 쓰러뜨리고 아첨했던 것을 모욕할 수 있는 약하고 잔인하고 비겁한 인간의 행복감, 거인 골리앗의 머리에 발을 올려놓는 난쟁이의 기쁨, 더 이상 몸을 지키지 못할 만큼 빈사지경에 빠져 있으나, 아직도 고통을 느낄 만큼은 목숨이 붙어 있는 병든 황소를 잡아 찢기 시작하는 승냥이의 기쁨이었다.

르블랑 씨는 그의 말을 중단시키지 않았으나, 그가 말을 중단했을 때 그에게 말했다.

"당신이 무슨 말을 하고 싶어 하는지 모르겠소. 당신은 착각하고 있소. 나는 매우 가난한 사람이고 전혀 백만장자가 아니오. 나는 당신을 알지 못하오. 당신은 나를 다른 사람으로 착각하고 있소."

"허허! 허튼소리 잘하시네!" 하고 테나르디에는 투덜거렸다. "그런 농담하기를 좋아하시네! 횡설수설하지 마, 영감! 허허! 생각이 안 난다고? 내가 누군지 모르겠다고!"

"미안하지만, 여보시오." 하고 르블랑 씨는 정중한 말투로 대답했는데 그 어조에는 이런 경우에 어울리지 않게 뭔지 이상하고 힘찬 것이 있었다. "당신은 불한당인 모양이오."

누가 그걸 알아차리지 않았겠는가. 가증스러운 인간들은 격하기 쉽고, 잔인한 사람들은 화를 잘 낸다. 불한당이라는 말에 테나르디에의 아내는 침대에서 뛰어내렸고, 테나르디에는 손안에서 부서뜨리려는 듯이 의자를 움켜잡았다. "가만 있어, 당신은!" 하고 그는 아내에게 외치고, 르블랑 씨 쪽으로 돌아서서 말했다.

"불한당이라고! 그렇다. 당신네들이 우리를 그렇게 부른다는 걸 나는 안다. 당신네들 부자 양반들은! 그래! 옳은 말이야. 난 쫄딱 망했고, 몸을 숨기고, 먹을 것도 없고, 돈도 없고, 난 불한당이다! 난 사흘 동안 아무것도 먹지 못했다. 난 불한당이다! 아! 당신네들은 발을 덥게 하고, 사코스키의 실내화를 갖고 있고, 솜 넣은 외투를 갖고 있고, 대주교들처럼, 문지기 있는 집 2층에서 살고, 송로(松露) 버섯을 먹고, 정월에는 40프랑에 몇 다발의 아스파라거스를, 완두콩을 먹고, 배가 터지도록 먹고, 그리고 추운가 어떤가를 알고 싶으면, 슈발리에 기사(技師)의 한란계가 몇 도를 가리키는지 신문을 본다. 우리는! 우리가 한란계다! 우리는 강둑의 시계탑 모퉁이에 가서 몇 도의 추위인가를 볼 필요가 없다. 우리는 혈관의 피가 얼고 심장까지 얼음이 얼어 오는 걸 느낀다. 그리고 우리는 말한다, 하느님은 없다고. 그런데 당신네들은 우리 동굴 속에, 그렇다, 우리 동굴 속에 와서, 우리를 불한당이라고 부른다! 하지만 우리는 당신네들을 먹을 것이다! 하지만 우리는, 불쌍한 가난뱅이들은 당신네들을 게걸스럽게 먹을 것이다! 백만장자님! 이걸 아시오. 나도 왕년에는 직업을 가진 사람이었고, 영업 면허장이 있었고, 선거권이 있었고, 하나의 시민이었소, 나는! 그런데 당신은 아마 그렇지 않을 것이오, 당신은!"

여기서 테나르디에는 문 옆에 있는 사람들 쪽으로 한 걸음 나아가, 몸을 떨며 덧붙였다.

"어떻게 감히 내게 와서 구두 수선인 대하듯이 말을 하는 거야!"

그러고는 더욱 기고만장해서 르블랑 씨에게 더욱더 열광적으로 말을 던졌다.

"그리고 또 이것도 알아 두시오, 자선가 양반! 나는 수상한 놈이 아니오, 나는! 나는 이름도 전혀 모르는 사람이 집에 와서 아이들을 겁탈해 가는 그런 사람이 아니오! 나는 프랑스 퇴역 군인이고, 훈장을 타야 할 사람이야! 나는 워털루에 있었지, 나는! 그리고 뭔지 모르는 백작이라는 장군을 전투 중에 구해 주었어! 이름이 뭐라고 말해 줬지만, 그놈의 목소리가 하도 약해서 알아들을 수가 없었지. '고맙다.'는 말밖에 못 들었어. 그 따위 감사의 말보다 이름을 알아들었더라면 더 좋았을 텐데. 그랬더라면 그를 다시 만나는 데 도움이 됐을 거야. 당신이 보는 저 그림은 브뤼셀에서 다비드가 그린 것인데, 누가 그려져 있는지 알겠소? 나를 그린 거요. 다비드는 이 무훈을 불멸의 것으로 만들고자 한 것이오. 내가 그 장군을 등에 업고 산탄 속을 지나가고 있는 거요. 사실이 그렇소. 그 장군이 나를 위해 해 준 건 여태껏 아무것도 없었소. 그가 다른 사람들보다 더 가치가 있었던 것도 아니오! 그럼에도 불구하고 난 내 생명의 위험을 무릅쓰고 그의 생명을 구했고, 나는 그 증명서를 내 호주머니 가득히 갖고 있어! 나는 워털루의 군인이야, 제기랄! 그럼 이제 내가 그 모든 것을 당신에게 말해 주는 친절을 보였으니, 끝내자. 나는 돈이 필요해. 많은 돈이 필요해. 막대한 돈이 필요해. 아니면 난 당신을 죽인다, 제기랄!"

마리우스는 자기의 번민에 대한 제어력을 약간 회복하고 귀를 기울이고 있었다. 마지막 의심의 가능성은 이제 막 사라졌다. 그는 정녕 유언서의 테나르디에였다. 마리우스는 자기 아버지에게 던져진 그 배은망덕의 비난을 듣고, 하마터면 그 비난을 그렇게도 불가피하게 정당화할 뻔하면서 몸을 떨었다. 그 때문에 그의 난처함은 더욱 커졌다. 게다가 테나르디에의 말 한마디 한마디에는, 그 말투에는, 그 몸짓에는, 말 한마디 한마디에 불길이 솟아 오르는 그 눈씨에는, 그리고 모든 것을 드러내는 그 악한 본성의 폭발 속에는, 허세와 비열, 오만과 옹졸, 분노와 우매의 그 혼합 속에는, 진실한 불만과 거짓된 감정의 그 혼돈 속에는, 폭력의 쾌감을 맛보는 악인의 그 파렴치 속에는, 추악한 마음의 그 뻔뻔스러운 노출 속에는, 모든 고통과 모든 증오가 한데 어우러진 그 혼란 속에는, 뭔지 죄악처럼 흉측스럽고 진실처럼 폐부를 찌르는 듯한 것이 있었다.

그 거장의 화폭은, 그가 르블랑 씨에게 사 주기를 권한 그림은, 독자도 짐작했겠지만, 실은 그의 싸구려 식당의 간판과 다른 것이 아니었는데, 그것은 독자도 다들 기억하겠지만 그 자신이 그린 것으로, 몽페르메유의 파선에서 보존한 단 한 조각의 파편이었다.

그가 마리우스의 시선을 가리지 않게 되었으므로, 마리우스는 이제 그 물건을 살펴볼 수 있었는데, 그 페인트 칠한 것에서 그는 실제로 전투, 연기의 배경, 그리고 다른 사나이를 메고 있는 한 사나이를 알아보았다. 그것은 곧 테나르디에와 퐁메르시 두 사람, 구출하는 상사와 구출되는 대령이었다. 마리우스는 취한 것 같았다. 그 그림은 말하자면 그의 아버지를 살아 있는 듯이 느끼게 해 주었다. 그것은 더 이상 몽페르메유의 술집 간판이 아니라, 하나의 부활이었다. 하나의 무덤이거기에 입을 벌리고 있었고, 하나의 유령이 거기에 쑥 일어서고 있었다. 마리우스는 심장이 관자놀이에서 울리는 것이 들렸고, 귀에서 워털루의 대포 소리가 났으며, 그 음산한 널빤지 위에 어슴푸레 그려져 있는 피투성이의 아버지는 겁을 먹고 있었는데, 그는 그 희미한 그림자가 자기를 뚫어지게 보고 있는 것 같았다.

테나르디에는 숨을 좀 돌리고 나서, 핏발 선 눈으로 르블랑 씨를 쏘아보며, 무뚝뚝한 목소리로 나지막하게 말했다.

"너를 취하게 하기 전에 할 말은 없느냐!"

르블랑 씨는 묵묵부답이었다. 이 침묵 속에 목쉰 소리 하나가 복도에서 이런 끔찍스러운 야유를 던졌다.

"장작을 패야 한다면, 내가 여기 있네, 내가!"

도끼 든 사나이가 즐거워하고 있었다.

그와 동시에 커다란 흙빛 얼굴의 덥석부리 하나가 이가 아니라 송곳니들을 드러내 놓고 무시무시한 웃음을 웃으며 문에 나타났다.

그것은 도끼 든 사나이의 얼굴이었다.

"왜 탈을 벗었나?" 하고 테나르디에는 노발대발하여 그에게 외쳤다.

"웃으려고." 하고 사나이는 대꾸했다.

조금 전부터 르블랑 씨는 테나르디에의 일거일동을 지켜보고 동정을 살피는 것 같았는데, 테나르디에는 저 자신의 격분으로 이성을 잃고 현혹되어, 문은 지키고 있고, 무장한 자기는 무장해제된 한 사람을 잡고 있고, 테나르디에의 아내도 한 사내로 친다면 일 대 구라고 안심을 하고 소굴 안에서 갔다 왔다 하고 있었다. 도끼 든 사나이에게 야단을 칠 적에 그는 르블랑 씨에게 등을 돌리고 있었다.

르블랑 씨는 그 틈을 타서, 발로 의자를 걷어차고, 주먹으로 탁자를 밀어내고, 한 번 폴딱 뛰어, 귀신같이 날쌔게, 테나르디에가 돌아설 겨를을 갖기도 전에, 그는 창에 가 있었다. 창을 열고, 창의 문지방을 기어오르고, 창을 뛰어넘는 것, 그건 삽시간이었다. 그가 절반 정도 창 밖에 몸을 내놓고 있었을 때 여섯 개의 억센 주먹들이 그를 잡고 그를 다짜고짜 빈민굴 안으로 도로 끌고 갔다. 그에게 덤벼들었던 건 세 '난로공'이었다. 동시에 테나르디에의 아내가 그의 머리카락을 움켜잡았다.

발 구르는 소리를 듣고, 다른 불한당들이 복도에서 달려왔다. 침대에 있던 술 취한 것 같던 늙은이도 그 초라한 침대에서 내려와 도로 수리공의 망치를 손에 들고, 비틀거리면서 다가왔다.

'난로공들' 중 하나는 촛불이 그 더럽게 칠한 얼굴을 비추고 있었는데, 그렇게 얼굴을 더럽게 칠했는데도 불구하고, 마리우스는 그가 프랭타니에 또는 비그르나유라는 별명을 가지고 있는 팡쇼임을 알아보았다. 그 사나이는 쇠 곤봉의 양쪽 끝에 둥그런 납 덩어리가 붙어 있는 일종의 호신용 곤봉을 르블랑 씨 머리 위로 쳐들고 있었다.

마리우스는 그 광경을 보고 더 이상 참을 수가 없었다. "아버지, 용서하세요!" 하고 그는 생각했다. 그의 손가락이 권총 방아쇠를 찾았다. 바야흐로 총알이 발사되려는 순간 테나르디에의 목소리가 외쳤다.

"해치지 마!"

희생자의 그 필사적인 시도는 테나르디에를 격분케 하기는커녕 그를 진정시켰다. 그의 속에 두 인간이, 잔인한 인간과 교활한 인간이 있었다. 이 순간까지, 승리의 도취 속에서, 쓰러져서 옴싹달싹 못하는 먹이 앞에서, 잔인한 인간이 우세했다. 희생자가 몸부림치고 싸우려고 하는 것같이 보였을 때, 교활한 인간이 다시 나타나서 우세해졌다.

"해치지 마!" 하고 그는 되풀이했다. 그리고 그 자신은 그런 줄도 모르고, 첫 번째의 성공으로, 그는 막 발사하려는 피스톨을 저지시키고 마리우스를 움직이지 못하게 했는데, 이 마리우스로서는 초미의 급은 사라졌고, 그 새로운 국면 앞에서, 그는 아직 기다리는데 조금도 불리한 점을 보지 못했다. 위르쥘의 아버지를 죽게 두느냐 아니면 대령의 구명자를 잃느냐는 무서운 양자택일에서 그를 해방시켜 줄 어떤 기회가 생겨날지 누가 알겠는가?

장사들의 싸움이 시작되었다. 르블랑 씨는 늙은이의 가슴 한복판을 주먹으로 냅다 한 대 쳐서 방 가운데 나가 굴러뜨렸고, 이어서 두 손등으로 다른 두 공격자들을 쓰러뜨려, 두 무릎 아래 각각 하나씩 눌러놓았고, 악당들은 화강암 맷돌 같은 그 압력 아래 그르렁거리고 있었으나, 다른 네 놈들이 그 무시무시한 노인의 양팔과 목덜미를 잡고 쓰러뜨려진 두 '난로공'

위에 그를 쭈그리고 있게 했다. 그래서 어떤 놈들은 제어하고 다른 놈들에겐 제어당하고, 아랫놈들은 으스러뜨리고 윗놈들 아래에선 숨이 막히고, 위에 덮쳐 있는 놈들의 모든 힘에서 벗어나려고 헛수고를 하고 있는 르블랑 씨는 마치 으르렁대는 산더미 같은 집개나 사냥개 들 아래의 멧돼지처럼 무시무시한 불한당들의 무리 아래 사라지고 있었다.

마침내 그들은 창에서 가장 가까운 침대 위에 그를 쓰러뜨려 놓고 그를 꼼짝 못하게 했다. 테나르디에의 아내는 그의 머리카락을 놓지 않고 있었다.

"당신은 끼어들지 마." 하고 테나르디에는 말했다. "당신 숄을 찢겠다!"

테나르디에의 아내는 암이리가 수이리에게 복종하듯, 으르렁거리면서 복종했다.

"자네들은 저놈 몸을 뒤져." 하고 테나르디에는 말을 이었다. 르블랑 씨는 저항하기를 단념한 것 같았다. 그들은 그의 몸을 뒤졌다. 그가 몸에 지니고 있는 것은 6프랑이 든 가죽 지갑과 손수건뿐이었다.

테나르디에는 그 손수건을 제 호주머니에 집어넣었다.

"뭐야! 지폐 지갑도 없나?" 하고 그는 물었다.

"시계도 없어." 하고 '난로 직공' 하나가 대답했다.

"하여튼," 하고 커다란 열쇠를 쥐고 있는 복면한 사나이가 복화술사의 목소리로 중얼거렸다. "무서운 늙은이야!"

테나르디에는 문 구석으로 가서, 밧줄 뭉치를 집어 그들에게 던졌다.

"저 녀석을 침대 다리에 비끄러매." 하고 그는 말했다. 그러고 르블랑 씨의 주먹에 맞아 방 가운데 뻐드러져서 꼼짝도 않고 있는 늙은이를 보고, "불라트뤼엘은 뒈졌나?" 하고 그는 물었다.

"아니." 하고 비그르나유는 대답했다. "곤드라졌어."

"녀석들 한쪽 구석에 치워 놔." 하고 테나르디에는 말했다.

두 '난로공'은 술꾼을 발로 밀어 고철 더미 옆으로 굴려 보냈다.

"바베, 뭐 때문에 이렇게 많이 데려왔냐?" 하고 테나르디에는 곤봉을 든 사나이한테 나직한 목소리로 말했다. "그럴 필요 없었는데!"

"어떻게 하겠나?" 하고 곤봉을 든 사나이는 대꾸했다. "다들 끼고 싶다는데. 요즘은 불경기라서 장사가 안 되거든."

르블랑 씨가 쓰러뜨려졌던 초라한 침대는 네모지게 깎인 둥 만 둥 한 네 개의 조잡한 나무 다리가 달린 병원 침대 비슷한 것이었다. 르블랑 씨는 하는 대로 내버려 두었다. 악당들은 창에서 가장 멀고 벽난로에서 가장 가까운 침대 다리에다, 두 발이 방바닥에 닿도록 그를 세워 놓고 꽁꽁 묶었다.

결박이 끝나자, 테나르디에는 의자를 들고 와서 르블랑 씨의 거의 맞바라기에 앉았다. 테나르디에는 더 이상 전과 같지 않았다. 잠깐 사이에 그의 표정은 극렬한 난폭에서 조용하고 교활한 부드러움으로 변했다. 마리우스는 그 사무원 같은 공손한 미소 속에서 조금 전에 거품을 내뿜던 거의 짐승 같은 입을 알아보기 힘들었다. 그는 그 불안케 하는 엄청난 변용(變

容)을 어리둥절하고 주시하면서, 호랑이가 소송대리인으로 둔갑하는 걸 보는 사람이 느끼는 것을 느끼고 있었다.

"아저씨……." 하고 테나르디에는 말했다.

그러고 아직도 르블랑 씨를 붙잡고 있는 악당들에게 비켜 서라고 손짓하면서, "조금 물러서 있어. 이 양반하고 내가 좀 얘기하게 해 줘."라고 말했다.

모두들 문 쪽으로 물러났다. 그는 말을 이었다.

"아저씨, 당신이 창으로 뛰어나가려 한 건 잘못이었소. 다리가 부러졌을지도 몰라. 이제 괜찮으시다면, 우리 조용히 얘기합시다. 먼저 내가 주목한 것 한 가지를 알려 드리겠는데, 그건 당신이 아직껏 고함 한 번 안 질렀다는 거요."

테나르디에의 말은 옳았다. 마리우스는 혼란 속에서 그걸 알아차리지 못했지만, 그건 사실이었다. 르블랑 씨는 거의 몇 마디도 말하지 않았지만 목소리를 높이지 않았고, 심지어 창가에서 여섯 명의 악한들과 싸우면서도, 그는 더없이 깊고 더없이 이상한 침묵을 지켰다.

테나르디에는 계속했다.

"암, 그렇지! 당신이 도둑이야, 하고 조금 고함을 질렀더라도, 난 그걸 괘씸하다고 안 생각했을 거야. 경우에 따라서는, 살인이야! 라고도 말하겠지만, 나는 조금도 나쁘게 생각하지 않았을 거야. 충분히 믿음직스럽지 못한 놈들과 함께 있을 때 조금 떠들어 대는 건 아주 당연한 일이거든. 당신이 그랬더라도 방해하지 않았을 거야. 입을 틀어막지도 않았을 거야. 왜 그런지 말해 줄게. 이 방은 방음이 매우 잘돼 있기 때문이야. 이 방은 그것밖에 좋은 게 없지만, 그런 건 있어. 여긴 지하실이야. 여기서 폭탄을 터뜨려도 제일 가까운 경비대에는 주정뱅이의 코 고는 소리로 들릴 거야. 여기선 대포 소리도 붕할 거고 천둥 소리도 픽할 거야. 이건 편리한 숙소야. 그건 그렇고, 결국 당신 은 소리를 안 질렀는데, 그게 더 나아. 그 점은 내가 당신에게 찬사를 드리는 바고, 그로부터 내가 어떤 결론을 내렸는지 말 하겠는데, 친애하는 아저씨, 소리를 지르면 무엇이 오지? 경찰 이야. 그리고 경찰 다음에는? 재판이야. 그런데 당신은 소리를 지르지 않았어. 그건 당신이 우리와 마찬가지로 재판이나 경찰 이 오는 걸 볼 생각이 없기 때문이야. 그리고 나는 오래전부터 그런 게 아닌가 싶었는데, 당신은 뭔가를 감추는 데 어떤 관심 이 있기 때문이야. 우리 쪽에서도 똑같은 관심이 있거든. 그러 니 우리는 서로 얘기가 통할 수 있어."

그렇게 말하면서도 테나르디에는 르블랑 씨에게 눈을 떼 지 않았고, 그의 두 눈에서 나오는 예봉(銳鋒)을 제 포로의 양 심 속까지 박으려고 애쓰는 것 같았다. 게다가 그의 말투에는 일종의 온건하고 엉큼한 거만함이 드러나 있었으나, 그것은 조심성 있고 거의 세련돼 있었는데, 아까는 불한당에 지나지 않았던 이 악당이 이제 '신부가 되기 위해 공부한 사나이' 같 은 느낌을 주었다.

포로가 지켰던 침묵, 심지어 자기의 생명을 돌보기를 잊어 버리기까지 한 그 조심성, 고함을 지르는 것이 인간 본성의 첫 충동인데도 그러지 않은 그 참을성, 이 모든 것이, 이 점도 말 해 두거니와, 그것이 지적됐을 때부터 마리우스에게는 거북스러웠고 그를 놀라게 하고 고통스럽게 했다.

테나르디에의 그렇게도 정당한 관찰은, 쿠르페락이 '르블랑 씨'라는 별명을 던져 준 이 기이하고 진중한 인물을 가리고 있는 신비로운 두께를 마리우스에게 더 한층 어둡게 해 주었다. 그러나 그가 어떤 사람이든 간에, 그처럼 밧줄로 결박되고, 잔인한 사람들에게 둘러싸이고, 말하자면, 자기 아래서 시시각각 한 계씩 움푹 패 들어가는 구덩이 속에 절반이나 빠져 있으면서도, 테나르디에의 격분 앞에서도 유화(宥和) 앞에서도 이 사람은 태연자약했는데, 마리우스는 그러한 때 그 당당하고도 우울한 얼굴을 감탄하여 바라보지 않을 수 없었다.

그는 분명히 공포에 동하지 않는 사람이고 정신을 잃는다는 게 무엇인지 모르는 사람이었다. 이는 절망적인 처지에서 비롯되는 놀람을 억제하는 그런 사람 중 하나였다. 위기가 아무리 극도에 달했고, 파국이 아무리 불가피했더라도, 물 아래에서 무섭게 눈을 뜨는 익사자의 고통 같은 것은 전혀 없었다.

테나르디에는 예사롭게 일어나, 벽난로로 가서, 그 옆의 초라한 침대에 기대어 놓은 병풍을 옮겼고, 그렇게 해서 활활 일어난 잉걸불이 가득한 풍로를 드러내 놓았는데 묶여 있는 사람은 그 풍로 속에 여기저기 진홍색 작은 별들이 박혀 있듯이 백열된 새빨개진 끌을 완전히 볼 수 있었다.

그런 뒤에 테나르디에는 르블랑 씨 옆에 다시 앉았다.

"계속합니다." 하고 그는 말했다. "우리는 서로 얘기가 통할 수 있어. 이 일을 싹싹하게 처리합시다. 아까 내가 화를 낸

건 잘못했어. 내 정신이 어떻게 됐는지 나도 모르겠어. 내가 아주 너무 지나쳤어. 내가 엉뚱한 소리를 했어. 이를테면, 당신이 백만장자이기 때문에, 돈을, 많은 돈을, 막대한 돈을 요구한다고 말했어. 그건 타당한 일이 아닐 거야. 사실, 당신이 아무리 부자라도, 당신은 당신의 부담이 있어. 누가 자기 부담이 없겠어? 나는 당신을 망치고 싶지 않아. 요컨대 나는 포졸이 아냐. 유리한 위치에 있다고 해서 그걸 이용해 먹고 웃음거리가 되는 그런 사람이 아니야. 자, 내 쪽에서도 양보를 하고 희생을 하지. 나는 단지 20만 프랑이 필요해."

르블랑 씨는 한마디도 하지 않았다. 테나르디에는 말을 이었다.

"보다시피 나는 내 요구를 많이 줄인 거야. 당신 재산 상태는 모르지만, 나는 당신이 돈을 아끼지 않는다는 걸 알고 있어. 당신 같은 자비로운 사람은 행복하지 않은 가장에게 20만 프랑을 능히 줄 수 있어. 확실히 당신도 분별 있는 사람이니, 내가 오늘처럼 고생을 하고, 저 양반들이 다 인정하듯이, 내가 오늘 저녁 일을 이렇게 잘 꾸며 놓은 것이 결국 데누와예 옥에 가서 15수짜리 적포도주를 마시고 송아지 고기나 먹을 쇠푼깨나 당신에게서 뜯어내기 위한 것이라고 당신은 생각하지 않았을 거야. 20만 프랑, 이건 그만한 가치는 있어. 당신 호주머니에서 그만한 쇠푼만 나오면, 일은 다 끝나고, 당신한테 손가락 하나 안 대겠다고 난 단언하겠어. 당신은 말하겠지. '하지만 20만 프랑을 지금 몸에 지니고 있지 않아.'라고. 아이고! 나도 억지소리는 하지 않아. 그걸 요구하는 건 아냐. 한 가지만 부탁하겠어. 지금 내가 말하는 대로 받아써 주십사 하는 거야."

여기서 테나르디에는 말을 끊고는 풍로 쪽을 향해 빙그레 웃고 한마디 한마디에 힘을 주면서 덧붙였다.

"미리 알려 두지만 당신이 글씨를 쓸 줄 모른다는 건 내가 인정하지 않을 거야."

이때 그의 미소는 종교재판소 대법관도 부러워 보였으리라.

테나르디에는 르블랑 씨 옆으로 탁자를 바싹 밀어붙여 놓고, 서랍에서 잉크병과 펜, 종이를 꺼냈는데, 방긋이 열린 채 둔 서랍에서는 기다란 칼날이 번쩍거리고 있었다.

그는 르블랑 씨 앞에 종이를 놓았다.

"써요." 하고 그는 말했다.

결박돼 있는 사람은 마침내 말했다.

"어떻게 글씨를 쓰라는 거요? 나는 묶여 있는데."

"그건 옳아. 미안하오!" 하고 테나르디에는 말했다. "당신 말이 정말 옳아."

그러고 비그르나유를 돌아다보며 말했다.

"이 양반 오른팔을 풀어 줘."

별명을 프랭타니에 또는 비그르나유라고 하는 광쇼는 테나르디에의 명령을 집행했다. 포로의 오른팔이 자유롭게 되자, 테나르디에는 잉크에 펜을 적셔 그걸 그에게 내주었다.

"이걸 명심해요, 아저씨. 당신은 우리 손아귀에 들어 있고, 우리 마음대로, 전적으로 우리 마음대로 할 수 있다는 걸, 어떤 인간의 힘도 당신을 여기서 빼낼 수 없다는 걸, 그리고 우리는 불쾌한 극단적인 수단을 쓰지 않을 수 없게 되는 걸 정말 원치 않는다는 걸 말이오. 난 당신 이름도 주소도 몰라. 하지만, 당신이 쓰려는 편지를 전할 심부름꾼이 되돌아올 때까지 묶여 있다는 걸 미리 알려 둡니다. 이제 쓰십시오."

"뭐라고?" 하고 포로는 물었다.

"내가 구술합니다."

르블랑 씨는 펜을 들었다.

테나르디에는 구술하기 시작했다.

"나의 딸이어……"

포로는 몸을 떨며 테나르디에를 쳐다보았다.

"'나의 사랑하는 딸이여'라고 써요." 하고 테나르디에는 말했다.

르블랑 씨는 복종했다. 테나르디에는 계속했다.

"당장 오너라 ……"

그는 말을 중단했다.

"당신은 그녀에게 해라 하겠지?"

"누구 말이오?" 하고 르블랑 씨는 물었다.

"그야 물론!" 하고 테나르디에는 말했다. "그 계집애, '종달새' 말이지."

르블랑 씨는 감정을 조금도 겉으로 나타내지 않고 대답했다.

"당신이 무슨 말을 하는지 난 모르겠소."

"어쨌든 써요." 하고 테나르디에는 말하고 다시 구술하기 시작했다.

"당장 오너라. 나는 네가 절대로 필요하다. 이 쪽지를 네게 전할 사람이 너를 내 곁으로 데려오는 책임을 맡고 있다. 난 너를 기다리고 있다. 안심하고 오너라.”

르블랑 씨는 다 썼다. 테나르디에는 말을 이었다.

“아! ‘안심하고 오너라.’는 지워 버려. 그건 어쩐지 예사로운 일 같지 않아서 의심스럽다는 추측을 하게 할지도 몰라.”

르블랑 씨는 두 낱말을 지웠다.

“이젠 서명해요.” 하고 테나르디에는 계속했다. “당신 이름이 뭐지요?”

포로는 펜을 놓고 물었다.

“이 편지는 누구에게 보내는 거요?”

“당신은 그걸 잘 알고 있어.” 하고 테나르디에는 대답했다. “그 계집애에게지. 아까 내가 당신에게 그렇게 말했잖아.”

테나르디에가 문제의 처녀 이름을 말하기를 회피하고 있는 것은 분명했다. 그는 ‘종달새’라고 말하고 ‘계집애’라고 말했지만, 이름은 입 밖에 내지 않았다. 그의 공모자들 앞에서 제비밀을 지키려는 교묘한 사나이의 조심성이었다. 이름을 말하는 것, 그것은 ‘그 일 전체’를 그들에게 넘겨주는 것이었고, 그들이 알 필요가 있는 것 이상을 그들에게 알려 주는 것이었다.

“서명해요. 당신 이름이 뭐죠?”

“위르뱅 파브르.” 하고 포로는 대답했다.

테나르디에는 고양이 같은 동작으로 호주머니에 손을 넣어, 르블랑 씨에게서 압수한 손수건을 꺼냈다. 그는 그 손수건의 상표를 찾아 그것을 촛불 가까이 갖다 댔다.

“U. F. 그렇군. 위르뱅 파브르. 그럼 U. F 라고 서명해요.”

포로는 서명했다.

"편지를 접으려면 두 손이 있어야 하니까, 이리 줘. 내가 접을게."

편지를 접고 나서 테나르디에는 말을 이었다.

"주소를 적어요. 당신 집에, '파브르 양'이라고. 당신이 여기서 그다지 멀지 않은 곳에, 생 자크 뒤 오 파 부근에 살고 있다는 걸 나는 알고 있어. 당신은 날마다 그 성당으로 미사를 보러 가니까. 그러나 어느 거리인지는 몰라. 나는 당신이 당신 처지를 이해하고 있는 걸로 알아. 당신이 당신 이름을 속이지 않은 것처럼, 당신 주소도 속이지 마. 손수 주소를 적어요."

포로는 잠시 생각에 잠겨 있다가 펜을 들고 썼다.

"생 도미니크 당페르 거리 17번지, 위르뱅 파브르 씨 댁, 파브르 양."

테나르디에는 발열성 경련을 일으키듯이 편지를 집었다.

"여보 마누라!" 하고 그는 외쳤다.

테나르디에의 아내가 달려왔다.

"옛다, 편지. 당신이 해야 할 일은 알고 있겠지. 삯마차가 아래 있어. 즉시 갔다가 즉시 돌아와."

그리고 도끼를 든 사나이에게 말했다.

"넌 목도리를 벗었으니까, 내 여편네를 따라가. 삯마차 뒤에 타고 가거라. 네가 그 작은 마차를 놓아 둔 곳을 넌 알지?"

"그럼." 하고 그 사나이는 말했다.

그리고 도끼를 한쪽 구석에 놓고 테나르디에의 아내 뒤를 따라갔다.

그들이 가고 있을 때 테나르디에는 방긋이 열린 문에서 머리를 내놓고 복도에 대고 소리를 질렀다.

"특히 편지를 잃어버리지 마! 20만 프랑을 몸에 지니고 있다고 생각해."

아내의 목쉰 소리가 대답했다.

"염려 마요. 품 속에 넣어 놓았어."

일 분도 안 지나서 채찍 소리가 들리더니 그 소리는 이내 작아지고 꺼져 버렸다.

"됐어!" 하고 테나르디에는 중얼거렸다.

"잘들 달린다. 저렇게 구보로 달리면 여편네는 사십오 분이면 돌아오겠지."

그는 의자를 벽난로 가까이 놓고 팔짱을 끼고 앉아서, 흙투성이 장화를 풍로에 내놓았다.

"발이 시려." 하고 그는 말했다.

이제 그 빈민굴 안에는 테나르디에와 포로와 함께 다섯 명의 악당들밖에 남아 있지 않았다. 그 사나이들은 탈을 썼거나 새카만 칠을 하여 얼굴을 가리고서, 무섭게 보이도록 숯장수나 깜둥이 또는 악마 같은 꼴을 하고 있었는데, 모두들 멍하니 침울한 표정을 하고 있었으며, 범죄를 무슨 일이라도 하듯이, 태연스럽게, 분노도 없고 인정사정도 없이, 마치 권태로운 듯이 행하는 것 같은 느낌을 주었다. 그들은 한쪽 구석에 짐승들처럼 몰려서 잠자코 있었다. 테나르디에는 불에 발을 쬐고 있었다. 포로는 다시 침묵 속에 빠져 있었다. 음산한 고요가 조금 전에 다락방을 가득 채우고 있던 잔인한 법석에 뒤이어 왔다.

커다란 버섯 모양이 된 촛불이 그 넓디넓은 빈민굴을 희미하게 비추고 있었고, 숯불은 사그라졌으며, 그 모든 흉악한 사람들의 머리는 벽과 천장에 보기 흉한 그림자들을 던지고 있었다.

들리는 소리라고는 자고 있는 술 취한 늙은이의 조용한 숨소리뿐이었다.

마리우스는 모든 것으로 인해 늘어만 가는 불안 속에서 기다리고 있었다. 수수께끼는 더 알 수 없었다. 테나르디에가 '종달새'라고도 부른 그 '계집애'는 어떤 사람일까? 그의 위르쉴일까? 포로는 그 '종달새'라는 말에 흥분한 것 같지 않았고, 더할 나위 없이 자연스럽게 "당신이 무슨 말을 하는지 난 모르겠소."라고 대답했다. 또 한편으로, U. F. 라는 두 글자는 설명이 됐다. 그것은 위르뱅 파브르였고, 위르쉴의 이름은 더 이상 위르쉴이 아니었다. 이것이야말로 마리우스가 가장 분명히 알게 된 일이었다. 일종의 무서운 매력에 끌려, 그는 그 모든 장면을 관찰하고 내려다보는 그 자리에서 꼼짝 않고 있었다. 그는 거기에, 가까이서 본 그렇게도 가증스러운 일들로 망연자실한 듯이, 거의 생각하지도 움직이지도 못하고 있었다. 그는 기다리고 있었다. 무슨 일이든 상관없이, 어떤 사건이 일어나기를 바라면서, 생각을 가다듬지도 못하고 어떤 결심을 해야 할지도 모르고.

"어쨌든," 하고 그는 생각했다. "'종달새'라는 게 그 여자라면 곧 보게 되겠지. 테나르디에의 아내가 그 여자를 여기로 데려올 테니까. 그때 모든 것이 끝나리라. 필요하다면, 내 목숨과 피를 바치리라. 하지만 그이를 구출하리라! 아무것도 나를 제지하지 못하리라."

그렇게 근 반 시간이 흘렀다. 테나르디에는 무슨 엉큼한 생각에 빠져 있는 것 같았다. 포로는 움직이지 않고 있었다. 그렇지만 마리우스는 이따금 조금 전부터 포로 쪽에서 희미한 작은 소리가 들리는 것 같았다.

갑자기 테나르디에가 포로에게 소리를 질렀다.

"자, 파브르 씨, 내가 지금 당장 당신에게 말하는 것이 좋겠소."

이 몇 마디 말은 무슨 설명을 시작하려는 것 같았다. 마리우스는 귀를 기울였다. 테나르디에는 계속했다.

"내 마누라가 곧 돌아올 테니 초조해하지 마요. '종달새'가 정말로 당신 딸이라고 나는 생각하는데, 당신이 그 애를 지키는 건 아주 당연해요. 다만 내 말을 좀 들어요. 당신 편지를 갖고 내 아내가 가서 그 애를 만날 거요. 내가 아내에게 당신이 보신 것처럼 옷을 입으라고 말했으니 따님은 내 아내를 순순히 따라올 거요. 그들은 둘 다 뒷자리의 내 친구와 함께 삯마차에 탈 거요. 성문 밖 어딘가에 두 필의 썩 좋은 말을 매 놓은 작은 마차 한 대가 있어. 그리로 따님을 인도할 거요. 따님은 삯마차에서 내릴 거요. 내 친구는 따님과 함께 작은 마차를 타고, 내 아내는 이리로 돌아와서 우리에게 '끝났다.'라고 말할 거요. 따님으로 말하자면 아무도 그녀에게 나쁜 짓은 안 할 것이고, 그 애가 조용히 있을 곳으로 작은 마차가 그녀를 데려갈 것이고, 당신이 그 20만 프랑의 쇠푼을 내게 주자마자 그녀를 당신에게 돌려줄 거요. 만약에 당신이 나를 체포케 하면, 내 친구가 '종달새'의 모가지를 비틀어 버릴 거야. 이상이오."

포로는 말 한마디 하지 않았다. 잠깐 쉬었다가 테나르디에는 계속 말했다.

"일은 간단해, 보시다시피. 나쁜 일이 있기를 당신이 바라지 않는다면 나쁜 일은 없을 거요. 나는 당신에게 사정을 얘기하는 거요. 당신이 아시도록 알려 드리는 거요."

그는 말을 멈추었고, 포로는 침묵을 깨지 않았다. 테나르디에는 말을 이었다.

"내 마누라가 돌아와서 '종달새'가 출발했다고 내게 말하자마자, 우리는 당신을 놓아줄 것이고, 당신은 마음대로 댁에 가서 주무실 거요. 보시다시피 우리에게 나쁜 의도는 없어요."

무서운 영상들이 마리우스의 생각 앞을 지나갔다. 뭐라고! 그 처녀를 납치해서 이리로 데려오지는 않는다고? 저 잔인한 놈들 중 하나가 그 여자를 암흑 속으로 끌고 간다고? 어디로? 그런데 그게 그이라면! 그런데 그게 그이임이 분명했다! 마리우스는 심장의 고동이 멎는 것 같았다. 어떻게 할까? 권총을 쏜다? 저 악당들을 모두 경찰의 손에 넘겨 버린다? 하지만 그래도 역시 저 도끼를 든 무서운 사나이는 손이 미치지 않는 곳으로 처녀와 함께 가 버릴 것이고, 마리우스는 참혹한 뜻이 예상되는 테나르디에의 그 말을 생각했다. "만약에 당신이 나를 체포케 하면 내 친구가 '종달새'의 모가지를 비틀어 버릴 거야."

이제는 단지 대령의 유언 때문만이 아니라 자기의 사랑 자체 때문에도, 사랑하는 여인의 위험 때문에도 그는 자기가 꾹참고 있다는 것을 느꼈다.

벌써 한 시간도 더 전부터 지속되고 있는 그 무시무시한 정황은 시시각각으로 양상이 변하고 있었다. 마리우스는 힘을 다하여 더없이 비통한 추측들을 모두 연방 떠올리면서 희망을 찾았으나 찾아내지 못했다. 그의 머릿속의 혼란은 그 소굴 속의 음산한 고요와 대조를 이루고 있었다.

그 고요 속에 계단의 문이 열렸다가 닫히는 소리가 들렸다.

포로는 결박된 채 몸을 좀 움직였다.

"여편네가 오는군." 하고 테나르디에가 말했다.

그의 말이 채 끝나기도 전에, 정말 테나르디에의 아내가 방으로 뛰어 들어왔다. 얼굴을 붉히고, 숨이 막히고, 헐떡거리고, 눈을 번쩍거리며, 그녀의 투박진 손으로 동시에 양쪽 허벅다리를 치면서 외쳤다.

"거짓 주소야!"

그녀를 따라갔다 온 무뢰한은 그녀의 뒤에 따라 들어와서 다시 도끼를 들었다.

"거짓 주소라고!" 하고 테나르디에는 되뇌었다.

그녀는 말을 이었다.

"아무도 없어! 생 도미니크 거리 17번지에 위르뱅 파브르 씨라는 사람은 없어! 아무도 그런 사람을 모른대!"

그녀는 숨이 막혀 쉬었다가 계속했다.

"테나르디에 씨! 저 늙은이가 당신을 속였어! 당신은 너무 호인이야. 알겠소? 나 같으면 저놈의 아가리를 네 조각으로 잘라 놓고 시작했겠네! 만약에 저 녀석이 심술궂게 굴었다면 산 채로 삶아 버렸겠네! 그랬더라면 녀석이 입을 열고, 딸년이 어디 있는지, 그리고 돈을 어디에 숨겨 두었는지 불지 않고는 못 배겼을 거야! 나 같으면 그렇게 했을 거야, 나는! 사내들이 계집들보다 더 미련하다고 말하는 건 아주 옳은 말이야! 아무도 없어! 17번지! 그건 커다란 대문이야! 생 도미니크 거리에 파브르 씨는 없어! 그런데 말은 죽어라 달렸지, 그리고 마부에겐 팁을 주었지, 별의별 짓을 다했는데! 문지기에게, 그리고 그 힘센 미녀인 문지기의 아내에게도 말했는데 그들은 그런 사람은 모른대!"

마리우스는 숨을 돌렸다. 위르쉴인지 '종달새'인지, 이제 뭐라고 불러야 좋을지 몰랐으나, 그녀는 살아났다.

노발대발한 아내가 고래고래 소리 지르고 있는 동안, 테나르디에는 탁자 위에 걸터앉아 있었다. 그는 한동안 말 한마디 하지 않고, 늘어진 오른 다리를 흔들거리면서, 사나운 몽상에 빠져 있는 것 같은 얼굴을 하고 풍로를 바라보고 있었다.

이윽고 그는 이상하게도 표독하고 느린 말투로 포로에게 말했다.

"거짓 주소라지? 대체 뭘 바라는 거야?"

"시간을 벌자는 거다!" 하고 포로는 우렁찬 목소리로 부르짖었다.

그러면서 같은 순간에 그는 포승에서 벗어났다. 포승은 끊어져 있었다. 포로는 한쪽 다리로밖에는 더 이상 침대에 비끌어 매어져 있지 않았다.

일곱 사나이들이 정신을 차리고 달려들기 전에, 그는 벽난로 아래로 몸을 구부리고, 풍로 쪽으로 손을 뻗치고, 그런 뒤 다시 몸을 일으켜 세웠는데, 이제 테나르디에의 가시버시와 불한당들은 대경실색하여 방 안쪽에 격퇴되어, 거의 자유의 몸이 되어 무시무시한 자세를 하고서, 불길한 빛이 떨어지는 새빨간 끝을 머리 위에 치켜들고 있는 그를 멍하니 바라보고 있었다.

고르보 누옥의 매복 사건 후 행해진 범죄 수사에서 확인된 바에 의하면, 특수한 방법으로 쪼개고 세공한 커다란 1수짜리 동전 한 닢이 경찰의 현장 검증 때 그 고미다락 방에서 발견됐다. 이 커다란 동전은 감옥살이의 참을성이 어둠 속에서 어둠을 위해 생산하는 저 경탄할 만한 세공품의 하나였는데, 이 세공품은 탈옥의 도구 이외의 것이 아니다. 놀라운 기술로 제작된 이 섬세하고도 무서운 산물의 보석 세공업에서의 존재는 결말의 은유(隱喩)가 시에서 갖는 존재와 같다. 언어에 비용* 같은 시인들이 있는 것과 마찬가지로, 형무소에는 벤베누토 첼리니** 같은 금은세공사들이 있다. 해방을 갈망하는 불행한 죄수는 이따금 연장도 없이, 하나의 나이프로, 하나의 헌 칼로, 한 닢의 동전을 두 장의 얇은 판으로 켜서, 화폐의 각인(刻印)에는 손을 대지 않고 그 두 판을 파고, 두 판이 또 다시 들러붙게 한다. 그것은 마음대로 나사가 죄어지고 나사가 빠진다. 그것은 하나의 상자다. 그 갑 속에는 시계태엽이 감춰져 있는데, 잘 세공된 이 시계태엽은 쇠사슬의 고리도 끊고 쇠창살도

---

* 비용(François Villon, 1431~1463?). 프랑스 중세 최대의 시인.
** 첼리니(Benvenuto Cellini, 1500~1571). 금은세공사이자 조각가, 르네상스 시대의 가장 위대한 예술가의 한 사람.

끊는다. 사람들은 이 불쌍한 죄수가 동전 한 닢밖에 소유하지 않고 있다고 생각한다. 아니다, 그는 자유를 소유하고 있다. 후일의 경찰 수색 때, 이 빈민굴에서 창가의 초라한 침대 아래에서 발견된, 두 조각으로 열려 있던 커다란 동전은 그런 종류의 것이었다. 그 커다란 동전 속에 감춰져 있었을지도 모를 푸른 강철로 된 작은 톱도 역시 발견되었다. 아마도 불한당들이 포로의 몸을 뒤졌을 때, 그는 그 커다란 동전을 용케 손안에 감춰 갖고 있다가, 나중에 오른손이 자유로워지자, 그것의 나사를 뽑고, 톱을 사용하여, 그를 비끄러매고 있던 노끈을 끊었을 것인데, 이것으로 마리우스가 알아보았던 그 희미한 소리와 미세한 움직임도 설명된다.

드러날까 싶어서 몸을 구부릴 수 없었기 때문에, 그는 왼쪽 다리의 포승은 조금도 끊지 않았다.

악당들은 처음의 놀람에서 제정신으로 돌아왔다.

"걱정 마." 하고 비그르나유는 테나르디에게 말했다. "아직 한쪽 다리는 묶여 있으니까 가지 못해. 그건 틀림없다. 그 발을 잡아맨 건 나거든."

그러는 동안 포로는 큰 소리를 질렀다.

"당신들은 불쌍한 사람들이오. 하지만 내 목숨은 그렇게 애써 지킬 만한 것이 못 되오. 당신들이 내게 말을 시키고, 내가 쓰고 싶지 않은 것을 쓰게 하고, 말하고 싶지 않은 것을 말하게 하려고 생각한다면⋯⋯."

그는 왼팔 소매를 걷어 올리며 덧붙였다.

"자아."

동시에 그는 팔을 뻗치고 오른손으로 나무 자루를 잡고 있던 작열하는 끌을 맨살에 올려놓았다.

지익 하며 살 타는 소리가 들리고, 고문실의 특유한 냄새가 빈민굴 안에 퍼졌다. 마리우스는 무서움에 넋을 잃고 비틀거렸고, 불한당들까지도 떨었고, 그 이상한 늙은이의 얼굴은 거의 실룩거리지도 않았으며, 그 새빨간 쇠가 연기를 내는 상처 속으로 들어가고 있는 동안, 그는 태연하고 거의 숭엄한 얼굴을 하고서 증오의 빛도 없는 아름다운 눈으로 테나르디에를 물끄러미 바라보고 있었는데, 그 눈에서는 고통이 평온한 위엄 속에 스러지고 있었다.

위대하고 고매한 성격의 사람들에게, 육체적 고통에 사로잡혀 있는 육신과 감각의 반항은 정신을 나오게 하고 그것을 이마 위에 나타나게 한다. 오합지졸의 반란이 대장이 나타나지 않을 수 없게 하는 것과 마찬가지로.

"불쌍한 사람들아." 하고 그는 말했다. "내가 당신들을 두려워하지 않듯이 당신들도 나를 두려워하지 마시오."

그러면서 그는 상처에서 끌을 빼내, 열려 있는 창밖으로 던지니, 그 작열하는 무서운 연장은 어둠 속에 뱅그르르 돌며 사라지고, 멀리 가서 떨어져 눈 속에서 꺼져 버렸다.

포로는 말을 이었다.

"나를 당신들 마음대로 하시오."

그는 무장해제 되어 있었다.

"저놈을 잡아라!" 하고 테나르디에가 외쳤다.

불한당 중 둘이 그의 어깨에 손을 놓았고, 복화술사 목소리를 내는 복면한 사나이는 그의 앞에 버티고 서서, 꼼짝만 해도 열쇠의 일격으로 그의 골통을 빠갤 준비를 하고 있었다.

동시에 마리우스는 자기 아래에서, 칸막이 밑에서, 너무 가까워서 얘기하는 사람들은 볼 수 없었으나, 나직한 목소리로 다음과 같이 대화가 오가는 소리를 들었다.

"이제 해야 할 일은 한 가지밖에 없어."

"죽이는 수밖에."

"맞았어."

그것은 가시버시가 상의를 하고 있는 것이었다.

테나르디에는 천천히 탁자 쪽으로 걸어가 서랍을 열고 칼을 집었다.

마리우스는 권총 자루를 만지작거리고 있었다. 정말 어찌할 줄 몰랐다. 한 시간 전부터 그의 의식 속에는 두 목소리가 있었다. 하나는 아버지의 유언을 지키라고 그에게 말하고 있었고, 또 하나는 포로를 구하라고 그에게 소리치고 있었다. 그 두 목소리는 끊임없이 싸움을 계속하며 그를 괴롭히고 있었다. 그는 이때까지 그 두 가지 의무를 타협시키는 방법을 찾아내기를 막연하게 희망했으나, 가능한 것은 아무것도 생기지 않았다. 그러는 동안 위험은 절박하고, 기대의 마지막 한계는 넘어가고 있었고, 포로에게서 몇 걸음 떨어진 곳에서는 테나르디에가 칼을 손에 들고 생각하고 있었다.

어리둥절한 마리우스는 주위를 둘러보았는데, 그것은 절망의 기계적 최후 수단이었다.

갑자기 그는 몸을 떨었다.

그의 발 아래에, 그의 탁자 위에, 보름달이 한 줄기의 강렬한 빛을 던지고 있어 한 장의 종이를 그에게 가리켜 주는 것 같았다. 그 종이 위에 그는 바로 그날 아침에 테나르디에의 큰딸이 굵직한 글씨로 다음과 같이 써 놓은 글을 읽었다.

개들이 거기에 있다.

하나의 생각이, 한 줄기 빛이 마리우스의 뇌리를 스쳤는데, 그것은 그가 찾고 있던 방법, 그를 괴롭히던 그 무서운 문제의 해결책, 살인자를 살려 주고 피해자를 구출하는 방법이었다. 그는 서랍장 위에서 무릎을 꿇고, 팔을 뻗쳐, 그 종이 조각을 집어, 칸막이에서 가만히 한 덩어리의 석회를 떼어 종이에 싸서, 그 전부를 벽 틈으로 빈민굴 복판에 던졌다.

위기일발. 테나르디에는 마지막 두려움이랄까 마지막 조심성을 극복하고 포로 쪽으로 걸어오고 있었다.

"뭐가 떨어지네!" 하고 테나르디에의 아내가 외쳤다.

"뭐야." 하고 남편은 말했다.

아내는 달려가서 종이에 싸인 석회를 주웠다.

그녀는 그것을 남편에게 건넸다.

"그게 어디에서 들어왔어?" 하고 테나르디에는 물었다.

"아니, 그게 어디에서 들어왔겠어?" 하고 아내는 말했다. "창으로 들어왔지."

"난 그게 날아 들어오는 걸 봤어." 하고 비그르나유가 말했다.

테나르디에는 얼른 종이를 펴서 촛불로 가져갔다.

"에포닌의 글씨야. 빌어먹을!"

그가 아내에게 손짓을 하니, 아내가 얼른 다가왔다. 그는 그녀에게 쪽지에 적힌 글을 보인 뒤 희미한 목소리로 덧붙였다.

"빨리! 사다리를! 비계는 쥐덫에 놓아 두고 도망치자."

"저 사람 모가지도 베지 않고?" 하고 테나르디에의 아내는 물었다.

"그럴 겨를이 없어."

"어디로?" 하고 비그르나유가 말을 이었다.

"창으로." 하고 테나르디에는 대답했다. "포닌이 돌을 창으로 던졌으니까, 집이 그쪽은 포위되지 않은 거야."

복화술 하는 복면의 사나이는 그의 커다란 열쇠를 땅에 놓고, 두 팔을 높이 쳐들고, 아무 말 없이 두 손을 빨리 세 번 폈다 오므렸다 했다. 그것은 선원들의 전투준비 신호 같은 것이었다. 포로를 붙잡고 있던 불한당들은 그를 놓아 주었고, 눈깜짝할 사이에 노끈 사다리가 창 밖에 펴지고, 두 개의 쇠 갈고리로 창턱에 단단히 매어졌다.

포로는 주위에서 일어나는 일에 주의하지 않았다. 그는 몽상에 잠겨 있거나 기도하는 것 같았다.

사다리가 매어지자 테나르디에는 외쳤다.

"어서 와! 마누라!"

그러면서 그는 창으로 달려갔다.

그러나 그가 막 발을 걸치려 할 때, 비그르나유가 그의 목덜미를 덥석 잡았다.

"안 돼, 이봐, 늙은 여우야! 우리가 먼저야!"

"우리가 먼저야!" 하고 악한들은 으르렁거렸다.

"참 유치한 자식들이네." 하고 테나르디에는 말했다. "시간만 허비하잖아! 개들이 쫓아오고 있는데."

"그럼." 하고 악한 하나가 말했다. "누가 먼저 나갈 것인가 제비를 뽑자."

테나르디에는 뇌까렸다.

"너희들 미쳤냐! 머리가 돌았냐! 다들 바보 천치일세그려! 제비를 뽑자는 거야! 추첨을 하자는 거야! 이름을 써서! 모자에 넣어서!"

"내 모자를 줄까?" 하고 문 있는 데서 소리가 났다.

모두들 돌아다보았다. 자베르였다.

그는 모자를 손에 쥐고, 빙그레 웃으면서 그것을 내밀었다.

21. 언제나 피해자들의 체포부터 시작해야 할 것이다

자베르는 해 질 무렵에 부하들을 배치해 놓고, 자기 자신도 가로수 길 건너편 고르보 누옥의 맞은쪽인 바리에르 데 고블랭 거리의 가로수들 뒤에 매복했다. 그는 우선 '그물'을 쳐 놓고 그 빈민굴 근처를 망보고 있는 두 처녀를 그 속에 몰아넣으려 했다. 그러나 그는 아젤마밖에 '옭아 넣지' 못했다. 에포닌은 제자리에 있지 않고 사라져 버려서 잡을 수가 없었다. 그런 뒤에 자베르는 안전장치를 하고 서서 약속된 신호에 귀를 기울이고 있었다. 삯마차가 왔다 갔다 하여 그는 무척 흥분했다.

이윽고 그는 참다 못하여, '거기에 소굴이 있다고 확신하고', '좋은 수가 있다고 확신하고' 있다가, 여러 악한들이 들어간 것을 확인하고서, 권총 쏘는 걸 기다리지도 않고 마침내 올라가기로 결심했던 것이다.

다 기억하고 있듯이, 그는 마리우스의 곁쇠를 갖고 있었다.

그는 알맞게 왔다.

질겁을 한 악당들은 도망칠 때 사방에 내던졌던 무기에 달려들었다. 순식간에, 보기에도 무시무시한 그 일곱 사나이들은 한데 뭉쳐 방어 자세를 취했다. 한 놈은 도끼를 들고, 또 한 놈은 열쇠를 들고, 또 한 놈은 곤봉을 들고, 또 다른 놈들은 커다란 가위와 장도리, 망치를 들고, 테나르디에는 칼을 쥐고 있었다. 테나르디에의 아내는 창 모퉁이에 있었고 딸들이 걸상으로 삼고 있던 엄청 큰 포석 하나를 집었다.

자베르는 모자를 다시 쓰고, 팔장을 끼고, 겨드랑이에 단장을 끼고, 칼을 칼집에 박아 둔 채, 방 안으로 두어 걸음 들어왔다.

"거기 서라!" 하고 그는 말했다. "창으로 나가지 말고, 문으로 나가라. 그게 덜 위험하다. 너희들은 일곱이지만, 우리는 열다섯이다. 오베르뉴의 시골뜨기들처럼 드잡이하지 말자. 얌전하게 굴자."

비그르나유는 작업복 아래 감춰 갖고 있던 권총을 꺼내 테나르디에의 손에 놓고 귓속말로 말했다.

"저게 자베르야. 난 감히 저 사람을 쏘지 못하겠어. 해 보겠냐, 네가?"

"물론!" 하고 테나르디에는 대답했다.

"그럼 쏴라."

테나르디에는 권총을 받아 들고 자베르를 겨누었다.

세 걸음 떨어져 있던 자베르는 그를 응시하고 이렇게만 말했다.

"쏘지 마! 맞지도 않을 테니."

테나르디에는 방아쇠를 당겼다. 총알은 빗나갔다.

"내가 뭐랬냐!" 하고 자베르는 말했다.

비그르나유는 곤봉을 자베르의 발 아래 던졌다.

"당신은 악마들의 황제요! 항복합니다."

"그리고 너희들은?" 하고 자베르는 다른 악한들에게 물었다.

그들은 대답했다.

"우리도 항복합니다."

자베르는 조용히 말을 이었다.

"그렇지. 좋아. 내가 그렇게 말했지. 다들 얌전하구나."

"한 가지만 부탁합시다." 하고 비그르나유가 말을 이었다. "제가 감금 중 담배를 못 피우게 하진 말아 달라는 겁니다."

"허락한다." 하고 자베르는 말했다.

그러고 뒤를 돌아보며 불렀다.

"이제 들어와!"

검을 쥔 한 무리의 순경들과 곤봉과 포승으로 무장한 포리들이 자베르의 부름을 듣고 몰려들었다. 그들은 악한들을 결박했다. 한 자루의 촛불로 간신히 비춰진 그 많은 사람들의 그림자들로 소굴이 가득 찼다.

"모두 수갑을 채워라." 하고 자베르는 외쳤다.

"그래 조금이라도 다가와 봐라!" 하고 부르짖는 소리가 들렸다. 그것은 사내 목소리는 아니었으나, 여자 목소리라고도 할 수 없었다.

테나르디에의 아내가 창 모서리에서 농성하고 있다가 그렇게 아우성쳤던 것이다.

순경과 포리들은 뒷걸음질쳤다.

그녀는 숄은 던져 버렸으나, 모자는 계속 쓰고 있었다. 그녀의 남편은 그녀의 뒤에 웅숭그리고 앉아서, 그 떨어진 숄 아래에서 거의 보이지 않았는데, 그녀는 남편을 제 몸으로 가리고 서서, 두 손으로 머리 위에 포석을 쳐들고는, 바야흐로 바위를 던지려는 거인처럼 몸을 근들거리고 있었다.

"조심해!" 하고 그녀는 외쳤다.

모두들 복도 쪽으로 몰려섰다. 다락방 가운데는 널따란 빈 터가 생겼다.

테나르디에의 아내는 자신을 포박하게 둔 악한들을 흘겨보고, 목쉰 목구멍 소리로 중얼거렸다.

"비겁한 자식들!"

자베르는 빙그레 웃고 테나르디에의 아내가 두 눈으로 바라보고 있는 빈 공간으로 걸어 나갔다.

"가까이 오지 마. 가라." 하고 그녀는 외쳤다. "안 그러면 널 박살내겠다!"

"대단한 여장부다!" 하고 자베르는 말했다. "아줌마는! 너에겐 사내 같은 수염이 있지만, 내게는 여자 같은 손톱이 있다."

그러면서 그는 계속 전진했다.

테나르디에의 아내는 산발하고 무서운 형상을 하고서, 두 다리를 벌리고, 몸을 뒤로 젖히고, 자베르의 머리에 필사적으로 포석을 던졌다. 자베르는 몸을 구부렸다. 포석은 그의 위를 지나, 안쪽의 벽에 부딪혀 커다란 석회 한 덩어리를 떨어뜨린 뒤에, 다행히 텅 비다시피 한 빈민굴 안을 구석에서 구석으로 떼굴떼굴 구르면서 되돌아와, 자베르의 발뒤꿈치에 와서야 멎었다.

같은 순간에 자베르는 테나르디에 부부에게로 갔다. 그의 커다란 손 하나는 아내의 어깨를 움켜잡고 또 하나의 손은 남편의 머리를 움켜잡았다.

"수갑 채워!" 하고 그는 외쳤다.

경찰들이 떼 지어 들어와, 삽시간에 자베르의 명령이 집행되었다.

맥빠진 테나르디에의 아내는 결박된 자기 손과 남편의 손을 보고, 땅바닥에 쓰러져 울면서 외쳤다.

"우리 딸들은!"

"그 애들은 투옥돼 있다." 하고 자베르는 말했다.

그러는 동안 경찰들은 문 뒤에서 잠들어 있는 주정뱅이를 보고 그를 흔들었다. 그는 잠에서 깨 더듬거렸다.

"끝났나, 종드레트?"

"끝났다." 하고 자베르가 대답했다.

여섯 명의 포박된 악한들이 서 있었다. 그런데 그들은 아직도 유령 같은 얼굴을 하고 있었다. 셋은 새카맣게 칠하고, 셋은 탈을 쓴 채로.

"탈은 그대로 쓰고들 있게나." 하고 자베르는 말했다.

그러고 포츠담 궁전에서 열병식을 하는 프레데릭 2세 같은 눈으로 일동을 둘러보고, 세 '난로공'에게 말했다.

"안녕, 비그르나유. 안녕, 브뤼종. 안녕, 드 밀리야르."

이어, 탈을 쓰고 있는 세 사나이 쪽으로 돌아서서, 도끼 든 사람에게 말했다.

"안녕, 괼메르."

그러고 곤봉 든 사람을 향하여,

"안녕, 바베."

그리고 복화술사에게,

"안녕, 클라크수."

이때 그는 악한들의 포로가 눈에 띄었는데 이 사람은 경찰들이 들어온 이후 말 한마디 하지 않고 고개를 수그리고 있었다.

"저 양반을 풀어 줘! 그리고 아무도 나가지 마!" 하고 자베르는 말했다.

그렇게 말하고 그는 최고권자답게 탁자 앞에 앉았는데, 거기에는 아직도 촛불과 잉크병이 놓여 있었다. 그는 호주머니에서 인지가 붙은 서류를 꺼내 조서를 쓰기 시작했다.

언제나 똑같은 서식인 글을 처음 몇 줄 쓰고 나서 그는 눈을 들었다.

"이 양반들이 비끄러매 놓았던 저 양반을 가까이 오게 해."

경찰들은 주위를 둘러보았다.

"아니, 그 사람은 대체 어디 있는 거야?" 하고 자베르는 물었다.

악한들의 포로인 르블랑 씨는, 위르뱅 파브르 씨는, 위르쉴 또는 '종달새'의 아버지는 사라지고 없었다.

문은 지키고 있었지만, 창은 그렇지 않았다. 그는 몸이 풀리자마자 자베르가 조서를 쓰고 있는 사이에, 혼란과 법석, 혼잡, 어둠, 그리고 자기에게 주의가 쏠리지 않은 순간을 이용하여, 창으로 뛰어나가 버렸던 것이다.

경찰 하나가 창문으로 달려가서 보았다. 바깥에는 아무도 보이지 않았다.

노끈 사다리는 아직도 흔들거리고 있었다.

"제기랄!" 하고 자베르는 입속으로 말했다. "그게 제일 중요한 놈이었을지도 모르는데!"

22. 2부에서 울고 있던 어린애

이런 사건들이 로피탈 가로수 길의 집에서 일어난 날의 다음 날, 아우스터리츠 다리 쪽에서 오는 것 같은 한 아이가 퐁텐블로의 성문 쪽을 향해 오른편 인도를 걸어 올라가고 있었다. 밤이 되었다. 그 어린아이는 창백하고, 수척하고, 누더기를 걸치고, 2월의 추운 날에 삼베 바지를 입고, 목청껏 노래를 부르고 있었다.

프티 방키에 거리의 모퉁이에서 한 꼬부랑 할멈이 가로등

불빛에 쓰레기 더미를 뒤지고 있었는데, 어린아이는 지나가다 가 그녀에 부딪쳤고, 이어 소리를 지르면서 뒷걸음질을 했다.

"이런! 나는 이게 한 마리의 거대한, 한 마리의 거대한 개인 줄 착각했지!"

그는 '거대한'이라는 말을 두 번째는 빈정거리는 목소리 로 크게 말했기 때문에 '거대한(énorme)'이라는 말을 대문자 로 '한 마리의 거대한(un énorme)', '한 마리의 거대한 개(un ÉNORME chien)'라고 쓴다면 그 뜻이 꽤 잘 표현될 것이다.

노파는 노발대발하여 몸을 바로 세웠다.

"요 망할 놈의 새끼 같으니!" 하고 노파는 중얼거렸다. "내 가 구부리고 있지 않았다면 네놈을 한 대 갈겨 줬을 텐데!"

어린아이는 벌써 멀리 가 있었다.

"컹! 컹!" 하고 그는 짖었다. "그래서, 내가 잘못 생각한 건 아닌 것 같다."

노파는 화가 나서 숨이 막혀 가지고, 몸을 완전히 일으켜 세 웠으며, 눈초리의 잔주름과 입아귀가 합쳐진 울룩불룩 쭈글 쭈글한 창백한 그녀의 얼굴을 가로등의 불그레한 빛이 온전 히 비추고 있었다. 몸뚱이는 어둠 속에 사라지고 머리밖에 보 이지 않았다. 어둠 속에서 한 줄기의 빛으로 절단된 '노쇠'의 가면 같았다. 어린아이는 그것을 눈여겨보았다.

"부인은 내 마음에 드는 종류의 미모는 아니야." 하고 그는 말했다.

그는 그의 길을 계속 가면서 다시 노래를 부르기 시작했다.

쿠드자보 임금님은

사냥에 나가셨네,

까마귀의 사냥에…….

이 세 구절 끝에서 그는 중지했다. 그는 50-52번지 앞에 도
달했고, 문이 닫혀 있는 것을 보고 그는 발길질로, 우렁차고
과감한 발길질로 문을 두드리기 시작했는데, 그 발길질은 어
린애의 발이기보다는 그가 신고 있는 구두 때문에 어른의 것
처럼 들렸다.

그러는 동안 그가 프티 방키에 거리의 모퉁이에서 만났던
바로 그 노파가 고함을 지르고 과도한 몸짓을 해 대면서 그의
뒤에서 뛰어왔다.

"이게 뭐야? 이게 뭐야? 에그머니! 문을 박살내네. 집을 부
수네!"

발길질은 계속되었다.

노파는 숨이 차 있었다.

"요새는 집 수리를 이렇게 하는 거야!"

그녀는 갑자기 멈춰 섰다. 그녀는 어린애를 알아보았다.

"뭐야! 그 악마구나!"

"이런, 할멈이구나!" 하고 어린애는 말했다. "안녕하세요,
뷔르공 할멈. 내 조상님들을 보러 왔어요."

노파는 노쇠와 못생김을 이용하여 희한하게도 즉석에서 증
오를 나타내는 복합적인 상판대기를 하고, 그러나 그것은 불
행하게도 어둠 속에서 보이지 않았는데, 노파는 대답했다.

"아무도 없다, 고얀 놈아."

"흥!" 하고 어린애는 말했다. "그래 우리 아버진 어딨어요?"

"포르스 감옥에."

"저런! 그럼 우리 어머니는?"

"성 라사로 감화원에."

"그래! 그럼 우리 누이들은?"

"마들로네트 감화원에."

어린애는 귀 뒤를 긁적거리고, 뷔르공 할멈을 보고 말했다.

"아이고!"

그런 뒤 그는 뒤꿈치로 홱 돌았고, 문 앞에 서 있던 노파는, 조금 후에 겨울바람에 나부끼는 검은 느릅나무들 아래로 들어가면서 그가 맑고 젊은 목소리로 노래 부르는 소리를 들었다.

쿠드자보 임금님은
사냥에 나가셨네,
까마귀의 사냥에,
죽마를 타고.
사람이 그 아래를 지나갈 때는
그에게 2수를 치렀네.

(4권에서 계속)

세계문학전집 **303**

레 미제라블 3

1판 1쇄 펴냄 2012년 11월 5일
1판 35쇄 펴냄 2024년 6월 10일

지은이 빅토르 위고
옮긴이 정기수
발행인 박근섭, 박상준
펴낸곳 (주)민음사

출판등록 1966. 5. 19. (제 16-490호)
서울특별시 강남구 도산대로1길 62(신사동) 강남출판문화센터 5층 (우편번호 06027)
대표전화 02-515-2000 팩시밀리 02-515-2007
www.minumsa.com

© 정기수, 2012. Printed in Seoul, Korea

ISBN 978-89-374-6303-7 04800
ISBN 978-89-374-6000-5 (세트)

민음사 세계문학전집

세계문학전집 목록

세계문학전집은 계속 간행됩니다.